五代北宋

风云

郭精锐 著

中国言实出版社

图书在版编目（CIP）数据

五代北宋风云 / 郭精锐著．-- 北京：中国言实出版社，
2020.10

ISBN 978-7-5171-3586-9

Ⅰ．①五…　Ⅱ．①郭…　Ⅲ．①长篇历史小说－中国－
当代　Ⅳ．①I247.5

中国版本图书馆 CIP 数据核字（2020）第 202074 号

责任编辑　佟贵兆
责任校对　张　丽

出版发行　中国言实出版社

　　地　址：北京市朝阳区北苑路 180 号加利大厦 5 号楼 105 室
　　邮　编：100101
　　编辑部：北京市海淀区花园路 6 号院 B 座 6 层
　　邮　编：100088
　　电　话：64924853（总编室）54924716（发行部）
　　网　址：www.zgyscbs.cn
　　E-mail：zgyscbs@263.net

经　销　新华书店
印　刷　北京温林源印刷有限公司
版　次　2020 年 12 月第 1 版　2020 年 12 月第 1 次印刷
规　格　889 毫米×1194 毫米　1/32　11.25 印张
字　数　252 千字
定　价　42.00 元　ISBN 978-7-5171-3586-9

目　录

第三章 后晋高祖石敬瑭

第四章 后汉刘知远

第五章 后周郭威

结语

导　言

如何看待历史上草原民族与汉人之战

晚唐，沙陀人先后建立起后唐（923—936年）、后晋（936—947年）、后汉（947—950年），这三个政权的崛起，标志着沙陀人登上了中国的历史舞台。沙陀本是西突厥中的一个部落，是个善于骑射的游牧民族，游牧在今天新疆准噶尔盆地东南（今巴里坤）一带，因为那地方有大沙丘，故叫沙陀。唐初，沙陀首领曾随西突厥首领到长安觐见，此后，成为唐王朝的藩属部落。

这些"非汉政权"虽然历时很短，版图不大，只有中原几省，但自古"得中原者得天下"，他们代表着特定时代的"正朔"，代表着南北分裂时期中国的正统，是中国历史不可或缺的一环。

几乎就在后唐、后晋和后汉兴起的同时，草原契丹民族、女真民族与蒙古民族崛起，先后建立了大辽帝国、大金帝国与大蒙古帝国，这三个帝国均与中原王朝有过对抗与战争，因此，有必要从理论上来阐述如何看待历史上草原民族与汉人之战。

如何看待历史上这些民族战争，这个问题今天连史学界也争议不断。例如，某些《宋史》专家为了突出岳飞是民族英雄，把女真人摆在敌人、侵略者的位置；《元史》《清史》专家为了突出大一统局面，在强调蒙古、满族的历史功业时，有意无意地回避了汉人与草原民族在特定年代你死我活的关系。由于不同史段的专家看法不一致，令人莫衷一是。

笔者这辈子经历了两种不同的史学教育。儿时踏进戏院看到的多是抗辽、抗金、抗元的戏，以及各种抗战题材的演义小说，小时候的历史教科书告诉我们，元清是亡了国的。20世纪70年代中期，周恩来总理指示作家曹禺写了个剧本《王昭君》，意在强调民族团结，此后风气一转，历史教科书更多地强调了民族间的兄弟关系。按理，经历了多年的教育，今人对于历史上汉人与草原民族的战争应该能够理解，然而，为数不少的人只要一想起历史上草原民族入主中原，立刻就联想起日本二战侵华，民族情感就如烈火一样熊熊地燃烧起来。

英国历史学家依德卫·弗里曼（Edward Augustus Freeman）有句名言："历史是过去的政治，政治是现在的历史。"有时候生活中出现某些变化，人们就会把"过去"的历史与"现在"的政治联系起来，从而出现某种异乎寻常的狂热。20世纪50—70年代，我们的意识形态是狠批帝国主义，强调弱国可以打败强国，小国可以打败大国，重视的是民族与国家的平等，支持的是第三世界民族的独立与解放。随着改革开放，经济的勃兴，人们变得好"大"喜"帝"，《大秦帝国》《大汉帝国》《大隋帝国》《大唐帝国》《大明帝国》，随着一部部大型影视剧的面世，我们的历史俨然就是一部"大帝国"的历史，是世界四大文明古国硕果仅存的文明。百年的民族自卑完全被民族自豪感所替代，这固然是好事，爱国主义也夹杂着民族情绪，"落霞与孤鹜齐飞，秋水共长天一色"，难分彼此。

在民族主义与爱国主义情感的高扬声中，人们变得无法容忍，一部伟大的"帝国史"为何会出现两个不和谐的音符，"宋亡之后无华夏，明亡之后无中国。"人们要弄明白，元朝与清朝是不是两个亡国的朝代？历史上草原人与汉人发生的战争到底是内战还是外战？显然，这并非高等的学术问题，而是对于史学知识的基本要求。值得注意的是，当一种基本的要求得不到史学界的满足，这个"浅显"的问题就不是浅显的了。

平心而论，日本仅仅攻陷半个中国，已经成为不同戴天的敌人，蒙、满灭亡了宋、明，耻辱引起的仇恨绝不亚于日本的侵华，随着民族主义情感的高涨，问题一个个浮现出来，"元朝和清朝是中国吗——解开历史大骗局"，"如果当年日本侵华得逞，日本会不会成为中国第57个民族？""民族主义者"在网上公开宣称："鞑子滚出中国，满狗迟早死绝！"理性的思辨演成了情感的宣泄。"完美的民族主义者"为纯洁华夏文化，提出将元、清两个朝代从中国历史上排除出去，就如当年文艺复兴，欧洲激进主义者提出将"黑暗的中世纪"从欧洲历史中清理出去一样，所有这些问题不能不引起关注。

英国学者托尼·朱特（Tony Judt, 1948—）在其《战后欧洲史》中谈到，战争，彼此不相容的记忆、无法妥协的叙述，足以使历史学家成为一个令人痛苦的职业。敌人即使被打败，但他还在；只要他及他的后人在，冲突的记忆就在。加害者也可能变成受害者，受害者在得到机会时又会迅速复仇而变身为加害者。加害者与受害者的角色，在不同的时空，有可能互为交替转换，各国各族都建构起自己在战争中所受不公的神话。战争造成的道德困境谁都不能幸免。所有民族群体及其政治信念，尽管有着差别，但都兼具受害者和施害者的双重身份。

"双重的身份"使人无法面对历史上的民族战争，就内战与外战、朋友与敌人、正义与非正义、侵略者与反侵略这一系列问题，很难简单地回答 yes 或 no。民族问题历来是敏感的。当某些简单的史学问题足以挫伤相互间的民族自尊心，造成民族间理念上的对立，影响民族团结与相处，回答上述问题显然是有必要的，这就是笔者写作本书的目的。

显然，要回答上述问题不仅要透视上述中国两个朝代，弄清引发战争的真正原因；还要将其放在历史的长河中来考察，看看不同时代的民族战争是否包含着不同的意义。这些年来，笔者牛行蜗步，一步步在古史资料的整理中，有了《中国神话与英雄传说》《从汉人到唐人》以及这本书稿。本书将历史学、神话学与人类学结合起来，着重谈民族战争与"部落国家"、"王朝国家"以及"主权国家"的关系。换句话说，如何看待历史上草原民族与中原王朝的战争。

为此，笔者首先必须谈谈史学家的立场。我们知道，同一历史事件，不同的民族或国家会得出完全相反的结论。举个例子，1914 年在萨拉热窝街角，奥地利大公弗朗茨·费迪南德（Francis Ferdinand）被刺身亡，由此触发了"第一次世界大战"。刺客是塞尔维亚青年加夫里洛·普林齐普。如何看待和评价这位年轻的刺客？塞尔维亚民族的历史课本认为他是"民族英雄"，克罗地亚民族和穆斯林的历史课本说他是"恐怖分子"。同一国家的不同民族各说各的理，互相仇视，国家能安宁吗？国际调停机构试图说服他们设立统一课程，以利于民族的团结。但这些民族终于还是分裂成不同国家。他们继续抱着偏见，欧洲依然弥漫着不安定的阴霾。1997 年 6 月挪威举行"2000 年教育会议"，提倡教育重视历史事实，放弃国家偏见，重写客观的欧洲历史教科书。这样看来，史学家的立场并不在于一味强调民族和国家利益。史学的生命是真实，史学家在维护历史"真实"时应该不断超越民族与国家"偏见"，才能得出正确的结论，引导社会向前发展。

一、史前期种姓间的战争

本书将秦以前的历史称作上古史，秦至 1840 年叫作古代史，1840 年以后叫作近现代史。我国现代意义的主权国家起于民国，秦代以降至 1911 年这一漫长的历史时期，本书称为传统的"君主制社会"或"王朝国家"，以别于现代"主权国家"。

现代意义上的国家虽然起于民国，但这并不意味着我国到了 20 世纪才有国家以及"国家"这一概念。国家一词古已有之，早期的国家，国就是家，具体点说，一个国即一个家族。所谓禹时天下万国，商汤三千，周武王时八百。那时候一个国也就是一个村落或部落。正如英语 Country 这个词，它的意思是国家，但其更古老的意义是乡村。国家的进一步发展以城市为标志，由城市文明形成的国在西方叫作城邦，在中国叫作诸侯国。无论是城邦还是诸侯国，与现代意义的国家相去甚远。

不妨以当代南太平洋群岛斐济共和国来做些分析，这是一个保留着原始社会组织与现代体制的国家。在斐济，每个村落由数个血亲家族组成，几个村落构成一个氏族，几个氏族形成一个部族，几个部族构成一个大型宗族联盟，几个宗族联盟组成斐济现有三个酋长联邦。三大酋长联邦构成中央大酋长会议制，斐济人传统的酋长制度一直保留到现今。[1]

参照斐济传统的社会组织结构，中国古籍中的尧、舜、禹

[1]　见蔡中涵《斐济大酋长会议在现代政治之角色》。

大约走到酋长联邦时期，禹时由禹与伯益两大宗族联盟形成酋长联邦，启杀伯益，子继父位，公天下终，开启了"私有制"，这是早期的国家形式。商时，古籍中有东伯侯、南伯侯、西伯侯、北伯侯，国家由五个酋长联邦结成。但商的国家形式不是走向大酋长会议制，而是走向宗藩制，天子居中央，四侯为藩属。周时，周天子"分封土地，建立诸侯"，同样形成了诸侯拱卫中央的宗藩制。

处于上述国家雏形的国民包括史前期初民有着与现代人截然不同的价值观。为了说明这一问题，有必要进一步介绍一下斐济及其周边几个吃人种族的习俗。斐济群岛的部落长期处于战争状态，吃掉战俘是一种震慑敌人的仪式，并演变成一种强大的社会规范。斐济战士用沉重带刺的木棒敲死战俘，将其肢解后在火堆上烤熟，然后分发给自己部落的成员。大型仪式上甚至可见堆放整齐的尸体等待食用，酋长的住所和部落的神庙也常在地下埋放尸体，敌方的尸体成为他们肉食的来源。19世纪，西方传教士们秉着牺牲奉献的精神，来到斐济群岛传播福音，也成为岛民的腹中物。

上述岛民令人发指的食人行径，以现代人的理念，无异于十恶不赦的犯罪行为。然而，这既是人类进化过程中的一个环节，也是世界不同民族、不同国家曾经走过的路。《史记·殷本纪》中，商纣王将周文王的儿子杀死后做成肉饼、熬成汤；这是远古吃人的遗风。"五胡"之时，后赵羯胡曾将汉人女性作为军粮。《旧唐书》中，黄巢起义军兵围陈州时，设有人肉作坊，数百巨碓，流水作业，日夜不息。活生生的乡民、俘虏，无论男女，不分老幼，悉数纳入巨舂，磨成肉糜。陈州四周的老百姓被吃光了，就"纵兵四掠，自河南、许、汝、唐、邓、孟、郑、汴、曹、徐、兖等数十州，咸被其毒。"[1] 这就是人类曾经有过的野蛮行为在历史某些特殊时期的重现。

不妨问一声，当斐济岛民享受着人肉盛宴之时，有没有丝毫的思想负担与犯罪感？没有！斐济岛民将食人视为英雄的行径，他们将吃剩的头骨串成项链、发簪或耳饰，将头骨制成酒碗，成排的骨头用来计量吃人的数量，摆设在屋顶以显示自己的勇敢，他们在食人中获取力量，他们毫不隐讳地向西方传教士人讲述与渲染杀人食人的经过。这一切启示我们，野蛮人有着与现代人截然不同的价值标准与心理素质。

野蛮是"野蛮人"的活力，野蛮时期是人类黎明前的黑暗，是民族形成、国家诞生的前夕，马克思将野蛮的活力以及由此引发的灾难，称作婴儿分娩前的"阵痛"，缺乏这野蛮的活力，民族与国家将"胎死腹中"。在那个特殊的时期，野蛮被发挥到极致，战争对于野蛮人来说是生活的重要组成部分，也是"正常的营生"，厮杀声是美妙的乐声，鲜血是壮丽的图画。野蛮人不晓得什么叫残忍，什么叫侵略，什么叫正义，一切对于现代人来说不可思议的行径，在野蛮时代被视为英雄的业绩与祖先的荣光，中国神话中炎黄之战直打到血流漂杵；颛顼战共工直战到天倾西北，地陷东南；夏朝立国前夕，夏启杀死伯益，血洗东夷，尧王城毁于一旦。上述故事透露了史前曾经发生过的大事件，谁又能评说黄帝和炎帝、颛顼和共工、夏启与伯益，谁侵略了谁，谁正义谁非正义？战争只有胜与败，输与赢，一族的荣光就是另一族的灾难。

战争开阔了人的眼界，人不再局限在一个狭小的空间，在战争中兼并、扩张，氏族变成了部落，部落结成了联盟，使人

---

[1]　见《旧唐书·列传》第一百五十卷，《黄巢传》。

类具有更大的力量去征服自然力。财富的过剩，俘虏不再被斩尽杀绝而成了奴隶，又将人类从野蛮时代带进奴隶社会，这就是历史的进步。

野蛮时代的特征带着长长的尾巴贯穿整部上古史，"春秋无义战"，一切在后人看来无仁无义的战争，在那个特定的年代促使小族变成大族，小国成为大国。春秋时期大国七十二，战国时剩下七雄，七雄最后统一于秦。这就是上古种姓间的战争在民族与国家形成发展中的关系，不难看出，那时候的战争是无法用现代概念侵略与反侵略、正义与非正义来界定其内涵的。战争推动着民族与国家的形成，也推动着社会的发展。

二、 王朝国家的民族战争

秦汉以后，随着南北的统一，国与家开始连用。但是那时候国家与现代意义的主权国家仍有很大的差别。国家的基本要素是其领土与臣民，由此构成主权。今天，中华人民共和国有56个民族，960万平方公里的领土，这是明确的。国家主权一旦明确便有了判别的标准，可以避免纠纷、冲突与相互间的侵犯。但在传统君主制社会的王朝国家，领土与臣民在纲常层面上是笼统的，"普天之下莫非王土，率土之滨莫非王臣。"这是一种幼稚的霸气。这种"天下观"源于人类童年时代（史前期）初民知识的贫乏，不知道世界有五大洲，一直认为自己生活的中原地带就是天地的中心，"中国"一词正是由此而来。如果我们今天依据传统的天下观去宣称：普天之下都是我们的领土和臣民！ 显然不能得到世界其他国家的承认！基于此，我们将古代王朝称为"王朝国家"，以别于现代的"主权国家"。

王朝国家的疆界在理念上虽然宣称"普天之下",但在实际操作中则是依据王朝一家一姓的实力而伸缩。在"强者为王"的自然(丛林)法则依然盛行的古代,开疆拓土是"丰功伟业"的象征而不被视为侵略。秦始皇统一中国,并不满足原东方六国的疆域,很快就将疆域扩张到阴山以北,南至两广和越南东北部地区,西至陇山、川西和云贵,东抵朝鲜半岛北部。[1]汉代,北部疆界推到河套,阴山以北,南收闽越、海南,西南推移到云南哀牢山和高黎贡山,东至卫氏朝鲜,西部设置西域都护府。[2]唐朝的领土更是辽阔无边,漠南漠北都曾纳入唐的领土,西北一度扩大到中亚地区的吐火罗,东至高句丽。[3]今天,我们一直在颂扬着汉、唐领土的辽阔,诉说着先人开疆拓土的丰功伟绩,这就意味着,古代开疆拓土引发的战争同样不能以现代意义的侵略、反侵略,正义、非正义来评价,民族与国家正是在开疆拓土中不断整合发展起来的。

纵观中国古代史,但凡开疆拓土,史官分别书作"征"、"讨"、"伐"、"征伐"、"开通"、"勾通"与"开发"等,从未出现"侵略"一词。是不是古代史官为本民族讳?从一个大的方面说,人类由上古时期将战争当作英雄的业绩,到能够理性地区别侵略与反侵略的关系,有一个漫长而渐变的过程,这个过程几乎贯穿整个古代史。理论上说,王朝国家的"天下观"——普天之下莫非王土,率土之滨莫非王臣——为开疆拓土提供了理论依据。既然普天之下都是王朝的领土和臣民,这就意味

---

[1] 见《史记》第六卷,《秦始皇本纪》原文:"东至海暨朝鲜,西至临洮、羌中,南至北向户,北据河为塞,并阴山至辽东"。

[2] 见《汉书》第九十六卷,《西域传》。

[3] 见《通鉴》第一百九十三卷,《唐纪》贞观四年二月甲辰。

着天下一统，"天下一统"也就没有截然的内外之分，只有开化与未开化，皈依与未皈依之别。因此，古人将开边拓土视为神圣的职责，在他们的观念中，他们将华夏文明传播到了周边，将夷狄统一成华夏。这个天下观虽然有合理的成分，但毕竟是一族的私理。

汉人的天下观也影响了周边民族，影响了整个东亚文化区。时至清代雍正帝所著《大义觉迷录》，驳斥吕留良的华夷之分时认为，既然天下是一统的，满洲也如湖南、湖北、山西一样，只有籍贯的不同而没有国别之分。满族为何能够入主中原，就如东夷的舜，西夷的文王，"有德者有天下"。[1] 应该承认，雍正帝"以子之矛，攻子之盾"，虽然也说出某些道理，同样是一族的私理。

当一族的私理可以作为"公理"昭告天下，这意味着那是私理与公理未有明确界限的年代，在这样的阶段，"公理"的初始形式总是"倚强凌弱"，但自然界也赋予人类最公平的法则。举个例，宋金之战，宋人可以灭亡女真，女真也可以灭亡宋人；宋蒙之战，宋人可以灭亡蒙古，蒙古也可以灭亡宋人。机会均等，优胜劣汰，这就是古老的丛林法则——强者为王，丛林法则谱写的就是古代"胜王败寇"的历史。

上述法则也是世界历史的通例，在古代，"帝国的建立都被看作历史的重大事件和成功的记录，不论建立的过程是残暴

---

[1] 见《大义觉迷录》："自古中国一统之世，幅员不能广远，其中有不向化者，则斥之为夷狄。如三代以上之有苗、荆楚、犭严狁，即今湖南、湖北、山西之地，在今日而目为夷狄可乎？""本朝之为满洲，犹中国之有籍贯。舜为东夷之人，文王为西夷之人，曾何损乎圣德乎！"

的还是仁慈的。"[1]人类最早的文明起自西亚两河流域的巴比伦王朝，由巴比伦王朝到横跨西亚和北非的亚述（Ashur）帝国，波斯帝国、亚历山大帝国、罗马帝国、阿拉伯帝国与奥斯曼帝国。所有这些都是世界历史的重大事件和成功的记录。此外，还有中国的秦帝国、汉帝国、晋帝国、隋唐帝国、辽帝国、宋帝国、金帝国、元帝国、明帝国与清帝国。中国历史上的每一个朝代，除南北对峙之外，几乎都是一个大帝国。历史的重心在于记载帝国建立过程的伟业，有多少民族与国家在战争中被消灭与合并，那是作为帝国的功勋被附带进历史的。秦时戎、狄消失了；两汉南北匈奴消失了；魏晋南北朝羯、氐消失了；隋朝柔然、鲜卑消失了；唐代东突厥、西突厥消失了，五代沙陀消失了；两宋契丹、党项、女真消失了。此后，这些族名仅作为历史名词供研究用，不再作为民族实体而存在，虽然这些民族中的部分人以不同的形式消融到汉人与其他民族中，但他们的绝大多数毕竟是被灭绝了。

历史为何着重记载帝国的伟业而少追究是非曲直？原因是帝国的建立在人类历史上是有意义的。帝国建立过程中所发生的民族间的战争是人类社会必不可免的聚合运动。人类即使有了早期的国家形式，生存也是极不容易的。历史拉开帷幕之时，夏族入主中原是为正统，继夏而起的是商族，继商之后是周族。夏族、商族、周族先后入主中原，在一千多年的聚合中才有了中原"诸夏"即汉人的先民华夏族，不难看出，民族正是在聚合中壮大的。时至今日，人类依然在一个更高的阶梯不断地聚合，如，欧盟（EU），北约（NATO），独联体（CIS）会员，上海合作组织（SCO），东盟（ASEAN），非洲联盟（AU），阿拉伯国

---

[1]　见周有光《周有光文集》。

家联盟。

民族与国家间的聚合结盟不仅有着政治与军事意义，同样有着重大的经济意义。以草原民族为例：草原特有的地理环境决定它永远只能是草原，草原不可能改造成农耕地。草原适合放牧，却无法像农耕环境一样，提供一个民族自给自足的资源。肉食民族一旦缺少茶和盐，只能停留在饮食不健全的半开化阶段。当古代东亚未有完善的贸易机制，而民间的贸易又受控于官府的"盐茶"专卖时，一个半开化的民族解决生活难题的唯一办法就是掠夺。草原人由掠夺生活必需品到掠夺工匠、文物，表明这个民族不满足于现状，力图冲出地理困境。

掠夺导致战争，战争埋下仇恨，最终两个民族面临着一个谁灭亡谁或者说谁统一谁的问题。在这个意义上，古代的民族战争是人类聚合的特殊形式。

今天，面对"宋金之战"与"宋元之战"，如果非要在内战与外战、侵略与反侵略、正义与非正义之间分出一个所以然的话，可以说，在中原王朝"天下一统"内部发生的民族战争，没有绝对的内战与外战；也没有绝对的正义与非正义。战争的性质实际是内战与外战、私理与公理含混交织在一起。在这里并不存在"非此即彼"的关系，对立依存的双方可以是"亦此亦彼"，即亦内亦外的关系。诚如美国学者纳森·哈斯认为，国家的演进就是在环境限制和频繁战争中进行的。

如果这样说还不明确的话，不妨回到特定的年代，女真人与北宋开战之前双方是盟友，共同签署了灭辽的《海上之盟》。谁又能够断定，两个盟友之战是纯粹的外战还是内战？北宋灭亡之后，南宋不得不向金王朝纳贡称臣，按理，既已称臣，当金王朝危难之时，南宋有道义起来捍卫宗主。捍卫了金王朝，金的领土就是天然的屏障，可以阻挡蒙古铁骑。但宋人报仇心切，遂与蒙古结盟，前后夹攻灭亡了金王朝。金王朝灭亡之后，宋蒙又开战。几十年的混战，宋人、女真与蒙古三方均失去了"盟友"之间的道义，纵观这一过程，辽王朝、金王朝与宋王朝先后灭亡，但北宋、南宋先后参与了灭辽与灭金，因此，两宋的历史，宋人既是受害者也是加害者，错综复杂的历史无法简单地以内战与外战、侵略与反侵略来界定。周恩来1957年8月4日在《关于我国民族政策的几个问题》中谈到："虽然历史上汉族也被一些兄弟民族多次侵犯过，被统治的时间也不算短，如：北朝、辽、金、元、清。但从整个历史来看，还是汉族侵犯兄弟民族的时候多。站在兄弟民族的地位来想，总会想到历史上的这些痕迹。"显而易见，周总理是以超越民族偏见来说这话的，目的在于告诫我们，对于历史上的民族战争，既要看到受害的一面，也要看到加害的另一面，才能解开心结，放下仇恨。

回顾历史，汉人的先民最初生活在河南裴李岗一线之地，在历史的长河中，不断地聚合不同的族类而扩展了生存空间，周代周公征东夷，秦汉征服南方百越与百濮；元清二代蒙古与满族分别入主中原。所有这一切民族与种姓间的战争，以现代"主权国家"观念来看，都包含着一族的"私理"，也包含着"侵略"的性质。但所有这些战争又都发生在未有现代理性的古代王朝国家，已如前述，那是一个公理与私理、正义与非正义未有明确界限的年代。今天，站在国家高度而不是一族的私理上，历史评判只能是同一标尺而不能搞双重标准，如果我们将汉农耕人的"一统南北"视为丰功伟业的话，对于草原民族的入主中原也当作如是观，反之也一样。

纵观中国历史，史前若干氏族熔铸成部落，若干部落形成部落联盟而有了早期的国家形式；夏商周三代併方国为诸侯，战国一统诸侯而为秦帝国；君主制社会早期，兼并南方而有了汉帝国，君主制社会后期合农耕与草原两大王朝国家而为新的共同体。民族与国家正是在聚合中由低级向高级一步步发展的，这个发展的过程无一不是以惊心动魄的战争形式来完成。战争造成的牺牲，本质上说是人类由王朝国家过渡到现代主权国家所必须付出的沉重代价。

三、宗藩制与民族主义

由于古代王朝既有生存空间所形成的国境界限，又有着"普天之下"使命感的"天下观"，双重的世界观形成了双重的民族主义与爱国主义。基于此，对于古人的民族主义与爱国主义，今天我们所要注意的是哪些应该继承发扬，哪些应该扬弃。

为了说明上述问题，有必要回到古代的国际关系中来。古代国与国之间没有平等可言，其时东亚大地的国家关系主要是宗主国与藩属国的关系，宗主国是指一强国对其属国的内政及外交拥有干预的权力，双方通过册封与纳贡的程序予以确认。宗主与藩属的关系缘于史前期一母氏族或父氏族与其子女氏族的血缘关系，祖先氏族为宗主，子女氏族为藩属。随着社会的发展，二者的关系由血缘过渡为地缘。司马迁认为："自虞、夏以来，贡赋备矣！"也就是说，虞舜、夏禹时已经形成了宗主与藩属的贡赋关系。禹因治水造益天下，"万国"来朝，成为其时的共主（类似于部落联盟的首领），禹将这种格局划分为九州，确立了贡赋关系。也即古籍上所说的"禹贡"。

自禹以降，在历史的长河中，宗藩贡赋逐渐形成一套制度，它与传统的天下观——普天之下莫非王土，率土之滨莫非王臣——互为表里，成为中国历代王朝处理民族关系和对外关系的模式，也即中国古代的外交关系体制。这一体制的核心理念就是华夏中心意识和大一统理念，是中国传统的儒家思想和封建宗法观念对外关系的表现，它通过文化领先、军事强力以及"厚往薄来"的经济优惠获得到认可。

在未有现代理性的古代，民族间本质上就是征服与被征服的关系，被征服者为了免除灭族的厄运，只能向征服者纳贡称臣，求得征服者的保护。当中原王朝周边国家的文化还未充分发达之时，小国、弱国同样乐意在结盟中获得上国的庇护，以及赋贡贸易的优惠。这就是古代东亚的宗藩模式。这一模式贯穿整部古代史，它是通向现代主权国家的一道过渡桥梁。从积极的意义上说，宗藩模式安定了古代东亚地区的国家秩序，使华夏文化得以发扬光大并形成一个华夏文化圈。王朝兴盛时，会有多至五十来个民族与国家前来朝贡，如乌桓、鲜卑、肃慎、扶余国、高句丽国、渤海国等。

遗憾的是，宗藩模式并不能真正保证国与国之间秩序的稳定，由于这一模式本质是建立在"强者为王"的基础上，宗主国强大时会出现"万国来朝"的盛况，如汉与唐。一旦衰落而无力保护藩属国，结盟就会自动解体。宋王朝是其时东亚最悠久的宗主国。依据宗藩间的道义，宗主国有危难，藩属国有义务出兵勤王。但在北宋、南宋败亡过程中，没有一个藩属国伸出救援之手，这就是宗主国衰败时的归宿。

尤为值得注意的是，随着周边国家文化的日益发展以及民族意识的觉醒，作为中原王朝传统的藩属国，在受华夏文化影响之时也形成了若干"小中华"，以及大小不等的宗藩圈子。如，越南既是中原王朝的藩属国，又成为柬埔寨的宗主国；日本也成为朝鲜的宗主国；当草原的铁骑作为一股"不可战胜"的力量出现在东北亚时，同样有了自己的藩属，这使中原王朝固有的宗藩秩序面临着严峻的挑战。

宋元以来的民族战争，随着战争向纵深发展，草原王朝举起的就是中原王朝"天下一统"的旗帜。绍兴三十一年（1161），女真完颜亮提兵六十万直扑江南而来，这个汉化了的胡儿已经有了汉人的大一统意识，他在一幅屏风上题诗："万里车书一混同，江南岂有别封疆？提兵百万西湖侧，立马吴山第一峰。"在完颜亮看来，江南的疆土应该与北国混一而不应该成为"别封疆"。南宋末年，忽必烈率领蒙军南下之时，对宋臣说："天下大势，不是统一于元，就是统一于宋，何苦留下东南一线之地妄称国家？"忽必烈也如完颜亮一样，有了统一中国的气势。理论上说，没有理由认为只有汉人统一了草原，战争才是正义的，反之就是非正义的？同样没有理由认为，只有汉人才做得宗主，其他民族就不能成为宗主？如果狭隘地认为只有汉人才能统一天下以及成为宗主，那不过是一族的私理，根植在一族私理上的民族主义是不可取的。

战争会留下深仇大恨，尤其是失败的一方。失败的仇恨是不是就得将元朝与清朝在历史上清除出去？历史是惊人的相似，公元 410 年，欧洲一群"肮脏、粗鲁"的野蛮人攻陷了罗马城，"永恒之都"的失陷震撼了整个欧洲，随着西罗马帝国的灭亡，欧洲历史进入了神学统治的"黑暗的中世纪"。欧洲人也曾幻想将"黑暗的中世纪"从欧洲的历史中抹去。然而，历史是无法割断的，神学家奥古斯丁在《上帝之国》一书中谈到，罗马的毁灭是神灵对充斥于帝国内部的腐化和不道德现象的惩罚。

尽管罗马人在文明方面拥有绝对的优势，但他们的灵魂早已堕落。恩格斯在批判形而上学发展观时更明确地指出："中世纪被看作是由千年来普遍野蛮状态下所引起的历史的简单中断；中世纪的巨大进步——欧洲文化领域的扩大，在那里一个挨一个形成的富有生命力的伟大民族，以及14～15世纪的巨大的技术进步，这一切都没有被看到。这样一来，对伟大的历史联系的合理看法就不可能产生"。[1] 没有"黑暗的中世纪"就没有一个近代技术进步的欧洲，英国、法国、德国，一个个富有生命力的民族国家正是在中世纪形成的，此前，他们一直被古典的希腊罗马文明视为文明边缘的"野蛮人"。基于此，恩格斯进一步指出："只有野蛮人才能使一个在垂死文明中挣扎的世界变得年轻起来。"[2] 罗马帝国如此，中华帝国同样如此。

诚然，今天我们可以凭着一族的私理去思考清除元、清这两个朝代，以纯洁汉民族的文化与血统。值得注意的是，世界历史已经昭示："黑暗的中世纪"不仅无法从欧洲的历史中清除出去，相反，这种想法降低了文艺复兴思考的高度与深度；而日耳曼人力图纯洁本民族的血统带来的"灭绝人类罪"，更是值得引以为训。如果汉人可以将元朝与清朝从历史上清除出去，草原民族同样可以将汉人排除出来。这样的后果不仅无法纯洁汉民族的血统和文化，相反只能大大降低汉文化的聚合作用。

值得注意的是，中国古代虽然也几次面临着类似西罗马帝国覆灭的命运，古人从来也没有想到要将"文明边缘"的草原民族开除出历史。在中国古代的二十五史中，有六部草原民族

---

[1]　见恩格斯《费尔巴哈和德国古典哲学的终结》。

[2]　见恩格斯《家庭、私有制和国家的起源》。

的史书：《魏书》《五代史》《辽史》《金史》《元史》与《清史稿》，这6部史书，部部正史而不是侵略史，是为中国"25史"不可分割的部分。虽然汉人有过被征服的仇恨，但在国家层面上，法统一直是互相承认与继承的。

洪武元年（公元1368年），朱元璋祭祀从伏羲到忽必烈的16代中国帝王，自称继承他们的大统；明代编写的《元史》，从成吉思汗开始，完全承认元朝的正统地位，所用程式包括"避讳"，与中原历代王朝无差。明太祖朱元璋是这样评价元太祖成吉思汗和元世祖忽必烈的："昔中国大宋皇帝主天下三百一十余年，后其子孙不能敬天爱民，故天生元朝太祖皇帝，起于漠北，凡达达、回回、诸番君长尽平定之，太祖之孙以仁德著称，为世祖皇帝，混一天下，九夷八蛮、海外番国归于一统，百年之间，其恩德孰不思慕，号令孰不畏惧，是时四方无虞，民康物阜。"[1]朱元璋不仅充分肯定了元统治者"统一天下"的历史作用，同时认为他们治理下的中国"民康物阜"，这个评价表明，元代不是沦亡史，而是胡人"一统天下"治理中国的历史。朱元璋曾一再强调："昔胡汉一家，胡君主宰"，"迩来胡汉一家，大明主宰"。这也表明草原民族与汉农耕人的轮番执政是符合法理的。

时光在流转中到了20世纪，随着君主制社会的结束，中华民国是怎样来处置被推翻的清王朝？民国政府与清廷签署了"逊位"条件，逊位之后，优待条件梗概如右：1）清帝尊号仍存不废，民国以各外国君主之礼待之。中华民国每年拨款四百万，清帝暂居紫禁城，日后移居颐和园，侍卫及宫中执事人员照常留用。

---

[1] 见明朝官修皇帝实录《明太祖实录》，洪武二十二年（1389年）十二月，明太祖朱元璋给哈密国兀纳失里大王的信。

宗庙陵寝永远奉祀，中华民国派兵保护，帝室私产特别保护。2）王公世爵照旧保留，私产受保护，享受中华民国公民权。3）满蒙藏回与汉人平等，其原有宗教允许自由信仰。王公八旗生活困难者，中华民国代筹生计。以上条约由参议院通过，列为正式公文，并由中华民国照会各国驻京公使。

这是有史以来杀戮最少、牺牲最小的一次政权交接，这个交接类似英国的"光荣革命"且比"光荣革命"牺牲更小。《逊位诏书》明确表明："将统治权归诸全国，定为共和立宪国体，近慰海内厌乱望治之心，远协古圣天下为公之义。"这是一次国家机器的全新变局，由传统的君主制转化为"共和立宪国体"。所有这一切同样是在继承清王朝道统的基础上完成的。西方有位政治家说："没有永远的朋友，也没有永远的敌人，只有永远的利益。"相信我们的祖先在对待元朝与清朝的问题上是基于民族和国家的最大利益。这与民国期间日本的侵华是截然不同的。

四、主权国家的战争

日本的侵华很容易唤起人们对于女真、蒙古与满清入主中原的记忆，由此而将战争的性质混同起来。需要指出的是，历史是不可比附的，现代史不能比附古代史，古代史不能比附上古史，因为不同的历史阶段包含着不同的历史内容与使命。清代以后，中华民国已经属于"主权国家"而不再是王朝国家了。

现代主权国家必须建立在科学的地理知识上。明清之际，利玛窦首先将欧洲地理大发现的成果介绍给中国，此后"五大洲"的概念开始进入中国并被个别士大夫所接受，但在此后二百多年间一直被认为"荒诞不经"，直至黄遵宪的《日本国志》，以及光绪二十九年（1903）的《五大洲总图》，中国人的近代地理学体系才逐步建立。魏源作《海国图志》时明确提出："中国是世界诸国之一，不复为天下中心。"这就是早期主权国家意识，但这种意识在特定年代无法深入人心，也无法被清统治者所接受。黄遵宪的《日本国志》成书于1887年，11年后才由上海图书集成印书局付梓，当有识之士捧读这本书时，大为感叹：如果此书早几年出版，何至于有"甲午之败"！此后，中国人不得不承认，在世界五大洲中，中国只是"亚细亚"（亚洲）中的一员，不是世界的中心。

新的地理知识带来了新的世界观，有了新的世界观才有可能走向现代主权国家。袁世凯就任中华民国大总统之后，宣布废除传统的"宗藩制"[1]，中国人放下了传统的"天朝"观，追求的不再是普天之下的"共主"，而是致力以平等的身份走向世界民族之林。20世纪以来人类最大的理性是确立了国家主权平等的原则。这一时期，在世界范围内，随着奥斯曼帝国的崩溃，帝国的藩属纷纷独立出来。在民族独立的风云中，大英帝国、法兰西帝国、荷兰帝国，大大小小的殖民帝国纷纷退土，它宣告"古代用征服来建立帝国"这个模式已经过时。国家不分大小、强弱、贫富，主权和尊严必须得到尊重，史学的重心

---

[1] 袁世凯宣称："现在五族共和，凡蒙、藏、回疆各地方，同为我中华民国领土，则蒙、藏、回疆，即同为我中华民国国民，自不能如帝政时代，再有藩属名称，此后，蒙、藏、回疆等处，自应通筹规画，以谋内政之统一，而冀民族之大同。民国政府于理藩不设专部，原视蒙、藏、回疆与内地各省平等，将来各该地方一切政治，俱属内务行政范围，现在统一政府业已成立，其理藩院事务，著即归并内务部接管。"

不再是讴歌大帝国的开疆拓土，而是民族的解放与独立，这些都是理性的主权国家观念。

主权国家的领土与国民是明确的，日本与中国是两个对等的主权国，谁以武力踏进对方的领土，屠杀对方的国民，谁就是侵略者。有鉴于此，当日本侵略者被赶回老家之后，中日关系上并不出现诸如元、清那样道统的继承以及民族间的认同，民国政府与盟国远东委员会所做的三件事是：1）将日本战犯送上国际军事法庭；2）处理战争赔偿；3）遣送俘虏和侨民。

战后，依据盟国远东委员会决定："1. 允许日本留存维持最低国民生活水准之产业；2. 水准以上之资产，由各国分配。"这个"最低国民生活水准"就是日本1930至1934年国民生活水准。依据这些条约，1947年4月，日本拆卸65家机器厂及12家火力发电厂，中国首批获赔8,000余亿元；后来又获赔军舰23艘。其时共产党方面因为还未真正取得政权，主要获得的是东三省日本的军事和工业设施。为防止日本军国主义死灰复燃，依据国际同盟，将日本置于世界人民的监督之中，"不允许拥有国家军队与攻击性武器"。显而易见，这个结局与元清二朝是不能同日而语的。

小结

以上便是笔者对于历史上民族战争的看法，已如上述，发生在史前期的种族战争属于人类社会正常的现象，战争促使氏族形成部落以及部落联盟而有了早期的国家雏形；发生在君主制社会民族间的战争，促使一家一姓的王朝国家向多民族国家的高级形态发展；发生在主权国家之间诸如中日战争，性质上是侵略与反侵略之战。

历史上草原每一代王朝的勃兴，通常刚从人类童年时代的门槛跨出，战争对于他们来说是正常的营生，他们还无法理性地区分侵略、反侵略、正义、非正义的界线。在古代未有明确主权界限的王朝国家，两个毗邻的民族我打你、你打我是常有的事情，汉人政权在强盛时领土覆盖到草原，草原王朝勃兴之时，马蹄踏进了长城。草原民族在与汉人的摩擦、冲突过程中迅速汉化，随着战争的深入，他们与汉人一样，都是基于"天下一统"的观念，因而，两个民族的纷争同时也是共构中华的过程。

今天，史学如何评价草原民族与汉人历史上的战争，主要是依据史料，叙说引发战争的原因、过程与结果。如果将两个民族之战定性为侵略与反侵略，汉人政权继承草原政权的道统，无异于继承了一个侵略者的版图，我们的历史也就无法从法理上得到合理的解释。

参考文献：

[1] 见蔡中涵《斐济大酋长会议在现代政治之角色》。

[2] 见《旧唐书·列传》第一百五十卷黄巢传。

[3] 见《史记》第六卷，《秦始皇本纪》原文："东至海暨朝鲜，西至临洮、羌中，南至北向户，北据河为塞，并阴山至辽东"。

[4] 见《汉书》第九十六卷，《西域传》。

[5] 见《通鉴》第一百九十三卷，《唐纪》贞观四年二月甲辰。

[6] 见《大义觉迷录》："自古中国一统之世，幅员不能广远，其中有不向化者，则斥之为夷狄。如三代以上之有苗、荆楚、犭严狁，即今湖南、湖北、山西之地，在今日而目为夷狄可乎？""本朝之为满洲，犹中国之有籍贯。舜为东夷之人，文王为西夷之人，曾何损乎圣德乎！"

[7] 见周有光《周有光文集》。

[8] 见恩格斯《费尔巴哈和德国古典哲学的终结》。

[9] 见恩格斯《家庭、私有制和国家的起源》。

[10] 见明朝官修皇帝实录《明太祖实录》，洪武二十二年（1389 年）十二月，明太祖朱元璋给哈密国兀纳失里大王的信。

第一章

耶律阿保机与契丹辽

　　辽朝的主体民族叫契丹族，7世纪上半叶之前是契丹族的孕育与形成阶段；之后，契丹人开始作为我国历史上一个独立的民族存在与发展，同时又成为唐王朝统治下的臣民。

　　契丹族发源于中国东北地区，属于历史上的东胡，其源来自于东胡鲜卑宇文部，宇文部的先祖是匈奴人，后来加入鲜卑部落联盟，因此，契丹人的血管流淌着鲜卑与匈奴的血液。也包括部分乌桓人的血统。

　　公元89—105年（后汉和帝永元年间），匈奴被汉朝击溃后，北单于逃走，鲜卑人进据了匈奴故地，"有十余万落"未逃走的匈奴人加入了鲜卑。这十余万落匈奴人不再以匈奴为号，而"自号鲜卑"。此后，在与鲜卑人长期错居杂处中，由于相互通婚等影响，差别越来越不明显。

　　草原天骄耶律阿保机首建契丹王朝，到了儿子耶律德光那一代，随着领土的扩大，改国号辽，辽朝是中国北方的大国，国土约等于两个北宋，不过宋人并不自知，一直将辽朝当作边鄙小国。

第一节 耶律阿保机与契丹

一

契丹人是这样传说他们的民族起源的——

很久很久以前的一天，风和日丽，祥云袅袅，一个半人半神的男子，叫作奇首，骑着白马，沿着马盂山，踏着土河的碧波向东而来。这时候，又有一位天女侧坐在青牛背上，从松林中出来，沿着潢河飞流而下。两条河在木叶山合流，男子和天女邂逅了，天女抬眼望去，对岸水草碧如染；奇首远观，隔河山花红欲燃。这对男女心头一震，一时间心花怒放，隔河打起了手语，秋波杏眼一相接，虽然未能读懂对方的意思，但都明白对方没有恶意。奇首很快就趟过河去，那是春梦无痕的年纪，不久他们就结成了夫妻，生下了八个儿子。

他们在那茫茫的草原上放牧，春天接羔，夏天催膘，秋天配种，冬天孕育。春天他们追逐着融化的雪线北上，秋天又被风雪驱逐着渐次南下。那时候羊奶像河一样流淌，云雀在绵羊身上筑巢孵卵，和平又丰饶。他们的后代愈来愈繁盛，成了契丹八部。这八部叫作悉万丹部、何大何部、伏弗郁部、羽陵部、日连部、匹絜部、黎部、吐六于部。[1]

时雨云霓，光阴荏苒，木叶山见证了他们始祖的婚姻，那

---

[1] 《魏书·契丹传》："契丹之先，曰奇首可汗，生八子。其后族属渐盛，分为八部。"

地方是契丹人生命的起源，后来他们的春秋季祭，都用"白马青牛"来祭祀木叶山。[1]

八部生息在南到辽宁省朝阳市，北到西拉木伦河，西达内蒙古自治区赤峰市西南，东至辽河。后来他们与当地的乌桓人合流，叫作库莫奚。北魏时期，鲜卑人在征讨库莫奚时，奇首与天女的后人被迫从库莫奚中分离出来。逃到了黑山，那里水草丰茂，得山川之助，他们生存下来，此后他们把黑山当作了再生之地与灵魂的归宿地，木叶山与黑山祭祀后来成为辽朝的国家级祭祀盛典。

古八部时期的契丹人从事游牧射猎，"随水草畜牧"。过着以肉为主食，以皮为衣的生活。各部分别向隋朝朝贡，这种状况，一直延续到隋末唐初大贺氏部落联盟形成。

契丹人多次被鲜卑人攻破，又先后受到回纥、高句丽、突厥的侵逼，外族人犹如洪水猛兽，鲸吞虎噬，在弱肉强食的丛林法则中，他们终于认识到，分散的各部只有联合为一个统一的力量，才能与别族抗衡。隋末唐初。契丹人形成的第一个部落联盟，即大贺氏部落联盟。

大贺氏联盟八部的活动地域虽然与此前旧八部大体相同，但他们已经不再是原有的八部了，大贺氏联盟的"君长"和各部落部长，既是契丹人的最高首领和各部酋长，又分别为唐代都督府与州的都督、刺史，成了唐王朝的臣民。大贺氏联盟经历了十君长，后期因为争夺君长之位而衰落，代之而起的是遥辇氏。

---

[1] 《辽史》卷37："相传有神人乘白马，自马盂山浮土河而东，有天女驾青牛车由平地松林泛潢河而下．至木叶山，二水合流，相遇为配偶，生八子。其后族属渐盛，分为八部。每行军及春秋时祭，必用白马青牛，示不忘本云。"

遥辇氏的后期，契丹人的活动地域大大扩展了，北达嫩江下游的洮儿河一带，南迄幽、蓟地区，西控奚人而役使之。"辟地东西三千里"，比大贺氏时期的"地方二千里"辽阔强大多了。[1] 这一时期，契丹人传统的畜牧业、狩猎业有了很大发展，马是他们财富的象征，"其富以马，其强以兵"，"挽强射生，以给日用"。

耶律阿保机所在的迭剌部因为离中原较近，有很多汉族移民，公元9世纪中叶起。耶律阿保机的祖父匀德实开始教民耕种，这是契丹人农业生产的开始。耶律阿保机的父亲撒拉又开始冶铁，手工业生产也发展起来，史称"教民鼓铸"。耶律阿保机的三伯父释鲁又开始教民种植桑麻，习纺织，筑城筑室。许多文明都联系着耶律阿保机的家族，这使迭剌部在契丹八部中遥遥领先，阿保机的家族也成为遥辇氏联盟中的一颗耀眼之珠。

财富的发展与争夺造成了外争内斗，契丹传统的体制也在酝酿着变革。这一时期，部落组织还存在，但国家机制的私有与专制因素已在萌芽。形成了对外对内的激烈争夺。耶律阿保机就是这一个时期一位经天纬地的英才。

二

一望无际的草原，近看碧绿，远望如蓝，万里晴空，白云冉冉。新婚的岩只斤赶着马群，奔驰在千里的草原上。马群向着小溪而来，小溪蜿蜒地向前流去，将万里无垠的大草原分割成两半。太阳出来了，刹那间草原变得格外明丽，水底的白云就如可爱的羊群在蠕动。

---

[1]　见《辽史·地理志》。

马群的到来，搅乱了一溪清泉。羊群模糊了。年轻的岩只斤清丽脱俗，惊彩艳艳，一时兴起，轻启朱唇引颈高歌，婉转莺声一泻千里，引得百鸟和鸣，金玉交辉犹如天籁之音。唱着唱着。她觉得有点累，头昏眼花之际，只觉太阳从天上掉了下来，滑进她的怀里。

不久，岩只斤怀孕了，隔年，阿保机出生了。那是公元872年的事。阿保机出生这一天，随着一声啼哭，惊醒了草原上的百花，花香向着岩只斤的帐篷聚集过来，一时异香扑鼻。岩只斤睁开眼睛，呱呱落地的阿保机竟如二三岁的小孩一样，一出世就能匍匐着爬行。[1]

年轻的岩只斤拢抱着他，在他鲜嫩醉人的肌肤上闻到他父亲的气味，她沉溺，她忘怀，她怀疑天地的中心就在他的心里，如今这颗心就在她的臂弯里跳动，她相信他将来是要成就一番事业的。

阿保机的父亲就是教民冶铁的耶律撒拉，阿保机出生的时候没有姓，后人习惯称他为耶律阿保机。"耶律"这个词在契丹语中意思是皇族，那是阿保机死后，才被契丹皇族确立为自己的姓氏的，契丹中许多显贵家族后来都划归并赐姓耶律。小时候的阿保机喜爱汉文化，年轻时他给自己立了个姓——刘——那时候他认为自己长大后功业应该像汉朝的刘邦一样辉煌。阿保机又给自己起了个汉名叫亿，刘亿就是他的姓和名，《辽史》记载他，"讳亿，字阿保机。"小名叫作啜里只。

那时候阿保机的母亲岩只斤也不姓萧，她是乙室和拔里族人，这一族长期与耶律皇室通婚，成为契丹人的后妃族，阿保机在位期间，觉得这一族在契丹中举足轻重，赐姓萧，好比汉

---

[1] 见《辽史·太祖纪》。

朝开国丞相萧何。

"哒哒哒！"一阵马蹄声冲过，犹如铁锤敲打着阿保机的奶奶萧月里朵的心，令老人毛骨悚然。

"啜里只，啜里只！"奶奶拼命喊叫起来。

"奶奶，我在这。"阿保机飞奔过来，投进了奶奶的怀抱。阿保机是奶奶的命根，奶奶只要一刻半会见不到阿保机，心就悬了空，手脚无措，不知如何是好。

岁月不饶人啊！萧月里朵越来越真切地感受到老之将至，她的头上已经铺满了霜雪，生活愈来愈散发着一种岁月的霉味，"我年事已高，别无所求，只希望这孙子阿保机快快长大，别出事故！"这位外表朴素的奶奶，她的丈夫叫匀德实，是阿保机的爷爷，匀德实是迭剌部的军事首领，契丹语叫作夷离堇。那时候，契丹八部中，每一部都有一位夷离堇掌握本部的军事，由于迭剌部的实力遥遥领先，因此迭剌部的夷离堇同时也兼任遥辇联盟的夷离堇，主管整个联盟的军事大权，这可是实力派，联盟可汗的女婿耶律狠德窥视匀德实这个职务已经多年。

天高云淡，和风徐徐，匀德实出去射猎。匀德实今天的手气很好，百发百中。那马见主人心情畅快，也振奋起来，扬蹄向前奔去。草原团花簇锦，万紫千红，粉色、紫色的花连成一片，飞快地向后退去，匀德实轻舒猿臂，一箭又射中一只狐狸。兴奋得嗷嗷大叫起来，那马觉得受到鼓励，四蹄撒开，几乎和地面平行，很快就将匀德实身边的随从远远地甩在后面。

风从匀德实身体所有透气的部位钻过去，匀德实只觉身体被气流托起来。前面是一片灌木，飙风般的马刹不住蹄，从两棵矮树中间穿过，一根枝条迎面击中了匀德实的门面，匀德实猝不及防，翻身落马。老猎手就地一滚，翻身跃起，顺势拔了一把草。

匀德实累了，马也累了，打着响鼻，前后倒蹄，适应着奔驰之后的停歇。匀德实轻轻拍着马的脖子，将草递到它的嘴边，汗津津的马抬起头来看着主人，眼神深邃，睫毛翻飞，它缓慢地嚼起草来。猛然间，那马似乎有事，一个转身，将匀德实撞倒在地，随着一声嘶鸣，马的右腹中了五六支箭，扑倒在地。匀德实还没弄清怎么回事，一支追命夺魂的箭从他的后背贯穿前胸，匀德实艰难地转身，见到一个身影，"狠德，狠德，狠德！"他大喊三声，刹那间身上又中了三箭。随从赶来的时候，匀德实的眼睛已经散了光。

联盟军事首领被暗杀，这可是大事件！傍晚时分，匀德实四个儿子抬着父亲的尸体，来到盟长的帐篷，他们要求盟长追查杀人凶手，予以严办。正说间，只听一阵脚步声，耶律狠德闯了进来，嘿嘿几声冷笑，一副君临一切的霸气："我正想把你们斩尽杀绝，你们倒找上门来！"耶律狠德仗着岳父位高权重，有恃无恐，见雀张罗，巧取豪夺，在联盟中积怨甚深。

这时候帐篷已经被他的卫队包围了。兄弟四人一见势头不对，慌忙夺门而出，他们背靠着背，互相掩护，夺马冲出重围。他们不敢回住处，四人在茫茫草原跑了一夜，最后躲到了突吕不部落。

时过境迁，人去物非，那时候阿保机刚出生不久，经不起这高岸深谷般的生活，只好留在奶奶身边。失了势的老奶奶带着幼小的阿保机在担惊受怕中度日如年。

第二节 联盟的内争

一

阿保机的爷爷匀德实之死，使匀德实这一枝花落支残，元气大损，幸好他们的家族一向根基深厚。匀德实有两个哥哥和一个弟弟，长兄早死不提，二哥耶律帖剌在迭剌部里是个名副其实的实权人物，曾经九任夷离堇。家族里有这样的实权人物，树大根深，就算耶律狠德再狠，也是无法将其连根拔起的。

谋杀了匀德实，耶律狠德夺得了夷离堇的宝座。就在他接任夷离堇职务的典礼上，一件意外的事情发生了。

契丹人的可汗与军事长官在接任的时候，需要举行燔柴礼。燔柴礼，顾名思义，就是燃烧木柴，当浓烟直达天庭，告禀神灵之后，就算是册封了。举行燔柴礼的时候，接任的人要先完成一个"再生"仪式。也就是接任后，他不再仅仅代表自己家庭，必须全心全意为部落和联盟服务。这时候他必须走进一间没人的帐篷，换上夷离堇的服装行头，再出来向部落的民众致意。

当耶律狠德志满意得地钻进了帐篷之时，一个人影一闪，耶律狠德只觉脖子一凉，什么也不知道了。外面的人只见刀影一闪，鲜血飙溅在帐篷上，红了。说时迟，那时快，耶律蒲古只提着耶律狠德的人头出来，大声宣布："耶律狠德谋害夷离堇匀德实，大逆不道，已经伏诛了。"耶律狠德的手下人还没反应过来，耶律蒲古只的一班人已经拔出刀来将他们全杀了。烛火之光怎能与日月争光，耶律蒲古只顺势当上了夷离堇。

耶律蒲古只是耶律帖剌的儿子，匀德实的侄儿，算起来应该是阿保机的堂伯父。匀德实那四个流亡在外的儿子听说仇人已死，大喜过望，从突吕不部落回到了迭剌部。随着父亲和叔伯回到本部落，小阿保机的日子总算舒坦了。

此后，迭剌部夷离堇一职就在耶律帖剌与匀德实这同祖两支的子孙中，三年一任轮流着当。先是耶律帖剌的儿子耶律蒲古只诛杀耶律狠德后上位。耶律蒲古只之后是匀德实的二儿子耶律岩木，耶律岩木先后担任了三任夷离堇，去世以后就轮到了耶律阿保机的父亲——耶律撒剌。耶律撒剌之后，夷离堇的宝座又落回了耶律帖剌的儿子耶律偶思手中。耶律偶思在位时间不久，轮到阿保机的三伯父耶律释鲁。

这时候，十多岁的阿保机已经练就了一身好武艺，他身材魁梧，体格健壮，身高九尺，天堂丰满，下颚尖细，目光炯炯有神，能开三百斤的硬弓。[1]

阿保机开始在耶律释鲁的手下担任军职挞马沙里。

后来，他的伯父当了联盟的于越官，于越相当于中原王朝的宰相。三十岁的阿保机也在选举中被推为夷离堇。阿保机掌握了联盟的军事大权之后，开始了四处征讨，扩大自己的财富和权威。他先后打败了室韦（蒙古）和奚人等部落。公元902年又挥军南下，进攻华北的河东，夺得了大量的财富和粮食，俘获了很多汉人，大大增强了耶律家族的实力。

不久，他的伯父在政争中被杀，阿保机继承了伯父的职位，成了一人之下，万人之上的于越。当上了于越的阿保机决心向可汗的宝座冲刺，他第一步的做法就是继续扩大自己的势力，进军中原。公元905年，阿保机率领七万骑兵到云州（今山西大同）和后唐的李克用会盟，结为兄弟，共同攻打幽州的刘仁恭。阿保机攻陷了很多城池，掳掠了很多财富和人口，所有的战利

---

[1] 《辽史·太祖纪》："身长九尺，丰上锐下，目光射人，关弓三百斤。"

品都成了阿保机的私有财产，耶律家族成了联盟中的首富。

公元 907 年，唐朝灭亡，就在这一年，阿保机取代了遥辇氏的可汗痕德堇，登上了联盟可汗的宝座。那时候，联盟的可汗是三年一改选。阿保机身边的汉人谋士常常向他鼓吹，中原的帝王从来不改选，都是终身的，而且世世代代传给自己的子孙。尝到了权力甜头的阿保机动了心。

妻子述律氏怀孕了，肚子一天天拱起来。阿保机摸着妻子滚圆的肚子，若失若亡。他俯下身体，耳朵贴在妻子的肚子上，细心地倾听胎儿的情况。终生可汗就如这胎儿一样，似乎就要脱胎而出，又像什么都没准备好一样。该不该行汉制呢？一连多天阿保机沉浸在美景之中，又陷入永不消逝的痛苦中。任何事情总归要有人来尝试，可是会不会发生争夺流血，兄弟反目呢？

妻子明白他的意思，对他说："这可不是小事！这种事只能由上天来决定！"

"上天怎么决定？"阿保机不明白妻子的意思。

"就看你这三年能给耶律部落和联盟带来什么变化。"妻子似乎胸有成竹。

阿保机明白了，他的脸颊变得潮红，嘴唇青白，泪水汹涌，他冲出帐篷去，扑进深深的积雪，浑身颤抖，望着无边星空，很久很久才平复情绪。他终于立起身来，双手伸向苍穹，大身高喊："老天，阿保机一定证明给你看！"

欲望是个永远无法满足的东西，阿保机下决心将选举制变成"子继父位"。为此他大力加强耶律家族与妻族述律氏的权力。第二年（910 年），阿保机亲率四十万大军南下，攻占河东九郡，俘获大量汉人和财富；归来之后又攻打东北的女真部落，俘虏女真三百户。契丹的领土迅速扩大，阿保机的威望如日中天，人们都在诉说阿保机的功绩，歌颂他的神勇，说他就如天上的太阳一样，照到哪里哪里亮。

二

斗转星移，时序更迭，在颂歌中成长起来的阿保机很快就做了3年可汗，族中人见他丝毫也没有让出可汗这个位置的意思，开始嘀咕了。按照传统的"推举制"，可汗的位置一旦落到耶律家族中，族中任何成年男子都有权利在竞争中担任可汗，阿保机不让出位置，这就堵死了他们选举和被选举的权利，为了夺回自己的权利，耶律家族的兄弟们率先起来反对阿保机。

满天星斗，火光熊熊，篝火上一只烤全羊，油脂滴答，香气四溢。四把刀子轮流片着羊肉，四个汉子就着草原上的野葱，一阵大嚼。可汗这个位置就像这烤全羊一样香，吸引着耶律家族的刺葛、迭刺、寅底石和安瑞四人，他们一边吃肉，一边喝酒，又全都呆呆发怔。

他们发呆意味着举棋不定，四人全都沉浸在一种杂乱的惊慌中，他们所要反对的可汗是自己的哥哥啊！

财也大，势也大，
以后子孙祸也大。
若问此理是为何？
儿孙财多胆也大，
天大事情都敢干，
不丧性命不肯罢！

"月圆那天，他会来参加草原的舞会，到时候我们先叫人干掉他的侍卫军，把他劫持走，再逼他让位。"安瑞终于开了口，四人喝光所有的酒，醉醺醺各自回去。

第二天下午，安瑞刚走出帐篷，突然来了一队侍卫军，不由分说将他按倒在地，捆了个结结实实，顺手又狠狠给了他两马鞭，安瑞老实了，乖乖跟着走。

原来昨晚安瑞回到帐篷，因为喝醉了酒，在妻子面前露了口风，妻子觉得这事非同小可，第二天一早，偷偷地告诉了阿保机，阿保机立刻派人将这四个阴谋叛乱的兄弟抓起来，将他们带到黑山上。

到了山顶，安瑞见剌葛、迭剌、寅底石三人被捆着吊在树上，一个侍卫正在磨着杀牛刀，安瑞瘫倒在地，怎么也站不起来。阿保机终于来了，他拿起刀，架在安瑞的脖子上："你们都说爷爷那时候好，大家有平等的权利。从前再好，也走不回去；明天再难，也要抬脚继续。怀旧，那是需要成本的，一旦成本过高，我们就会全部完蛋！"

"不，可汗哥哥，你的欲望也太高了，就像那天边的乌云，我们都不知道以后的太阳还能不能升起？"

"欲望？欲望就是求新，你们知道吗？你们要是能像我一样打败女真、汉人、韦室和奚人，我就让你们起来当可汗，可是你们要是打不败他们，就会被他们打败。你们要是放不下可汗这个位置，被打败成了奴隶，那时候你们有安生的日子过吗？"

阿保机把他们狠狠地训了一顿，因为是自家兄弟，不好杀他们，这时候，侍卫牵来白马青牛，宰杀之后准备祭天。阿保机挥刀跃起，砍断四人的绳索，将他们放下来，兄弟握手言欢，对天盟誓，今后要和睦相处，阿保机赦免了他们。

四人回去以后，过了两个月安生的日子，不久，可汗的宝座又像磁石吸铁一样吸引着他们的心，一想到这辈子再也没有机会登上可汗的位置，他们的眼就急红了，脸也急歪了，尤其是刺葛，他是族中人最看好的。

第二波起来叛乱反对阿保机的人越来越多，最令阿保机想不通的是刚刚接受任命的惕隐滑哥也在其中。暴风骤雨的反叛悄无声息地在酝酿和进行着，这一次阿保机丝毫也没有觉察。

同年（911 年）7 月，阿保机率大军攻打术不姑部，同时下令刺葛攻打平州（今河北卢龙），三个月后，刺葛攻占了平州，接着切断了阿保机的归路，令人通知阿保机，"可汗要回来可以，那就交出可汗的神帐和旗鼓，参加可汗的改选大会。"

阿保机知道退路已经没有了，硬拼吧，眼下兵力不够刺葛多，他迅速带着一小队人马，以迅雷不及掩耳的速度绕过他们，直奔黑山而来，刺葛侦知情况，带着人马风驰电掣地追赶而来，他们包围了黑山，刺葛带人攀上黑山顶上，只见浓烟滚滚，直冲苍穹，原来阿保机已经在黑山顶上举行了燔柴礼。

"来人！"阿保机一声喊，侍卫立刻将刺葛按倒在地，阿保机用刀指着刺葛说："我已经举行燔柴礼，上苍册封我继续当可汗。你不服气，想当可汗吗？你可以上天去禀告神灵呀，来人，将他扔火里！让他升天去！"

"不要，不要啊，可汗！"刺葛大声喊叫，拼命挣扎。

"放下他！"

那时候的契丹人把仪式当作真实，以为浓烟直达天庭就是告知了神灵，上天既然没有降下狂风骤雨来灭了浓烟，也就是上苍同意了。神灵同意的事情他们怎么敢反抗？

按理，刺葛也可以抢先举行燔柴礼，可这些朴实的契丹人手里没有神杖和神器，也没有阿保机手中实力雄厚的侍卫军，这使他们没有了底气。

剌葛一下地，立刻向阿保机请罪，率领手下拥戴阿保机再次成为可汗，兄弟戏剧般言归于好，一场叛乱又平息了。

时间又过了两年，眼看第二次可汗的任期又快完了，兄弟之情毕竟不如可汗这个位置更有诱惑力，这一次，族中弟兄决定孤注一掷。当年三月，他们秘密商议，推举剌葛为新的可汗，再次发动反叛，派迭剌、安瑞带领一千人马去朝见阿保机，准备伺机劫他。

这一次阿保机事前觉察了他们的阴谋，迭剌、安瑞一到，阿保机立刻将他们收捕，随行的一千骑兵也乖乖缴械，当了俘虏，接受了改编。阿保机马不停蹄率领骑兵前来围剿剌葛的叛军。就在阿保机包围剌葛的时候，剌葛已经派出一支神兵，寅底石领兵包围了阿保机的行宫。

守卫行宫大帐的是阿保机的妻子，她率领留守的士兵死命反抗，终归寡不敌众，一阵激战之后，寅底石他们搬走了象征可汗权力的神杖和神器，放火焚烧了大帐，扬长而去。冲天的火焰就如一个报警器，引来了周围几路驻守的士兵，寅底石他们还没走出多远，就被几路援军团团围住，一时间灰尘滚滚，血溢刀头，殊死搏斗之后，阿保机的妻子终于夺回了神杖和神器。

四月，阿保机击溃了剌葛的队伍，他不急于追赶，他知道剌葛的队伍依然人多势大。赫赫炎炎如聚山，浩浩荡荡似流水。但他们长期在外征战，不久就会因为思念家乡而士气低落，等到他们无心恋战之时再出兵定会取得胜利。

两军相持了一个多月，五月底，阿保机领兵进击，很快就俘虏了剌葛，彻底击溃了他的队伍。这次交战，造成了部落经济的停滞，上万马匹损耗过半，很长一段时间，部落成员出门都要走路。

三

清秋里一行大雁凌空飞过，携了风声，剪破那宁静的蓝天。草原之秋，万里无垠的大草原，马肥草茂，正是军事与战斗的季节。

按下葫芦浮起瓢，清除了本家族的叛乱，阿保机又面临着契丹其他七部的反对。七部联合起来，力量就如黑山压顶而来。他们以恢复传统的可汗选举制为旗号，试图迫使阿保机让出可汗的位置。

阿保机与谋士商量，退一步海阔天空，为了保全自己，首先必须做出退让。他交出了神杖与神器，又答应让出可汗之位。接着，又和各部落首领谈判说："我当了九年的可汗，有许多汉人成了我的臣民和属下，我想率领自己的部分子民驻守汉城，可以吗？"众首领经过商议，觉得阿保机到了汉城，就不会对联盟造成危害，巴不得他走，于是同意了。

故乡就像每个人的童年，离开了就回不去了。阿保机想到这些年的拼搏奋斗，想给子孙一片天空，却抽掉自己立足的一方土地。也许是他目标太专一，用情太深，根本来不及思考别人的想法，如今竟失去了安顿心灵的精神家园。想到这些，阿保机不觉潸然泪下。谋士安慰他，建议他到汉城后，和汉人一起开荒耕种，开采盐铁矿，韬晦练兵，修整鳞甲，汉城富足了就有东山再起卷土重来的本钱。

汉城的经济蒸蒸日上，阿保机将盐不断输送给那七个部落，盐对于草原人来说就如阳光雨露，七部族众都感念阿保机的好处，他们再也不提防阿保机了。阿保机于是派人去告诉各部落首领说："我经常将盐供给你们，你们只知道吃盐方便，却没有想到盐池主人的辛苦，现在你们应该来犒劳我和我的部下。"众首领觉得有理，于是带上牛羊和酒到汉城来见阿保机。

阿保机设宴盛情地招待他们。三碗过后，众人话多起来，纷纷称赞阿保机送来的盐简直就是久旱甘霖，酷暑透雨。正说着，进来一个歌舞班，个个月貌花容，香躯艳体，粉面如花花惹露，纤腰似柳柳摇风。又是唱，又是舞，又是劝酒，契丹首领何曾见过汉人花娘，一个个眼睛绿了起来，又是抱，又是搂，恨不得把酥胸揉碎，很快地个个喝得酩酊大醉，东歪西倒。

阿保机也醉了，他挣扎着立起身来，拿着酒杯的手不断地发抖，"啪！"的一声，酒杯落地摔得粉碎，这时候，埋伏在大帐外面的杀手涌了进来，手起刀落，将七部首领全都杀了。隔天，阿保机立即带兵分别进攻各个部落，蛇无头不行，各个部落一时间群龙无首，乱成一锅粥，只好归顺到阿保机的旗下。阿保机统一了契丹各部，又一次成为契丹可汗。

公元916年2月，阿保机仿照中原王朝的体制，在龙化州（今赤峰市敖汉旗东部）以东修筑天坛，正式登基称帝，建元神册，国号契丹。封妻子述律氏为皇后，同年3月，立皇子耶律培为太子，契丹正式立国。此前，阿保机虽然连续三次为契丹可汗，但那还是部落联盟性质，自916年登基之后，才真正成为北亚草原大帝国。

第三节 一国两制的王朝

一

阿保机称帝之后，大力发展政治、经济与文化事业。他任命大臣耶律曷鲁为于越，处理国家各种事务。那时候，阿保机在与华北李克用的争夺中，已经侵夺了华北若干个州，拥有为数不少的汉人。

契丹自大贺氏、遥辇氏联盟以来，已经有了几百年多部族联盟的历史，在正常的情况下禁止杀戮部落成员与领地的居民。相比较华北的军阀政权，他们多是藩镇、节度使出身，在群雄发迹过程中，主要是以"暴力"起家。在镇压黄巢起义，复兴唐王朝中，李克用"居功至伟"，但在进入长安之后，为了取悦部下，放纵将士抢掠，李克用虽被封为晋王，实质依然是一个无序的暴力集团。因此，华北汉人更乐意成为契丹的臣民。

阿保机于是实行一国两制，将契丹和汉人分开治理，设立了南府和北府，最高长官也叫宰相。北府负责处理契丹和草原民族的事务，南府负责管理汉人的事务。在两套机构中"以其政、治其民"。

神册三年（918 年），耶律阿保机下令修建皇城，100 天内就完成了主体工程，接着在城内修建孔子庙、佛寺和道观，拓展中原文化。阿保机很重视重用汉人，视才如金，求贤若渴，对那些愿意归顺而有才学的汉人，都委以重任，如卢文进、韩知古、康默记、韩延徽。他们将汉人的生产技术交给迭剌部人，促进了当地的经济发展，对阿保机建立契丹国起了重要的作用。

阿保机建立契丹国的时候，各部落使用的都是自己的土字，神册五年（920 年），阿保机命突吕不、鲁不古和部分汉人知识分子研究制定了新的文字。众人参照汉字结构，创造出了契丹大字。不久，阿保机又命弟弟迭剌创制了契丹小字，随后，阿保机将新型的文字在全国推行。

阿保机认为："国家事务众多，巨细不一，如果法度不明，如何治理？"神册六年（921 年），阿保机命大臣根据实际情况制定出治理契丹和各部落的"决狱法"，又设置了决狱法官——夷离毕。对于汉人的管理则全部依据唐律。此后契丹有了新的《法律》。此外，阿保机接受了汉人韩延徽的建议，将从中原俘获的汉人集中安置在契丹新设置的州县里，让他们从事农业生产，满足了国家粮食的需要。汉人在这里很快就适应，有安居乐业的感觉。

二

短短几个年头，契丹王朝很快就走上了正轨。政治、军事与经济逐渐安定之后，阿保机又将目光放在开疆拓土上。那时候，漠北的游牧民族各自为战，势力不大。东方的渤海国日益衰落，中原的后梁朱温与晋王李克用则常年拉锯战，这给了阿保机一个拓展领土的大好机会。阿保机决心建立一个南到黄河，北到漠北的军事强国。他决定先征服黄河北部地区。但阿保机两下中原，均被后唐李存勖打败，铩羽而归。阿保机不得不改变战略部署，先解决西北与东北，消除两侧的威胁再率兵南下。

公元 924 年，阿保机率兵攻打党项、阻卜等部落，大军到达乌孤山（今肯特山），当年十一月俘虏甘州回鹘都督毕离遏。隔年四月，回鹘乌主被迫向阿保机纳贡谢罪。阿保机的下一个目标就是渤海国。

天显元年（926年）二月，阿保机出动几十万大军，攻占了渤海国的西部重镇扶余城（今吉林农安），经过了六昼夜的急行军，到达渤海国首府忽汗城（今黑龙江安东京城）。渤海国老相慌忙带领渤海军三万人出城迎敌，阿保机的弟弟安瑞与萧后的弟弟阿古只率领的一万骑兵首先到达，一鼓作气冲垮了渤海军，太子耶律倍、大元帅耶律德光、宰相苏的先遣军随后赶到，契丹军里三匝外三匝将渤海京城围得像铁桶一样。

甲声如潮水，狼烟拱阵云。渤海文武百官个个面如白纸眼如灯，满街市民众乱奔如蜂飞。一座繁华的京城就如残花与落叶，渤海军几次突围都被杀了回去。围城三日，渤海国王大　撰万般无奈，身穿素服，举着白旗，率领几百名大臣凄凄戚戚来到阿保机马前投降。阿保机接受了渤海国的投降。八天之后，阿保机派遣康末恒带领几十个士兵到城里去收缴兵器。

烈风中万木萧萧，雨雪中冰川冷冷。渤海人不服啊！渤海，素有"海东盛国"之称，五京十五府，六十二州，一百三十余县。传国十五世，历时二百二十九年。历来经济发达，文化繁荣，京城八十二坊，就是一个小长安啊！如今说亡就亡了吗？

君王投降民不降，"契丹算什么？不过就是近年来一个暴发户。"被仇恨激红了眼睛的渤海兵，风卷残云般将那几十个契丹人斩尽杀绝。阿保机闻报"渤海既降又反"，怒不可遏，立即从东、西、南三面攻城，几天后，城破，契丹骑兵冲进城去，双方展开了巷战，一时间荆山着火，玉石俱焚，都城终于陷落，阿保机挥鞭令大　撰跪在自己马前，彻底认罪，再次宣布投降。

阿保机接着发文向渤海国各州县宣布国王已降，下令他们前来归降。不久，渤海的将军与首领先后从境内各地赶到，表示归顺。阿保机将渤海改为东丹国，渤海京城成为东丹国都，任皇太子耶律培为东丹王，处理东丹事务。阿保机又在黑龙江和乌苏里江流域设置官府，实施管理。统一了东北地区。

天显元年（926年）七月，契丹军班师，起风了。风儿在轻唱着一首古老而忧伤的歌——

> 风知道今天我要和你们离别，
> 启程的时候请不要哭泣，那会令我心碎，
> 再见我的爱，再见！
> 只要你们记着我，
> 我就不会离你们太远，
> 我会一如既往地真诚，
> 请在梦里拥抱我，
> 直到我回到你们身边，
> 夜空的繁星会照亮我的旅程，
> 我要在每个孤独的夜轻声歌唱，
> 祈祷它们引领我回到你们身边。

班师队伍来到扶余城（故治在今吉林农安县，一说在辽宁省开原市古城），阿保机累了，不久就病了，病情日益沉重。阿保机病在四月天，他自出征渤海国，短短几十天就摆平了这个国家。他雷厉风行，日理万机，已经积劳成疾。更严重的是，草原的出征通常是秋高马肥的季节，四月是草原人最难受的季节——

> 作天难做四月天，

蚕要温和麦要寒。

行人望晴农望雨，

采桑娘子望阴天。

四月，做天都难，汉人难，草原人更难。渤海国首府忽汗城，海洋性气候已经侵袭了阿保机的肌体。阿保机在戎马倥偬的军旅生活中，并未留意到身体的变化。

渤海初定，阿保机本应该坐镇忽汗城，以防变故，但此时阿保机接到军报，中原后唐李存勖正闹兵乱。这对阿保机是一个绝好的信息，也是他军事计划中的一个重要的组成部分。依照他的宏图，想要确保契丹长治久安，必须与汉人划黄河而治，他想乘后唐兵乱，将班师队伍变作南下之师，打到黄河边，即使不成功，至少也必须像当年匈奴的冒顿与刘邦，划长城而治。

接到军报的第三天，他即宣布班师，他没有宣布班师的目的，军情不允许他全盘托出。众大臣也不敢多问，只是奇怪阿保机为何如此仓促班师。

班师队伍行到扶余府，阿保机病情日益沉重，走走停停一个月，一直在扶余境内。这一日，阿保机接到报告，"后唐使团到来。"他勉强爬了起来，不愿让使团见到他的病态，于是，穿上锦袍，又喝了一杯酒，以酒气壮脸色，隆重地接待了使者姚坤。

姚坤是来报丧的，他告知阿保机，后唐庄宗李存勖已在兵乱中被杀。这个信息给了阿保机一个沉重的打击，犹如一把重锤击在一棵大树上。阿保机的脸色变得颓然。多年来，阿保机就如一只雄鹰，翱翔在辽阔的草原上，他的军队所向披靡，百战百胜，令他沮丧的是他两次被李存勖打得狼狈逃窜。李存勖成了他人生最后一个对手，他必须在有生之年挫败李存勖，才能证明"草原之师，天下无敌"！阿保机有一种不达目的，决不罢休的性格。如今李存勖死了，对手没了。英雄就怕失去对手，没有对手意味着没了理想和希望。

阿保机接着问起后唐现状如何，姚坤告诉他，政权交接顺利，如今李嗣源已是后唐明宗。这又给了阿保机一个沉重的打击，能够战胜李存勖的绝非平庸之辈，李嗣源历来深得后唐军民爱戴，如今很快就平息事端，安定政权。阿保机深知，以他目前的病躯是无法战胜李嗣源的，他的脸色变得更难看了。

阿保机紧接着又问起李嗣源即位的合法性，最后亮出底牌，希望李嗣源割让幽州，以长城为界，签订盟约。姚坤告诉他，兄亡弟绍，李嗣源即位，无可指责。割让幽州之事不是他能决定的。阿保机绝望了，大树在一锤锤击打下摇摇欲坠。

当天晚上，姚坤见到天边一颗流星拖着长长的尾巴，向西边落下去，他一时不明流星所主何事，第二天匆匆告辞归国。

阿保机已经不行了，萧后昭告全军准备镐素举哀。全军将士跪倒在阿保机军帐前面，来与契丹人的皇帝作最后的诀别。回光返照的时候，阿保机睁开了眼睛。天边，白云翻滚，不断地变幻，一会儿像猪，一会儿像牛，转眼之间是活脱脱的一只狗。萧后就在身边，阿保机艰难地抬起手，说："白云苍——苍——苍，苍什么来喳？"

"白云苍狗。"萧后说。阿保机满意地点了点头。

云霞变幻得太快了，一下子又高远蔚蓝了。阿保机看完骆驼看狮子，看完狮子看大象。那一刻他理解了人生，人生就是这样短暂和不确定。天空就是他人生的宝鉴，生命就在宝鉴上不断变幻。说话间又成了黄色。

"黄龙，黄龙！"全军欢呼起来，天边的云霞变成一条黄龙。

"阿保机是黄龙降生！"萧后一边想一边转过脸来，顿时花容失色，阿保机已经咽气归天了。

"皇上龙驭宾天啦！"全军皆哭。不久，萧后宣布："扶余府改称黄龙府。"

阿保机走了，如同匈奴的冒顿，北魏的拓跋焘，突厥的阿史那，阿保机是草原的又一代天骄，他再次统一了草原。阿保机在短期内建立起一个领土辽阔的草原帝国，这个帝国虽然像匈奴一样，其兴也速，其亡也疾！不过，阿保机不是简单的冒顿再世，他在国家政权建设上不是冒顿所可同日而语的，阿保机是军事家，也是政治家，在他的国家机制中，他能够使华北的知识分子乐于为其所用，华北汉人也乐意归附，显示了草原人在政治上的日益成熟。

阿保机发挥了游牧国家的长处和优势，克服其短处与弱势，在保持国家的军事力量与能动性的同时，提供了安定性与持续性。他把游牧部落及其活动地域，移民人口及其生活空间连接为一个大系统，这是一种新的创造。[1]

两相比较，那时候的中原，随着后梁朱温政权的覆灭，后唐李存勖政权俨然成为中原之正宗，但李存勖不仅没有进行政权建设，相反却复活了晚唐宦官政治。在契丹王朝这颗冉冉上升的新星面前，后梁与后唐均黯然失色。

阿保机自 916 年建立契丹王朝以来，除了与中原后梁朱温以及吴越保持"旧交"之外，渤海、高丽、回鹘、阻卜、党项

---

[1] 参见（日）衫山正明著 乌日娜译 《疾驰的草原征服者——辽、西夏、金、元》，广西师范大学出版社。

都遣使朝贡，那时候，华北各藩镇，幽州、镇州、定州、魏州、潞州，包括最大势力的晋王李存勖，也都向契丹皇帝派遣了使臣，虽然有时候是出于刺探军情，性质上不属于"称臣"，但在其时的国家丛林中，无异于降"半级"。这种情况就如隋末的华北军阀一样，唯突厥的马首是瞻。

今天，草原已经成为"中华"不可分割的一部分，不能不承认，阿保机在位期间，契丹是中华大地上最大的宗主国，其影响力大于中原。一直到宋代中原才恢复了传统的宗主地位。宋、辽保持兄弟关系约120年，所有这些新关系，不是特定年代汉人的主流意识所愿意看到与承认的。随着"一山二虎"的出现，如何处理国家间的关系，是宋代面临的新问题，处理得好，会是双赢；处理不好只能双亡。

第四节 述律平、耶律培与耶律德光

一

阿保机是契丹王朝的"天皇王"，皇后述律平是"地皇王"，述律平小名月骨朵，从她这一辈往上数四代，有回鹘人的血统。阿保机与述律平是"从表兄妹"，这个兄妹政权除了阿保机之外，还有阿保机的异母弟、契丹首宰苏，以及皇后月骨朵的弟弟阿古只三套马车，构成了契丹朝的顶梁柱。

"福无双至，祸不单行"，就在这次班师途中，阿保机的弟弟苏也去世了，不久，皇后的弟弟阿古只也战死了。契丹人被一种神秘的宿命阴影笼罩着，惴惴不安。这个兄妹政权仅剩皇后述律平一人了。八天后，二皇子耶律德光在结束征战之后及时到来，十一天后，太子耶律倍也从东丹国赶来，母子兄弟相会在班师途中，抱头痛哭。因为阿保机没有留下诏书，述律皇后没有宣布谁是继承人，皇位只能虚空着。

述律平以"地皇后"的身份安排各方面事务，控制人心，一切井井有条。她带领远征军和随行大臣不动声色，缓缓而行，平安地回到根据地上京临潢府。遂下令修建阿保机的陵墓。

一年后，陵墓修成，着手安葬阿保机的遗体。述律平身穿一件白衫子，外罩一领赤麻衣。她将跟随阿保机一起出征的百余将领以及他们的妻子都聚集了起来，有话要对他们说。

塞外时令春来晚。灵堂外面，放眼望去，千里草原花儿朵朵开满了峰岭，十里杏林飞翠鸟，黄莺枝头告春来，和风阵阵吹得牧人醉。想往年，这时节，阿保机与述律平出双入对，奔驰在千里草原上，纵情高歌。这如今，阿保机已去，云路迢迢各东西。此情此景，述律平不由悲从中来，她面对众将领的妻子，抢天呼地地悲号："去年出征，为什么死的是我的夫君，而不是你们的丈夫？"

众人见问，一时面面相觑，不知如何回答，述律平又说："既然你们都不说话，那我就明确告诉你们，我现在寡居，你们都得效仿我。"[1]

"皇后，您寡居寂寞，我们姐妹以后都来陪伴您就是，您看如何？"一人说百人和。

"此话当真？"

"说出来的话，泼出去的水！"众人觉得太后讲话很横蛮，不知她要干什么。

"那好，本后相信你们。你们可以先走，你们的夫君都留下

---

[1]　《资治通鉴》："我今寡居，汝不可不效我。"

来。"

众命妇走后，述律平面对这批昔日南征北讨，与阿保机生死与共的大臣，哭哭啼啼说道："先帝没了，我好想他啊！我好想他啊！你们呢？"众人见问，一个个说："我们都受先帝之恩，哪有不思念的道理！"

"此话当真？"述律平追问。

"皇天可鉴！我们都很怀念先帝！"

"人心叵测，我怎么相信你们？来人啊！"随着述律平一声大喊，埋伏在灵堂周围的亲卫军一拥而上，将他们一个个绑起来。

"既然你们都说很怀念先帝，本后就给你们一个机会，去陪陪先帝吧！"[1]

一切来得太突然了，众人还来不及反应，脑袋都已落了地。灵堂血流如注，血深盈寸。白幡落红点点，麻衣变成了红袍。没有人知道这是让这班老臣去陪葬，还是怕这班人起来抢班夺权，只有这惨烈的事件是真的！

众命妇听说杀人了，疯狂地跑回来找述律平索命，她们把灵堂包围起来。亲卫军慌忙把她们拦在外面。

"烧了灵堂，烧死皇后！""对，烧死皇后！"

"烧死皇后！就让她去陪伴天皇帝！"契丹的礼教没有汉人那样森严，这些大官命妇说干就干，她们真的点起了火。

不知是述律平捅破了天，还是这些命妇要掀翻大地？亲卫军慌忙入内报告。述律平柳眉倒竖，大声下令："把她们都绑了，押进来！"

众命妇进来，见灵堂上排列这百十个头颅，面型可怖，个个死不瞑目，众人立时号哭起来，悲号中夹杂着惨嚎与尖叫，

---

[1] 《契丹国志》："受先帝恩，岂得不思""果思之，宜往见之"。

就如天崩地裂。契丹虽说也有殉葬的礼俗，从来没有杀命官，众人认为述律平变态，疯了，挣扎着要与她同归于尽。

述律平一声大喊，止住了骚动哭喊，遂开口说："本后不是和你们说，'我现在寡居，你们都得效仿我。'你们都没有反对。你们的夫君，本后也征求他们的意见，他们个个说很想念先帝，本后就让他们去陪先帝。你们要是离不开夫君，本后也成全你们，让你们也去陪伴你们的夫君。来人那！斩下她们的人头！"述律平一言九鼎，斩钉截铁地说。

话音刚落，就见一人走上前来，说："皇后，不可一时冲动，把事态扩大！先帝停枢一年了，如今还是先入土为安吧！"

述律平抬头看，说话的是汉将赵思温。赵思温是阿保机最为器重的将军之一，统领着契丹中的汉军，位尊权重。太后想，处理完契丹人，该轮到汉人了。她丢下一把钢刀，冷冷地对赵思温说："这么多契丹大臣都去了，你也去吧！"

汉人的思维可不同契丹人那样简单，赵思温问太后："我为什么得去？"

"先帝和你最好了，你为什么不去呢？"

"太后何不想想，如今这班老臣都死了，如果发生战事，谁来领兵打仗，谁来保卫契丹？"赵思温理直气壮地说。众人一听，暗暗叫好，汉人果然心眼多，咱契丹人咋就没想到，也不会问呢？终于有人说："问得好！""问得好！"

太后大怒，"去吧！不去，本后只好让亲卫军动手！"

"我不去！"赵思温偏强地说，见太后目炯炯地瞪着他，赵思温反问说："如果说先帝对谁好，谁就得去，你身为皇后，先帝对你最好了，你先走一步，臣下就随你来！"[1] 这一下真

---

[1] 《契丹国志》："汝事先帝亲近，何为不行？"

把太后问住了。

太后的脸红一阵，白一阵，好半天终于说："诸子幼弱，国家无主，本后现在还不能去。"述律平有三个儿子，他最小的儿子耶律李胡也已年满二十岁了，还说小？赵思温明白太后是在找托词，又激了一句："太后先走一步，臣就随你而去。"说着用脚把钢刀踢到太后跟前。

太后坦然地拿起钢刀，面无惧色，"来人，给她们松绑！"百来个命妇被松了绑。述律平伸出钢刀，说："来，你们谁人把本后的人头斩下？"这一问，倒把众人唬住了，没有人伸手接那钢刀。

"你们既然不动手，本后自己来。"说着就要自刎，两位皇子慌忙握住太后的手，大声哀求："母后不能走，母后不能走！契丹朝需要你啊！"说着跪倒在地，众人见状，也跟着跪倒在地喊叫起来。

"既然不让我走，那就让这条手臂先去陪陪你们的父皇。"太后说着，左手握刀，用力一挥，将右小臂砍了下来。那血腥的场面让在场的人心惊胆战，见识了这位太后的刚烈，没有人敢再闹。

述律平一条小臂，安定了政权交接可能出现的骚乱。但一时失血过多，晕倒在地，赵思温和其他大臣算是躲过一劫，留下了性命。

二

安葬了阿保机，随之而来的是皇位继承的问题。"国不可一日无君"，契丹皇位已经虚空一年又一个月了，太后述律平一直在权衡与观察。又是胡天八月飘雪的时节，这个问题再拖下去会出乱子的。

阿保机与述律皇后有三个孩子：耶律培、耶律德光、耶律李胡。幼子李胡最得述律平的宠爱，但皇位显然轮不上他。长子耶律培既是皇太子，又是新任命的东丹皇帝；次子耶律德光近年出任"征华北大元帅"，颇有军功。在长子与次子中，述律平更喜欢耶律德光。

耶律德光高大英武，外表威严，内心豁达，性情乐观，任劳任怨，没有城府，对母亲历来言听计从，百依百顺，他对唐诗知晓不多，但常常在母亲面前背诵："谁言寸草心，报得三春晖。"就凭这一点，述律皇后很中意这孩子。

太子耶律培自小聪颖好学，是个将才，自十八岁为皇太子之后，跟随父皇阿保机，皇叔苏以及舅父阿古只学习理政，变得越来越沉稳且有见识，正是这一点使他与母亲疏远了，述律平认为太子与自己没有那么贴心了。

这位未亡人会如何处理呢？按理，皇太子耶律培就该继承皇位，可耶律培新任东丹国（渤海国）国主。东丹国是大国而不是小族国。阿保机在生之时，为耶律培安排了一个班子：阿保机的二弟迭剌为左大相，渤海国的老相为右大相，渤海国司徒大素贤为左次相，契丹的耶律羽之为右次相。阿保机这样的搭配显然想建立一个新旧人员结合的权力复合体，形成一个以阿保机血脉为共同君主的"共主联盟"。为了确保耶律培顺利

执政，阿保机下令将渤海国皇室大撰带回契丹本土。在设立东
丹国班子之后，阿保机册封耶律培为"人皇王"，位居"天皇
王"、"地皇王"之后，又授予耶律培东丹国"天子"的冠服，
建元"甘露"，改首都忽汉城为"天福城"，每年向契丹本土
进贡十五万匹布和一千匹马。

东丹国虽然有进贡的义务，但作为一个具有天子名分与建
元年号的国家，东丹国实际又是一个独立国。名义上，东丹国
是契丹领土的一部分，阿保机之所以不急于把东丹国完全纳进
来，因为东丹刚刚归化，一旦发生意外，阿保机首先要保住的
是契丹本土。阿保机安排耶律培去统领这个桀骜未驯的东丹国，
这个责任不轻啊！眼下要治理这个刚刚归化的东丹国显然要比
治理契丹本土艰难得多。

在皇后述律平看来，与其让耶律培回来继承皇位，让耶律
德光去做东丹国国主，只会把事情搞砸，那东丹国文化深远，
岂是耶律德光能搞定的？她记得阿保机曾语重心长地对耶律培
说："得汝治东土，吾复何忧。"还是让耶律培继续治理东丹国，
让耶律德光来继承皇位吧。

虽然述律平心中的天平向耶律德光倾斜，但她还必须通过
不同方式征得契丹老臣的认同，于是她决定对两位皇子进行考
核，考的是骑射武略。三日的考核，跑马、射箭和射猎，众老
臣皆赞不绝口，但双方势均力敌，未决出胜负。

述律平只好征求汉臣的意见。众汉臣认为，"契丹，大国也！
汉人不少，要治理契丹，还须有汉文化。"遂提议考核汉文化。
述律平虽然不很乐意，但也不好反对，只好叮嘱他们："尽量
简易点，别让两位皇子下不了台。""那是，那是。不会为难
他们的。"

题目出来了，主要就是诗歌连句，"白日依山尽"（黄河入海流）、"海内存知己"（天涯若比邻）等，所选多是脍炙人口的诗句。两位皇子都顺利答出，众汉臣也频频点头赞许。接下来的一道比较艰涩，那是贾岛的诗："鸟宿池边树，"耶律培很快就连上："僧敲月下门。"

耶律德光搔了半天头，终于想起来，说：

月明里和尚门子打，水底里树上老鸦坐。

众考官相互看了一眼，微笑点头通过，耶律德光是以契丹《儿童启蒙读物》来念的，词法、句法均颠倒，但没错。就连那些不说汉语的契丹老臣都觉得耶律德光说得比太子通俗易懂。

最后一道——

长安陌上无穷树

耶律德光皱着眉头答不出来，他借口"小解"出去了一会后回来，眉飞色舞地说："诸位考官，我拉了一泡尿，答案有了，这一首没有那么拗口。"他摇头摆脑地念：

长安陌上无穷树，千树万树梨花开。

"这首诗叫《白雪歌送武判官归京》，是岑参边塞诗的代表作。"众人一听，相视微笑，虽然牛头不对马嘴，多少还有点想象力。没人说对也没人说错。耶律德光急了，大吼一声："诸位，听明白没有？听明白没有？"众人都觉得他话说得粗鲁。

轮到耶律培，他看了考官一眼，郎朗地念起来——

城外看风满酒旗，行人挥袂日西时，

长安陌上无穷树，唯有垂杨管别离。

"这首诗是刘禹锡《杨柳枝词》中的一首。"接着耶律培解释了这首诗的意境与寄托，最后问："诸位大人，我说清楚了吗？"众人都觉得耶律培说得好，语气也礼貌。

评语出来了，述律平拿起一看，耶律培是："雅好词翰，咸通音律"；耶律德光是："粗通音律，附庸风雅"。

述律平不由皱起眉头，耶律培明显占据了优势，她委婉地对考官说："能否再给二皇子一次机会？"众人觉得不好拒绝皇后，他们一商量，为了让耶律德光输的口服心服，决定来真格的。

众人坐定，考官韩知古开口先出题："我问你，'一言以蔽'是何理？'二字为本'是何人？三纲四维是什么？五经六艺说分明！七篇'仁义'谁留下？还有《八索》、《九丘》和《十经书》讲的是啥东西？"

耶律德光摊开双手，无可奈何地说："韩大人，你出得这么难，分明是为难我，欺负我们不是汉人。我看这样的题，你们汉人也未必答得出来。"

韩知古微微一笑，说："你可以认输，既然答不出来，我请你兄长来答。"

耶律培清了清嗓子，说："诸位大人请听，《十经书》讲的是明德与新民；《九丘》本是地理九州志；《八索》是那八卦文；七篇'仁义'是孟轲所留下；六艺乃是礼、乐、射、御和书、数；五经是《诗》《书》《春秋》《礼记》和《易经》；四维是礼、义和廉、耻；三纲是君臣、父子和夫妻；孝悌二字是人之本；思无邪一言以蔽之说的是《诗三百》。"

耶律培话音刚落，又一考官康默记马不停蹄又出了题："何人一怒安天下？西灭强秦哪二人？商朝三宗哪三位？舜放四凶哪四人？《五子之歌》何人作？六韬的名儿说我知！七里滩头谁垂钓？八公山上谁修真？九鼎到底何人铸？十面埋伏谁立功？"

耶律培马上回答："十面埋伏是张良韩信立大功；九鼎本是禹王铸；八公山上淮南王八人来修真；七里滩头严子陵在垂钓；六韬的名儿是文、武、豹、犬和龙、虎；《五子之歌》是太康之弟作；四凶是那混沌、共工、梼杌和饕餮（音涛帖）；商朝三宗是太甲、太戊和武丁；西灭强秦是刘邦项羽两个人；周武王一怒安天下，各国诸侯尽归心。"众人一听齐声叫好，只有那耶律德光全懵了神。

和煦的秋阳照耀在穹庐中，阳光像纯金一般灿烂，穹庐被映照得发出美丽的光辉。接下来韩延徽正想一鼓作气再出几道题，忽有侍卫气急败坏进来报告："不好啦，不好啦！东丹国兵变，大相迭剌请'人皇王'速速归去处理。"

众人一听大惊失色，考核室立时变成议事厅，所有大员都在，兵变非同小可，考核之事只能候后再议。耶律培匆匆地向在座诸位拱手告别，立即启程回东丹。

耶律培刚走，众人觉得，东丹国兵力有限，耶律培独力难当，耶律德光遂自告奋勇，愿带兵协助皇兄，述律平一口答应："好！那就把平息兵变当作皇位的考核。"

三

阿保机虽然灭了渤海，建立起东丹国，那不过是"灭一城而亡一国"，那些将军与首领表面上服服帖帖地接受了契丹的霸权，不久，归降的部民连连举起了反旗，尤其是周边那些独立与半独立的部落。渤海人与靺鞨（女真）同族，女真诸部就没有真正归顺过，他们是契丹在东方最大的军事威胁。

耶律培归来之后，立时布置，四面出击展开镇压。一时间战云密布，烽烟四起。面对多路叛军，耶律培无法亲自率军出征，只能坐困在天福城，幸有耶律德光及时赶到，制服了北部的达路古部，牵制了完颜部为首的女真联盟，叛乱终于平息了。

在皇位继承上，原本稳操胜券的耶律培，声望大跌，叛乱事件成了他无法推卸的责任；耶律德光因平叛有功声望如日东升。

该由谁来继承皇位？述律平把各部大员召集前来商量，那些汉官多倾向耶律培，认为他文韬武略兼备，文学诗文也皆风雅，举止得体，更适合为大国人君；不少契丹老臣则倾向耶律德光，耶律德光近年战功卓著，是契丹军事实力人物。

他们不赞成耶律培的理由是：耶律培的身体虽然是契丹的，但整个思维已经完全汉化了，这是令他们不安之处，也是一个民族何去何从的问题。是固守民族传统还是接受中原文明改造的问题，对一个初涉中原的民族来说，这是生死攸关的重大问题。他们担心耶律培登位，辽国会不会变成另外一个北魏，耶律培会不会变成另一个孝文帝？阿保机留给契丹这份遗产是庞大的，这份遗产会不会在耶律培之手，成为汉人的横财。

这场讨论从上午一直吵到夕阳西下，望着只留下丝丝余晖的天空，述律平的表情一直是麻木的。"创业难，守业更难啊！"如今阿保机已经走了。我有责任来捍卫这份遗产，不能让它在耶律培手中消失于无形。这个任务是神圣的！

这时候，耶律迭里站了起来，耶律迭里是阿保机生前的股肱之臣，和太宰苏以及阿古只都是支持太子耶律培的，如今苏和阿古只都去世了，他觉得应该代表他们来为太子说几句公道话，于是毫不含糊地说："帝位应该先立嫡长子，如今'人皇王'已经到来，应当早日即位！"

述律平没想到耶律迭里话说的如此直白，不给她留点面子，她的恨意升腾起来，她觉得心脏像被几根纵横交错的丝线捆住，耶律迭里正在将线头越揪越紧，她下意识地捂住自己的心脏位置。反唇相讥："那是汉人之制，我契丹人'贵壮不贵长'。再说了，我朝建元，建都，称皇帝，创制文字，样样效仿汉人，如果什么都跟着汉人走，那还要我契丹人干吗？"述律平语气犀利，众人皆"哦哦"应和，气氛变得紧张起来。"我能知道血落在雪原是什么声音，我能知道雨打在草原上是什么声音，难道还不知道事事追随汉人会是什么结果？"

"我可没说样样都得跟汉人走，我这意见是代表苏和阿古只的看法。"

"我看你们是结党来谋夺这帝位的？"述律平挥动着那条仅剩的手臂，大喝一声："来人，给我拿下！下到监狱，彻查是否结党谋位！"众人都知道这断腕皇后的厉害，没人敢劝。夜幕已经到来，述律平宣布散会，每天再进行投票。

第二天，两位皇子都来了。可是耶律迭里死了。昨晚，述律平连夜审问，严刑拷打，始终没有获得结党的口供。硬是把个耶律迭里折磨死了。这事要是发生在平日可不是小事，可在这档口，也没人愿意多说。汉官也不敢多话了。

述律平令两位皇子骑马立在帐前，对众大臣说："这二子都是我亲生的，也都是我所爱，如今立谁，我也不好说，你们选谁就跑到谁的马笼头前面！"

选举结果，耶律德光占绝大多数，耶律培虽然有点尴尬，但他认可了，他什么话也没说，第二天即上表祝贺——

"大元帅功德及人神，中外攸属，宜主社稷。"

耶律培接着自请让位，述律平准许他的请求。令耶律培仍回东丹，一切仿佛宿命一样。公元 927 年农历十一月壬戌日，耶律德光即位。

四

事情到此并没有结束，皇位继承如此顺利，耶律培的劝进表写得如此珠圆玉润，耶律德光感到平静中潜藏着涌动，哪怕哥哥起来闹一场，和他打一架，打得头破血流，都比这静水深流好得多。

一年之后，也即天显三年（928 年）年十二月，耶律德光终于出手了。他根据东丹国右次相耶律羽之的建言，将东丹国的整个机构迁往契丹本土的西拉木伦河最下游（也即现在的辽宁平原），将辽阳改为"南京"，定为副都，令耶律培迁到辽阳来。理由是辽宁平原是一方沃野，但人烟稀少，渤海境内人心尚未平服，应该将这些不愿归附的人迁到辽宁平原，让他们来开发这片处女地。

理由很正当，右次相耶律羽之是基于国家发展提出建策的。但耶律德光之所以欣然接受他的建言，还有一个原因，将耶律培迁到契丹本土的辽宁，有利于控制他的行动，耶律培的一举一动，尽在耶律德光的线人的眼皮底下。耶律培已经成了笼中之鸟。

这一措施一时半会看不出毛病，长远的恶果是：由于东丹国的政治中心不再在天福城，素有"海东盛国"的旧渤海的大半领土变成了弃地，昔日的繁荣丧失，风流不再，旧渤海国不乐意归附的女真完颜部人就在这个权力真空中发展。辽阳虽然发展成为契丹的"米粮仓"，那里也成为以渤海居民为主体，

61

包括女真、蒙古、汉、朝鲜的多种族社会，在那里聚集着旧渤海人的仇恨。五十七年后，与渤海人同一族类的女真完颜部人羽翼已成，展翅一飞，联结辽阳旧渤海居民，一举推翻了契丹，建立了金王朝，算是报了亡国之恨，那是后话。

再说耶律培自被令迁往南京辽阳，深明自己的处境，开始了"隐士"的生活。他先是在辽阳西宫内建了一座书楼，在那里写了很多田园诗，结集成册；后来又在辽西名山医巫闾山顶上建了另一座书楼——望海楼，楼中藏着他以前收集的万多卷书，他常常在那里读书作画，累了就眺望大海，栩栩然成了仙人与隐士。

耶律培当起隐士并非出于韬晦装装样子，他有着对中华文化发自内心的热爱，他精通契丹文和汉文，他的汉文化素养不仅在契丹首屈一指，即使在汉地也是许多汉人难望其项背的。尤其在绘画上实在是绝世高手。几年钻研下来，他的丹青在洛阳、开封已经卖到很高的价钱，内地不少高手非常欣赏他的作品，即使是皇家图书馆也珍藏他的作品。

那时候，中原后唐政权的皇帝是李嗣源。有一次李嗣源得了两幅耶律培的画作，画的是契丹的贵族和马，李嗣源大声叫好，当他得知这就是契丹旧太子耶律培的作品时，一个战略方案在他心中生发出来，不妨将这个过景的皇子引渡到后唐来，将他供养起来，未来在与契丹争天下时，可以作为人质牵制契丹。不久，他就派出"使者"到辽阳联络耶律培。

耶律培在望海楼接待了"使者"，听了来意，很不以为然。强烈的自我保护意识已经使他习惯不去相信任何人和事。为了不受损害，他拒绝帮助别人，也拒绝别人的帮助。

窗外，千里草原繁花遍野，每一阵风吹过，朵朵花瓣都摇曳出勾魂摄魄的美来。"唯有努力绽放，才不会辜负美好的时光！"耶律培转念一想，春秋的晋国公子重耳和弟弟争王位时，不也流亡国外十九年吗！男子汉岂可事事瞻前顾后？以眼下处境，与其在耶律德光眼皮底下屈辱地生存，不如寄居中华，候到时来运转，说不定契丹人会迎接自己回来。

想到这些，他的心变得宽松起来。"宁可冒险，也不要安逸，别给自己后悔的晚年。"几个来回以后，李嗣源亲笔给耶律培书信，约好日期，派海船前来接他。

三天后就要离开生他养他的契丹，耶律培的心变得忐忑起来，他将国事托付给左大相迭剌，迭剌是他的二叔，历来疼爱这皇子。耶律培将自己的心曲透露给迭剌，希望得到二叔的支持。迭剌没有支持也没有反对，他深知这位侄儿的秉性，"事情已经到了这地步，二叔明天给你践行。一切托之天意吧！"

第二天耶律培高高兴兴地来了，只见草地上铺着一条地毯，宽盈尺，约一里，连接到二叔的帐篷里面，二叔就在地毯前面迎接他。二叔平静地对他说："你现在顺着这地毯走五个来回，记住，每一步都要踩在地毯上。如果能够顺利通过，那就意味着老天允许你去，二叔也放心让你去。"

"没问题，二叔。"耶律培武艺高强，身轻如燕，他轻轻跃上地毯，健步如飞，约莫一刻钟，已经走了四个半来回，共九里，每一步都稳稳地踏在地毯上，只剩下最后一个单程了，胜利在望！迭剌用鼓励的眼神望着他，"看来老天是允许你中华之行！走完它。"

耶律培捂着肚子说："二叔，侄儿肚子饿了，能不能吃点东西再走？"

"行，开宴！"

耶律培心情舒畅，放开肚皮，很快就填饱了肚子。接着走到毯子前面，准备走完最后这一里。迭剌对他说："你刚才能顺利地走完九里，因为你知道两边都是草地，一切都是安全的，所以心无旁骛。现在你想象，地毯两边都是万丈深渊，你就走在一条险峻的山路上，山路上没有树，没有其他东西可以攀援，一步走差，就跌进万丈深渊。这才是老天要考验你的！"

耶律培变得小心翼翼，不敢造次，他一步一步向前跨，汗珠在额头上沁出来了，人吃饱就犯困，耶律培觉得地毯在晃动，踽踽（音举）独行在这山间小径，他本能地伸出右臂，这时候哪怕是一根垂柳都能稳住他的脚步，可什么也没抓到。想到随时可能跌进万丈深渊，他的脸变得煞白，不由停下来喘口气。

仿佛间，李嗣源就在前面向他伸出友好的双手，他刚想回应，就听后面耶律德光在喊："大哥，你不能走，你不能丢下东丹国不管！"就在那一刻，他的脚步一晃，踏出了毯子。

二叔已经站在他的面前，神色凝重地对他说过："你留在契丹，虽然受气，那只是一面之气；可你向往中华，二叔知道你的为人，你不是一个轻易会背叛契丹的人，你心中挂念着契丹，就有可能两面受气。很容易受制于人而身败名裂。这就是腾格里（老天）要告诉你的！"

耶律培蹲在草地上，双手抱着头，久久说不出话来，良久，终于站起来，"二叔，事已至此，不能反悔。"他有一种无力感和孤独感，故乡就像每个人的童年，离开了就回不来。他想到中华获得一种新生，可每一种选择都必须付出沉重的代价。

世界上有一种英雄主义，在认清生活的真相之后，依然不屈服而愿意去尝试。

天蒙蒙亮，雾气弥漫，耶律起了个早，带着一个贴身侍卫上路了，翻过几个草坡，淌过几条溪流，天空中飘起蒙蒙细雨，回望隐隐约约的草原，他自我安慰地说："草原，我会回来的，契丹，我会回来的！"他相信李嗣源会真心帮助他，总有一天会将他送回契丹。明天的雨一定比今天下得更美丽！

东海边，耶律培终于与他随行的四十人，以及渤海妃子高美人，还有那万卷书汇合，登上了南下的海船。那是公元930年的事。

耶律培一行在山东登州登陆，李嗣源以最高规格来接待这位东丹国的天子，将他接到开封，给了他最好的府邸，配备了最好的仆人和侍卫。耶律培有一种感动，他觉得自己就像一棵水草终于找到扎根的土壤。

李嗣源替耶律培改名"赞华"，又赐国姓李，这就意味着李嗣源将他视为"唐王朝"的同族。不久，李嗣源又顶住多方压力，封耶律培为滑州节度使。这样，耶律培不仅具有后唐王族的名分，也成了拥有军事和行政权力的诸侯——藩镇。李嗣源对耶律培的信任可谓无可复加。

不遂人意的是，三年之后，也即公元933年，李嗣源驾崩，中原陷入了混乱。李嗣源的儿子李从厚继承了后唐的皇位。李从厚因为能力有限，不久就被李嗣源的养子李从珂推翻。李从珂登上皇位之后，又引起李嗣源女婿石敬瑭的不满，冲突遂起，李从珂于是派兵包围了石敬瑭的驻地太原城，决心灭除石敬瑭。

自李嗣源驾崩之后，耶律培绝望了，他知道，此后再没有人能够像李嗣源那样真心来对待他了。这是他以前没有想到的，如何来对待中华与契丹，成了他两难的事，他感到心很累。他头一次尝到了迷茫的痛苦。离开契丹五年了，既然中华已经无法发展，那就应该给契丹做点事。他给弟弟耶律德光去了一封信，

"李从珂弑君，为何不乘中原内乱讨伐后唐？"也许是神差鬼使，耶律倍在流亡之地给弟弟去信，竟要弟弟来进攻他寄寓之国。

那时候，石敬瑭在与李从珂对峙中，处境极其艰险。他也给耶律德光去信，许以割地，希望耶律德光能帮助解晋阳之围。

该不该出兵帮助石敬瑭，耶律德光进退两难。哥哥耶律倍突然来信，使他下决心出兵。公元936年，他亲率五万骑兵，沿黄土高原而下，一战解了太原之围。不久，封石敬瑭为中原皇帝，与石敬瑭共同兵发汴京。

李从珂早就知道耶律德光出兵与耶律倍有关，当战火燃到汴京之时，他将耶律倍召来，要求他同自己一起赴死，耶律倍正沉浸在契丹的胜利中，拒绝自杀。暴怒中的李从珂派李彦绅前往汴京，将耶律倍刺杀在府邸中。耶律倍就这样结束了他的一生，死时三十八岁。

耶律倍死后，一个和尚发现他的尸体，将他埋葬起来。石敬瑭当上"中华"之主之后，前来祭拜耶律倍，以王礼埋葬了他。后来，耶律德光迎回兄长的遗体，将他安葬在望海楼附近，谥号"文武元皇帝"。

契丹因为两位皇子继位的问题，留下后患，给了女真人可乘之机；后来，又因石敬瑭割地之事，与汉人结下了仇恨。

第二章

后梁与后唐

　　五代十国，所谓五代指的是北方黄河流域从公元 907 年至公元 960 年的 53 年间经历的五个朝代：后梁（907—923 年）、后唐（923—936 年）、后晋（936—947 年）、后汉（947—950 年）、后周（951—960 年）。五代共更换了十四位皇帝。十国指的是南方和北方部分地区存在过的十个政权：吴（892—937 年）、南唐（937—975 年）、吴越（893—978 年）、前蜀（891—925 年）、后蜀（925—964 年）、南汉（905—971 年）、楚（896—951 年）、闽（893—945 年）、南平（907—963 年）、北汉（951—979 年）。此外还有一些边疆政权没计算在内。

　　由晚唐进入五代不能不提到"黄巢起义"。失意导致了革命和起义，黄巢是一个科举场上的失意者，在他的身边聚集了一批科举场上的失败者，这些人不甘心无法由科场进入政坛，他们的崛起很快形成云起风涌的群众运动，因为这样的运动总是暗示参与者可以迅速改变命运，这契合了人性中"走捷径"

的惰性需要，放纵了失意者对社会的恨意。起义汇聚了各式各样的失意者，后梁太祖朱温就是一个近于无赖的人物。他在起义中迅速崛起，成为起义的有功之臣，又变成起义的叛卖者，道德对他完全失去制约作用，沦为个人的实用道德。

起义在打破旧秩序之时未能建立起一种新秩序，这场由文人发起的起义引来一个武人割据的战乱局面，历史由此进入五代，政权走马灯似的。一个朝代只有十来年，有的只有三年。南方各政权虽然也承认北方政权的正朔与宗主地位，实际已在割据中形成独立王国。这一时期的军人有一种嗜好，无论是将军还是士兵都喜欢拥立新君，每一次废立，他们都会获得丰厚的赏赐，职务上也会有自然的升迁，这就导致了政权的纷纭叠至，刚刚登台，便已下马。军人的这种爱好是社会动乱的根源之一。

第一节 朱温与后梁

一

唐代僖宗（873－888年）时期，唐王朝"四夷归化，万国来朝"的盛况已经不再，宦官专政，江河日下。年轻的僖宗多才多艺，骑射、剑槊、法算、音乐、围棋，样样精通，尤其喜欢斗鸡、赌鹅、打马球。人说玩物丧志，不丧志又能怎样？普通百姓活在世上，不如人意常八九，做皇上的烦心事又何至八九，江山的商标贴的是李氏，却把玩在宦官田令孜的股掌中。僖宗迷恋声色狗马，不知是出于自保，还是生性昏庸。没有田令孜，他觉得生活失去安全感，有了田令孜，他又觉得像被掐着脖子一样，他这个皇帝当得不像皇帝啊！可有什么办法呢？得快乐时且快乐！不玩对不起自己，权当玩物养志吧！

艳阳天，乍寒乍暖；三春景，桃红柳绿。如茵草地，两只狮头鹅扑腾厮打，惊心动魄，撕咬下来的鹅绒犹如蒲公英在空中飞飘着。

僖宗与优伶石野猪正在斗鹅。石野猪那只鹅叫"天马行空"，僖宗那只叫"混世魔王"。 混世魔王已经连输两局，僖宗气的脸都歪了，"石野猪，这一局朕和你赌五十万钱！"

蒲公英般的鹅绒越飘越高，似乎要上九天去告知李世民在天之灵。

"皇上，我一个梨园唱戏的，哪来这么多钱？"

正说着，内监来报："皇上，京城地区发生蝗灾。"

"知道了，找田令孜去。"

混世魔王又败下阵来，僖宗内心晦气，放不下那张脸，"这鹅朕斗不过你，打马球朕可是状元，你石野猪要是赢了朕，朕就让你当西川节度使。"

"真的吗？"石野猪两眼发出绿色的光芒，"皇上，优伶也能当节度使？"

"怎么不能，宦官可以掌控社稷，优伶为何不能当节度使？"

小内监又来报："皇上，黄巢在山东起兵。"

"知道了，知道了，找田令孜去。"僖宗说着，跨马和石野猪奔马球场去了。

乾符元年（874年），濮州王仙芝起义；次年，山东黄巢起义。不久，两路义军会合。王仙芝失败后，黄巢独掌义军。黄巢的起义军路过宋州那一年，朱温加入了义军。

朱温，宋州砀山午沟里（今安徽省砀山县）人，他的父亲是个乡村教师，朱温因此也学得些许文墨。但他年少丧父，少年的朱温游手好闲，不务正业。不过，这无赖脑袋灵活，有一身力气，他不想这样混下去，黄巢军路过之时，他招聚了几百人马，加入了义军。他要选择一种新的生活方式，并且愿意为这种新的选择承受压力，付出代价。

朱温随队伍南下攻打两浙，开山路七百里入福建，克广州，回师北上，克潭州，下江陵，直进中原。朱温一路屡立战功，很快成为大将。广明元年（880年）十一月，黄巢军攻克洛阳，十二月，下潼关，占领长安。

黄巢立在城头，望着城内城外遍布的义军队伍，旌旗蔽日，将士们黄盔黄甲，英姿飒爽。满载粮草的车马络绎不绝，车马隆隆，长安百姓聚集在街头，夹道欢迎义军入城，黄巢一时间心潮澎湃，泪流满面，和全军将士高声歌唱，那是不久前写的一首歌：

待到秋来九月八，我花开后百花杀。

冲天香阵透长安，满城尽带黄金甲。

历时五年，黄巢建立了大齐政权。入城之日，黄巢即贴出告示："黄王起兵，本为百姓，不像李家黄帝残害百姓。此后你们尽管安居乐业了。"又宣布唐朝三品以上官员全部撤职，四品及四品以下官员可以留用。大齐政权对于那个死灰复燃的门阀制度做了一次强有力的清洗，一时间，"内库烧为锦绣灰，天街踏尽公卿骨。"出了黄巢科举不第的一口恶气，也体现了义军力图建立一个更平等的社会。

这时的朱温是东南面行营先锋使，驻守在东渭桥（今西安东北），他招降了唐夏州节度使诸葛爽。接着奉命转战河南一带，攻占了邓州（今河南邓州），阻断了唐军由荆襄北攻起义军的道路，保证了"大齐"政权东南面局势稳定下来。朱温得胜回长安时，黄巢亲自到灞上迎接他，犒赏三军。接着，黄巢又调朱温到长安西面，抗击纠集起来的唐朝军队，朱温又获大胜，旋又挥师击败了唐将李孝昌等军。不久，朱温受命任同州（今陕西大荔）防御使，攻下了同州。这是朱温在义军中的辉煌岁月。

二

大齐政权好景不长。黄巢军进潼关之时，田令孜率五百神策军护卫着唐僖宗自长安西门的金光门逃到了四川，此时的僖宗虽然惶惶如丧家之犬，但他手下的各路节度使还在，僖宗迅速召沙陀人李克用前来救援。李克用在田陂（也做黄陂）击败了黄巢军，黄巢被逼退出了关中，峥嵘岁月的大齐政权开始走向了低谷。

朱温奉命攻打河中，屡战屡败，损兵折将的朱温开始在大齐与大唐之间打起了小算盘，他屈指一算，大唐虽败，李克用据太原、上党，李昌符据凤翔，诸葛爽据河阳、洛阳，秦宗权据许、蔡，王敬武据淄、青，高骈据淮南八州，这一路路节度使，其中的任何一路都足以与大齐政权一决雌雄。黄巢虽胜，那是虚胜，黄巢的胜利仅仅是蚊子咬了唐王朝一口，表皮上起了个疙瘩，并未从根本上摧毁唐王朝的兵力。大齐政权充其量就是天边的一声滚雷、一道闪电，电闪雷鸣之后很快就会消失得无影无踪。

黄巢不过是个落第举子，一个盐商的的儿子，既非将门之后，也非高门望族，能有根基吗？一年之间黄巢已经成了过街老鼠，我朱温值得为他卖命吗？良禽择木而栖。上苍在关上一扇门的同时，必定会为我朱温打开另一扇窗；大千世界总会有属于我朱温的角落；为我预留一个位置的。

思虑再三，朱温决定弃暗投明，这个痞子就这样背叛了他的义军，出卖了他的主子，中和二年（882年），他率部投降了河中节度使王重荣。唐僖宗接报，大喜过望，立时任朱温为左金吾卫大将军，充河中行营副招讨使，赐名"全忠"。朱温于是联合沙陀军李克用开始镇压黄巢起义军。

绝境中的黄巢退到了山东狼牙谷，得知朱温叛变，登时脸色苍白，口吐鲜血，一病不起。英雄已近末路。朱温的叛变给了他沉重的打击，他怎么也想不通，出征河中之前，这朱温对他恭敬到几乎与他天天粘在一起，朕是大齐皇帝，可你也是一方大吏，朕哪点对不起你，才几何时，就成了朕的对头？黄巢知道自己大势已去，他转念一想，我春风不再得意，怎么能够要求一个无赖、痞子在风云际会中永远追随自己。这个痞子有鬼才，也许我黄巢做不来的事情，他能做到，也许我解不了的气，他能替我解。想到这些，黄巢原谅了他，就当陌路人吧，各走天涯。

中和三年（883年），朱温击败了黄巢军，被授以宣武军节度使，成为权倾一方的大员。公元884年，黄巢死。公元889年，朱温斩黄巢余部秦宗权，黄巢政权彻底覆灭，朱温被封为东平王。天复元年（901年），朱温又被封为梁王。朱温的冠带是以义军兄弟与他的主子的鲜血染红的。

大齐政权覆灭之后，唐王朝实际也行将就木，节度使拥兵自重，藩镇割据的局面业已形成，其中以宣武节度使朱全忠（朱温）、河东节度使李克用、凤翔节度使李茂贞、卢龙节度使刘仁恭、镇海节度使钱镠、淮南节度副大使杨行密等人势力最大，中央王朝的赋税已经被藩镇废绝，王室越来越卑微，号令不出都城。王室的废立也操控在宦官与藩镇的手里。文德元年（888年）三月六日，唐僖宗去世，昭宗继位，此时距朱温称帝已经不远了。

三

公元903年，朱温杀宦官数百人，废神策军，完全控制了皇室。隔年，朱温杀宰相崔胤，逼迫昭宗迁都洛阳，八月，指使朱友恭、氏叔琮等人杀死昭宗，另立他的儿子李柷（音筑）为帝，是为唐哀宗。

公元905年（天祐二年），滑州白马驿馆（今河南省滑县境）后园，落花满径，半随流水，半入尘埃。朱温以哀宗的名义将哀宗朝的一班重臣请到白马驿来，说是有国事商议。重臣到来，先是设宴招待，哀宗与朱温并未出席，宴会由朱温的幕僚张策主持。

盘旋间酒过了三巡，朱温又一幕僚苏楷彬彬有礼地到来，恭敬地说："请各位大人观赏白马驿玫瑰花。"众人见说，立起身来，随着苏楷鱼贯而行。

一方草地，铺满斩下的玫瑰，枝条上布满了触目惊心的刺。众臣一见，好生诧异，"这砍下的玫瑰，有什么好观赏？"

"一春的花，到了时光的深处，总要凋零，为了来年的繁华，此时必须剪支，各位大人定会明白这道理。"苏楷说。

"来人！"张策一声呼喊，倏地冲进百来个军士，领头的叫李振。

"来人，给他们蒙上黑罩。"随着李振的命令，军士用黑布将他们的眼睛蒙上。众大臣紧张起来，"李振，观赏玫瑰，怎么要蒙上眼睛？"

李振开口说："上苍生人，眼睛由黑白两部分构成，上天为什么让人只通过黑的部分去看东西？因为人生必须透过黑暗，才能看见光明。来吧，一个个轮流观赏！"

张策开始点名："左仆射裴枢。"裴枢被剥下官服，裸露上身，推了出来，裴枢高声喊叫起来，"观赏玫瑰，怎么要脱衣，没这道理？"

"大人，你是清流，今天让你睡睡玫瑰地毯。"李振说完，两个士兵不由分说，抓起他的手脚，往地上那玫瑰丛中一扔，一声惨叫，裴枢后背的鲜血沁了出来，裴枢手脚乱颤，越颤玫瑰的刺扎得越痛，声声惨叫撕心裂肺。两个士兵又将他抓起来，背在上，胸在下一扔，胸膛的血又沁出来，裴枢叫不出声，昏了过去，一个士兵扔过一条麻袋，将他装进袋里。

"右仆射崔远。"崔远死活不肯出来。如狼似虎的士兵哪容分说，一抓就扔了进去，又是惨绝人寰的哀号。

"静海军节度使独孤损！"

"吏部尚书陆扆！"

"工部尚书王溥！"

"守太保致仕赵崇！"

"兵部侍郎王赞！"

地上已经有三十来个麻袋，最后那几位，早已经昏过去了。

李振高声大喊："此辈自谓清流，将他们投入黄河，永为浊流。"

这就是史上著名的"白马之祸"。发起这次事件是朱温身边的一班儒生李振、张策和苏楷等人。这班人就像当年黄巢一样，都是屡试不第的举子，他们先是聚集在黄巢旗下，如今又归到朱温麾下。他们对于高门望族阻塞仕路，暗控科举极其痛恨，对于复活的门阀制度更有着深仇大恨，自从黄巢"天街踏尽公卿骨"，给了他们一次毁灭性打击之后，中原仅剩的高门望族一改常态，他们不再像传统的望族那样矜持，那样和皇权若即若离，他们迫不及待地向皇权靠拢，谋取高位以保障自己的地位。

这班儒生看在眼里，他们见朱温在朝中的权力越来越大，知道朱温黄袍加身的日子不会久远，于是旁敲侧击，暗示朱温应该在登基之前将他们除掉。一拍即合，朱温祖上也是读书人，他的父亲就是屡试不第的乡间教师，日子清贫难过，朱温出路难寻，才参加了黄巢义军。

朱温一点头，李振即发起"白马事件"，这次事件，将中原仅存的望族清流，不管是在朝为官，还是退休致仕，不管官声好坏，有无民怨，一概清除。晚唐之乱，包括宦官之乱、藩镇之乱、儒生之乱，实包含着那些难以登上历史舞台的寒门人士的参政意识，即使将他们阉割成太监，也灭不了他们所向往的政治权利。它宣告魏晋以来高门望族时代的结束，希望在乱中召唤出一个寒门之士的时代。

天祐四年（公元 907 年）四月，朱温正式称帝，庙号太祖。改元开平，国号大梁，史称后梁。升汴州为开封府（今河南开封），建为东都，而以唐东都洛阳为西都。废十七岁的哀帝为济阴王，迁往曹州济阴囚禁。次年二月，将其杀害。

第二节 李克用与后唐

后唐太祖李克用，沙陀人。他的崛起，标志着沙陀人登上了中国的历史舞台。

唐代，沙陀本是西突厥中的一个部落，是个善于骑射的游牧民族。又名处月、朱邪、朱耶，游牧在今天新疆准噶尔盆地东南（今巴里坤）一带，因为那地方有大沙丘，故叫沙陀。唐初，沙陀首领曾随西突厥首领到长安觐见，此后，沙陀部时而附唐，时而叛唐，反反复复。唐懿宗时期，朱邪赤心因帮助唐王朝镇压庞勋兵变有功，赐国姓李，给名国昌。李克用是这李国昌——朱邪赤心——的第三子，家族内昵称他为"三郎"。此后，李克用便自觉不自觉地将自己视为李唐王室的成员。

李克用生得威武雄壮，一表人才，两只鹰一样的眼睛一大一小，被人称为独眼龙。他十五岁从军，作战骁勇，又因其冲锋陷阵为诸将之冠，军中称他为飞虎子。后来，朝廷授予他为沙陀副兵马使。

唐僖宗乾符五年（878年），代北（今山西省北部）饥荒，漕运不继。大同市内到处都是饥民，防御使段文楚不仅不体恤民情军情，反而大量缩减军士衣物和米粮的供应，引发了沙陀兵的怨恨，将士们忍无可忍。

"李帅，这将士连月来吃不饱，已经饿得手脚都水肿，棉衣也不发，这样下去不行啊！军中每天都在死人。"

"那段文楚克扣军饷粮饷，贪赃枉法，今天下午就要将钱财运走。"

"此话当真？走哪条道？"李克用一听，左耳朵突突地跳起来，那只细小的左眼闭了起来，一副搭箭瞄准的样子。

"走的是东南松树坡。"

李克用二话不说，当天中午带着一小队人马来到松树坡，一个时辰后，人赃俱获，李克用杀死了段文楚押车的亲兵，推着脏款直奔防御使衙门而来，一见面，招呼也不打，当胸抓住段文楚的衣襟，一刀就捅进他的小腹，顺势开膛破肚，段文楚还没明白过来，已经一命呜呼哀哉。

第二天，李克用就将那赃款发还给士兵，接着开仓放粮，这一下连汉兵也推拥李克用，他们共同拥戴他来坐防御使衙门。

李克用杀段文楚的事件报到朝廷，朝中大为震怒，他们想立刻处理，又担心激反了沙陀兵，段文楚胡作非为毕竟被抓住了把柄，那时候，唐僖宗荒于政事，整日里斗鸡赌鹅打马球，这事就这样拖了下来。两年后，三省终于决定拘捕李克用，由河东（今山西省太原市）节度使康传圭来执行。康传圭掉以轻心，没有把李克用这个副兵马使放在眼里，人没抓到，倒被李克用杀了。李克用乘势占领了太原。

"李克用反唐啦！"消息传到朝廷，三省紧张起来，立时调动多方人马，前来围攻太原，李克用自忖兵少将寡，不是对手，于是和父亲带着沙陀兵，一起逃到蒙古鞑靼部落。

二

乾符五年（公元 878 年），黄巢起义，酿成了燎原之势，各节度使拥兵不前。唐僖宗如丧家之犬一样逃到了四川，绝望中突然想起了沙陀的拼命三郎、飞虎子李克用，立时派人星夜送去诏书，赦免李克用前罪，令他火速带兵南下救驾勤王，攻打黄巢。李克用接到诏书，心想自己姓李，是李唐皇室的人，不敢怠慢，迅速率草原虎狼之师南下，日夜兼程前来。

兵至太原，入城之后，冷冷清清，朝廷没有丝毫犒赏，城中士民也没有劳军的意向，沙陀兵激情而来，他们本来就是靠打仗来发点小财的，见此局面，不免怨恨起来。

说来这也怨不得朝廷，那唐僖宗寄身四川，自身难保，哪里还有什么朝廷，哪里还有钱调拨军饷，安排赏赐，战争期间，各地方又都自顾不暇，谁还管你什么救驾之师。沙陀兵开始在太原掳掠起来，一时间鸡飞狗跳，百姓惊骇，民怨冲天。李克用见那民众情绪对立，干脆领兵北返。

隔年（882年）李克用再次受救勤王，这一次李克用整肃队伍而来，痛定思痛，不想犯去年之错。

大军浩浩荡荡行至居延川，忽听山坡后一声炮响，金鼓齐鸣，闪出一支兵来，当先一员大将跨一匹火龙驹，穿一领绣牡丹飞双凤圈金线红袍，提一把丈八长矛，眉清目秀，气概雄奇，只听他叱咤一声，动山岳、惊鬼神。身边谋士告知李克用，"此人乃是河中第一勇士周德威，在此地落草为寇，将军小心为好。"

李克用闻听，勒马向前，厉声喝曰："来将可通名姓。"那人答说："我乃镇南将军周德威，表字敬远，朔州马邑人也。来者闲话少说，留下粮饷金银，放你过去。"李克用闻说果是周德威，心中暗喜，有心收服他，随答道："吾乃直北沙陀李克用是也，久闻将军大名，红袍周德威，文武全才。何不弃邪归正，跟我同上中原，征灭黄巢，恢复大唐天下，著功勋于当世，胜似在此落草，只落千载一污名！"

周德威一听，哈哈大笑，笑声朗朗，犹如撞响了一口大铜钟："你李克用也是反唐逆贼，逃居直北而已，竟好意思说这样的话来激我？"

李克用大怒，轮刀直取周德威，周德威挺矛来迎，两马相交，撩起滚滚烟尘，兵器相撞，火星四溅，刀光矛影竟如那天庭霹雳，云际电闪，呼呼风声犹如雷雨来临。两军将士看得眼花缭乱，齐声喝彩。双方战上一百余合，不分胜败。

李克用暗忖："这些年来，敢与我李克用交手者，至多也就二十来合，这周德威战至百合，矛法不乱，果是好手。"李克用一时求胜心切，看准周德威一个破绽，跃身离马，凌空而起，横抡刀柄直压下来，想将周德威压下马去。周德威蓦地一惊，知道李克用不想用刀刃取他性命，慌忙间也让开矛尖，用矛杆奋力一顶，只听"咯吧"一声，刀柄矛杆全都断裂，那周德威斜着身体倒掼下马，李克用经此一顶，也仰面朝天倒跌下来，双方翻身跃起，脱下战袍，又扭做一团，玩起摔跤来。

草原摔跤由来有自，二十来个回合后，李克用渐渐占了上风，他看准时机，左手抓住周德威腰间那七宝麒麟带，右手一个螳螂掌钩住了他的后颈，用尽全身力气，将他托起，奋力向前一摔，想不到周德威一个后翻身，竟稳稳地落在李克用身后，伸脚一拨，李克用立时扑倒在地，啃了一嘴土。李克用身子落地，本能地朝左滚了几滚，又翻身跃起，这时候，周德威已经跳出圈外，大声喊叫："李克用，我看你武艺还行，可要是比箭，你就不敢了。"

"有什么我不敢的？我射的是百步穿杨，九杖连珠箭，哪像你辈射无名箭呀？"周德威说："连珠箭何足为奇，你能在三百步外，立一面红旗，旗角上绾着一根金簪，簪上挂一条马鞭，一箭射去，中金簪上，马鞭落地，我便跟你战黄巢去！晋王暗思："我今已有年纪，眼目昏花，若射中金簪，名扬天下，倘若不中，却不将俺清名玷在居延川下。"他的左耳朵又突突地跳动起来，这时候，只见空中一只孤鸿飞过，李克用说："我不射那死物，我就射那天上的鸿雁。"

周德威笑着曰："死物尚且不敢射，怎能够射那飞鸿？果能如此，吾便归顺你。"

李克用从军士手中接过弓，搭上一支雕翎响箭说："我取它肝脏。"说着也不瞄准，随意向天上一射，只听"吱"的一声，鸿雁直掼下来。众人齐声喝彩，周德威过来一看，鸿雁身上没箭，大嚷起来："这飞鸿不是你射的，是它自己掉下来的。"

"我说取它肝脏，你要不信，剖开看看。"李克用说。周德威的手下拿起一把靴刀，剖开一看，那鸿雁果然肝脏俱裂。这就是草原射猎的经验，鸿雁离群索飞，必然身上有伤，力量不支，离开群体，本已胆战心惊，一听雕翎响声，早已吓得心胆俱裂，掼了下来。周德威无话可说，跪倒在地，大声说："唯将军马首是瞻！"

李克用收了周德威，犹如诸葛亮收了姜维一样，无比高兴，于是两处合兵，队伍壮大，雄赳赳直向关中而来。

三

李克用率部入关之后，黄陂一战，给了黄巢一次沉重的打击，接着又先后收复华州、兰田，杀死黄巢大将赵璋，居功至伟，受封河东节度使，此后，河东便成为李克用的根据地。中和四年（884年）春天，李克用率兵五万，自河中南渡，连败黄巢军于太康、汴河、王满渡，将黄巢打回了山东老家，不久，黄巢死于狼牙谷。

王满渡之战，李克用是与朱温合力击败黄巢军的，作为协作的友军，李克用回师河东，途经宣武节度使首府汴州（今河南省开封市），受节度使朱温的邀请，准备入城，他让河东军先行归去，只留百十战士，随同他进城。

那朱温见李克用生得相貌雄奇，仪表非俗，近年来战功卓著，入关时只有一万多人马，如今已经有六万强兵，预计此人未来必是他争天下的最大对手，决心将他杀死在汴州。

朱温设宴招待李克用及其手下军士。众将轮流敬酒，喝酒对于草原之子李克用简直就是喝水，千杯不醉。众将轮流敬了三巡，最后连黄巢旧部的降将李谠、葛从周、杨能、霍存、张归霸、张归厚、张归弁也出来了。李克用纵然是铁人，也经不起这番软磨死劝，他的左耳朵突突地跳起来，那只细小的左眼也睁不开了。

此时，天边飘过几朵乌云，夏日的风开始撞门掀窗，一场雷雨眼看就要来临，朱温令人将李克用及其手下送回驿馆，又吩咐手下："乘着风势，将他们统统烧死、杀死在驿馆中！"

李克用回到驿馆，往床上一倒，人事不知，犹如一摊烂泥醉死过去。也不知过了多久，迷糊间只觉一阵"噼里啪啦"的响声，夹着声声惨叫，沙场老将的战斗意识使他跃身而起，此时只见驿馆笼罩在一片火海之中，一群宣武军持刀冲了进来，李克用转身去找兵器，兵器早被抄走，走投无路之际，他顺势一蹲，一个扫蹚腿扫倒了一个宣武军，李克用夺过兵器，接连捅杀了十来个宣武军，冲出门外。

门外黑压压都是宣武士兵，河东军冲出一个被斩杀一个，李克用这一气非同小可，他将手中的刀奋力掷出去，正中为首一个将领的胸膛，宣武军一阵惊叫。他顺手抄起一根燃烧的木梁，挥舞着，那身架有万夫不当之勇，谁人敢于近前？此时天边一道闪电，雨点中夹着冰雹，花生米大的冰雹打在宣武军将士的脸，又是一阵惊叫，李克用趁着混乱，挥舞着木梁冲出了重围，斩断缰绳，翻身上马，顺手又提起一个宣武军士兵，向追赶而来的人奋力掷去，正中他们的面门，又是一阵惊叫，等他们回过神来，李克用已经不见了。

李克用跨马直奔城门而来，斩关落锁，冲出城门，只身回到太原，随行的百十个士兵没有一个生还。自此，朱李结下大仇，成为不共戴天的死敌，揭开了朱李之争的序幕。

第三节 朱李之争与三箭

一

跑了李克用，朱温大发了雷霆，这次围攻驿馆，出动了三千人马，死了三位将领，竟然还让李克用跑了，他能甘心吗？

衰草荒烟几断肠，军魂泣血千年恨。汴州校场，近三百军士五花大绑，跪在地上，依据朱温的军法，将领战死，所属士兵也必须与将领共存亡，如果生还就全部杀掉，名为"跋队斩"。围捕李克用，死去的三位将领所属的三百军士都必须死。朱温亲自操刀，走到一个战士面前，那士兵战战兢兢，眼睛露出绝望悲哀之光，朱温告慰说："闭上眼睛吧！""不！大帅，我不想死。""这是军法，明白吗？"朱温吼了起来。抢起砍刀，用力劈去，人头咕噜噜滚了下来，一腔热血喷在朱温的脸上、胸前，朱温手一抹，满手是血，索性一刀又向第二个战士的头挥去。

行刑开始，没有多久，三百具尸体倒在地上，到处是血，将士们眼望这惊心动魄的场面，偷偷叹气，将尸体拖走。这就是朱温的治军之法。宣武军全军脸上刺字，谁要是战败逃走，脸上有字，抓回来也是死。朱温就是靠着残酷的军法来争天下的。

再说长安经历了黄巢之乱，繁华不再，韦庄的《秦中吟》为我们留下了当日长安劫后凄凉破败的景象。

含元殿上狐兔行，花萼楼前荆棘满。

昔时繁盛皆埋没，举目凄凉无故物。

黄巢之乱平定之后，靖难的藩镇进入了长安，靖难军又先后洗劫剽掠了长安城，唐王朝只剩下最后一道夕阳了。此时的藩镇越来越跋扈嚣张，明目张胆。在政治上，节度使不由中央派遣，而由本镇拥立；在财政上，财税截留本镇，拒不上供中央；军事上，违背中央意志，养蓄重兵，专霸一方。

乾宁二年（895年），李茂贞、王行瑜及韩建三帅进京挟持了唐昭宗。可怜此时忠于唐王朝的节度使中，只剩下李克用这沙陀一路。李克用不顾形势的险恶，再次率军勤王，经过多次奋战，力挫三帅，救出了唐昭宗，受封晋王。

不久，38岁的唐昭宗被朱温杀害，朱温另立少帝唐哀宗，挟天子以令诸侯。唐王朝已如风中残烛。那时候，在残余的唐宗室中，李克用实力最强，官爵最崇，威望最高。当时割据四川的王建派使劝李克用称帝，继承皇位。称帝一方，李克用婉言谢绝，说自己"累朝席庞，奕世输忠"，因此"誓于此生，靡敢失节"。表明自己誓死捍卫唐王室，绝不觊觎皇位的志向。

李克用坚决反对朱温挟天子以令诸侯的篡夺行动，多次发起勤王行动，但未能成功。天祐三年（906年），李克用收复潞州，粉碎了朱温精心策划的总攻势。朱温感到军事上已经无法战胜李克用。为了扩张声势，天祐四年（907 年），朱温篡唐称帝，建立后梁，改元开平。

朱温地处中原，得山川地理之利，俨然成了唐以后的中原正统。李克用仍用唐天祐年号，以复兴唐朝为己任而与朱温的后梁展开争斗，然而，此时的藩镇谁又会去忠于行将就木的唐王朝，他们在窥视观察，看看到底该依附朱温还是投靠李克用。

平心而论，李克用打仗虽是好手，想与朱温斗心计那就远不是对手了。李克用性格直率，往往得罪人而不察，又对险诈之徒缺乏防范。朱温则不断并吞邻镇，兵势日盛；李克用渐落下风。公元 900 年，黄河以北藩镇多附朱温。朱温称帝隔年，李克用在征战中积劳成疾，一病不起。

公元 908 年 2 月，李克用临终前，将儿子李存勖（音序）召到床前，将三支箭交给他，对他说："刘仁恭父子背叛我，第一支箭要你讨伐刘仁恭；契丹耶律阿保机违背与我们的盟约，第二支箭你要打败契丹；朱温和我们是世仇，第三支箭，你要报这仇。"[1]

二

这三支箭是什么来历？这得追溯到十一年前。唐昭宗景福二年（893 年），李可举的部下刘仁恭在四处碰壁走投无路之际，归附了李克用。李克用对他礼遇有加。后来，唐昭宗封刘仁恭为卢龙节度使，刘仁恭因升迁之路得李克用鼎力相助，对李克

---

[1] 《五代史阙文》："一矢讨刘仁恭，汝不先下幽州，河南未可图也；一矢击契丹，阿保机与我把臂而盟，结为兄弟，誓复唐家社稷，今背约附贼，汝必伐之；一矢灭朱温，汝能成吾志，死无憾矣。"

用一直心存感激。乾宁四年（897年），唐昭宗被镇国节度使韩建挟持在华州，李克用为了勤王，向刘仁恭征兵。那时候的节度使大多想保存实力，刘仁恭于是寻找各种理由搪塞。李克用盛怒之下，亲自率领五万兵马前来进攻刘仁恭。

是夜，李克用一军正在营帐中豪饮狂欢，刘仁恭探知消息，亲帅骑兵前来劫营。此时，李克用一军皆醉。李克用翻身上马，挥刀冲入敌阵，力战群雄，奈何己军已败，只好奋力冲杀，穿过一片木瓜地，逃了出来。

安塞一战，李克用大败而归。李克用历来英勇善战，擅于用兵，安塞木瓜地之败是他一生无法忘记的耻辱，自此将刘仁恭视为仇敌。

公元905年深秋，李克用约请契丹阿保机前来云州会盟。阿保机亲率骑兵七万连同族众共三十万隆重前来。英雄相见，惺惺相惜，俩人牵手进入账内，推杯换盏，洽谈甚欢，很快就签订了盟约，消灭刘仁恭，铲除后梁朱温，恢复大唐。盟毕，李克用与阿保机约为兄弟，李克用比阿保机大十六岁，李为兄，阿保机为弟。临别之际，李克用赠送了大量的黄金和丝绸，阿保机也回赠了一千匹马和上万只牛羊。

回去不久，阿保机就听部下说，李克用的部下准备趁会盟之际，劫持阿保机。李克用不准，说："逆贼未灭，不可失信，自取灭亡。"阿保机听后，不得不多了一条心，提防李克用和他的沙陀兵。此后，盟约似有若无，后来阿保机又临时与朱温结盟，李克用自此恨死了"败约背盟"的阿保机，将他与刘仁恭视为必报的第二支箭与第三支箭。

李克用临死之前，虽然敦促李存勖要向阿保机报仇雪恨，但李存勖不想把仇恨一代一代传递下去。此时，阿保机已经成为契丹可汗，李存勖想借新丧与契丹重修"旧好"，于是派使者前往契丹"报丧"。

报丧毕，使者献上黄金和丝绸，请求契丹派兵协助沙陀人解救潞州。阿保机毫不犹豫地答应下来，爽朗地说："从前，晋王与我约为兄弟，晋王的儿子就是我的儿子，安有父亲不助儿子的道理？"从前晋为兄，契丹为弟，名分上后晋沙陀处于上风；如今阿保机是父，李存勖是子，契丹处于上风。[1]

年轻的李存勖能否稳住晋国的局面还是未知数，在阿保机的感觉中，李存勖左眼小右眼大，像他父亲但比他父亲长得更丑，在这样一具残缺的身躯中，智慧和军谋好像与他不相干，更不可能具有雄才大略的灵魂。他并不把李存勖放在眼里，认为李存勖对他构不成威胁，因此好几次援助了李存勖，他在援助中领悟了幸福感和满足感，这对契丹利多弊少。随着援助次数的增加，沙陀与契丹这种"父子"关系愈来愈明晰，李存勖的"晋国"政权几乎成了契丹的属国。

不过，年轻的李存勖的军事才能是阿保机、朱温始料不及的。李克用刚死，朱全忠就派李思安兵围潞州，潞州守将周德威与李思安交战三个来月，相持不下。于是朱温亲率大军，来到临近的泽州，驻扎在长子县，部署消灭沙陀的大阵。一时间孤陷敌阵的周德威岌岌可危，潞州危如累卵。

断云晴雪，北风凛冽。军帐中，朱温接到哨报，周德威奉命率领部分人马撤出潞州，正逃往太原。朱温闻讯大喜，他认为沙陀军因"大丧"失了战斗意志，潞州不日可下，晋国时日不多了。于是将战事交与属下符道昭，自己安然回洛阳去了。

李存勖也接到信报，后梁军根本不把沙陀军放在眼里，虽

---

[1] 见《旧五代史·契丹传》。

然来了大军，并不设防。李存勖对众将领说："朱全忠认为我们有大丧，不可能出兵；又认为我年少无知，没有经历战事。他们因此有骄怠之心，我们可以选精兵，出其不意，日夜兼程，以哀兵愤激之众，打他骄懒之师，解围定霸，在此一战。"李存勖于是率领沙陀军从太原出发，五天后到达潞州北面。埋伏在三垂岗。

时逢大雾，五步之外不见人影。拂晓时分，大雾依然遮天蔽日。晋军借助迷雾掩护，悄悄向敌阵移动。李存勖令李存璋、王霸带领部下，前往敌寨放火；周德威、李存审从左右两翼攻击敌人；李嗣源率亲卫军从正面攻击大营。布置完毕，就见一只狗在眼前掠过，"不好，这狗会去报信。"李存勖弯弓搭箭，一箭射去，雾气中，只听两声哀鸣，遂又归于死寂。"迅速行动！"三路人马同时出发，一时间犹如神兵天降。

那只狗一拐一拐跑进主帅符道昭的军帐中，哀叫两声，倒地身亡。符道昭翻身爬起，认出狗身上是晋军的箭，立马大吼一声："来人！通知各路将领，有敌情，做好防备！"说完，在警卫的护卫下首先撤离而去。

那各路将领接到通知，睁着迷蒙的睡眼，牢骚满腹，"借个胆给晋军，他也不敢来。"正说着，就见营寨起火，睡梦中惊醒的后梁军，不知天兵从何处来，一时惊慌失措，还没披挂上马，就见左有周德威，右有李存审，中间李嗣源凛凛神威凝浩气，挥刀直掼进来。晋军吼声如雷，舍生忘死冲了过来，一时气吞山河，势盖天地。李存勖手握一杆银枪直扑进来，冷森森一道霞光飘雪链，左冲右突，如入无人之境。

后梁军狼奔鼠窜，鬼哭狼嚎，一败涂地，向南逃窜，一路上丢盔弃甲，被杀者逾万。除主将符道昭之外，将领三百来人被俘，粮草百万斤被劫。消息报到洛阳，朱温一听，登时口吐鲜血，大声号叫："生子当如李存勖！李氏不亡，李氏不亡啊！我朱温的孩子怎么就没有这本事，简直就是猪狗啊！"

三

潞州之战，形势发生了逆转，失去了三百将领，如日中天的后梁从天上掉下来，江河日下，气息奄奄。此后，朱温龟缩在洛阳，再无大作为，三年之后，在郁闷中病倒，病情日益严重。

朱温虽然厉害狡猾，一生杀人如草芥，但他从一介草民到后梁皇帝，幸得有妻子张氏的支撑，张氏虽出身营妓，颇识大体，又为朱温生了两个孩子：朱友珪、朱友贞。故他对张氏一往情深，宠幸有加。张氏临终时对他说："夫君是人中龙凤，妾不介意你再娶，你自己留意寻找就是。"张氏死后，朱温虽然没有再娶，却荒唐地把儿媳妇召来当自己的情人。

朱温病倒之后，性情古怪，自张氏亡故之后，情无所寄，动辄大发脾气，身边宫女根本侍候不来，只好把儿媳妇召来侍候陪伴他。朱温有一个养子朱友文，年龄比朱友珪、朱友贞稍长，论本事也在二人之上。朱友文的妻子王氏，朱友珪的妻子张氏都被召进万春宫侍候朱温。两位皇子都觉得这样做名分不顺，却又乐得装糊涂把妻子放在父皇身边当眼线，为的就是父皇百年之后那张龙椅。

那时候朱温还没立储君，他悄悄放出话，谁把我侍候好，我就立谁为太子。朱友文的妻子王氏婀娜多姿，最得朱温的欢心，侍候变成了侍寝。王氏身躯一扭，耳边风就吹，把个朱温弄得浑身酥软，欲生欲死。这一日，病恹恹的朱温窸窸窣窣摸出传国玉玺，交到王氏手里，要她回汴梁召回朱友文。王氏一听，大喜过望，隔天兴冲冲离开洛阳回东都汴京去了。

事有不密，这事被张氏侦知，立时告知朱友珪。朱友珪一听，大惊失色，"父皇不立亲生儿子，竟要立养子，还要将我逐出洛阳，到莱州做刺史，这如何是好？"外放左迁是不好的预兆，依照惯例，很快就会有杀身之祸。夫妻二人相视哭泣。左右的人见他俩哭得伤心，劝朱友珪说："事急出计谋，为何不早点想办法？"

朱友珪秘密来到左龙虎军，与统军韩勍商议约定，直谈到东方发白方告辞。候到那朱友文到来，刚想进宫，就被龙虎军团团围住，不到一刻钟，朱友文及其随从便被斩尽杀绝。朱友珪立刻又引兵直闯万春宫。

一天风雨，满阶桐叶。龙床上的朱温正闭幕养神，天气再冷，总有一张脸能温暖朕的心。他一边臆想着王氏，一边扳着手指头计算日子，说好是今天回来的，该到了吧！正想着，就听见一阵脚步声匆匆而来。他奋力爬起来，一见来者竟是朱友珪，满脸杀气。立刻指着朱友珪说："我怀疑你很久了，恨没早点杀掉你，难道你忍心杀死你生父吗？"朱友珪向身边的御夫冯廷谔递了个眼色，冯廷谔挥剑向朱温刺来，朱温围着柱子转，剑三次击在柱上，朱温有病在身，力竭扑倒在床上，冯廷谔一剑刺去，穿过腹部，肠胃都流出来了。朱友珪用蚊帐被褥将父亲的尸体包裹起来，放在寝宫里，秘不发丧。

第二天，朱友珪即令拿出府库钱财，大赏左龙虎军及群臣。又以朱温的名义假传诏书说："朕艰难创业三十多年，为帝六年，希望百姓安康。没料到朱友文阴谋异图，将行大逆。昨夜带甲士入宫，多亏朱友珪忠孝，领兵剿贼，保全朕体。然而病体受到震惊，危在旦夕。朱友珪清除凶逆，功劳无比，应委他主持军国大事。"四天之后，朱友珪开始发丧。[1]

乾化二年六月十六日（912 年 7 月 27 日），朱友珪在朱温灵柩前即皇帝位，升任韩勍为忠武军节度使，任命其弟朱友贞为汴州留守，河中朱友谦为中书令，朱友谦断然拒绝不接受命令。朱友珪即位后，虽然大量赏赐将领兵卒以图收买人心，但很多老将颇为不平，而朱友珪本人又荒淫无度，因此人心沸腾、民怨四起。

乾化三年（913 年）正月，朱友珪在洛阳南郊祭天，改年号为凤历。年号刚改一个月，朱温的外孙袁象先、女婿驸马都尉赵岩、第四子均王朱友贞与将领杨师厚等人就发动政变。同年二月，袁象先首先发难，率领禁军数千人杀入宫中，朱友珪与妻子张皇后跑到北墙楼下，准备爬城墙逃走未成，于是命冯廷谔将他自己以及张皇后杀死，随后冯廷谔也自杀而死。朱友

---

[1] 《新五代史·卷十三·梁家人传第一》：太祖素刚暴，既病，而喜怒难测，是时左降者，必有后命，友珪大惧。其妻张氏曰："官家以传国宝与王氏，使如东都召友文，君今受祸矣！"夫妇相对而泣。左右劝友珪曰："事急计生，何不早自为图？"友珪乃易衣服，微行入左龙虎军，见统军韩勍计事，勍以牙兵五百随友珪，杂控鹤卫士而入。夜三鼓，斩关入万春门，至寝中，侍疾者皆走。太祖惶骇起呼曰："我疑此贼久矣，恨不早杀之，逆贼忍杀父乎！"友珪亲吏冯廷谔以剑犯太祖，太祖旋柱而走，剑击柱者三，太祖意，仆于床，廷谔以剑中之，洞其腹，肠胃皆流。友珪以衤周褥裹之寝中，秘丧四日。乃出府库，大赏群臣及诸军。遣受旨丁昭浦矫诏驰至东都，杀友文。又下诏曰："朕艰难创业，逾三十年。托于人上，忽焉六载，中外协力，期于小康。岂意友文阴畜异图，将行大逆。昨二日夜，甲士突入大内，赖友珪忠孝，领兵剿戮，保全朕躬。然而疾恙震惊，弥所危殆。友珪克平凶逆，厥功靡伦，宜委权主军国。"然后发丧。

贞即位，是为后梁末帝。

朱李之争，朱氏输在内争上，此时的李存勖已经成为华北的中心。公元913年，李存勖打败了幽州军阀刘守光，搜出了被囚禁的刘仁恭。将刘仁恭带到晋阳，在李克用的陵前，李存勖拔出一把尖刀，取出刘仁恭的心，举行了血祭。

四

这一时期，李存勖与契丹阿保机已经成为华北与草原双雄。公元916年，阿保机为实现其"北至漠北，南到黄河"的军事计划，亲征突厥、吐谷浑、党项，大获成功。俘虏大小头目以及百姓一万五六千人，缴获铠甲、武器、军服九十多万件；宝物、马匹、牛羊不计其数，扫清了南下的障碍。沙陀将领卢文进率所部将士投降了契丹。熟知地形的卢文进成了阿保机东进的向导。

李存勖令镇守幽州的大将周德威集燕州、并州（河东）、镇州、定州、魏州五镇兵马，兵发居庸关，到新州拦截契丹军。阿保机也亲率契丹军三十万浩浩荡荡向东挺进，在新州东郊展开了激战。周德威是身经百战的老将，但寡不敌众，几乎全军覆没，只好带着残兵败将一路败退回到幽州。

阿保机挟胜利之师，声称拥兵五十万，尾随而来，很快就包围了幽州。一时间，战云密布，狼烟滚滚，幽州、蓟州北面一带，平原与山谷布满了契丹军的帐篷、马车和作为军粮的牛羊。

幽州城高池深，契丹人久攻不下，卢文进于是教契丹人造飞梯、冲车，布于幽州城下，不断地撞击城门。又从不同方位开挖地道，地上、地下一起攻城。守城将士集中油脂、木材、草料，一旦发现地道口，立即点燃油脂、草料，投进洞中，接着乱箭将契丹兵压回去。契丹人无法，于是将挖地道的土堆成高台，将飞梯从高台架到城垛口，想翻越城墙。城中人用滚木、巨石往下砸，又用融化的铜汁、屎汁朝下淋，淋得的契丹兵喊爹喊娘，鬼哭狼嚎。双方各出奇策，日伤千人以上，相持二十多天，皆疲惫不堪，城中既不投降，城外也攻坚不息。

周德威派人突围向李存勖告急。那时候，李存勖正与后梁军隔着黄河对峙，没有足够的兵力可派，于是与众将商议。李嗣源、李存审和阎宝皆主张救援，李存勖大喜。李存审和阎宝认为："契丹军远道而来，无粮草辎重，随军的牛羊吃得差不多，就只能四出打猎，等到幽州野外没有什么可掠的猎物，他们一定退兵，那时候，我军乘机追击，定获全胜。"

李嗣源则说："周德威乃国家重臣，今幽州朝不保夕，必须立即救援，久了恐怕生变。"于是自请为先锋。李存勖遂令李嗣源先行，李存审居中，阎宝率镇州、定州兵马殿后。

临行前，李存审与李嗣源合计。李存审说："敌众我寡，敌人骑兵多，我方步兵众，若在平原相遇，敌人一万骑就足以蹂躏我军，击溃我们。"

李嗣源说："我方行军粮食必随行，如果在平原相遇，敌人掳我粮草，我军将不战自溃。我们不如沿西山曲径潜行，如果半路遇到敌军，我们就抢占险要地形和他们打。"这个方案鼓舞了士气，三军依此行事。

再说契丹军自出征已有一年，围幽州也有三月，酷暑、连阴雨接踵而来，契丹将士开始厌战，这一日，阿保机望见幽州城中炊烟袅袅，知道晋军粮草未断，一时难以攻克。再这样耽搁下去，断了粮草难免吃亏，于是将攻城之事交给从堂兄弟耶律曷鲁，卢文进协助。命令其他部队依次撤军，三日撤一军。

周德威见契丹营帐渐渐少了，不知是敌人撤兵还是诱敌之计，不敢轻举妄动。

李嗣源的先锋军看看离幽州近了，此去只有 60 里，这时候哨兵来报，谷口被契丹骑兵堵住了，约有万骑，黑压压如蜂似蚁，密匝匝围了一圈又一圈，无论如何是冲不出去的。众人一听，不由大惊失色，不知如何是好。李嗣源挥挥手让大家安定下来，令养子李从珂挑选一百精骑，每人两个馒头，一块牛肉，"先填肚子好打仗。"将士们手捧馒头，不知道此去能否回来？认真地撕啃着这最后的一餐。

"上茶！"随着李嗣源一声令下，火头军挑来了"糊米茶"。"糊米茶"根本就没有茶，那是用烧焦的锅巴放在饭桶里，用开水泡出来的，黑乎乎的，苦涩无比，化食醒脑。军旅生活就是这样艰辛，将士们明白，李嗣源上茶不上酒就是要求大家头脑清醒，此去有去有回。乘着抿茶之机，李嗣源布置了作战方案。

李嗣源也是沙陀人，当年他们的祖先受邀来到中原，子孙代代成了职业军人，军功是他们唯一的出路，也是他们立身处世之本。论平原马战虽然比不上草原人，但武艺胆略却不可小觑。

看看到了谷口，李嗣源一马当先，摘掉头盔，往地上一摔，用契丹语高声大喊："你们无故犯我疆土，晋王命我帅百万之师直抵你们上京西楼（临潢府）。"说完挺枪跃马，左有石敬瑭，右有李从珂，向着契丹首领飚冲过去，一百精骑排成密集方阵，尾随而来。

那契丹首领见李嗣源三人朝他而来，慌忙闪开，这一闪，身边骑兵跟着闪开，契丹人顿失队形，变得散漫。李嗣源身后那方阵，互相护卫着像一股飚风旋了过来，所过之处，必掀翻几十契丹兵。

　　谷中后军见李嗣源已经撕开了突围的口子，呼啸着纵马而出，步军用鹿角堵住谷口，强弓猛弩犹如飞蝗射向敌阵，直杀得天昏地暗，飞沙走石。李嗣源的方阵终于团团围住了契丹头目，将他掀下马去。契丹兵见主将已死，仓皇夺路而逃。

　　李嗣源部绝地逢生，成功地走出谷口。清点人马，一百精骑只失五骑，众人见都活着，朗朗大笑起来，一时间骑兵笑，步兵跟着笑，笑声此起彼伏，军心大振。第二天兵临幽州城下。不久，李存审部也赶到。此时双方兵力发生了大逆转，契丹只有三万兵，沙陀军约七万人马，胜券在握。

　　幽州城下之战是平原战，那是契丹人的强项。契丹人虽然输了一阵，依然在城郊杀气腾腾，严阵以待。李嗣源、李存审不敢掉以轻心。令步军手持鹿角，搭建临时木寨，在木寨中以弓弩攻击前来的契丹骑兵，步步为营，向前推进。接着又令另外一部分步兵随后举着点燃的柴草，一时间烟尘滚滚，遮天蔽日，契丹军不知沙陀人到底有多少人马，军心大乱，那马被烟尘迷了眼睛，惊惶地嘶鸣逃窜。这时沙陀军骑马步兵一齐出动，城中周德威也倾城出动，排山倒海压过去。契丹军惊慌失措地向古北口撤去。散落的军帐、武器、牛羊漫山遍野，沙陀军再次获胜。

　　李嗣源、李存审帅军精神抖擞地进入幽州城，与周德威相见，双方相拥泪流满面。幽州保卫战终于赢的最后的胜利。

　　阿保机接获消息，长叹一声："我儿李存勖果然用兵如神，天下无双！"此后契丹人久久不敢南下。那时候沙陀人在中原居住已经有百年之久，因为种姓不同，一直被汉人视为"外人"，正是这"外人"成为草原与汉人中间一道长城，使契丹人无法踏进燕山。这种情形就如南北朝时期的鲜卑人，在北方阻拦着柔然帝国的铁骑一样。

公元923年，李存勖灭后梁，在魏州（今河北大名县）称帝，宣布继承唐朝皇统，史称后唐，改元同光。定都洛阳，是为后唐庄宗。追认李克用为后唐太祖。

第三章

后晋高祖石敬瑭

后晋（936—947 年），历时十二年，历二帝，是继后唐之后又一沙陀政权。石敬瑭是沙陀人中喜欢读书的文武全才式人物，有一定政治才能，他是后唐功臣，曾多次在危难中救护后唐开国皇帝李存勖和明宗李嗣源。李存勖和李嗣源都十分器重他。石敬瑭的一生经历了五代十国中最典型的阶段，这一时期，在后唐中，李嗣源夺了李存勖的帝位，末帝李从珂又夺了闵帝李从厚的位。如此残酷的同姓相争，正是五代的特色。功臣见疑是那一时代节度使兵反的根本原因，石敬瑭走的也是这条路。

石敬瑭任河东节度使的时候，官声很好，他因献出幽燕十六州而留下恶名。

第一节 骁勇善战石敬瑭

一

公元 892 年 2 月 28 日，正是新桃换旧符的时节，新年刚过，元宵在即，家家户户仍沉浸在节日的喜庆中。防御使绍雍府中，仆人进进出出，烧水备炊，举家上下正紧张地准备迎接一个新生命的来临。

瑞雪飘飘，雪花饱含着早春的情意，朵大，疏朗，姿容灿烂，洋洋洒洒，仿佛刚饮过杜康，微醉，轻盈。一声响亮的啼哭从房中骤然传出，声音高亢激越，穿透低垂的阴云，在府中回荡。接生老妇人眉开眼笑地安慰虚弱的产妇："恭喜太太，是个男孩。"望着褓褓中粉红色的婴儿，绍雍夫人疲惫的脸上露出了欣慰的笑容。

顷刻间，合府都在传递着这个消息，两个小仆，跑出府门，燃放起装硝爆竹，一时间，府门烟雾腾腾。新生儿的父亲叫绍雍，此时，他抬眼望去，两座汉白玉雕花的方墩上，两尊威风凛凛的石狮，雄踞两侧。朱漆大门，红色雕梁，好一派威严的景象。遗憾的是，这府门少了一块横木牌匾。不像临近的府第都有横匾，或书"陈府"，或写"郭府"、"何府"。绍雍心想，自高祖璟来到这河东已有百年了，一直是有汉名无汉姓，这儿子得给他一个姓了。

姓，姓，给个什么姓？对啦，"姓向故国寻！姓向故土找！"绍雍正来劲，一转念，"故国是个什么样，故土是什么样啊？"他苦苦地思索着，故乡就像这门上的老年画，褪了色，失了忆。

自打祖先来到这河东，祖祖辈辈就没有回去过，故国故土在心中全是一片白。祖先说，他们的老家"天苍苍，野茫茫，风吹草低见牛羊。"那时候人们都在传说唐土的美丽，他们是怀着敬仰的心情来到的，在大唐的土地上，他们的生活环境具体而微，这里的山也美，水也美，随手可掬，可就是掬不住一捧。他们仿佛同时生活在两个世界，做着一场醒不来的大梦。

绍雍懊丧地一拳砸下去，登时龇牙咧嘴一阵钻心痛，抬头一看，砸在石狮上，"让他姓石吧，石头坚硬。""就叫敬唐（瑭）吧，对，石——敬——瑭。"（石敬瑭做了皇帝以后，自称春秋时期魏国大夫石蜡［蜡，原文从石从昔。］是他家的始祖。）

唐宪宗年间，石敬瑭的高祖璟随沙陀军都督入附唐朝，被安置在河东，累积军功，官至朔州（今山西朔县）刺史。高祖父彬英年早逝，赠左散骑常侍。祖父翌（音意）任振武防御使。父亲绍雍，番号臬捩（音列）鸡，在唐末李克用和后唐李存勖麾下为将，骁勇善战，官至平、沼刺史，赠太傅。

石敬瑭自小喜欢舞枪弄棒，骑马射箭。长大以后，身材硕壮，力大无穷，一表非凡。他随侍父亲南征北讨，学得一身武艺。儿时的石敬瑭就显得老成持重，沉默寡言。那时候的沙陀人重武轻文，石敬瑭倒是个另类。

竹影疏斜，清溪幽幽，山脚下是一片红艳艳的杜鹃花。大将李嗣源来到军营，踏进石敬瑭的营帐，只见石敬瑭正聚精会神地在看书，石敬瑭见嗣源到来，慌忙起身迎接。嗣源过去一看，敬瑭手中的书是《春秋左传》，案上还放着《孙子兵法》《史记》等。

"敬瑭，如此苦读，可钦可佩。"李嗣源说。

"这也是为将所必备呀。当今天下纷纷，江山风雨，可叹的是，文臣多是衣衫架子，武将大多混世魔王。若要真正为天下做点事，武既要力敌万夫，文则要学贯古今。"石敬瑭说。

李嗣源一听，不由刮目相看，平日里他就听说石敬瑭读书孜孜以求，锲而不舍，如今又见敬瑭相貌堂堂，一表人才，知道此人久后必有鸿鹄之志。不久，李嗣源就将爱女许配给石敬瑭。

听说石敬瑭做了李嗣源的爱婿，庄宗李存勖也器重起他来，让他随侍左右。后来，李嗣源即位，成为后唐第二代皇帝——明宗。更是将他视为心腹，此后，石敬瑭的戎马生涯好不得意。

二

公元 916 年，清平（今山东临清东）城外，松树浮白雪，绿竹倚斜阳。暮色里，后梁大将刘鄩奉朱温之命，领着十万大军里三层，外三层将一座清平城铁桶般围困起来，一时里清平告急，危如累卵。

那时候，李存勖是唐王朝山西刺史，赐爵晋王，他带兵疾驰救援。刚到清平，刘鄩一声令下，立刻将李存勖的援兵口袋般围了起来。李存勖被困在核心，左冲右突都无法冲决出来，这时候，"吧啦啦"一匹斑豹马"恢恢"蹄跳着，旋风般直冲李存勖而来，来者就是后梁主帅刘鄩。刘鄩身如铁搭，手握一把宣花大斧，有万夫不当之勇，所过之处，唐军纷纷倒下，眼看就到李存勖跟前。李存勖见来将骁勇，正有点心慌。危急间，只见一位青年将军，顶盔贯甲，罩袍束带，弯弓别箭，骑一匹乌獬豸（音谢至），欢龙般飙过来，他就是石敬瑭。

石敬瑭跃马横槊，勇猛无比。立时，乌獬豸、斑豹马如旋风般盘旋起来，令人眼花缭乱。石敬瑭手中那把槊雨点般向着刘鄩的门面、胸前、胁下连连刺来，枣木杆子在他手中抡的呼呼作响，就如一条长蛇伸缩自如，吐信喷气，直逼刘鄩。刘鄩手中的宣花大斧重，不及石敬瑭的槊灵活自如，三十多个回合下来，刘鄩浑身是汗。

刘鄩一生斩将无数，还未遇到如此勇猛的对手，猛然间只觉左臂一阵剧痛，中了一槊，立时从马上倒栽下来。石敬瑭转身跃马刚想结果了刘鄩，后梁军中已有十多员将领围了过来，架住了石敬瑭手中的槊。石敬瑭杀得性起，接连挑了后梁两位大将。后梁军见主帅受伤，又折了两员大将，阵脚开始乱了。此时，城中守军乘机冲出，李存勖也挥军掩杀过去，前后夹攻，后梁军溃败，晋军反败为胜。

李存勖犒劳全军将士，赏赐石敬瑭许多金银珍宝。席间，李存勖特意将石敬瑭叫到身边，并席同坐。酒过三巡，厨子端来一盘酥饼。李存勖亲手抓起一块酥饼，撕开来，一块一块地喂石敬瑭吃。这在沙陀人的风俗中，是最高的恩赐，表明一种情同父子手足的关系。李存勖一边喂，一边说："将门出虎子，此话一点不假呀！"从此，石敬瑭的名字威震全军。

第二年（917年），刘鄩又率军进攻莘城（今山东莘县）。李存勖麾下主将李嗣源领兵来战，双方交战多日，后梁军渐渐显出优势，晋军变得岌岌可危。这一日，李嗣源领着几个侍卫，便衣来查看地形，刚刚走到山口，便被后梁军发现，探马报到营中，刘鄩大喜，立时派出几员大将，分兵五路，从四面包围过来，务必生擒李嗣源。

李嗣源刚刚登上半山，就听见马蹄声从四面而来，一望，不觉大吃一惊，因是查看地形，连战甲也没穿，重武器也没带来，看来这回只能成为瓮中之鳖了。正想着，后梁一位将领已经飘冲过来，举枪就向李嗣源刺来。千钧一发之间，一位将领天神般自天而降，从头顶一块巨石上跃了下来，双脚一蹬，将后梁将领蹬下马来。来将就是石敬瑭。石敬瑭双脚刚落地，右脚一勾，将地上的枪顺势勾起，握在手中。这时候又有一员后梁将领赶到，一时来势过猛，石敬瑭手中的枪顺势一刺一挑，将来将挑下山涧。石敬瑭扶李嗣源上马，两人一前一后，一路冲杀，突出重围，一直跑了六十多里，才逃脱后梁军的追赶。

同年冬天，石敬瑭又一次在濮州万军中救了晋王李存勖。

公元923年，李存勖在魏州（今河北大名）称帝，是为后唐庄宗，年号同光。多年来，石敬瑭一直追随李存勖南征北讨，战功卓著，由于多次救主，身上伤痕累累。遗憾的是石敬瑭虽然得到李存勖的爱护与信任，却没有得到升迁，仍然只是岳父李嗣源身边一员家将。

一寸山河一寸血，江山得来不易，石敬瑭并不因为不公平的待遇而溢于言表，他掩盖着自己的峥嵘头角。他深知，官场就是这样，恩自上出，风云莫测。与自己相比，后唐政权中，最危险和最受猜忌的倒是他的岳父李嗣源。

第二节 蓄势待发

一

李存勖自小随父亲南征北战，几乎没有儿时的游戏与娱乐。他十一岁的时候，随父亲李克用到唐宫向唐昭宗汇报军务军功，唐昭宗给了他们父子很多赏赐，随后又设宴招待他们，陪他们观看了宫廷梨园戏班。李存勖第一次看到这样的表演，内心无比震撼。梨园班表演的是《霓裳羽衣曲》，李存勖做梦也想不到人世间竟有这样曼妙的歌舞，惟妙惟肖的表演，伶人个个千娇百媚，舞若惊鸿。唐昭宗说："这就是盛唐的音乐，这首曲的作者叫李龟年，盛唐的大音乐家，长安城里最有名的歌唱家。"说着叩着中指，吟咏起一首诗——

　　岐王宅里寻常见，
　　崔九堂前几度闻，
　　正是江南好风景，
　　落花时节又逢君。

　　吟罢，唐昭宗介绍说："这是大唐最著名的诗人杜甫歌咏李龟年的诗《江南逢李龟年》。大唐需要音乐，也需要诗歌，一个是大音乐家，一个是大诗人。他们是那个时代的标志。本以为能世世代代听到这样的音乐和诗歌，可惜安史之乱之后，再也没有开元盛世之音，也没有贞观的歌唱。今后能不能再听到，就看你们年轻一代啦。"李存勖一边看一边听，突然间冒出一句话，"有一天我发达了，一定也办一个这样的梨园班！"唐昭宗呵呵一笑，对李克用说："这孩子与众不同，日后富贵了，可不要忘了大唐！"

　　李存勖称帝之后，第一件要做的事就是梨园班，他的身边很快聚集起中原一班名角。李存勖令人将当日见唐昭宗的事编成剧本，他要亲自上台，向唐昭宗在天之灵禀告，"我李存勖的愿望实现了！"

　　雁过长空无痕，春梦醒来没影。不知不觉间，梨园班初具规模。只要是皇帝想办的事，没有办不成的。第一次排练内心多少有点忐忑，李存勖开口说了一句台词："我李存勖激战十年、有了天下，李天下啊李天下，"话音刚落，就见伶人景进冲上台来，左右开弓，"啪啪"地给了他两个耳光。众人一见登时吓得面如土色，说不出话来，李存勖也莫名其妙出了什么事，"来人！"两个侍卫冲上台来，将景进按倒在地。

李存勖正想发作，就听景进说："皇上，听奴婢说。"李存勖挥挥手，侍卫松了手，景进站起来，说："李（理）天下只能皇上一人，皇上叫了两声，皇上想和谁平分天下？"李存勖一听有理，立时转怒为喜。"来人，有赏！"

此后，景进就随侍在李存勖身边，"朕一心想办好这梨园班，天下事你就帮朕理理！"景进一个伶人哪懂得理天下，不久，他就将前唐宫中离散的太监招募来，随时请教。李存勖见宫中人多了，就让这些宦官伶人去刺探群臣的言行，群臣受到监视，敢怒不敢言。不久，李存勖又派了两个伶人去做刺史，这下舆情鼎沸，将士军前半死生，很难得到升迁，伶人倒做起刺史来。兵部尚书、枢密使郭崇韬带头讽谏，伶人宦官恨死了郭崇韬，他们轮番到李存勖面前诽谤郭崇韬，李存勖被激得七窍生烟，来不及辨明是非就杀了郭崇韬。将士们开始与皇上离心离德了。李存勖又派伶人宦官担任宫中各执事和诸镇的监军。将领们受宦官的掣肘，监视，君臣之间矛盾更深了。

庭前几株老树，枯枝带雪，恍若梨花盛开。庭中，李存勖握一管洞箫，摇头摆脑吹了一曲"梅花三弄"，好不得意。刚放下洞箫，就见郭从谦领着一帮妙龄女子进来，个个面目姣好。为了充实梨园班，李存勖令伶人宦官到民间去搜求民女。这帮人到魏州转了一圈，竟抢来千多女子。李存勖一问，都是驻守魏州将士的妻女。

妻女被抢，魏州将士愤怒了，兵变终于发生，魏州都指挥使赵在礼带领叛军占领了邺都（今河北大名）。李存勖接报，大惊失色，立刻派员招抚，不见成效，又派归德节度使李绍荣率军围剿，也频频失利，损兵折将。李存勖无法，想要御驾亲征，众人纷纷阻谏，又一致举荐李嗣源，认为平乱之事，非他莫属。

李嗣源与李存勖虽然同姓李，却没有血脉关系。李存勖是后唐太祖李克用的儿子，李嗣源是李克用的养子。在后唐王朝中，李嗣源居功至伟，人中龙凤，誉满朝野。李存勖就怕他日益坐大，未来无法控制。如今见众人一致举荐他，怕伤了君臣和气，只好命他为统帅率军前往征讨。

李嗣源率军赶到邺城，与诸军约定明天凌晨攻城。当天晚上，李嗣源带了几个亲兵潜入邺城，想摸摸情况，赵在礼得知消息，亲自带领将校前来迎拜，恳请他在河北称帝。此时的李嗣源对李存勖心存忠义，不想反叛。

一钩残月三更梦，李嗣源借口到城外收拾散兵，乘着朦胧月色连夜出了城。不料此事不胫而走，军中士卒怕举事不成，反受其累，纷纷逃散。几天之后，李嗣源身边只剩下常山一军五千人马。李嗣源想要上表申明心迹，却被身边将领元行钦扣下。正在进退两难之际，石敬瑭与中门使安重诲一前一后前来拜见。二人皆主张李嗣源公开起兵，攻占洛阳。

石敬瑭附耳对岳父李嗣源说："古来大事成于果断，败于犹豫。如今你在邺城已与叛军会面，军中难免有庄宗的耳目，无论如何你已经很难得到皇上的信任了。更何况皇上历来对你猜忌防范。人无伤虎心，虎有吃人意啊！"一席话说得李嗣源头上沁出了冷汗，脸如死灰。

石敬瑭接着分析说："大梁（近河南开封市西北）乃是天

下都会，你只要给我三百骑兵，我就可以拿下它。以此为根据地，你再率军西进，直指洛阳。这样就能安然无恙。不然，你举家不保，跟随你的将士也会有杀身之祸。"李嗣源思虑再三，终于接受了石敬瑭的劝告。

石敬瑭于是率五百骑兵，渡过黄河，拿下大梁之后，马不停蹄旋又发兵西进，直取洛阳。李存勖得知李嗣源在将士的拥戴下，已经率军进入汴京，准备自立为帝。急忙带领人马前来平叛，到了中牟县，听说各地将领纷纷倒戈支持李嗣源，知道大势已去，只好下令退守回洛阳。

三月，李存勖回到洛阳。四月，石敬瑭带兵逼近汜水关（今河南省荥阳市汜水镇）。李存勖听从宰相和宦官的建议，决定亲自率军赶去扼守汜水关。丁亥日，骑兵和步兵按照他的命令，在洛阳城外等候出发。李存勖一早起来，正在用早餐，忽听到宫城兴教门外一片喧嚣声。他连忙带贴身的骑兵侍卫赶去查看，到中左门，只见马直御（亲军）指挥使郭从谦正指挥着起事的兵士杀入。

郭从谦本是个伶人，认大将郭崇韬为叔父。郭崇韬被李存勖杀死后，他在部属中为郭崇韬鸣冤叫屈，被李存勖知道，召去训斥说："你为什么要违背我而去投靠郭崇韬，想干什么？"郭从谦听了，又怕又恨，加紧鼓动亲军，趁这一天军队都调到城外等候出发的机会发动了兵变。当下，李存勖一马当先，带领侍卫冲杀过去，将叛军赶出门外，关上了大门。郭从谦又重新组织人马，放火焚烧兴教门，趁火势又杀入门内。李存勖与侍卫拼死抵挡，忽然飞来一箭，正中他的面门，痛得他几乎昏倒。鹰坊人（专事养鹰以供皇帝田猎的宫人）善友将他扶到绛霄殿廊房下，拔出箭矢，顿时血流如注。李存勖连叫口渴，宦官奉刘皇后之命奉上酪浆。李存勖刚饮下一杯，突然力竭倒地而死。

善友恐怕他的尸体会遭到叛兵肢解、蹂躏，用许多乐器覆盖住，点火将尸体焚毁。李嗣源攻入洛阳后，派人从余烬中找到些零星尸骨，葬于雍陵。后唐庄宗李存勖一生大起大落，光和影落差太大。

李嗣源顺利进入洛阳，成为后唐第二代君主——明宗皇帝，改年号为天成。因为李存勖与阿保机关系特殊，李嗣源即位之后，派遣供奉官姚坤向阿保机报丧。那时候，阿保机刚灭了渤海国，正在班师途中，他在军帐中，身着锦袍隆重地接见了姚坤。

听说李存勖已死，阿保机放声大哭，便哭边说："朕和河东先世约为兄弟，他的儿子就是朕的儿子。朕听说近来汉地兵乱，本已点甲兵五万欲前往洛阳救助我儿，无奈渤海战事未了，如今我儿果真死了，冤哉！"阿保机哭泣不止，接着追问李嗣源有没有救助李存勖，语气强硬，就像屋檐下未消融的冰凌。

帐外，雷声隐隐不断，预示着一场风雨即将到来。姚坤委婉地说，李存勖之死主要是沉溺女色，宫中有宫女两千，乐人一千，为了无度的消费，平日里千方百计搜刮百姓；放鹰走狗，纵情田猎，奢靡之风盛行；朝政交付他人代理，招致天下共怒。最终死于乐人郭从谦之手。

帐外风雨如磐，帐内姚坤侃侃而谈，将事情的来龙去脉说得清清楚楚。末了，阿保机说："朕就知道我儿不懂惜福，迟早要出事的。朕也有家乐诸部千人，没有公宴不敢妄举；朕也爱酒，但出征以来举家断酒，朕所作所为若像我儿一样，亦是不能长久的。朕愿以此为戒！"

帐外雨过天晴，草原被夏雨洗刷过，一片新绿盎然。帐门掀开，空气清清爽爽，人也跟着舒畅起来。时已黄昏，阿保机话锋一转，追问起李嗣源继位的合法性。姚坤隐隐听得出，阿保机话里藏机，说着说着，阿保机终于表明意思：若李嗣源割让幽州，他就承认李嗣源即位的合法性，以求两国和平。

姚坤一听不对，干脆也把话摊开来说个明白："李嗣源乃高祖李克用的义子，深得军民百姓爱戴，他年长李存勖十七岁，却一直尊李存勖为兄。他认为只有亲子才是兄，义子只能是弟，从没想到要夺兄长之位，奉行的是稳健政治。他最终起兵实逼于无奈，如今兄亡弟绍，即位之后国号仍用"唐"，于理于义无可挑剔。"

是夜，姚坤歇在帐中，望帐外，星河璀璨。忽然间，一颗星星自东向西陨落下去，姚坤心中"咯噔"一跳，不知这星是主契丹还是主后唐。第二天起来，就听说阿保机病了，姚坤匆匆告辞归国，还未走到洛阳，就听说阿保机在扶余驾崩。

二

李嗣源登基之后，石敬瑭既是驸马，又是拥立明宗的功臣，一条金色的大道在他面前铺开了。他一年三迁，未久就官至宣武军节度使，侍卫亲军马步兵都指挥使，进封开国公，赐号"耀忠匡定保节功臣"，他开始把握了后唐的军事大权。这时候的他开始变得专横、盛气凌人，就连明宗皇帝也觉得他过于跋扈，咸吃萝卜淡操心。但在明宗朝争权夺利的风波中，石敬瑭因是皇亲女婿，一直立于不败之地。在打败一系列对手之后，石敬瑭的最后一位政敌就是枢密使安重诲。

公元930年9月，盘踞东川的董璋发动叛乱，明宗李嗣源令石敬瑭为东川行营都招讨使，兼知东川行府事，率军征讨。

石敬瑭奉旨出征，攻下了剑门，但直至年底，进展不大。这时候，安重诲自请作为监军，前来督战。石敬瑭得知后，心中十分不快。想要排拒他，又没有合适的理由。

事有凑巧，凤翔节度使朱弘昭与安重诲也有宿怨，想扳倒他。他写了一封密奏，派人飞马送往洛阳。向李嗣源密奏："安重诲对皇上夙有怨恨，口出恶言，不可令至行营，以免夺了石敬瑭的兵权。"接着又派人给石敬瑭送信说："重诲不得人心，举止孟浪，若到将军营中，恐会惹出事端，不战自溃。望能设法阻止他。"石敬瑭接信，心中惶恐，急忙上奏明宗，请求召回安重诲。

明宗接信，沉吟半晌，心想：一条小船，两个艄公，搞不好船就翻了。当即令安重诲速速返回洛阳，安重诲接旨，刚走到潼关，又接到诏书，令他以中书令兼护国节度使，直接到河中（今山西永济西）赴任，不须进京。安重诲知道这是不祥之兆，却不敢抗旨，只能硬着头皮前往赴任。不久他就上表明宗，请求致仕，退出政坛，在河中养老。安重诲虽然退出了政坛，明宗最终还是令新任护国节度使李从璋将他刺死。这样，石敬瑭终于去了最后一个重要的竞争对手，他的地位更加稳固了。

明宗晚年，石敬瑭加侍中、太原尹、北京留守，又任河东节度使，兼大同、振武、彰国、威塞等军"番汉马步军总管"，改赐"竭忠匡运宁国功臣"。这时候的石敬瑭既是后唐军事力量的统帅，又是镇守边关的要塞的封疆大吏，集军事与行政大权于一身。

公元 933 年冬，明宗李嗣源去世，宋王李从厚即位，是为后唐第三代皇帝——闵宗，隔年正月改年号为"应顺"。闵宗为人柔弱，把不住朝纲。朝中大权被权臣朱弘昭、冯赟（音晕）掌控。

　　二人向闵宗提出了一个"换镇"的方案，想借此来削弱节度使的地方势力。于是改河东节度使石敬瑭为成德节度使，改凤翔节度使李从珂为河东节度使。这次改动，引起了众节度使的不满。李从珂本就"心怀朝廷"，遂以"清君侧"为名，起兵发难，想借此推翻李从厚，谋取帝位。

　　李从厚接报，即命判六军诸卫事康义诚率军征讨。康义诚两相权衡，觉得李从厚不像个皇帝，于是带着人马归降了李从珂。

　　悲欢聚散一杯酒，东西南北万里程。李从厚得知消息，气得浑身发抖，大骂起来："婊子无情，商人无义，好你个康义诚，一夜之间带走了朕二十万大军。"李从厚急得几天几夜睡不好觉，眼睛都要冒出血来。猛然间它想起了姐夫石敬瑭。"这个人读书多，平时也算沉稳。"遂下旨召石敬瑭回京候旨，讨伐李从珂。

　　石敬瑭接到命令，觉得应该观察一下形势，于是带领人马沿着山道缓慢而行。这一日来到卫州（今河南汲县）东面，遇到闵宗李从厚，李从厚带着五十名随身禁卫军仓惶出逃。他一见石敬瑭，大喜过望，以为救星来了。慌忙问有何退敌良策。

　　"听说陛下已派康义诚率师征讨，战局如何？"石敬瑭急切地问。

　　"康义诚已经叛变，如今情形危急。"李从厚懊丧地说。石敬瑭一听，登时作色，骂了起来。一边骂一边却思忖：这李从珂英勇善战，名震后唐，如今又多了康义诚的二十万大军。自己虽然也握有大权，相比较毕竟羽翼未丰，强弱悬殊。若是死保这昏庸无能的李从厚，只能是引火烧身。为今之计还是应该暂避风头，保存实力。于是对李从厚说："卫州刺史王弘贽是位老将，精明强干。我先入城与他商量商量。"

　　石敬瑭见了王弘贽，王弘贽内心明白，石敬瑭想撒手不管，让他来淌这浑水，于是对石敬瑭说："自古天子出走，都有将相、侍卫、府库相随，使天下人瞻仰。如今陛下出走，既无大员相随，也无传国玉玺，难以号召天下。纵然天下人有忠义之心，恐怕也无能为力。"石敬瑭一听，王弘贽说出的正是他想说的话，回到驿馆向闵帝如实禀报。末了，长叹一声："陛下，如今这世道是有钱能使鬼推磨，缺油难点阎王灯啊！"

一旁气坏了侍卫奔洪进，他勃然大怒，指着石敬瑭大声斥责："你身为明宗爱婿，与陛下有郎舅名分。如今天子蒙难，向你求救，你却支吾其词，推卸责任，这是出卖天子，迎合叛贼！"弓箭库使沙守荣更是义愤填膺，拔出佩剑要斩石敬瑭。石敬瑭的贴身将领陈晖慌忙拔剑格住，两人斗了十几回合，沙守荣被陈晖一剑刺死。石敬瑭见此情形，一不做二不休，下令牙内指挥使刘知远引兵闯进驿馆，将闵帝身边几十个侍卫全都杀了，又将闵帝幽禁起来。自己率军赶赴洛阳。

隔年（934 年）四月七日，潞王李从珂令人用毒酒鸩死了李从厚。从厚一死，李从珂便在明宗枢前即位（可怜明宗死了半年还未下葬），成为后唐最后一位皇帝——末帝，年号清泰。

石敬瑭与李从珂本都是明宗李嗣源的爱将，石敬瑭是女婿，李从珂是义子，二人也曾肝胆相照，功勋卓著，成为明宗的左右亲信，为李嗣源的登基立下了汗马功劳。随着他们的势力一天比一天大，二人变得互相猜忌，隔阂日深。石敬瑭协助李从珂安葬了明宗李嗣源之后，不敢贸然提出回归河东。李从珂就怕石敬瑭一旦回河东，势力坐大，尾大不掉。又怕他在朝中凡事作梗。如何来安排石敬瑭，李从珂一直是如芒在背，如鲠在喉。见他不提回去，也不催促。日子一天天过去，石敬瑭忧心如焚，不觉愁出病来。于是干脆托病在家休养。

　　这一日石敬瑭躺在床上，心中正烦，家中养的一群猫齐集在他的床前，"喵喵"地叫着，那是饿了。石敬瑭火了，"就连猫也来烦我。"他从床上跃起，令管家用铁笼将十来只猫装进笼中，抛到野外去。

　　西风东渐，看看酷暑已过，又是秋凉。李从珂依然没有让他回河东的意思，这一次，石敬瑭由托病变成了真病。这一日刚饮下汤药，昏昏欲睡，忽听床前又是"喵喵"的叫声，他极力睁开眼睛，只见那群被丢到野外的猫，一只只皮包骨头，几乎成了野猫，整齐地蹲坐在床前，望眼巴巴地看着他。一时间，不觉热泪盈眶，无比感慨，"猫比人有感情呀！在我病的时候，还会寻道回来看望我。"立时吩咐管家给它们洗澡，再给他们最好的猫食。刚吩咐完毕，忽报皇上驾到。石敬瑭想爬起来，无奈浑身乏力，干脆就解散头发，蒙头睡觉。

　　连日来，岳母曹太后和夫人魏国公主一直请求李从珂让石敬瑭回到河东，朝中大臣韩昭胤、李专美也劝皇上，刚刚登基，不可因为猜忌石敬瑭，引起朝中大臣人人自危，因小失大。李从珂一想有理，他前来看望石敬瑭，就是来看看如何安排他。石敬瑭知道事情有了转圜，他挣扎着拉着李从珂的手哭喊起来："岳父大人，不肖婿想你想出了一身病。自从你仙逝之后，敬瑭一直想到地府去服侍你，快啦，快啦，我很快就会去的。"

　　李从珂一听，不觉一震，这石敬瑭怎就病成这样子，说话这般语无伦次。都说他为官清廉，生活简朴，一点不假，你看这床不像床，就两片木板，依然军营作风，如此清苦，怎生受得？不觉一声长叹，心中正有点不是滋味。猛抬头一瞥，不由大吃一惊，惨淡淡床上几根病骨，凌乱乱苍发压着一张瘦脸全无血色，愁眉蹙蹙二目全朦，飘零零只有一点残魂。这就是昔日的知己今天的死对头吗？唉！来日无多了。于是好言劝慰，要他好好养病。石敬瑭忽又拉起他的手哭喊起来："岳父大人，猫比人有真情，我会变成一只猫，到地府去看望你老人家。"正说着，忽然间气促痰涌，喘了半天，脸盘低垂脖颈软，一下就倒在枕上。

"来人那，来人那！"魏国公主一声喊，两个丫鬟进来，一个拿着盆儿，魏国公主扶起石敬瑭，拍着他的背，好半天，一口痰涌出。又喘了好一会儿，再次倒下。另一个丫鬟拿着参汤，用一把匙费劲地撬开他的嘴，汤水全落在刚须上，狼狈不堪。

李从珂见他病得神志不清，放心了，立起身来大声说："石敬瑭听封！"魏国公主慌忙跪在地上："皇上，石郎不行啦，石郎不行啦！我替他接旨。"

李从珂就在石敬瑭的病榻前封他为河东节度使、北面诸军总管。隔天早朝，李从珂就宣布："石郎自小与朕患难与共，亲密无间，今我为天子，不信任石郎，还能依靠谁？"

"来人，上茶！"李从珂刚走，石敬瑭立刻从榻上跃起，仆人搬来一应茶具。石敬瑭亲自动手，他将那茶叶放在陶罐中，在火炉上烤，用一根棍子在陶罐中猛烈搅动，茶香隐隐飘出，石敬瑭嫌不够劲，用火钳挟了一片火炭，直接丢进陶罐中，又用棍子猛烈地搅动，茶香和着焦味扑鼻而来，石敬瑭将那烧开的水顺势倒进陶罐中，陶罐"轰"的一声，似乎就要爆炸，水立刻溢了出来。

石敬瑭哈哈大笑，将那茶倒出，黑得就像出征前的"糊米茶"，不过这茶比那"糊米茶"要俨好几倍。石敬瑭喝完那泡茶，满脸红光，病气全消，精神焕发地吩咐："管家，收拾行李！"这时候，魏国公主已经帮他把行李收拾好。

石敬瑭第二天早晨就回河东去了。一到河东，他借口防御契丹，大肆招兵买马，打造兵器。又将幽州、并州二州的禁军全控制在自己手中。一方面又给皇上上折子，声称自己体弱多病，不堪为帅。

李从珂离开石府以后，听说石敬瑭隔天就上任去，知道上当。于是命武宁节度使张敬达为北面行营副总管，屯兵代州，牵制石敬瑭；又命羽林将军杨彦洵为北京副留守，监视石敬瑭。

第三节　割地称帝

一

一年一度千春节，正月十三日，是李从珂的生日，他将这一天称作"万春节"，举国同庆。清泰三年（936年），石敬瑭的夫人魏国公主入京为李从珂祝寿。李从珂在宫中设宴，让魏国公主与太皇太后、太妃、皇后同桌。宴毕，魏国公主立时请辞回河东晋阳。

一阵微雨飘过，李从珂将手中几颗饭粒丢进御池中，几条锦鲤踊跃浮了上来，微风中，燕子斜斜掠过。借着酒意，李从珂醉醺醺地对魏国公主说："何不多待两天，过了十五元宵再走？这么急，是不是要与石郎一起反叛？"魏国公主回去提起这事，石敬瑭登时就病了。

石敬瑭这一病可不轻，一连几天都起不来。魏国公主纳闷了，前来病榻看望他，"这就怪啦，人家一句话，也不知是真的还是开玩笑，你一个五大三粗的汉子就病成这样子。至于吗？石郎，你是不是真想叛反，被他点中了死穴，才吓成这样？"

"没有，没有！"

"没有？那就不用怕，何苦自己吓唬自己。"

"夫人，这种事不管他说的是真是假，言自心声。反叛，那可是灭族的事，与其有一天被斩尽杀绝，不如反了还有点希望，成了你就是皇后。"

"那就反了，反了！"魏国公主是明宗李嗣源的爱女，在她看来，这后唐还真的离不开他李从珂和石敬瑭，他俩要是愿意携起手来，后唐的基业就会红火起来，后唐虽不是李世民的嫡系，毕竟还是姓李，叫唐。也不枉了父皇一生奋斗。可如今这一龙一虎，龙不愿盘，虎不愿卧，龙腾虎跃，腥风血雨随时可能降临。与其坐以待毙，还真的不如反了。他李从珂与我父皇又没有血脉关系，不过是个义子，他可以夺我兄弟李从厚的位置，石郎难道就不能夺回来。想到这里，她反倒鼓励起石敬瑭来，"什么时候动手？"

"这种事你可千万不能泄露出去，目前所能做的是上折子请辞河东节度使。"石敬瑭再三叮咛。

魏国公主一听就急了，"石郎，你不斗是死，斗不过也是死，反正是死，那就轰轰烈烈干一场。你要是心思太重，不择手段，就是成功也会身败名裂的。"石敬瑭一听，脸色煞白，一时汗如雨下。

李从珂接到石敬瑭的请辞折子，折子说他重病已久，不宜再掌兵权，请求解除职务，调往别镇养病。李从珂见那折子，不知是真心还是假意，连夜将枢密院直学士薛文遇召到后宫商议。

窗外，轻风细柳。"石敬瑭请求移镇？"薛文遇望着窗外那淡月梅花，沉吟了半晌，"这河东移也反，不移也反，只是时间问题。常言道，'当道筑室，三年不成。'此事只能皇上自己做主，当断不断，反受其乱。"

李从珂一听有理，于是顺水推舟，将石敬瑭调往郓（音运）州，任天平节度使，削去了他的部分兵权。宗审虔接任河东节度使，由张敬达督催起行。石敬瑭接到诏书，当场就在病榻跃身而起，魏国公主见他那猴急的样子，忙问："咋回事，把你急成这样子？"石敬瑭做梦也没想到，本以为上个折子，麻痹一下皇上的心，可这皇上竟然立马就把他安排到郓州，这下假戏成真，不反也得反啦！

"真弄不懂你，你上折子请调，皇上要是不批，你要骂娘；皇上批了，郓州是个养病的好地方，你还是骂娘，还说人家逼反了你。一个人那，一想当皇上，脑子就出毛病。"

"这种事，夫人，你一个公主自小锦衣玉食，不懂。"石敬瑭立刻让人找刘致远、桑维瀚两人前来商量。刘致远和石敬瑭都是沙陀人，勇猛善战，一直追随石敬瑭，如今任都押衙，掌着军事，颇有谋略。桑维瀚是洛阳人，在后唐中过进士，擅长文辞，诡计多端。在石敬瑭军中掌书记。二人听了石敬瑭的话，立表赞同。

刘致远心想，这后唐是明宗李嗣源夺了庄宗李存勖的位，李从珂又夺了李从厚的位，如今这石敬瑭又想来夺李从珂的位。世道就是这样，你争我斗，强者为王。后唐能与李从珂争夺就这石敬瑭啦。于是对石敬瑭说："要成帝业，可以传檄兴兵。"刘致远于是替石敬瑭起草了一份檄文：李从珂是明宗皇帝的养子，于理不应继位，应该将帝位还给明宗的幼子李从益，若不相让，当兴义兵讨伐。

桑维瀚也说："只要推心置腹请求契丹，他们定会帮助我们。"于是由桑维瀚为石敬瑭起草了一道表，向契丹耶律德光太宗称臣，表中石敬瑭自认为子，耶律德光为父皇。请求父皇出兵帮助，事成之后将割卢龙一道与雁门关以北各州作为回报。

二

李从珂见那檄文，大怒，两下就撕个粉碎，立时令人作书回击。书中说：石敬瑭与闵宗李从厚有姻舅名分，可是姻舅在卫州有难，不但不帮忙，反将姻舅的侍卫都杀了。这是天下人都知道的事，现在又有谁相信石敬瑭是真心拥立李从益为帝。石敬瑭的所作所为不过是搬起石头想要砸破天，痴心妄为而已。

李从珂削去了石敬瑭所有的爵位，当年五月即发兵征讨石敬瑭。石敬瑭担心自己力量比不上李从珂，不敢贸然发兵南下攻打洛阳，只在太原城中与李从珂打笔墨仗。未久，李从珂的大将、北面行营副总管张敬达奉命率领三万大军，兵围太原城。发起了勇猛的攻势。石敬瑭、刘致远亲上城头指挥，冒着矢石拼死作战，好不容易保住了太原。

张敬达见急攻不下，于是设立栅栏围城，准备把石敬瑭的叛军困死在城中。遗憾的是，时逢盛夏，暴雨连连，栅栏被风暴刮倒。张敬达又令筑土围城，眼看土城就要合拢，不幸的是连续三天暴雨，土城被冲垮，功亏一篑。

这时的太原城也已危在旦夕。城中粮草无多，死伤人员日益增多，人心浮动。满城的含羞草在"咚咚"的马蹄声中全都闭合不张；那合欢树本来日开夜合，如今也都日夜闭合卷起，百姓知道这是太原将破的征兆，忧心忡忡。石敬瑭更是如坐针毡，日夕不宁。看看已是九月，秋高马肥，该是契丹出兵的时候了。石敬瑭日夜盼望着耶律德光率军前来解太原之围。

契丹太宗耶律德光真的来了，他率领五万骑兵，号称三十万人马，自雁门关向南而来。又派人送信给石敬瑭说，"我兵马到来当日即破贼解太原之围，可以吗？"石敬瑭大喜过望，急忙回信："唐军气势正盛，千万不可轻敌，明日商议后再战未迟！"

太原城下秋风骤起，黄沙白草，冷气飕飕，风过处，城外一地黄叶。隔天，张敬达又来攻城。几千人马冲到南门城下时，内中涌出一支奇特的队伍，他们手撑长杆，跃上高高的城头。勇猛无比，有几个迅速冲下城楼，杀散守门士兵，破锁开门，唐军一声呐喊，蜂拥而来。石敬瑭接报赶来，城头到处都是尸体，眼看城破在即。千钧一发之际，唐军后阵突然乱了起来，石敬瑭、刘致远拼命喊起来："援兵来啦！杀呀！杀呀！"

眼看太原城就要拿下，半路杀出了契丹兵，张敬达这一气非同小可，立刻指挥三万大军合围过来。一见那契丹兵阵容不整，有的甚至光着膀子，不是训练有素的队伍。张敬达带头冲进契丹阵中杀了起来，这股契丹兵只有三千来人马，很快就败下了阵来，唐军一直将他们追到汾水边，契丹人马涉水过河，唐军紧追不放。

这时候，东北方烟尘滚滚，契丹大规模的伏兵如风飘来，太宗耶律德光亲率骑兵冲杀出来。契丹骑兵一个个就如五丁力士，六甲神祇，他们将后唐军拦腰截为两段，追赶到北岸的后唐军全军覆没。接着他们又将南岸的步兵围了起来，这一仗，后唐军死伤一万多人，只有骑兵逃了出去，逃到晋安寨。太原之围解。

三

落叶风飘，皓月当空。当天夜里，石敬瑭就带人来拜见耶律德光。他吩咐桑维瀚把地图带上。刘致远一见，心里明白，石敬瑭这一去，会有大批土地被割出去，于是上前阻谏说："大将军此去，称臣可以，若以父事之，则太过分。契丹此次出兵，我们可以用金钱丝帛答谢他们，补给费用，但千万不可许以土地。"

"刘将军何出此言？"石敬瑭问。

"大将军，枯木回春易，重整山河难。纵然末将一点孤忠，未来愿意效死疆场，必无济于事，悔之无及。"说着不断磕头，二目哀哀。

"刘将军多虑了。今日若不是耶律德光带兵来救，你我已成刀下之鬼。你想想，那后唐李从珂能服气吗？为防小鬼翻天，得请菩萨坐镇。岂有言而无信之理？"

"将军，你我都是沙陀人，这土地一送出去，他日必成中国之患，汉人能和咱罢休吗？我沙陀人必落千载骂名。"

"我沙陀人怎么啦？自太祖李克用以来，我沙陀人一直驰骋在这土地上。这土地虽是他汉人的，可如今汉人中不出真主，我沙陀人坐天下就是要讲信用，岂可言而无信。"

"大将军，争强斗胜人之常情。可你也是武人中熟读史书的人，剑胆琴心，是我沙陀人中斯文一脉。你要有能力，有实力，自可来做这中原真主，岂可为了名利，使碎心机。"说着一躬到地，扬长而去。石敬瑭经这刘致远一说，内心有点扫兴，可这局势未稳，他不能不亲自来见耶律德光。

耶律德光白天一战告捷，内心欣喜，听说石敬瑭不负所约，立夜要迎他入城，一时高兴，亲自带着将领迎出军营。石敬瑭一见耶律德光，立时跪倒在地，口称："儿臣石敬瑭叩见父皇。"那时候，石敬瑭四十四岁，耶律德光三十三岁。耶律德光一听，赶忙上前，扶起石敬瑭，"石将军，你我都是草原人，何必如此客气。礼重了，礼重了。"说着二人携手进入太原城，一时真有相见恨晚之感。

第二天，石敬瑭又来拜见耶律德光。一见面，又是一口一声父皇，身后立着的刘致远二目凝定，怒火中烧，身如山岳气如虹，"同样的沙陀人，神气如此不同。"耶律德光明白，这太原城是"敬瑭请降民不降"。又见那石敬瑭礼节过谦，于是说："石将军，我草原风俗，贵壮不贵老，你倒不必一口一个父皇。于我未必吉利啊！"

"父皇，这里是太原，不是草原，我称你为父皇，那是依照着辈分来的。想当年，太祖李克用与你的父皇阿保机约为兄弟。我的岳父李嗣源是太祖李克用的继承人，按辈分，你就是我岳父大人这一辈，我该称你为叔父。"石敬瑭抬头看了看耶律德光，接着说："叔父也是父。敬瑭我为何称你为父皇，那是你对儿臣有再生之恩，还将有再造之德。"石敬瑭说着，令桑维瀚把地图摊开，指着地图说："为了报答父皇的恩德，孩儿特将这幽燕十六州献给父皇。"说着指着地图讲解起来。

这十六州就是幽州（今北京市）、蓟州（今河北蓟县）、瀛州（今河北河间）、莫州（今河北任丘）、涿州（今河北涿州）、檀州（今北京密云）、顺州（今北京顺义）、新州（今河北涿鹿）、妫州（今河北怀来）、儒州（今北京延庆）、武州（今河北宣化）、蔚州（今河北山蔚县）、云州（今山西大同）、应州（今山西应县）、寰州（今山西朔州东北）、朔州（今山西朔州）。

十六州，相当于今天的河北、山西的北部。耶律德光看完地图，高兴地说："敬瑭，你告诉父皇，朕什么时候可以派人来接收这十六州？"

敬瑭见问，看了看桑维瀚。桑维瀚会意，上前一步说："启禀皇上，这十六州，目前可以交割的只有四州，还有十二个州依然在后唐手里，幽州节度使赵德钧和他的儿子宣武节度使赵延寿就盘踞在那里。还得烦劳皇上亲自带兵去拿。"

耶律德光一听，登时就变了脸，用手抓起地图，往地上一掷，骂了起来："好你个石敬瑭，你要献给父皇的应该是自己的东西，怎么可以拿别人的东西做人情，还要父皇带兵去打？你把父皇当甚么啦？猫搬屎盆子，替狗行动！"

石敬瑭一听，伏倒在地，磕头如捣蒜："父皇息怒，一寸山河一寸血啊，孩儿目前只是个节度使，哪有那么多土地可以献给父皇？为了补报父皇出兵去拿的费用，孩儿准备每年再奉献父皇财帛三十万匹。"耶律德光一听，这才转怒为喜，"那好，你的孝心父皇领了，可这得以国书的形式签订下来。"

石敬瑭抬起头来，耸动双肩，卑谦地说："父皇，孩儿目前只是一个小小的节度使，那来国书？"耶律德光听他一口一个节度使，心里明白这石敬瑭是来向他要身份，要地位的。他有点看不起他，一个沙陀人怎么这么有心计。可转念一想，这国土事大，他一个节度使签署的文书，中原人不会当回事的。为了这十六州和每年三十万布帛，还是得给他应有的身份。他想了想，站起身来，庄严地说："孩儿，父皇看你相貌气量，真乃中原之主。天命有属。朕现在就册立你为天子。"

石敬瑭一听，感激得眼泪都流了下来，他跪着向前一步，高声地喊起来："父皇万岁！"刘知远见他那样子，也向前一步，把他拉起来，说："石帅，你可别以为得了什么便宜，从此以后，你就是黄泥掉在裤裆里，不是屎也是屎啦。"

窗外，满庭的竹叶飕飕，就如朔风，寒气逼人，把秋光冷透。

公元 936 年 11 月 14 日，石敬瑭穿着契丹服装，面南登基。国号大晋，史称后晋，改元天福。那时候，后唐优势还未丧尽，各地讨伐之师相继前来。那宣武节度使赵延寿见石敬瑭当了皇帝，心想，你石敬瑭和我都是明宗的女婿，你当得了皇帝，难道我就当不了皇帝。于是密函厚贿也来与契丹耶律德光谈条件，请求立他的父亲赵德钧为皇帝。赵延寿开出的条件虽然不及石敬瑭优厚，但他父子二人的人马对耶律德光形成一种威胁，耶律德光就怕后路被抄。部分老弱的契丹兵，一到傍晚就慌忙收拾行装准备逃跑，怕的就是后路被断。耶律德光有心答应赵延寿父子的要求。

石敬瑭得知消息，一惊非同小可。立马便派桑维瀚去见耶律德光，说："大国举义兵救孤，一战而瓦解唐军。怎么又可轻信赵氏父子，贪毫末之利而弃前功。假使我得了天下，必将竭中国之财以奉大国。岂是小利可比？"耶律德光也坦率地对桑维瀚说："不是我有意要负了前约，实在是兵家权谋不得不这样处理。"

桑维瀚是个足智多谋之士，见说服不了耶律德光，无法回去交差，大晋国运也命悬一丝。干脆来了个申包胥哭秦廷。赖着不走，他对着耶律德光，口呼"万岁"，泪洒衣衫。"万岁开天地之恩啊！"一句一哭一顿首，磕头碰地，血泪淋淋。耶律德光见他自早到晚，哭得血泪全干二目都朦，单薄的身体只有气息一丝。无可奈何只好答应了石敬瑭的条件，拒绝了赵德钧父子。桑维瀚回去一禀报，石敬瑭才放了心。

可怜风雨飘摇的后唐，只有张敬达一位敢死的忠勇之士。合朝武将都唯契丹马首是瞻。意想不到的是张敬达竟被后唐将领杨光远、安审琦杀死，杨、安二人举兵投降了契丹。张敬达一死，耶律德光与石敬瑭立即率兵南下洛阳。一路上，后唐将士纷纷出降。赵德钧父子出城迎拜。被耶律德光囚禁，后送到契丹去。

这一日，末帝李从珂接到报告，耶律德光与石敬瑭的人马距洛阳只有十里之遥。李从珂知道大势已去，他下令内监搬来柴薪，堆放在玄武楼下，又令众嫔妃穿戴整齐。自己也身着衮冕，手执碧圭，领着她们上楼来，一干人端坐整齐，遂令内监点火。

玄武楼下火初红，烟卷乌云四面风。火趁风威，风乘火势，须臾间四面通红，烟雾障天。火舌已经舔着李从珂的龙袍，只见曹太后凤冠凤衣，匆匆赶来，李从珂慌忙迎上前来，悲怆地说："母后，您就不必了吧！您是石敬瑭的岳母，石敬瑭绝不会加害于你，何必作这无谓的牺牲？"曹太后凛凛然说："子孙后妃弄到这样的下场，我何忍独生？乱纷纷家国何以堪，不如归去闲中好，一起去见先帝吧！"李从珂不觉潸然泪下，"母后，是孩儿无能，连累了母后！"

正说着，就听刘皇后正大声吩咐内监说："快去，快去！把所有的宫殿都烧毁，一座也不要留给石敬瑭那畜生！"话音刚落，就听儿子李重美劝谏说："母后，算了吧！新皇帝来了还要用的。烧了又要费多少民力重建，我们都是快要死的人，何苦死后还惹人怨恨？"

"重美说得对，曾经拥有的已经错过，要懂得放下，才不会来生留下业障。"刘皇后一听，吩咐作罢。此时众人都已身陷火海，声声惨嚎犹如杀猪，裂帛般的哭喊声直达云霄，未久归于死寂。

耶律德光与石敬瑭的人马赶到的时候，玄武楼已是一片灰烬。余温中只有几百件不怕火炼的金首饰。石敬瑭顺利进驻洛阳，不久就离开洛阳定都汴京（今河南开封）。继后梁、后唐之后，五代的第三个朝代后晋开始了。

再说赵德钧被带到契丹，不久就来拜见述律太后。他将幽州的田地房册的清单以及随身所带的珍宝献上，想博得太后的欢心。不料太后不买账，劈头就问："你新近到太原干什么？"

"奉唐主之命前往。"

"你胡说！你是去求我儿给你个皇帝当当。"太后勃然大怒，"我儿出兵的时候，我就告诫他，如果赵德钧堵住你的后路，你就赶紧退兵，太原是万万救不得的。你倒好，已经堵了我儿的退路，为什么不把我儿打败，理直气壮在中原当皇帝，反倒来求我儿给你当皇帝？"

"太后，你说的这些我不是不懂，只是有时候不想懂。"

太后更火了，"做人是得凭良心！你为人臣子，不能退敌，不想救主，如今又想来浑水摸鱼，你有什么面目做人？"

"太后，你说的我不是不知道，只是不想说出来。"

"那好，我再问你，你上面这些田地房产在哪里？"太后拿着他所献的册子问。

"在幽州。"

"幽州已属我国，都是我们的东西，何劳你来贡献？"赵德钧受了这顿奚落，无地自容，郁郁不乐，没有多久就死去。倒是他的儿子赵延寿恬不知耻地在契丹当起了官，成了进攻中原的急先锋，几年之后也死去。

四

石敬瑭做了后晋的皇帝，可他做皇帝远远不及在后唐当地方大吏时有政声。年轻时，石敬瑭曾治理过陕州、魏博、河东等地，每到一处，都有政绩。据《旧五代史》载，石敬瑭为官清廉、节俭，勤于政务，能礼贤下士，能纳谏。也关心民间疾苦。那时候。河东民风剽悍，每天诉讼案件很多，许多人认为那是一个难以治理的地方。

青山依旧在，几度夕阳红。古今多少事，都付笑谈中。有一次，石敬瑭下乡，路过一官衙，进去讨碗水喝。一边喝一边和属吏聊天。忽然进来两个人，一个是四十来岁的妇女，一个是个年轻的军汉。那妇人一进门就嚷起来："大老爷，请你给我做主呀！"

"什么事？"衙吏问。

"我在门外面晒谷子，被他的马吃掉了很多。大人明断。"

"你亲眼所见还是？"衙吏问。

"亲眼看到。"妇人言之凿凿地说。

"赔你五个铜板够不够？"

"五个铜板？大老爷，你这是打发要饭的？"

"你要多少？"

"至少得两吊钱。"

"那马吃了你多少谷子？"

"有半斗。"妇人说。

"来人那，给她五斗米，收她二十吊钱，再拿两吊赔给她。"

"大老爷，你那米太贵，小妇人我买不起。"

"人家的马不小心吃了你半斗，你要人家两吊钱，这不一斗米四吊钱吗！我五斗米，收你二十吊钱，很公平的事嘛。"

"大老爷，他就是吃了我一粒米，我也要他两吊钱，要不，他就还给我那粒米。"

人在超出经验的事件面前，往往无能为力，为了平息事件，衙吏无可奈何地看着军汉，说："你赔她两吊吧！"军汉满脸委屈地说："大老爷，我的马实在没吃她家的稻谷。昨天我的朋友就是这样被她讹了两吊钱，我朋友说起来我还不信，今天我来试一试，果真她又来讹钱啦。"

"谁讹钱啦？谁讹钱啦？大老爷，你得给我做主！"石敬瑭在一旁看着，见这情形，问衙吏说："这类事情，每天多不多？"衙吏说："每天总有五六桩，事不大，却搞得你焦头烂额。"

天上一滴泪，地上一片湖，人间一口气，天上一片云。一颗老鼠屎会坏了一窝汤。"我来帮你断这案。"石敬瑭说着，拿起惊木堂一拍："今天你两个中，谁不说真话谁就得倒霉！"说着对那妇人说："他的马真的吃了你的稻谷？"

"吃了！大老爷，我还能骗你？"妇人答。

石敬瑭又问军汉："你的马吃没吃她的稻谷？"

"没有！"

"来人！"石敬瑭一声断喝，"把那马杀了，在马的肠胃里查一查，有谷子，就杀了这汉子；没谷子，就杀了这妇人！"说着带着众人来看杀马。马的肠胃里确实没有谷子，石敬瑭下令将那个刁妇处死了。

此事传扬开去，未久，河东肃然，再也没有人敢耍刁欺负别人了。事情过后，石敬瑭对衙吏说："我是一州之长，如果一个州的各个县，每天都被这些事搞得焦头烂额，什么事情都不用做。我这是杀鸡儆猴，煞煞这刁蛮之风。杀了那妇人是重了点，杀人的事今后不可效仿。"衙吏听后口服心服。

据司马光的《资治通鉴》中记载，石敬瑭"务农桑以实仓廪，通商贾以丰货财。数年间，中国稍安。"这说明他是有政绩的。石敬瑭刚称帝之时，也还有一点百姓之心。

有一次，百姓从地下挖出了几块黄金，交给了地方官，地方官又交给了石敬瑭，石敬瑭说："地下所藏之物，又不是国家需要的宝物，不必归公。"然后命人将黄金送回给挖出黄金的百姓。百姓都认为石敬瑭不是敛财的皇帝。

不久，石敬瑭就变了，他不能不变，为了维护这个儿皇帝的政权，他除了每年向契丹贡布帛三十万匹之外，逢年过节、吉凶吊庆，他都得额外奉送礼物。自契丹太后、皇后、皇子到将相大臣，他都送。为此，他不得不搜刮民间财货，增加赋税，弄得民间怨声载道。

第四节 后晋出帝石重贵

一

石敬瑭在位七年死了。他的侄子（养子）石重贵继承了帝位。

石重贵的父亲叫石敬儒，是石敬瑭的哥哥。石敬瑭本也有六个孩子，但都早夭。晚年身边只有一个未懂事的幼子石重睿[1]。石敬瑭临终的时候，将这个幼子托付给辅政大臣冯道[2]。"朕就剩下这一脉了，如今他尚未懂事，望你与众大臣好好地辅助他！"回光返照的石敬瑭内心极不平静，他哀哀地望着冯道，殷殷地嘱咐着。冯道磕头顿首，泪流满面地说："老臣当鞠躬尽瘁辅助幼子，请皇上放心。"石敬瑭的眼角垂下了两滴眼泪。

冯道为人圆滑，自受命托孤之后，自觉责任重大，于是与

---

[1] 《五代史·晋本纪第九》："出帝父敬儒，高祖兄也，为唐庄宗骑将，早卒，高祖以其子重贵为子。高祖六子，五皆早死，而重睿幼，故重贵得立。"

[2] 《五代史·晋本纪第九》："高祖疾病，抱其子重睿置于冯道怀中而托之"。

当时掌握实权的侍卫亲军都指挥使景延广商量。景延广是后晋的抗辽派，他们认为，皇位的继承人最好是在皇室的成员中选取一年长，有战斗经验与军功，主张抗辽的人，这样才能早日收复国土。他们选中了石重贵。于是假传圣旨让石重贵即位。

石重贵的眼睛特别大，人称金眼大将。石敬瑭镇守太原的时候，曾令博士王震教他读《礼记》，石重贵不像石敬瑭那样喜欢读书，很久都弄不懂其中深奥的含义，于是对老师说："这不是我家族所要从事的事业。"[1]

石重贵虽然不喜欢读书，打仗倒是身先士卒，敢于冲锋陷阵，从而得到石敬瑭的器重。石敬瑭被契丹册封为大晋皇帝之后，要领兵去攻打洛阳，想留一个儿子镇守太原，于是征求辽太宗耶律德光的意见，耶律德光说："你把儿子们都叫来，我给你选一个。"石敬瑭的儿子来了之后，耶律德光见石重贵虎虎生气，于是说："这大眼将军可以胜任。"石敬瑭就让石重贵留下来守卫太原，全权管理河东地区的事务。此后，石重贵节节升迁，被授予北京留守、金紫光禄大夫、检校司徒、行太原尹，掌河东管内节度观察事。又晋封为齐王，兼任侍中。

天福七年六月乙丑，高祖石敬瑭崩。国不可一日无君，石重贵便在石敬瑭的灵柩前面即位。接着派使者上报辽太宗耶律德光，耶律德光也派使臣梅李前来吊唁。[2]

石重贵登基，引来了议论，石敬瑭有嫡系血脉石重睿，为何由养子石重贵继位？对此，石重贵心知肚明，他登基之日即

---

[1] 《五代史·晋本纪第九》："高祖使博士王震教以《礼记》，久之，不能通大义，谓震曰：'此非我家事也。'"

[2] 《五代史·晋本纪第九》："七年六月乙丑，高祖崩，皇帝即位于柩前。如京使李仁廓使于契丹，契丹使梅李来。"

表明，他是石敬瑭之子，不是石敬儒之子，又追封石敬儒为宋王。这下议论更厉害了，汹汹就如沸水。人们都说，儿子为君，父亲是臣，有悖伦理。石重贵的龙椅是坐不稳的，即使坐了，也会出局的。

石重贵一介武夫，不喜欢读书，自小弄不懂《礼记》，头脑中没有多少汉人的礼俗，凡事总是沙陀人的做派，分不清哪头轻哪头重，这就不免惹来更多的议论。石敬瑭的梓宫还停留在灵堂，众大臣、内亲外戚前来祭灵，他一眼就看到人群中的冯氏。

说起这冯氏还真有点复杂。石敬瑭有个族弟，自幼父母双亡，石敬瑭见他孤苦伶仃，甚是可怜，便将他收作养子，起名石重胤。石重胤与石敬瑭之间既是族兄弟，又是养父与养子的关系。石敬瑭在魏州任节度使的时候，和节度副使关系很好，就让石重胤娶了节度副使的女儿冯氏为妻。这样，冯氏与石重贵的关系既是婶娘，又是嫂嫂。婚后的石重胤不久就去世，留下了花季之龄的冯氏，春花秋月，郁郁寡居。这冯氏天香国色，石重贵早有所闻，如今见她跪在灵前，泪珠儿滚滚，口角儿声悲。哀伤的样子益发楚楚动人。立令内监将她召进内宫。摆上酒宴，说："咱俩今晚就成亲，如何？"寡居的冯氏一听，高兴地应承下来。

二人正喝得脸红耳热，内监进来说："请皇上移驾上香。"这时候石重贵才记得该给老皇上香了。于是拉着冯氏的手一齐前来。众大臣一见，惊得口呆目瞪，石重贵借着酒意说："朕与冯娘娘今晚就成亲。"众人一听，慌忙跪地高喊："恭喜皇上的大婚！恭喜皇上的大婚！"国殇的哀伤因为皇上的亲事而有了一点喜气。

石重贵一边走，一边忙不迭地向众人挥手致意，突然间只觉身体撞上了硬物，定神一看，老皇黑森森的棺木梓宫就在眼前，这一惊，酒也醒了几分，尴尬中的他立时大声宣布："朕今晚成亲，皇太后有命，国殇期间，卿等不必庆贺！先帝也不必前来大庆！"左右的侍从和众大臣一听，不觉掩口窃笑起来。此事不久就风传开去。

按理，石重贵娶冯氏，无论是作为婶娘还是嫂嫂，对于胡人来说都不越礼。婚后的石重贵对于冯氏宠爱有加，百依百顺。不久就封她为皇后，她的哥哥冯玉也攀着这条裙带，由一个小小的礼部郎中，升为端明殿学士、户部侍郎，最后竟升为枢密使，权倾朝野。

二

石重贵登基当年，关中发生了特大的蝗灾。飞蝗所到之处，遮天蔽日，黄澄澄、密匝匝，铺天盖地，一时间天昏地暗，日月无光。转眼工夫，庄稼就被吃个精光，满山遍野的草木叶子也被剃尽。灾情严重，延及二十六州，石重贵不得不亲率文武百官到皋门祭蝗，又下令赦免死囚。军民全力投入捕蝗救灾。当年粮食绝收，难民无数，饿殍遍野。好不容易熬到秋八月，蝗灾未灭，竟又波及河北河南开封一带，各地只好募民救灾，一时粮价如金，一日几涨，京师粮食吃紧，只能到民间强行借粟，民间凡藏粟不借者，杀无赦。[1]

这一日早朝，各州报来饿死人数，又报各地大户多被杀死，

---

[1] 《五代史·晋本纪第九》："甲辰，以旱、蝗大赦。六月庚戌，祭蝗于皋门。癸亥，供奉官七人帅奉国军捕蝗于京畿。辛未，括借民粟，杀藏粟者。""八月丁未朔，募民捕蝗，易以粟。"

民间实在无粮可借。石重贵正感事态严重。忽有报事官上殿奏说："有契丹使者乔荣求见。"

"有何重要事务？"石重贵问。

"前来催讨今年的贡物。"报事官说。

石重贵不听犹可，一听眼睛都要暴出来，他没好气地挥挥手说："先将使者安顿在驿馆再说。"接着便与众大臣商量如何解决纳贡之事。众人面面相觑，良久，有侍卫亲军都指挥使景延广出班奏曰："启禀皇上，目前我大晋民不聊生，国家正在遭受前所未有的灾难，哪有钱财纳贡？不如趁此机会废了纳贡称臣一事。"

石重贵一听，说："这样岂不是毁了先皇与辽朝的盟约？"众人也觉得这样做不妥。宰相桑维瀚出班奏曰："天下之事就如丛林，丛林中强者为王，目前辽朝如日中天，版图是我晋朝的三倍。高祖先是割十六州以求助，才有了晋朝；继而卑辞厚礼侍奉契丹，才有了今日中原的稍安。陛下作为先皇的继承人，在辽人没有毁约之时，切切不可背盟，一旦首先毁约背盟，战端一起，那时候损失的就不是十六州。"桑维瀚话音刚落，合朝文武大臣皆随声附和。都说宰相所言有理。

后晋并非无将，而是猛将如云，刘知远、李重威、高行周、张彦泽、李守贞、药元福、符彦卿、吴峦、皇甫遇，那时候的猛将信奉一句名言，"天子宁有种耶？兵强马壮为之尔。"谁强大谁就能够作皇帝，谁强大谁就可以成为天下盟主，他们并不把对辽称臣看作什么大不了的耻辱。

建立在自然的法则基础上的政治就叫自然政治。五代，当皇帝、封疆大吏（藩镇），或当将军与老百姓都各有难处。皇帝不强大就会被封疆大吏所取代，封疆大吏不强大就会被将军所谋夺，将军不强大就会死在战场上。这是一个人人争强的时代。问题的复杂在于，作为一方军阀的封疆大吏，强大到危机皇权时，皇帝首先就会废了你，将军强大到可以取代封疆大吏时，封疆大吏也必先除了你。谁想保全自己，或最终强大起来，谁就必须同时学会装孙子。勾践、冒顿、李渊、李世民，历史上曾做过惊天动地事业的这些人，都是典范。

五代不是民族界限鲜明，民族感强烈的年代，尤其是中原一带，自后唐、后晋到后汉，都是来自西北草原沙陀民族的政权，这样的年代，这样的政权，想要形成强烈鲜明的民族感是不可能的。

虽然合朝文武觉得不宜与辽人闹翻，但他们说不过理直气壮、慷慨激昂的景延广。景延广因为拥立石重贵为帝，成为朝中的实力派，就连石重贵也让他几分。双方争论不休，石重贵的眼光落在刘知远的脸上，"刘爱卿，说说你的看法！"

"当年高祖割地，臣就觉得不妥。天下者，谁武力强谁就说了算。如今我们若国力足以打败契丹，收回割让的土地，迫使契丹向我们称臣，自然最好。若不足抗衡契丹而又首先背盟，战端一起，就有可能中原尽失，错上加错。"

双方论争结果，最后决定，既给耶律德光留点面子，同时又拒绝纳贡，逐渐脱离契丹。隔天，石重贵召见了契丹使者乔荣。乔荣本是汉人，随后唐将领赵延寿投降了契丹。他一上殿，景延广就狠狠地将他臭骂一顿，接着要他回去转告耶律德光："我们的先帝是你们北朝所立，称臣可以，如今的新皇帝却是我们中原自己立的，依照辈分，作为邻居称孙就很顾及你们的面子了，没有称臣纳贡的道理。你们北朝不要小看我们中原，也不要随意侮辱我们，如果不服那就来吧，我们现有十万口横磨剑，正等着你们呢，若不幸被孙子打得落花流水，狼狈而归，后悔就来不及啦！"[1]

乔荣断没想到景延广口气如此强硬，他对景延广说："我记性不好，恐怕转达错了你的话，造成误会，引发事端。请你写下来，我转交给太宗就是。"景延广毫不犹豫，提笔龙飞凤舞地写了下来，交给了乔荣。乔荣刚走，景延广又向皇上建议，没收在晋的契丹商人的财产与货物，将他们全部处死。

再说耶律德光接到石重贵的信，暴跳如雷，嗷嗷地喊叫起来："石重贵这小子想要背盟毁约，是可忍，孰不可忍！"述律太后在一旁，见耶律德光暴怒的样子，关切地问："啥事，我儿如此震怒？"

"石重贵不知好歹，忘恩负义，居然戏弄起朕来，大不敬，大不敬呀！"说着将信递给了母后。述律太后接过一看，笑了起来，"我儿，你是不是误解了？这石重贵自称孙子，称你为皇爷爷，没什么大不敬呀。"

"母后，这叫装孙子，装孙子。这装孙子也是兵书上的一计。想当年越王勾践到吴国去装孙子，后来一恢复了元气，就将吴国给灭了。难道说我大辽也要做第二个吴国。"耶律德光说着说着，将书信撕得粉碎，往地上一掷，"石重贵目前在困境中，尚且如此狂妄，拒绝纳贡，未来岂不翻了天！"

述律太后只好劝慰说："我儿大可不必如此。我们是牧马人，吃的是马肉，饮的是马奶，就算拿下中原，也没有什么用处，倘有不测，岂不后悔？"

"不行，不行！当年要不是我契丹几万健儿挺近中原，哪有

---

[1] 欧阳修《新五代史》卷二十九："先皇帝北朝所立，今卫子中国自册，可以为孙，而不可为臣。且晋有横磨大剑十万口，翁要战则来，他日不禁孙子，取笑天下。"

什么晋朝？他石重贵能登基做皇帝，这本就是天上掉馅饼的事，可他不恭至此，以后还能有咱契丹辽朝的地位吗？得教训教训他一下。"

第五节 后晋与契丹之战

一

后晋开运元年（944年）正月，耶律德光以后唐降将赵延寿、赵延昭为先锋，引兵五万，分成西、北、东三路，向着贝州（今河北清河）而来，贝州是后晋的军需储备之地。未久，石重贵得知贝州城破，吴峦战死，大吃一惊，贝州一失，失去了军需后备器械，今后如何打仗？石重贵立令致书耶律德光，请求重修旧好。耶律德光此时正志得意满，岂肯罢兵。立时将书信打回。石重贵一时不知如何是好。

石重贵虽然逞一时豪气，不再向契丹称臣纳贡，却没有停止搜刮民财。不久前，他命文武官僚三十六人往各州道搜刮钱帛，大建宫室，装饰后庭，广造器玩。他喜欢音乐，他对优伶们赏赐无度。搞得人心离散，怨声载道。侍卫亲军都指挥使景延广见此情形，出班奏曰："皇上，如今契丹大军压境，皇上唯有御驾亲征，方能统一军心民气，拯民于水火。"在景延广看来，后晋内部矛盾重重，风雨飘摇，唯有将国内矛盾转化为民族矛盾，国家也许能从困境中解脱出来。他的这一建议，立刻得到合朝文武的赞同。石重贵见合朝文武众口一词，要他亲征。他已经好多年没有上阵了。也许唯有一战，方能赢得民望，坐稳这龙椅。于是勉强答应下来。

此时耶律德光已经进占魏州，挥军南下。石重贵于是下诏：归德节度使高行周为北面行营都部署，率马步军左、右厢诸部守戚城（今河南濮阳北），右武卫上将军张彦泽率军守黎阳（今河南浚县东北）。又派侍卫马军都指挥李守贞等率军万余急奔马家口（今山东聊城境）截击契丹军。

李守贞带着人马，晓行夜宿，赶到了马家口，此时，探马来报："辽军正在渡河，有小部人马已经过了河东，正在修筑营垒。"李守贞一听不敢怠慢，立时将人马分成三路，主力部队堵住马家口渡口，务必将契丹人马全歼在渡口边，另两队人马抢占左右山丘，务将渡河的辽军射回西岸去。

长川雪晴，云破遥山。马家渡口，荒草衰烟恨茫茫。李守贞控着金刀斜跨战马，首先卷入敌阵，近万人马一声呐喊，立时将契丹兵围了起来。刹那间杀声四起，震天动地。契丹军擅长马战，不谙步战，此时战马还在西岸，只好步战，一时不是晋军对手。约有一个时辰，杀声渐消，渡口血流遍野，只留下断云晴雪北风呼号。

渡河的契丹军见对岸有变，正在狐疑。突然间，对岸两边的山丘，万箭齐发，呼啸而来，契丹军不识水性，惊慌失措，纷纷落水。河水泛红，尸首堵塞河道。李守贞领着晋军，跃上渡船、木排，借着风势，向西岸飘去。契丹军丢盔弃甲，恸哭着逃窜而去。

人言辽军多骁勇，也有今朝落下风。晋军马家口一战告捷，辽军失魂落魄。耶律德光恼羞成怒，亲自率领十万军队，准备与石重贵激战于澶州（今河南濮阳南）城北。石重贵坐镇在澶州城中。后晋骁将高行周接报辽军蜂拥而来，带领人马在澶州城下列开阵势，金鼓一起，双方开始了鏖战。一时间，黑漫漫，惨戚戚，黄沙四起，尸首横尘。双方自凌晨激战到傍晚，各有死伤，未分胜负。耶律德光见一时难以取胜，隔天就带着人马北撤，当年不敢再贸然南下。

辽军一撤，民间开始说道起石重贵来，都说这年轻的皇帝有骨气，一登基就敢脱离契丹辽朝，还敢和他们开战。一时间，辽晋之战，编成歌舞，变成说书。消息反馈到朝廷，石重贵内心甜滋滋，心想，"看来这样的出征，还得看准机会再来一次。那时候老百姓方知朕是千古一帝的民族魂。"

二

隔年，也即开运二年（945 年）初，耶律德光再次以赵延寿为先锋，率军南下。石重贵本想亲征，奈何一时偶感风寒，卧病在床，于是令张从恩、马全节领兵北上。张从恩畏惧契丹的声势，迟迟不前，引起了各军的恐慌，军心涣散难以整顿。

三月一日，后晋几万兵马终于结集相州（今河南安阳）安阳河南岸。晋与契丹两军对峙，契丹军见一时难以取胜，引军悻悻北撤。

石重贵得知情况，心想，都说这契丹军骁勇善战，以一当十，以十挡百，百战百胜，看来传言是言过其词了。他们为何轻易就撤军，想来他们这次南下并无重兵。他思前想后，决定再次御驾亲征。

四月，石重贵亲率大军北进，队伍浩浩荡荡行到滑州（今河南滑县），即下诏催促各路部队火速北进。四月二十三日，都招讨使杜重威在定州集结各军，北进拿下了泰州（今河北保定）；五月二日又占领了满城（今河北满城），俘虏了契丹一酋长和二千士卒。一时军心大振，民气飙升。

接下来，契丹与晋双方进入了对峙。杜重威从契丹的降将口中得知，辽太宗耶律德光亲帅八万骑兵再次南下。杜重威大惊。他内心清楚，这次出征不费吹灰之力就拿下泰州和满城，原因是这二处都没有契丹的主力重兵，才得了这便宜。如今耶律德光那八万骑兵足抵后晋的三十万人马。想要迎击耶律德光，"好果子得有好牙口呀！"自家的嫡系部队就十来万，如果将这点本钱贴进去，一切就完啦。

隔天，也即五月四日，杜重威下令从满城撤退到泰州固守。辽军尾随而来。五月七日杜重威又下令退至阳城（今河北安国东南），众将见一退再退，城池得而复失，既心疼又纳闷不解，杜重威解释说："这叫以退为进。将敌人引进来，聚而歼之。"

契丹军又尾随紧贴而来。这时候，后晋有一路军马向阳城集结，一见辽军，也不等杜重威的将令，直接迎上去。耶律德光此时未明后晋到底有多少军马，也学着杜重威，引兵后撤，避开了正面交锋。

五月十一日，后晋军撤到了白团卫村，安下营寨。他们在周围埋设鹿砦（音寨），以防契丹骑兵的进攻。契丹兵不即不离地赶到，并不急于进攻，他们将后晋军重重包围起来，又截断了后晋的粮道与水源。

日影西沉，晚霞挂树，远望，高邈的天空和一马平川的大地在目光的尽处相逢，白团卫村的旷野有一种古战场永恒的苍凉。这苍凉中蕴涵着一种神秘，似乎时时有诡异的事要发生。

后晋军又饥又渴，几万将士一顿饭得吃掉半座山，喝干一条河。白团卫村的几个水塘，全被契丹军控制了，晋军只好就地取材，在营垒中掘井取水。河北平原的黄土地不难挖，未久就见清泉汩汩沁出，突然间"轰隆"一声，井壁塌了。奇怪的是这声音会传染，只听周遭"轰隆""轰隆"声响，一个个的井都垮了。晋军好不沮丧。

一个瘦个子的士兵拿来一条布，双手从陷塌的井中捧起一捧土，小心包好，用力一拧，黄澄澄的水珠沁了出来，他开始用舌头去舔那水珠，脸上有一种舒服的惬意。"喝不到水舔点水珠也行。"众人立刻跟着学。可那点水珠怎能解渴，未久众人就哇哇大叫起来，舔出的是满口的土味。

忽然间，天地一闪，霹雳一声，惊雷炸响。起风了，东北风劲吹，营帐被风鼓起。几万将士高呼起来，大旱盼云霓，他们就巴望着来一场大雨，雨水总比土水好。高天就如一张巨大的锡箔在抖动着，劲风掀翻了营盘，刮断了大树，可就是光打雷不下雨。

契丹营中，耶律德光信步走出营帐，看了看风势，高声呼喊起来："好风，好风！老天助我耶律德光，助我契丹呀！"辽军将士一听，立时围了过去，耶律德光激动地说："这风是东北风，晋军就在我们的西南面，我们借着风势，火烧晋营，晋军就这么多了，全部歼灭他们，乘胜直取他们的首都。"前头部队立刻搬来鸣镝，泡上牛油。一支支火箭呼啸着射向了晋营，晋营着火了，顷刻间烈焰冲天，金光灼灼，火海中，晋军惊慌失措地奔跑出来，一看，不远处契丹兵正在拔除鹿砦，他们变骑兵为步兵，很快就会摸过来。

后晋将士紧张起来，晋军中几位骁勇善战的将领全集中到杜重威营中。第一位是侍卫马军都指挥，马家口大捷的主将李守贞；第二位是右武卫上将军张彦泽，张行伍出身，后晋著名将领；第三位是深州（今河北深州市西）刺史，右厢副排阵使大将药元福；第四位是符彦卿，武将世家，同是后晋名将。众将纷纷问道："都招讨使为什么还不下令反击？"

正说着，一支火箭不偏不倚就射在杜重威的帅营顶上，营帐着火了。杜重威看了看，不急不躁地说："这风来得奇怪，顶风作战，逆天而行，必败无疑，还是等风势稍减再做决定吧。"张彦泽一听有理，点头赞同。李守贞反对说："这场大风沙就是老天来帮助我们的啊！等到风沙停止的时候，我们已经被全歼了。"大将符彦卿也说："与其束手就擒，不如以身殉国！"药元福接着说："现在我们的部队已经极度饥渴，如果再等到风停，我们恐怕都已经成了敌人的俘虏了。敌人以为我们不能顶风作战，我们更应该出其不意地攻击，这是兵家常法啊。"

见杜重威犹豫不决，李守贞又说："令公善于防御，守贞这就率兵和敌人决战去！"于是，由李守贞、张彦泽、符彦卿率步军出击，药元福率骑兵随后接应。说时迟，那时快，将士们立时弯弓搭箭，将壕堑中拔除鹿砦的契丹兵放倒。

困兽犹斗，劲风中晋军侧着身体向敌营冲了过去。符彦卿领着一队，直奔契丹马厩而来，打开栏门，一阵乱箭，马群受惊，四处乱窜，消失在无边的黑暗中。契丹兵失了坐骑，被李守贞的步军一冲，纷纷后退，一连退了几百步，方才定下了阵脚。

风越刮越大，天愈来愈黑，黑暗中，李守贞与符彦卿一商量，唯有一鼓作气，长驱直入才能取得最后的胜利！这时候，药元福率一万骑兵飞冲而来，步军骑兵合兵一处，其势浩大，呼喊着向前冲去，一时里征云杀气迷宇宙，尘土飞空天地蒙。契丹军的阵线被冲垮了，黑暗中他们无法相顾，狼奔鼠窜，各自逃命。耶律德光做梦也没想到，一场天灭后晋的大风竟被晋军所用。黑暗中他的命令无人遵从，只好随着溃败的人流奔跑起来。

天渐渐亮了，一夜奔跑，狼狈的耶律德光发现前头一个汉子赶着一匹骆驼，他用身上的银匕首换了那匹骆驼，跨上驼背，一路向北而去。渐渐地后面人声喧哗，他回头一看，人头攒动，黑压压一片，无边无际，败军陆续聚集到他的身后。耶律德光号啕大哭起来，他想不到这样一支庞大的队伍竟败在一阵风上，他不断地拍打着自己的额头，"这不会是真的，不会是真的！"他希望他正在做着一场噩梦，然而，现实告诉他，他败了。

白团卫村一战，晋军俘获辽军战马辎重无数，捷报飞传到石重贵那里。

三

继去年马家口大捷之后，今年阳城白团卫村再传捷报，汴京开封沸腾起来，张灯结彩，载歌载舞，热血沸腾的场面感染了年轻的皇帝石重贵，他的内心涌起了阵阵冲动，心想，父皇当年割让幽燕十六州，如今该是由我石重贵收回的时候了。公元946年，石重贵派大将杜重威为北面行营部招讨使，统兵北伐。他的战略部署是"先取瀛莫，安定关南；次复幽燕、荡平塞北"。

石重贵这次北征大有夺回幽燕十六州的决心。但他并没有做好充分的准备，那时候河北大旱，饿殍遍地，各地又发生叛乱，内部并不安定，而杜重威北征号称二十万，实际只有十万人左右。在石重贵催促之下，杜重威领着大军，旌旗招展、暴土扬尘直指瀛洲，竟然顺风顺水，兵不血刃便进了瀛洲城。原来契丹人吸取了马家口、白团卫村失败的教训，这一次并不想与晋军正面交锋。他们主动放弃了瀛州，转移到西部的易州、定州等地埋伏起来，就等晋军的到来。

瀛州城中，瑟瑟金风摇桂树，城外远山，千林枫叶漫山野。杜重威踏进瀛洲，跨马环城走了一圈，城中秩序井然，当年的汉人早已胡服胡装与胡语，对于王师的到来，没有箪食壶浆，夹道欢迎的热情。更没有沦陷光复的欢呼。只是以异样的眼光来打量他们的到来。在他们看来，中原王师，也就是一个胡人的沙陀政权，他们就是被沙陀人卖了，卖给了契丹北朝。两相比较，倒是这契丹辽才是正统的王朝。

杜重威觉得情况有异，当天夜里即令全军将士撤到城外，安营歇息。隔天，又急令全军向武强地区撤退。几天以后，杜重威与张彦泽部在滹（音乎）沱河以北距恒州五里的地方会合，准备在恒州与契丹兵决一死战。

这时候，契丹军绕过杜、张两军，从西山侧渡过滹沱河，转向恒州附近，与晋军隔河列阵，契丹军并不发起进攻。晋军在滹沱河北面，契丹军在河南面，这样，实际既切断了晋军与汴京开封的联系，又断了晋军的粮道。契丹兵一次次扰乱晋军的后勤运输线，张彦泽指挥部队与契丹军争夺滹（音乎）沱河上的桥梁，契丹兵干脆一把火焚毁了桥梁，悠然退回南岸。晋军无粮，杜重威紧张了，几次组织架浮桥强渡，均告失败。

此时已是深秋，秋风秋雨愁煞人。转眼已是入冬，落叶经霜，空林冷冷，河未冰封，滔滔水涌。晋军已经多日断粮，军心开始动摇，将士翘首望汴京，恨不垒起望乡台。杜重威发往朝廷的书信也被契丹人截获，此后朝廷音讯全无，绝望了的杜重威，悄悄遣使与契丹军联系。

契丹太宗耶律德光显然胸有成竹，"中国事，我皆知之。"他深知中原藩镇历来与中央政权貌合神离，关键时刻，总是拥兵自保，使朝廷处于孤立之地。于是他开始发动政治攻势，施展政治谋略。他知道一时半会灭不了晋军，于是便想用中原人来对付中原人。他与赵延寿相约，联合起来攻打杜重威，事成之后，他就是中原皇帝。赵延寿高兴地答应下来。此时又见杜重威派人前来联系，耶律德光立马又许愿，只要杜重威投降，他就是中原的皇帝。

耶律德光几天之间许了两个中原皇帝，就是要让赵延寿、杜重威拼个鱼死网破。夜沉沉，天街漏永。杜重威接获耶律德光的许愿，颠倒迷离，彻夜未眠。杜重威，朔州（今山西省朔县）人，后晋石敬瑭的妹婿，石重贵的姑丈，以功拜潞州节度使，加平章事，后升为侍卫亲军都指挥使，成德军节度使，为晋军伐契丹主帅，是一个见利忘义，典型的五代将领。很久以来，他已经不愿屈居于石重贵之下，如今耶律德光给了他一把板斧，他当然要用来砍取蟾宫。当天夜里他即令手下写好降表，隔天，在营帐埋伏了甲兵，将将领召集来，宣布投降契丹。

众将领一听，惊愕不已，他们多是马家口与白团卫村大捷的干将，怎能因一时的挫折就降了契丹人。杜重威握剑在手，厉声说："我军既已断粮。又与朝廷失去联系。我是主帅，为了这十万将士生命，唯一出路就是出降。"众将虽然意见纷纷，见上将已经投降，又有甲兵威逼，只好从命。杜重威拿出降表让将领们签名。接着，又令侍卫在栅寨外摆开阵势，士兵们以为要开仗了，欢欣雀跃而来，当他们得知投降的消息，队伍中突然爆发出哭声，一时声震原野。

滹沱河畔，十万将士齐解甲，晋军投降之后，耶律德光封杜重威为太傅，赐红袍，让他穿上巡视军队。又令易帜的张彦泽迅速引兵南下，直趋汴梁。

腊月十七日，张彦泽大兵围住了首都汴梁（今河南开封），石重贵做梦都没想到北伐变成了南征，抗辽变成了降辽，回收变成了沦丧。"刘知远、李重威、高行周、张彦泽、李守贞、药元福、符彦卿、吴峦、皇甫遇，你们都到哪里去啦？国家危难之时，为什么不来救援？"石重贵歇斯底里，一个个喊着。绝望中他登上城楼，但见契丹兵、晋军如蚁，城下铁戟森森，长矛闪闪，城头征云冉冉，箭雨纷纷。耳听那战马长嘶，呐喊如雷，胡笳声悲，戍鼓声紧。

石重贵知道大势已去，好半天才凝神将心秉定，只见儿子石延煦、石延宝就在身边，急忙吩咐石延煦赶快去收拾宫中宝物。又吩咐石延宝带人准备柴草。二人匆匆离去。

彤云密布，杀气征云，夜阑城破，但见马如游龙，人如猛虎，蜂涌入城。汴梁慌乱起来，石重贵与若干侍卫跨马向皇宫飞奔而来。眼望着壮丽的皇宫，石重贵一时心如飞蓬，意似漫絮。转眼间这皇宫就将易主，石重贵不觉潸然泪下。庭前竹叶儿飕飕，恰似响起了阵阵朔风。抬望眼，但见月晕凄凄，"罢，罢，罢！"他吩咐内监举火，刹那间烈火熊熊，皇宫中如丧考妣，哭声震天动地，已有若干妃子面对大火饮剑而亡，石重贵胆战心惊，方欲纵身火海，被侍卫死死架住。这时候，张彦泽兵马到来，将石重贵、太后一干人押下，解往大梁封禅寺（今河南开封县）。

次年正月初，太宗耶律德光带领契丹军进入汴京。后晋各路藩镇纷纷上表祝贺，表示归顺，就连刘知远也不例外。耶律德光好不得意，忙完了一阵，他想来见这亡国之君石重贵。

窗前几株寒梅，冰花满地，檐前滴水成冰。雪花纷纷如棉如絮。此前石重贵已经得知，儿子石延煦、石延宝奉表、国宝与金印向契丹求降。心想，"如今城破投降，只好像父皇那样做个儿皇帝，称臣纳贡。也罢，也罢！"他与太后见耶律德光到来，慌忙起身迎接，想不到耶律德光勃然变色，呵斥道："我耶律德光助你父皇当了中原皇帝，想不到你忘恩负义，弃信背盟，杀我侨民，拒绝纳贡。还说有十万口横磨剑等着我。如今这中原皇帝你是不能再当了！"说着下了一道诏书，降石重贵为光禄大夫、检校太尉，封负义侯，封地在黄龙府（今吉林农安）。

几天以后，由三百契丹兵押送，石重贵与太后，连同后妃一行起行，惶惶然如丧家之狗，身边只有中书令赵莹、枢密使冯玉等随行。此时的石重贵方明白，"这哪是什么光禄大夫、检校太尉与封地？分明就是囚禁黄龙府。"一路上风餐露宿，缺衣少食，倍受凌辱。路过各州，昔日的旧臣都不敢来关照。

经历几番周折，在付出了一个女儿、两个宠妃的代价之后，石重贵一家被允在建州（今辽宁朝阳西南）居住。得地五十余顷，石重贵开始了一个亡国之君的新生活，建造房屋，分田耕种。他有大把时间来考虑后晋之亡的教训。据墓志考证，石重贵死于北宋年间（974 年），虚岁六十一。后晋之亡，是南宋亡国的预演。倒是这中书令赵莹、枢密使冯玉是两个值得称道的忠臣。

四

公元 947 年正月初一，耶律德光帅军浩浩荡荡进入开封城。耶律德光既没有让赵延寿做中原皇帝，也没有兑现杜重威为中原天子，在百官的朝拜与各路藩镇的贺表中，他理直气壮地当起了中原的家，他既是草原的皇帝，也成了中原的主子。他将草原与中原的领土合并起来，于二月一日，改国号契丹为"大辽"，改元"大同"，这国号与年号都是"中华"式的。耶律德光实现了他父亲阿保机的愿望，首次将国境推到黄河以北，"大辽"

意味着版图辽阔；"大同"宣告了一个涵盖草原牧民与中原百姓的中华帝国的成立，他希望草原人与农耕人在阿保机皇族的治理下，实现"天下大同"。

耶律德光虽然初步实现了阿保机的理想，但他长于武略，逊于风骚，很快就显示他并不具备治理中原的本事。也许是后晋王朝溃败得太快了，快到耶律德光根本没有时间去考虑如何来治理。

耶律德光有治理十六州的经验，十六州名义上是石敬瑭割让给契丹的，实际却是耶律德光凭借武力从后唐赵德钧、赵延寿手中夺过来的。每夺下一州，耶律德光就依照父皇阿保机"因其政，治其民"的办法，按"南府"、"北府"来设置官员，很快就将十六州治理得稳稳妥妥，风生水起。虽然中原人将契丹称作"番邦"，十六州的汉人并没有生活在异邦铁蹄之下的感觉，他们将契丹称作"北朝"，将中原政权称作"南朝"。他们的根在南朝，但南朝政权既然出卖了他们，又是一个称臣的儿皇帝政权，华北汉人反倒有大国臣民的感觉。他们生活在草原人与农耕人的边缘地带，随着时间的流逝，他们成为架通草原与中原的桥梁，增进了两族的了解，消解着两族的仇恨，自有一番不可抹杀的历史意义。

耶律德光这次南下，华北藩镇多年割据的局面很快就统一了。耶律德光不免有点飘飘然。契丹吏部尚书张砺向他提了一个建议："得了中原，中原将相必须启用中原人，不可用北族的人。如政令失当，已经得到的天下仍有丧失的危险。"

耶律德光平时很赏识重视张砺的才干，但此刻却听不进他的忠告。在一次朝会上，他对后晋降官说："中原的事情我统统知道，我国的事情你们就不懂了。"是的！耶律德光可以将赵延寿、杜重威玩弄于股掌，但中原百姓是玩弄不得的，一点差错就可能导致政权得而复失。

契丹人自进入开封，很快就发觉到粮草不济，尤其是马料供应不上。将战马放到中原人的牧马基地驼牟冈去豢养吧，那里离开封还有一段路程，马是契丹人代步的工具，也是打仗必不可免的坐骑，离开了战马，契丹人在步战方面就会失去优势。饥饿的战马挣脱了缰绳，啃光了开封城郊所有的草地，啃噬着华北平原的麦子和高粱，农耕人逼于无奈，用弓弩伏击了马群，契丹人很快就恐慌起来，他们用杀戮来对付农耕人，终于引发了华北民众的反叛。

义军首领梁晖率数百人，夜袭相州（近河南安阳），杀契丹兵数百人，占领城池；

陕州军官王晏、赵晖、侯章杀掉契丹节度副使刘愿和契丹监军；

澶州义兵王琼率中千多人攻占黄河南岸的南城，把节度使耶律郎五围在北城中；

宋州、亳州、密州被义军攻陷；

耶律德光每天就被这些军报折腾的筋疲力尽，他恨恨地说："想不到中原百姓这么难对付！"这时候，他想起当年母后说的话，"我们是牧马人，吃的是马肉，饮的是马奶，就算拿下中原，也没有什么用处，倘有不测，岂不后悔？"他厌倦了每天坐龙椅的生活，他想这样下去寿命不永啊。父皇当年拿下渤海国不久就去世，阿保机去世的事提醒了他，他将军国大事匆匆交与舅舅萧翰。率领南下远征军于公元 947 年 4 月 1 日撤离开封北归。

大军行到栾城，耶律德光病倒了，不久就神秘地死去，时年四十六岁。耶律德光入主中原三个月，随着他的离世，他脑海中那个辉煌的"大同"世界转瞬即逝。不久中原就被刘知远的后汉政权光复了。

耶律德光意外地死去，军中没有了主帅，他们于是拥立了随军而来的"人皇王"耶律培的长子兀欲。也许是对哥哥的某种歉意，耶律德光平时对兀欲疼爱有加，视为己出。兀欲就在耶律德光的灵柩前即位。

也许这本身就是一场政变，新皇帝兀欲带领这支远征军打向了契丹本土。一时间马蹄声碎，关山月李里鼓角咽，甲声振地如潮水，战火烘天锁阵云。

消息报告牙庭，太后述律平闻报大怒，她下令小儿子耶律李胡率军南下去迎击兀欲的叛军，但在析津府被兀欲军击败。此时的述律平已经六十八岁，但精神不减当年， 她亲自整军会合耶律李胡，在西拉木伦河渡口等候叛军。双方相持数日，又被兀欲军打败。

述律平怒气未消，她暗中策划耶律李胡即位， 但很快就被孙儿兀欲强迁到阿保机长眠之地祖州。她在那里生活了七年，于 953 年去世，享年七十五岁，葬于阿保机陵墓之侧。

随着阿保机、耶律德光与述律平的先后离世， 契丹帝国最辉煌的时代终结了。

此后，辽帝国的帝位转到了旧太子耶律培一系来。但不久，兀欲遭政变被杀，王统曾一度回到耶律德光的长子述律身上，不久，述律又遭暗杀，兀欲的次子明扆（音椅）即位。此后耶律培的血脉传六代，迎来了辽帝国平庸的稳定期。

第四章

后汉刘知远

后汉（947—951年）历时四年，是五代十国中最短的王朝，也是历史上最短命的中央王朝。后汉太祖刘知远是个性格复杂的人物，他出身贫寒，在从军中凭着军功一步步成为后唐、后晋举足轻重的人物。因见疑于后晋，在窥视、等待中最终登上帝位。按说，刘知远登上帝位是军士的推拥，但是，刘知远一生的作为，似乎包含着一种道德表演，当道德变成一种表演，那就是作假，让最没有道德的人变成最有道德的人。拿刘知远与后唐太祖李克用、后晋太祖石敬瑭与后周太祖郭威相比较，后三者身上有一种"粗人"的朴质，刘知远则显得阴森，他虽号"性厚重"，但缺少的是忠厚和仁厚，这从他在关键时刻不忠于后晋出帝，以及杀死李从益两大事件便可看出，史家对其评价不高："乘虚而取神器，因乱而有帝图"、"虽有应运之名，而未睹为君之德"。这个王朝的短命是可以理解。支撑着这个王朝倒是他的妻子李三娘，倾其家常，"变家为国"而为后人所称道。

无论如何，后汉政权一大功绩就是推翻了契丹人在中原的统治。

第一节 刘知远投军

一

刘知远的先祖是西域沙陀部人，后来来到中原，定居在河东。刘知远出生于河东太原的一个村庄，自幼父母双亡，孤苦伶仃，寄宿在村外的马鸣王庙。小时候的他性格内向，沉默寡言。他的眼睛白多黑少，脸色紫黑，给人一种怪异的威严。[1]

这一年的冬天特别冷，鹅毛大雪纷纷扬扬飘了三天，天地白茫茫一片，又冷又饥的刘知远好不容易挣扎着回到马鸣王庙，突然眼睛一亮，供桌上有一只福鸡，一盘包子，几盅酒。他扑上去，双手一把抓住了鸡，顺手一撕，不到一刻钟，鸡、包子和酒全都下了肚。这是三天来的第一顿饭，刘知远吃得凶，咽的猛，刚吃完就觉得天旋地转，一头栽倒在供桌底下。他的两只眼睛异常浮肿，肿胀处红红的，就像两颗核桃。也许是连日来伤风感冒，他觉得口渴得很，只见一个汉子挑着水走了过来，"水，水！"刘知远喊了起来。只听"啪"的一声，一桶水泼在他的身上，刘知远苏醒过来，睁眼一看，他被五花大绑在马鸣王庙外的石头旗杆上，周围围了一大群人，三个泼皮挥棍指着他骂，"福鸡，

---

[1]　《新五代史·汉本纪第十》："高祖睿文圣武昭肃孝皇帝，姓刘氏，初名知远，其先沙陀部人也，其后世居于太原。知远弱不好弄，严重寡言，面紫色，目多白睛，凛如也。"

你小子也敢吃？我让你吃！"说着又一桶水泼了过来，刘知远冷得浑身发颤，风过处，浑身起了鸡皮疙瘩，疙瘩上满是冰凌。

"算啦，算啦，他还是个孩子，饿坏了，这鸡、包子和酒，我给垫上。"一个慈眉善眼的老汉实在看不过眼，从怀里掏出银子，好说歹说，总算救了刘知远一命。这老头是村里的李文奎太公。

李太公见刘知远身子骨架强壮，就让他给李家放牛牧马。这一日李太公起来，只见村外荒坡红光冲天，太公好奇地过来一看，只听有人喃喃自语："日自高来我自眠。"原来刘知远正躺在荒坡上酣睡说着梦话。恍惚间，只见刘知远的口中含着一条蛇，那蛇穿过他的两个鼻孔和耳朵。李太公正奇怪，蛇消失了。李太公以为看花了眼，眨眼再看，蛇又出现了，连续三次。太公猛然想起，"古人说，蛇穿七窍，帝王之相也。"太公不由跌足称奇，同居陋巷与破窑，秉性原来有正偏，既有鼠辈，也有龙种。

李太公自此对这个牧马小子另眼相看。太公有七男二女，那最小的姑娘在兄弟姐妹中排行第三，年方二八，待字闺中，虽说身居村野，却生得天姿国色，面似新雨桃花，身如晚风杨柳，是这方圆百里的一枝花。太公心想，"这荒村难得出一位贵人，趁着刘知远还未发达，把三姑娘许配给他吧。"于是把这意思跟女儿一讲。三姑娘一听，玉面桃花红了半边，平日里，见刘知远生龙活虎一条汉子，语言不多，平平实实，却相貌威仪，有元龙品格，绝非等闲之辈。心想，有多少古圣先贤也曾困顿，有多少英雄豪杰也受过颠连，如今这汉子虎落平阳、龙逢浅水哪个怜？但愿得他日困龙得雨腾霄汉，不枉俺彩凤高飞上碧天。于是一口答应下来。

人生万事皆前定，千里姻缘一线牵。婚后不久，李太公夫妇先后去世，失去了李太公的支持，刘知远的日子变得艰难，欲待要比翼鸳鸯游碧水，怎奈那风雨迅雷扰巫山。刘知远受不了大舅子李洪一那嫌贫爱富的眼光，有离开之意。这一日刘知远赶着马群来到一山坡，阵阵钟声传来，那是马鸣寺僧人午斋的钟声。三春时节，阳光和煦，照在刘知远身上，暖洋洋的。连日的苦恼，此时的刘知远觉得又累又乏，躺在坡边不知不觉就睡着了。

也不知过了多久，突然觉得浑身剧痛，想爬起来，竟爬不动，刘知远睁开眼睛一看，浑身已被绳索捆住，几个凶神恶煞的僧人挥舞着棍子没头没脑地朝他打来，一边打一边骂："你个臭小子，不知我们僧人种田辛苦，竟放马来践踏庄稼。"刘知远再三告饶，僧人方住了手。此时的刘知远已经浑身是伤，想到妻舅的冷眼，僧人的凶狠，冷暖高低、世态炎凉，刘知远有一种发自灵魂的痛苦。他挣扎着回了家，悄悄地收拾了几件衣服，悄然出走，这一去云路鹏程九万里。不久，刘知远就投军来到李嗣源的手下。

那时候，李三娘已怀有身孕，大哥李洪一就怕这妹妹生个逆种来分了他的家财，"让她到磨坊推磨去，把孩子推掉吧。"妻子一说，李洪一就把小妹当成了一头驴。日子一天天过去，这一天三娘汲水时肚子突然暴痛起来，她来不及多想，急急忙忙向磨坊捱去，刚踏进房，就觉得下体湿漉漉见红了，她一头栽倒在干草堆上。孩子出世了，没有接生婆，连个照看的丫鬟都没有，三娘只好用牙咬断脐带，此后这孩子就被称为"咬脐郎"。

李洪一夫妇得知三娘生了个男娃，又气又急，赶到磨坊，不由分说将孩子抱走，路过荷花池的时候，李洪一的妻子顺手一丢，将孩子抛进了池中，急急忙忙就走了。肥大的荷叶像个摇篮托着咬脐郎，也不知过了多久，孩子饿了拼命哭起来。李府的老仆窦公正在采莲角，过来一看，急忙把孩子抱起，赶到磨坊。三娘觉得孩子随时有性命危险，连夜就让窦公抱着孩子赶往并州，交给了刘知远。

再说刘知远自投军以来，作战勇敢，很快就被升为偏将，和石敬瑭一起共事。有一次，李嗣源和后梁军队激战于黄河岸边的德胜（今河南濮阳）。石敬瑭的马甲突然断裂，坐在马上晃晃悠悠随时可能栽倒下来，眼看后梁军就要赶上来，危急间，刘知远赶来，刘知远是牧马人，什么样的马都能骑，全不在乎那马甲，他迅速将自己的马给了石敬瑭，后梁军已到跟前，刘知远翻身跃上石敬瑭的马，用枪接连挑了几个后梁兵，拼死掩护石敬瑭撤走，石敬瑭对刘知远舍命相救非常感激。[1] 不久，他将刘知远要到自己手下任职，担任押衙，做了他的亲信。

二

李嗣源在位期间，石敬瑭春风得意，李嗣源驾崩，李从厚即位，是为唐愍帝，李从珂起兵与愍帝李从厚争夺帝位，石敬瑭奉诏前来保驾，走到卫州（今河南汲县）东面，遇到仓皇出逃的李从厚，李从厚问有何退敌之计。此时的石敬瑭不想力保愍帝李从厚，一旁气坏了侍卫奔洪进和弓箭库使沙守荣，两人义愤填膺，拔出佩剑要斩石敬瑭。石敬瑭的贴身将领陈晖慌忙

[1] 《新五代史·汉本纪第十》："与晋高祖俱事明宗，为偏将。明宗及梁人战德胜，晋高祖马甲断，梁兵几及，知远以所乘马授之，复取高祖马殿而还，高祖德之。高祖留守北京，以知远为押衙。"

拔剑格住，两人斗了十几回合，李从厚的侍卫闻讯赶来，团团围住了陈晖，千钧一发之间，石敬瑭身后一位勇士石敢从袖里摸出一把铁锤，一连击倒了几个侍卫。这位勇士是刘知远为防万一，悄悄派来保护石敬瑭的。石敢越战越勇，但终归寡不敌众，只好护着石敬瑭躲进旁边的一个屋子里，用巨木将门挡住，等刘知远赶来之时，石敢已经战死。刘知远引兵闯进驿馆，将闵帝身边几十个侍卫全都杀了。[1]

刘知远两次救了石敬瑭的命，真可谓生死之交，石敬瑭非常感激他。在石敬瑭颠覆后唐建立后晋政权中，刘知远以五千兵马守住太原城，抵挡了后唐张敬达五万人马的进攻，他的军事才能很得辽太宗耶律德光的欣赏。石敬瑭当了儿皇帝之后，耶律德光曾对石敬瑭说："这位将军很勇猛，今后没有大的变故，千万不要丢弃他。"[2]

刘知远因功任禁军的总管，开始把握了后晋的重要兵权。这一日，刘知远正在府中，忽报宫中来人，刘知远慌忙起身出迎。只听内监高声大喊："刘知远接旨！"刘知远慌忙跪地接听。

内监开旨宣读："圣上有令，加封刘知远为同平章事，兼领归德节度使，钦此！""臣谢恩。"刘知远未及接旨就吩咐管家打赏，接着问内监："同封同平章事还有何人？"

"有杜重威将军。杜将军已接替你兼领忠武军节度使。"刘

[1] 《新五代史·汉本纪第十》："潞王从珂反，愍帝出奔，高祖自镇州朝京师，遇愍帝于卫州，止传舍，知远遣勇士石敢袖铁槌侍高祖，以虞变。高祖与愍帝议事未决，左右欲兵之，知远拥高祖入室，敢与左右格斗而死，知远即率兵尽杀愍帝左右，留帝传舍而去。"

[2] 《新五代史·汉本纪第十》："契丹耶律德光送高祖至潞州，临决，指知远曰：'此都军甚操剌，无大故勿弃之。'"

155

知远一听脸就黑了下来，突然间扑到在地，口中流涎，费了九牛二虎之力，好不容易才挣扎着爬起来，说："请禀报圣上，知远因连年征战，伤痕累累，意欲在家养病，同平章事一职恐难胜任。"说着拒不接旨。

在合朝文武中，刘知远最看不起的就是杜重威。杜重威是石敬瑭的妹婿，在刘知远看来，杜重威是攀着石敬瑭的妹妹的裙带上来的，而他刘知远的军功则是一刀一枪拼出来的，刘知远本就耻于与杜重威同职为伍，如今杜重威竟要接替他领忠武军节度使，自己则改领归德节度使，这明摆这就是明升暗削，对于极重兵权的刘知远来说如何受得了。此后，刘知远便杜门不出，不再上朝。

石敬瑭接报刘知远拒不领命，一怒非同小可。那时候石敬瑭的日子并不好过，他是以河东节度使的身份，借助了契丹辽的力量颠覆了后唐而登基的，他这个儿皇帝在民间诟病颇多，各路节度使也都不是发自内心来拥戴他。石敬瑭手下重臣——太原尹、北京留守、河东节度使——安重荣就嘲笑石敬瑭"诎（音躯，意为屈服）中国以事外蕃"，又公然喊出："天子宁有种乎，兵强马壮者为之耳。"可怕就在于这些节度使虽然振振有词，但并不是真正的抗辽派，他们不过是借助民族关系来窥觎帝位而已。这是一个时代的通病，石敬瑭时时感觉到，他坐在皇帝这个位置上，就如坐在火炉上。在合朝武将中，最为知心的应算是几次救过他的命的刘知远了，想不到刘知远竟也抗旨不遵。

石敬瑭这一急，顿觉胸腔发闷，内里涌动，猛然间一股鲜血喷涌而出，他未及擦去嘴角的血丝，立时拔出尚方宝剑，大喊起来："刘知远居功自傲，今后还了得。"立时就要罢免他的职务，夺回兵权，宰相赵莹一听急了，慌忙说："圣上三思，刘知远是圣上的肱股之臣，若是处理急了，臣恐圣上不仅有失肱股之痛，还可能节外生枝，生出事端。"

石敬瑭一听，慌忙改口："朕与刘知远也算是过命之交，朕要重用他，可这刘知远不读书，犟得很，很难领会圣意。也罢，那就让大学士和凝到他府上去并宣读圣旨，讲解圣意。"[1]

再说刘知远自称病在家，内心也不好受，这是他从军以来，第一次与圣上的冲突，圣上将如何来处理他，他的内心也没底。如今大学士和凝亲自上门宣旨解释，他也就借驴下坡。但此后，他与石敬瑭之间开始有了隔阂和猜忌。天福五年（940年），刘知远调任邺都（今河北省大名县）留守[2]，隔年又徙河东节度使，兼北京留守。他那禁军统帅的职务改由杜重威接替。刘知远知道石敬瑭开始猜忌他，到了河东也就开始为以后做打算，专心经营河东这块地盘。

第二节 刘知远与后汉

一

天福五年（941年），刘知远来到河东首府太原。太原为古晋阳，西有吕梁山，东有太行山拱卫，汾河自北向南穿越，

---

[1]　《新五代史·汉本纪第十》："天福二年，迁侍卫马步军都指挥使，领忠武军节度使。已而以杜重威代知远领忠武，徙知远领归德，知远耻与重威同制，杜门不出。高祖怒，欲罢其兵职，宰相赵莹以为不可，高祖乃遣端明殿学士和凝就第宣谕，知远乃受命。"

[2]　《新五代史·汉本纪第十》："　五年，徙邺都留守。九月，朝京师，高祖幸其第。六年，拜河东节度使、北京留守。七年，高祖崩。"

要山有山，要水有水，太原乃唐尧故地、战国名城、中原北门、九边重镇，多民族的聚居地，民风彪悍尚武，向来有"龙城"之称。与京都汴梁相比，别有一番景象，"梁园虽好，不是久留之地。"刘知远是太原人，虽被夺了禁军之职，今日回归故里，仍不失衣锦荣归的体面，且太原实在是一个潜龙的好地方，刘知远甚为满意。

安顿完毕，刘知远即和儿子刘承祐带人赶赴李家村，准备接回三娘。一路走来，看看离李家村还有三几里地，抬头一看，那是马鸣王庙。刘知远想起当年贫困之时遭僧人毒打的情景，内心百感交集，"赴任不久，千头万绪，民心要紧，就从这事下手吧。"刘知远翻身下马，在马上写了几行字，交与书记官。又吩咐偏将护着刘承祐先行，并在偏将耳边交代了几句，偏将应命点头而去。

刘知远带着书记官几人踏进庙里，众僧得知河东最高长官前来，慌忙出来迎接。刘知远见庙里一切如旧，但比当年破旧很多，欣然题了一千两银子作为修理之资，接着说明来意，那几个僧人一听，吓得面如死灰，跪倒在地，磕头如捣蒜。

刘知远上前扶起，说："诸位不可误会，知远此来不是来算账，而是来感谢的。如果没有当年那场好打，知远今天也就是一个老牧马人，哪能衣锦还乡。知远今日这个前程就是诸位给的，知远今日特意来邀请诸位到太原城一游，以答谢当年的那顿好打。"说着向一旁的书记官递了个眼色，书记官从袖里掏出一张纸，递与长老，长老一看，上书古晋阳八景——汾河晚渡、烈石寒泉、双塔凌霄、巽水烟波、崛围红叶、土堂神柏、天门积雪、蒙山晓月。

"这就是节度使大人要我陪你们游玩的地方，节度使是诚恳的，望各位不必客气。"书记官说。众僧见节度使虽然热情，但话语中仍一口一个"好打"，哪敢贸然答应。书记官见状，不由分说，半请半押地将那几个僧人连同长老一起带走。

再说刘承祐与偏将一行前往李家村。刘承祐就是当年的咬脐郎，此时已十五岁，长成一个矫健英俊的小伙子，在父亲那里学得一身武艺。久别多年就要见到娘了，刘承祐内心无比激动。

高远的天空飘着几朵白云，白云底下是一只苍鹰。一只白兔在刘承祐面前一晃，向前飞奔而去。那苍鹰见兔，一个俯冲，滑翔而下，双爪一搭，将白兔抱起，腾空而去。刘承祐见状，弯弓搭箭，一箭就将刁鹰射下，兔子落地，雪白的兔毛早被血染红，艰难地向草丛窜去。刘承祐抬头见天色还早，纵马向着白兔追去。白兔在前面不即不离地跑着，一会儿窜进草丛，一会儿又跃上山坡，刘承祐被激的性起，紧紧地追赶着。

太阳下山了，月亮升起了，刘承祐早已筋疲力尽，仍逮不到白兔，正在气头上，转眼间白兔消失了，刘承祐擦擦眼睛搜索着，见那白兔就倚在不远处的井沿边，一动不动。刘承祐心中暗喜，拔出弓来，弯弓搭箭正要射去，突然间胯下坐骑撩起前蹄，将他掀下马来，刘承祐翻身爬起，见那兔子仍倚在井沿，于是快步上前一看，那是什么兔子，竟是一位大娘。刘承祐问："大娘，这么晚还挑水，家里男人呢？"

大娘见问，凄然一笑说："这不，梦魂刚刚去找丈夫和儿子，就被凶禽抓伤，又被儿子追赶着，好不容易才逃了回来。"

刘承祐好些奇怪，问："敢问大娘，你儿子姓甚名谁？"

"姓刘，只有乳名叫咬脐郎，出世之时便被送军中，跟随她父亲刘知远去了，算来今年应该是十五岁。"大娘说。

刘承祐一听跪倒在地，纳头就拜，口中呼喊："娘，娘，孩儿来迟了。"大娘艰难地挣扎起来，扶起刘承祐，母子抱头大哭。刘承祐这一哭，哭得惊天动地，他哭母亲竟遭此苦难，哭舅父的狠心，哭舅母的歹毒。想到当年出世时，就被舅父舅母扔到莲池中，更是义愤填膺，"娘，咱回去，我这就找舅父舅母算账去。"说着让士兵背着娘王往回走，刚踏进家门，就见地上殷红一片，血淋淋的，一看，舅母已被偏将杀了，舅父被绑在柱子上，已经遭了一顿狠打。

"你，你，怎么能这样？"三娘浑身发抖，脸色煞白。

"末将这是奉节度使之命干的。"偏将说。

两天后，刘承祐收拾行李，带着娘回太原府。刚进府门，就见父亲正在宴请众僧人。这一次刘知远盛情地接待了僧人，桌子上就放着那一千两修庙的白银。这些僧人都是初次来太原，见了世面，开了眼界，又得了好处，一个个感动得泪流满面，纷纷赞颂："节度使大人不记前仇，量大福大，前程无可限量。"

刘知远不记前仇、虚怀若谷的事经众僧的口，就如一阵风就在河东流传开来，一时间妇孺皆知。李三娘也被封为魏国夫人。

四

刘知远在河东一心一意地经营自己的独立王国，河东日益稳定富庶起来，他的民望也越来越高。此时的刘知远一只眼紧紧地盯着中原和契丹，自从石重贵继位，景延广主政，他知道后晋和契丹早晚必有一战，战后的中原，谁主沉浮？众将议论纷纷，刘知远却装聋作哑，从不接口，私下里则悄悄地招兵买马。

这一日，刘知远坐在使府衙门中，儿子刘承佑匆匆来报："父亲，杜重威派人前来，要求出兵增援阳城。"刘知远一听，冷冷一笑："增援，增援，增什么援？"说着眼睛向下一掠，只见一位将军大步走上前来，来者姓郭名威，河东尧山人氏。

"大帅，末将愿带领人马支援阳城。"郭威开口说。刘知远眉头微微皱起："晋阳乃兵家必争之地，目前兵不足五万，倘若分兵支援，阳城胜了，晋阳失了，如何是好？"

"大帅，眼下是我大晋与契丹生死一决的关头，前两次我们拒绝出兵，这次再不出兵，朝中难免说我河东倚兵自重，见死不救。"郭威目炯炯，拱手抱拳："大帅坐镇晋阳，末将只带三千兵马就行。"

"也罢，"刘知远立起身来，"将军执意带兵前往，可领三千人马驻扎晋阳城东三十里处，旬日之间，如有溃兵败卒，尽数收编！"说着丢下一支令箭，拂袖而去。郭威立在那里，呆如木鸡，众将面面相觑，终于明白，刘使君是静观其变，坐收渔利。

不出十日，郭威果然前来复命，阳城之战，晋军大败，收得败军六千。刘知远一听，眯起眼睛，面无表情，此时他的兵马已经超过五万，有本钱争霸中原了。那石重贵因为刘知远一次次拒不出兵，坐视不顾，此后军国大事不再与他商量了。刘知远也心知肚明，君臣关系已经恩断义绝，此后凡事更加小心谨慎，不落话柄。帐中众将也都知道："刘帅虎视在河东，要将江山擎掌中。"此后个个更加小心侍候。

晚来风急，一抹残阳惨淡，树上几只昏鸦聒噪咋咋。这一日刘知远理事完毕，方欲归去，只听衙门外面马蹄哒哒声碎，立见探马翻身跳下，连爬带滚匆匆进来，面如土色，上气不接下气报说："大帅，大事不好！开封陷落，京城已成一片灰烬。难民如潮水涌来。"刘知远一听，连夜召集众将，传下令去："河东紧急备战！不得有误，差池者斩！"

三天之后，刘知远又接报，契丹已改国号大辽，后晋领土并入了大辽。众将一听，脸色大变，惊慌失措地瞪着刘知远，看他如何拿主意。刘知远立起身来，胸有成竹说："天命所归，非人力所为。不得惊慌。"说着吩咐把守各路关隘，不得有误。又传令开仓，搬出部分喂马高粱，安置前来投奔的难民。接着吩咐王峻上贺表，恭祝大辽天命所归，进驻开封。

刘知远话音刚落，就见郭威立起身来上前开口说："大帅此言差矣，中原不可一日无君，大帅不如顺应天命，继位称帝，然后发兵开封，赶走契丹人，此才为正途。贺表之事，岂可轻进。"座中众人都知，后晋之亡，亡于刘知远见死不救。刘帅窥帝位不是一朝一夕，如今时机到来，于是全都起身上前，跟在郭威后面劝进。

那刘知远要的就是郭威等人的话，只见他翻着那白多黑小的双眼，寒光忽闪忽闪地舔着众将踊跃而又恭顺的脸，末了，阴森森地说："有劝进者斩！"说着手一挥，催促王峻快写贺表。

王峻，相州（今河南安阳东南）人氏，原是后唐三司使张延朗部下。张延朗被杀之后，前来投奔刘知远。此人白面微须，一派儒将风度，知翰墨，擅歌唱。刘知远军中凡笔墨之事，非他莫属。王峻不敢怠慢，挥笔疾书，写毕封好，使者刚踏出衙门，刘知远又冷冷地发话："一表不够，再进一表！"天命之事，知远本应亲自前来恭贺父皇，奈何晋阳一带民族杂居，民情复杂，值此时刻，知远只能领兵谨守，以防有变。王峻书写完毕，目送使者出了衙门，刚喘一口大气，端起茶杯欲呷，只见刘知远紧抿的双唇又迸出一句话："二表不够，再上一表！"王峻只好放下茶杯，又提起笔来。知远正在备办贡品，不巧父皇军队从土门（今河北获鹿）进入河东驻扎，挡住了知远通往开封的路，候父皇召回军队，道路通后，再将贡物进奉。王峻书毕起身，脸色灿烂，"大帅一日三进表，这最后一表最有分量。"

"最有分量的表，得烦王将军亲自前往开封进呈。"刘知远吩咐说。又附耳王峻，要他借机打探中原局势。

五

风将雪花搅得沸沸扬扬，刘知远的心也如这雪花一样摇曳不定。他与郭威并辔而行，郭威是他最信任的将军，作战英勇，有话直说，忠心耿耿。他刚刚和郭威一起查看了银库，库银并不丰盈，这是刘知远称帝的最大障碍。说起拥立，众将领固然可以官升几级，可库房中那点银子要奖赏士兵，杯水车薪，远远不够。他干脆一不做，二不休，让郭威押着四车铜钱，向着东门而来，要他根据情况，发给那些急需的难民。

雪渐渐停了，长川放晴，古道无尘。东门外一字排开座座军帐，军帐外架起一口口铁锅，锅中熬着小米，叽喳作响，热气腾腾，对于饥者来说，这无异于最美妙动听的乐曲。所有这些都是用来安置难民的，"要得军心，先收民心。"刘知远这一着果然奏效，难民们有粥喝，有帐住，又得了铜钱，话多起来了。

"这刘使君是个得天命的人啊！"

"中原皇帝非刘大人莫属！"一人倡，百人和，众人皆齐声附和。那扎帐、煮粥的军士听了，也都往心里去。纷纷聚集到府衙前，跪倒在地，高声齐喊："中原皇帝，非使君莫属！"未久，衙门外，东西大街，一干士兵、旧居民、新难民跪满一地，黑压压排开去，劝进的声浪如涛在江，几乎要将府衙掀翻。

衙门内，刘知远与郭威对坐，郭威脸红脖子粗，刘知远满脸霜雪，他已经许诺郭威，一旦登基，他郭威就是枢密使，只是目前时机尚未成熟。"眼下耶律德光攻占开封，得我华北、河南之地，堪称大辽。又收编我晋十万军士，合兵一处，如虎添翼，如今固守在开封，风生水起，一盘棋全活了，我晋阳五万将士岂是对手？我刘知远眼下尚未扬威天下，倘有闪失，各路英雄坐视不救，岂非白白送死。"郭威一听有理，不再固执己见。又听刘知远说："此事得候待来年春暖花开，气候转暖，契丹人不适，班师北撤之时方可动手。我估摸那契丹人就是贪图钱财，等他们搜刮够了就会走的，到时候方能万无一失。"郭威听后觉得刘知远老谋深算，棋高一着，高高兴兴地离去。

再说王峻奉命来到开封，一日三进表，耶律德光一见眉开眼笑，展表之时已看出了门道，知这刘知远借势卖乖。奈何此时中原初定，军心皆民心未稳，腾不出手，又知刘知远乃后晋最大的地方势力，西北一霸，暂时还是别碰这茧盆为好。既然刘知远愿意以君臣父子相称，他也得有所表示，虚与委蛇。于是提笔回信，落笔先称"知远吾儿"。末了，又赐给一根木杖。

王峻握着那木杖，左看右看，极寻常普通，并无特别之处，心想："这耶律德光也吝得慌，什么不能赏赐，就给根烧火棍。"回驿馆路上，他一直闷闷不乐，到了门口，顺手将那木杖插在拴马石上，转身径直进去，上了二楼。

不到一盏茶工夫，侍从悄悄来报："驿馆被辽军包围了。"王峻的心"咯噔"地跳了一下，走到窗前，小心地揭开帘栊，往下一看，驿馆门口至少有三千辽军将士围着，虽然人多却秩序井然，个个恭敬地匍匐跪倒在地，不像有什么暴力行动要发生。"怎么回事？"王峻好生纳闷，下楼来问驿官，驿官平静地对他说："他们在朝拜那权杖。"

"什么杖？"王峻问。驿官领着他来到门口，指着拴马石上那木杖对他说："他们朝拜的就是这根杖。"王峻大吃一惊，这时候已经有十来个将士围过来，好说歹说一定要请他喝酒，一派恭敬巴结的样子。

王峻扭不过他们，只好随着他们来到不远处一酒家——得意楼。众辽将要来了三十坛酒，三十斤牛肉，两只烤全羊，还有各种果品菜蔬。王峻生平还没应付过这样豪壮的草原式宴席，几杯酒下肚，话就多起来了。王峻好不容易弄明白，那木杖看起来寻常却极尊贵，犹如中原的尚方宝剑，也如丐帮权力传承之杖。契丹人认杖不认人，见木杖就如见到耶律德光，都得恭敬侍候，不得丝毫有误。

"这样看来，倒是我王峻误解，对这宝杖不尊了。"王峻内心暗想。

还须交代的是，这样尊贵的杖耶律德光是不随意赐人的，为何却将它赐予虚情卖乖的刘知远，这是耶律德光作为草原人的耿直。眼下他还不知该如何来处理与刘知远的关系，但他不想与刘知远闹翻，为了避免任何意外发生造成双方的误会，他将此杖赐予刘知远。正想使刘知远知道他在耶律德光心中的地位。

酒足饭饱，王峻回归驿馆，立刻令人恭恭敬敬地将木杖请到他的房中，供在桌上，放上几盘果品，又点燃三炷香。令随行人员一定小心看好木杖，不得有何闪失。回晋阳那天，王峻把那杖子安放在马车显眼的地方，逢关过关，逢隘过隘，辽人好酒好肉招待，众人都说全托了这木杖的福。

六

晋阳城中，两个月来，劝进之声不绝，一浪跟着一浪，其势就如鬼画符，渐渐闹成了示威的局面。每天清晨，使君衙门口便有一帮老翁老媪静坐，他们撑着横幅："叩请刘大人顺应天心民望！""顺天者昌！"横幅旁边摆着几张桌子，那是"劝进签名处"。凡有路人经过，一班老人就会蜂拥而上，宣讲道理，要求签名，那识字的，顺手签上，不识字的，一帮老人就会围着他，推推搡搡来到桌前按上大红手印。自动签名者已经超过了十万人，每签完一幅布帛，递交到牙将王峻府中，王峻就会让人送来铜钱十五贯。

"劝进签名处"在晋阳城中不下五十处，大多设在酒楼茶肆门口。签名者可得铜钱五枚，酒楼茶肆的老板借此做起了钱物交易的买卖，在门口显眼的地方贴出了赫然的广告——凡签名者，可选取如下一项：一、烤羊肉串五个；二、大馍五个；三、牛肉半斤；四、鸡八两；五、烧鸭一斤。消息传开去，晋阳百姓踊跃签名，遥远他乡的过客也加入了行列。一时间晋阳面粉短缺，肉类告尽，商家迅速行动起来，到外地采办应急，把一座晋阳城捣鼓得热气腾腾，喜气洋洋。

"王将军来了，王将军来了！"随着一声呼喊，人们抬起头来，只见王峻带着十来个士兵走过来。

王峻自开封出使归来，一军将士都将劝进的希望寄托在郭威与他身上。此时的他面对劝进一派火红的场面，内心并不平静，那银库中的银子越来越少，这劝进的事，如果不能在月底解决，麻烦事就多了。将领等着升职，士兵等着赏赐，百姓等着过安定日子，中原难民等着驱逐契丹人。可那刘知远竟纹丝不动，他焦急啊。

近日来王峻发现，民间劝进的口号越来越硬气，已经成了逼进。"对，刘知远再不登基，只有兵谏。"念头刚刚闪过，就听一片喧闹声，"打起来了，打起来！"王峻抬头望去，如意楼前发生了撕打。于是领着那十多军士快步奔过去。

"住手！"只见一帮劝进老者被五六个大汉推倒在地，双方骂骂咧咧。"王将军，这帮歹徒不签名，还要打死我们。将军为我们做主啊！"一个老汉龇牙咧嘴，胡须乱颤，斜着眼号叫着，众人跟着齐声喊叫："王将军为我们做主啊！"

"拿下！"随着一声断喝，一干士兵将那几个大汉按倒在地。王峻端详这那大汉，觉得情况有异，顺手从腰间拔出那木杖，大喊一声："可认得这杖？"那些个大汉见杖，一齐跪倒在地，磕头如筛糠。王峻明白他们是辽军探马。于是吩咐摆开桌子，要来酒肉招待他们。众大汉吃喝完毕，起身拱手要走，王峻又是一声大喝："捆起来，枷号示众三日！"六个大汉一字排开，跪倒在如意楼前，早有人写下横幅："谁反对刘大人，就是如此下场！"围观的人越来越多，密匝匝水泄不通。王峻吩咐好生看管，示众三日之后下到监狱，等候大赦放回。说着疾步向使府而来。

使府衙内，众将领高擎腰刀，举过头顶，一齐跪倒在刘知远面前。郭威劝进之声朗朗，"大帅，此时称帝乃是天意，大人如果不趁势起而取之，只管一味谦逊，人心就会离散，万一有人先行称帝，那就很被动了，众将士心灰意冷就会离开大人而去，悔之莫及啊！"说着，令人打开衙门，外面声浪阵阵。

"刘大人，刘大人！"

"顺天者昌，逆天者亡！"

衙门前广场一帮激进的士子已经开始了绝食劝进，他们的行动得到士兵、市民的支持，广场四周，难民的棚子，士兵的营盘，人流穿梭，口号之声此起彼伏，那情形就是"不达目的，绝不罢休"的阵势。众将领再次说："刘大人，现在人同此心，心同此理，大人还需速拿主意，不可错失良机。"

说实话，登基之事，刘知远何日不思，何时不想。不过登基称帝非同小可，这等事情不到安坐龙椅那一天，随时可能发生意外，因此劝进愈烈，刘知远的心就愈镇定。只是今天郭威把话说到这地步，"万一有人先行称帝，岂不被动？"这话点到了刘知远的穴位，他终于下决心，捷足先登。于是吩咐，登基一切事宜由苏逢吉、王峻主持，军中事务先由郭威主理。

七

开运四年（947年）二月，春雨如帘，杨柳刚刚吐出新芽，大地还未解冻，晋阳城中已经热气腾腾。东西南北大街，人头攒动，人们围看着告示，大意是：一、出帝（石重贵）年号"开运"不吉，自即日起仍袭太祖（石敬瑭）年号，称"天福"十二年，天下臣民当同心协力，复兴大晋，迎回出帝（石重贵）。二、中原各路义军应厉兵秣马，伺机以代，唯晋阳马首是瞻，共同驱逐契丹；三、有晋旧部投降契丹者，举事之日，当一并反正，可免一死。

告示贴出之后，晋阳百姓议论纷纷，都说刘知远是个实心人，有情有义，未忍忘晋，跟着刘大人，大晋中兴有望。当赞扬褒颂的话语伴随早春绵绵细雨飘进宫中的时候。刘知远知道天下归心，遂在钟鼓声中，于当月辛未日宣布登基，自己也改名暠（音皓，意思同皓）。登基的第一道告示是：没收各道契丹人财产，处死各道契丹人。任何人不得再替契丹搜刮民财。

晋阳城中，"排辽"的声浪犹如黄河波涛，后浪推着前浪。

刀光剑影，在凄厉的惨叫声中，契丹人一个个倒在血泊中，春雨淅淅沥沥地冲洗着血迹，把道路变得殷红。士兵、百姓和难民同仇敌忾，挥舞着棍子与刀枪，砸开了契丹人的店铺，能搬即搬，能抢即抢，意犹未尽，剥光了契丹女子的衣裳，占为己有。他们感恩刘知远，歌唱刘知远，没有刘知远，哪有今日这般扬眉吐气。临了一把火点燃了店铺，一时间"契丹街"大火连天，浓烟滚滚。

人心变得狂野，几天之后，该杀已杀，该搬已搬。没有多少事可以干了，狂野的心却无处安放，又酝酿出新的灾难来。刘知远登基方三日，就发生了士兵哗变，几千士兵将皇宫团团包围起来，哗变的原因是士兵们每人只能领到半贯铜钱，他们觉得几个月辛辛苦苦的拥立与驱胡，那半贯钱完全是打发叫花子。

一波未平，一波又起。隔天市民也跟着起哄，来到皇宫前面静坐。民间传言，皇帝登基，每户发白面三十斤，可如今领到的仅是二十斤喂马的高粱，人们心里不爽，觉得这皇帝太吝惜了。刘知远见那情形，龙颜震怒，急召郭威发禁军驱赶，一时竟找不到郭威。只好宣王峻前来询问哗变静坐的原因。

王峻无法，铁青着脸，只能实话实说："启禀皇上，如今库中无银，仓中无粮，原来储备的银粮都在劝进中用光了，剩下那点银子又因装修登基宫阙，花光了。"王峻摊开双手，一副无可奈何的样子。刘知远情急之下，颁下一道旨意，"晋阳城中商家，先征三年商税以应当务之急。"

告示刚刚贴出，立时又引发商家罢市。晋阳城的温度在升高，酝酿着一场地震，原来那"劝进筹备机构"一下子成了"倒刘指挥部"。 如意楼成了指挥中心，士兵、难民和本城百姓的代表聚集到楼中来，几杯酒一盘旋，情绪就蹿上来，口无遮拦，呼名叫字。"刘知远小时候就是个要饭的叫花子，跟着他没好日子过。"不久，一条横幅出现在如意楼门口："舍得一身剐，敢把皇帝拉下马！"这时候，派出去的探子蹑手蹑脚进来。"怎么样？"人们乘着酒兴纷纷打听。

探子摇了摇头，"不怎么样。"

"到底咋啦？"

"皇上登基以来，也就喝小米粥，啃馍馍。宫中那些人也就是老陈醋，面糊糊。过的也是穷日子。"

"吃馍馍小米粥还穷？我们吃的是什么？红高粱。我那孩子都快饿死了。"

"人家那是皇帝，你也攀比？"

"皇帝皇帝，咱们盼着新皇帝就为那三十斤白面，没有白面，他那皇帝也别当啦。"

"当年那些个拥立太祖的每人都得五十两银子，如今这刘知远，只给半吊铜钱，没有银子，别当皇帝！"代表们越说越来气，一句话，要饭，他刘知远可以做丐帮头，想当皇帝，就得拿出白面银子。没有白面银子，这皇宫也不能白住，得腾出来和大家一起住。

雨势转强，看来一时半会停不下来，代表们终于做出决定，今晚就让广场上的人住到皇宫去，皇宫里定会有白面银子。

晋阳宫中，刘知远、苏逢吉和王峻全都没了主意。今天中午，广场上的人已经掀翻了宫中运水运菜的车。下一步他们会怎么样？王峻说："皇上，要不末将带领人马，先杀他一批，再把他们赶走！"

"不可轻举妄动！"刚刚登基的刘知远还没学会龙行虎步，就像一头推磨的驴，围着龙椅一圈一圈地转圈子。刘知远做梦也没想到他一个沙陀胡人，一个小时候的叫花子也能坐上龙椅。连日来虽然闹心的事情一波接着一波，可就是这闹心的事也带着梦幻一样的气息，洋溢着传说般的喜气。人生苦短，往事历历。想当年他一个军汉，拥立了石敬瑭，一路高升，成了节度使，成了北平王，如今竟又成了皇上。他理解那些士兵，也理解晋阳百姓。他们拥戴我也就是为了过得好一些。"他们的日子决定着我的龙椅。"想到这里，他对苏逢吉说："让他们派几个代表进来说话。客气点！"

不久，就有十几个人进来，跪倒在地。刘知远亲自把他们扶起来，竟没有人敢坐。"皇上，其实也没什么，百姓就是希望每户三十斤白面，那些当兵的希望五十两银子。"

"这不公！"刘知远大声吼叫起来，众人惊得匍匐在地，不敢出声。又听刘知远说："我当皇帝，他们就这芝麻大点要求？没其他啦？"

"他们说，皇上要是没有银子和白面，他们也想住住这皇宫。"有人唯唯诺诺。

刘知远坐到那龙椅上，"也罢！话既然是你们自己说的，我刘知远决不食言。"说着吩咐苏逢吉把他们的要求写下来，写毕，既不用官印，也不用玉玺，刘知远按上了手印，折叠好，交给了他们。又说："诸位想过没有，我刘知远眼下还不是真正的皇上。皇上，那是要到洛阳、到开封去当的。晋阳眼下还拿不出这么多白面银子，它日我遂凌云志，一定亲自送到你们手上。"众人本来以为进宫会有一阵好吵，想不到皇上一席话把他们说得不知如何回答。这时候只听内侍说："皇上有赏，每人四个馍馍，半碗陈醋。"

八

正正斜斜杨柳陌，牧笛声声，斜风中几只燕子翱翔。李家庄通往晋阳路上，几百军士押解着上百辆粮车蜿蜒而来，押车的头领是郭威。粮车后面是一驾马车，帘翻处，魏国夫人李三娘露出了脸，马车后面是几车金银细软。

几个月前，李三娘得知刘知远筹备登基，她派人查看了粮仓银库，知道银粮短缺，所剩无几，先是派儿子刘承祐回李家庄，交代老管家清点庄中银钱，合适时将庄园卖掉，以备急用。

三娘自当了魏国夫人来到晋阳，每年都要回庄中几次，她交代老管家将收获的粮食好生收藏。每次祭祖，他都要仔细检查粮仓，近年来又连建了两个粮仓储粮，连年来的粮食，早把仓库堆得满满的。三娘虽是女流，内质巾帼，她见当今天下纷纷，丈夫意在霸业，事业正在一步步做大，做妻子的必须有所准备，如今这钱粮真的派上了大用场。刘知远辛未日登基，隔天她便以祭祖为名，要郭威带领几百军士护驾，实际是前来搬运粮钱。

飘零古道，杨柳长堤，朝阳照亮了一江春水。长堤上，李三娘、郭威押送着粮草，兴冲冲往晋阳赶。看看日已近午，前头一片疏林。李三娘吩咐歇息用饭。

刚下车，三娘隐隐闻到一丝血腥臭味，觉得不对。抬眼搜索，只见百步开外树后有人扬臂招呼，三娘急带侍女与几个军士快步赶去。一个半裸的契丹女子，衣着已成碎片，不成体统，浑身血痕，在地上挣扎着，她的眼中几分惊恐，几分绝望，有气无力地说：“杀人了，到处都在杀人。”说着就昏了过去。三娘疾速解下身上风衣，盖在女子身上，“抬到我的车上。”三娘不敢怠慢，立刻与郭威交换了意见，命士兵在疏林中搜索，死尸堆中凡有未断气的，全都找出来。

不到一顿饭工夫，疏林中便抬出十来具断胳膊缺腿的躯体，一色都是契丹人。三娘和侍女亲自给他们喂水，又吩咐士兵给他们用饭。鬼门关中转回来的契丹人俨然遇到了活菩萨，向三娘诉说着这几天发生的事情。三娘听毕，感到事态严重，晋阳城要出大事啦！一时间杏眼圆睁，柳眉倒竖，吩咐郭威不必押车，快马加鞭。半个时辰内赶回晋阳，一个时辰内带领禁军全城戒严，凡搜捕出来的契丹人交官衙看管，不得随意斩杀。

郭威迟疑不定：“夫人，这契丹人的事非同小可，皇上这次登基，民气就是靠驱逐契丹人聚拢起来的，不杀契丹人，皇上的民气就会跌下来的，戒严一事还得奏明皇上定夺颁旨。”

“郭将军，我那夫君是个军汉，也是个胡人，中原有些事他也搞不明白，处理不好，会出大事的。你先不顾虑那么多，听我的，先戒严，制止杀人最重要。”三娘说。

郭威不再多言，翻身上马，鞭子一甩，一溜烟向晋阳飞奔而去。三娘吩咐将那些受伤的契丹人小心地安顿在粮车上，一行人马也向晋阳而来。

再说晋阳皇宫外面广场，那几个代表每人捧着几个馍馍刚从宫中出来，人们就把他们团团围住，问长问短。代表从怀里摸出字据一展，"皇上有旨，等到了洛阳、汴京，就给你们兑现白面银子。"话音刚落，就见几队禁军杀气腾腾飞奔而来，将广场包围了。众人以为皇上要抓人，立时紧张起来，人群乱成一锅粥。

郭威快步赶来，夺过代表手中字据一看，大声高喊起来，"皇上、夫人口谕："众人一听，纷纷跪地恭听，"从明天起发放白面银子，百姓每户白面四十斤，士兵每人银子五十二两。各家各户可在你们就近的酒楼茶肆领取白面，士兵回营领白银。"广场一下变得鸦雀无声，人们面面相觑，不知是否耳朵出了毛病。好一会儿，代表终于发问："不是说没有钱粮吗？怎么一下子天上掉下馅饼和银子，还要多分发？将军不会是哄我们吧？"

"不相信是吗？那银子是夫人变卖了李家庄，那白面是李家庄这几年全部的收成，还有，还有就是夫人这几年后宫的所有体己，夫人全部拿了出来。变家为国，就是为了大家。"话音刚落，只听广场爆发出阵阵声浪，"有白面啦！""有银子啦！"

这时候郭威一颗悬着的心总算放下来，他接着高喊："还有一事宣布，自即日起，凡搜捕到的契丹人一律送官衙看管，不得伤害！凡有违背者，杀无赦！"人们抬头望着郭威，不解地问："杀错啦？不是要把他们赶尽杀绝吗？"

郭威见问，伸出双手："在场有没有沙陀人，请到我的左边来！"不一会就有几百个沙陀人站到郭威的左边。郭威又问："在场有没有鲜卑人，请到我的右边来！"又有几百个鲜卑人站到郭威的右边。郭威手一招，两队禁军信步跑过来，刀子一拔，架在那沙陀人和鲜卑人的脖子上。有几个脸色变了，浑身筛糠，面如土色。郭威扬着手中的剑："夫人吩咐，要赶统统得赶，要杀统统得杀！你们说杀不杀？"没人吭声，"说！"郭威看看左边，又看看右边，一个个怯生生，没有人敢回答。郭威环视了在场的汉人堆："杀不杀？"

"杀吧，杀吧，统统的杀！"有人高声说。

"饶了我们吧！将军。"有人开始尿裤子了。

"夫人说了，统统不杀！一个不杀！"郭威宣布。

"为什么不杀？留着也是祸害。"有人问。

"夫人说，你们都是侨民，侨民无罪，一个不杀。"郭威话音刚落，只听"扑通、扑通"声响，那些个沙陀人鲜卑人一齐跪倒在地，哀哀地喊起来："夫人高见，夫人高见啊！"

"起来，起来！本将军现在宣布，一刻钟之内，你们必须离开广场！一刻钟之后。别怪本将军刀箭无情。"

九

晋阳城城中的商铺重又开张，东西南北大街熙熙攘攘，茶肆酒楼都在说道魏国夫人李三娘的恩德，当那雪白的馍馍端上各家各户的桌面时，刘知远的威望达到了顶点，人们都说，这个朴实的军汉给中原的复国带来了希望。

蜡梅刚谢，桃花又开，北山杜鹃红遍时节，王峻留在开封的探马来报，耶律德光已离开开封北撤草原，将军国大事交与舅舅萧翰。眼下，辽朝上下人心惶惶。刘知远接报，激动得怪眼寰睁，两撇胡须翘个不停，他火速传檄各道兵马做好准备，端午过后一同举事。

开封城中，萧翰自耶律德光走后，连日接到各地诛杀契丹警报，惊心动魄，夜间常有噩梦，半夜惊醒。他自忖中原不是他能经营的。也开始收拾行囊，准备随时步耶律德光的后尘，"谁来主理中原这个摊子？"他想到了李从益。于是派人到洛阳去找他。

李从益时年十七岁，是后唐国主李嗣源第四子，后唐亡后，天福四年，石敬瑭封李从益为郇（音旬）国公，主持后唐宗庙，岁时举行祭祀。耶律德光入主开封后，封李从益为彰信军节度使，李从益一再推辞，拒不到任。这次萧翰的使者来到洛阳，四处寻找，终于在徽陵找到他，使者软硬兼施，强行将他带到开封。崇元殿上，李从益被按在龙座上，萧翰率领一班契丹大臣朝拜已毕，宣布李从益为知南朝军国事，后晋群臣也来朝拜。登基仪式毕，萧翰留下二千契丹军留守开封，匆促离去。

众大臣又来拜贺从益的养母淑妃。淑妃不愿领受，含着热泪说："这哪里值得祝贺，我母子孤弱，都是萧翰所逼，大祸很快就会来临。"说着嘤嘤地哭起来。

晋阳宫御园，忽如一夜春风来，千树万树梨花开。桃花、杜鹃、梨花、玫瑰、迎春花汇成了花的海洋，在春风中摇曳，争奇斗艳。

时值端午，御园中，刘知远设席宴请昔日旧将。乐声中，王峻乘着酒兴，起身离座："末将为皇上歌一曲。"

"花堪摘时当须摘，莫待无花空折枝。"歌声激越嘹亮，余音袅袅。歌毕，王峻拱手入座，众人齐声喝彩，只是猜不透王峻唱此曲的目的，以为王峻在劝皇上选妃。

见众人解不开疑窦，苏逢吉开口说："皇上，可知王将军歌此曲的目的？""愿闻其详。"刘知远朗声说。

"当今天时地利皆在晋阳，我方须尽速发兵中原，花堪摘时当须摘，切莫错过机会。"苏逢吉满面春风地说。

"朕今日请大家来，就是要共商此事。"酒过三巡，粽子吃过，大家纷纷献策，郭威建议："可由汾水南下取河南，进而图天下。""好，正合我意。"刘知远高喊起来。

隔天，刘知远即下令，命史宏肇为先锋，三天之后举兵南下。

进军的号角吹响了，史宏肇一路势如破竹，所向披靡，十七天后即拿下了洛阳。各路义军得知消息，也都揭竿而起，一时声威大振。归降契丹的方镇也乘机反水，归附到刘知远麾下。刘知远骑马进入洛阳时，气势已经今非昔比了。

李从益得知刘知远拿下洛阳，不日将兵发开封，大惊失色，急忙把丞相王松找来商议。二千契丹兵如何抵挡得了刘知远的各路大军？他们最后决定，启用燕兵守城。

刚刚送走王松，李从益与母亲王太妃谈起此事。王太妃沉吟不语。春花秋月，这王太妃也就是三十上下的人，风韵犹存，身体健朗。好一会儿，只见她泪流满面地说："儿呀，咱娘俩都是亡国的人，以目前的势态，咱们如何有能力和刘知远争天下，不如尽快上书刘大人，迎接他的到来。"李从益一时还拿不定主意。王太妃又说："按理，那刘大人也是你姐夫石敬瑭的旧部，如今还用着你姐夫的年号。你小时候，你姐夫对你最好，那刘大人也常常逗着你玩。不看僧面看佛面，刘大人不至于杀你。"

李从益深觉有理，第二天又把王松找来商量。王松听后觉得，眼下刘知远风头正劲，他借助杀契丹、逐契丹，登高一呼，万方响应，把中原人的情感点燃起来，一时间所向无敌。与他对抗无异以卵击石，如今之计，保全一城百姓性命未尝不是好事。于是由他执笔写了一封情真意切的信，派人速速赶赴洛阳，上呈刘知远。

刘知远接信，一拍大腿："天助我也！"他压根没有想到，这次发兵竟如此顺风顺水，旬月间就把大事搞定。能说这不是天意吗？苏逢吉就在旁边，刘知远问："苏大人，我刘知远的家谱，你弄清楚没有？还有这年号该叫什么，你也早日拟定。"

"陛下，臣已经搞清楚了，一切水到渠成。"苏逢吉说："只是未来如何处置那李从益？"

刘知远脱口而出："那李从益，孤儿寡母成不了气候，就让他继续做郇（音询）国公，主持后唐宗庙的祭祀吧。"

"如此甚好！"苏逢吉说。

苏逢吉前脚刚走，刘知远就迟疑起来，不对，这李从益今年十七岁，前程难料。当今天下各路枭雄不是他父亲李嗣源的部下，就是他姐夫石敬瑭的旧部，那王太妃又是个吃得起苦的人，母子二人在中原民望甚高。稍有闪失，这天下姓刘还是姓李，可就难说了。刘知远越想越觉得不对头，"天下最不可信就是人心。"这李嗣源夺的是兄弟的位，那石敬瑭抢的是姻亲的龙椅。如今我身边这些人，有几个不是侍候过后梁、后唐、后晋三代，又来到我身边的。目前我刘知远的事业风生水起，他们听从我的，一旦势衰之时，他们就会拥立他人，吃亏的是我刘家啊！李从益啊李从益，我本想留你母子性命，可我没有留你的理由啊！

"陛下，什么事把你愁成这样？"在旁的李三娘问。

"你还是不知道好。"刘知远乘夜令人将郭从义召来。

郭从义早年曾是后唐李嗣源的部将，听了刘知远的话后，心有不忍地说："陛下，那李从益母子，还是留他们一命为好。中原人都知道这李从益，耶律德光给他官职他死活不接受，萧翰找他，他也躲起来，他们母子没有作恶啊。"刘知远睐着的眼像锥子一样盯着郭从义，心想这小子怎么变傻啦，李从益母子要是有罪恶，我当然饶他们一命，他们就是没作恶，才有名

望和号召力。我刘知远熬到今天容易吗？能为一时的妇人之慈误了未来的大事吗？郭从义无奈，领命而去

五月二十五日，刘知远领着几万大军，雄赳赳向开封而来，一路上不时有劳军的百姓跪在路边，胳膊挽着篮子，篮中是鸡蛋、馍馍、蔬果，路边放着坛坛醇香的酒，还有那猪牛羊等牲口，"咩咩""嗷嗷"的叫声此起彼落，简直就是闹市，有几个老者头顶香炉，俨然是在迎接一支仁义之师。

"啪！啪！啪！"刘知远鞭子一扬，连鸣三鞭，"吩咐下去，这些年中原百姓艰难，一切劳军物品不得拿取！"

"刘大人真是仁人君子，未来中原非他莫属呀。"百姓中有人议论开来。队伍正行着，一位贵妇人模样的女子蓬头散发号啕大哭向着刘知远飞奔而来，左右将士阻拦不住，那妇人一直跑到刘知远马前，一手抓住马笼套，杏眼圆睁，撕心裂肺地喊起来："刘知远，你就不能饶过我们母子吗？我们母子何罪？"

众人正有点莫名其妙，弄不清怎么回事，内中有人悄悄说："来者是王太妃。"众百姓一起跪倒在地喊起来："刘大人，王太妃母子没罪呀，你饶了他们吧！"[1]

刘知远一双眼睛就像锥子一样盯着王太妃，几年不见，这太妃依然回风流雪，惊彩艳艳，有这么多百姓为她说话，这是断断饶不得的。

"刘知远，你杀了我，留着我儿子吧！让他每年寒食节持一

---

[1] 《新五代史·唐淑妃王氏传》："淑妃王氏，邠州饼家子也，有美色，号"花见羞"。少卖梁故将刘鄩为侍儿，鄩卒，王氏无所归。是时，明宗夏夫人已卒，方求别室，有言王氏于安重诲者，重诲以告明宗而纳之。王氏素得鄩金甚多，悉以遗明宗左右及诸子妇，人人皆为王氏称誉，明宗益爱之。而夫人曹氏为人简质，常避事，由是王氏专宠。"

盂饭洒在明宗坟上吧，也让明宗九泉之下不至于挨饿。"王太妃哀哀地号哭着。情真意切的哀号感染了周边的士兵，有人跟着饮泣，帮着哀求。

刘知远一听她提起明宗，内心不由"咯噔"一跳，想当年他投军，最早就是投到明宗麾下，没有明宗的器重，哪有他刘知远的今天，明宗就是他的恩公呀。想想那些暴打过他的僧人他都能饶过，如今恩公遗留下的孤儿寡母他又岂能不照顾？刘知远心一热刚想饶过她母子。抬望眼，渺渺苍天一只飞鹰追风逐云，奋飞长天。

"为什么？为什么她偏偏是恩公的妃子遗孀？为什么？为什么？"刘知远神经质地呼喊起来，"啊，我听到了，听到了。"王太妃见他脸色阴沉自说自话，怪可怕的，忙问："刘将军，你听到什么？"

"我听到明宗说，这些年他在九泉之下很落寞。太妃，我想你还是去陪陪明宗吧，别让他孤家寡人太孤独。"话音刚落，手一挥，鞭过处，霹雳一声炸响，王太妃人头落地，咕噜噜向路边滚去，一口咬住了路畔草，眼睛依然滴溜溜转着。一股热血从太妃的脖颈中喷出，犹如万朵桃花，溅得到刘知远满脸热辣辣的，众人高声惊叫起来。此时，只见一股轻烟从太妃的脖腔中飘出，袅袅地向西飘去。刘知远惊魂未定，就见明宗在云端出现，指着他说："刘知远，他太狠啦，你这龙椅是坐不久的！"说着手挥宝剑从云端向刘知远俯冲来。

刘知远大叫一声从梦中醒来，军帐外面东方已露出鱼肚白。他擦了擦头上的汗水，就见侍卫领着郭从义进来，郭从义手提两个血淋淋的包裹，"陛下，一切顺利。"说着摊开包裹，一个是李从益的人头，另一个是王太妃的脑袋。李从益死时十七岁。

刘知远惊魂甫定，想起梦中情景，闷闷不乐。郭从义见状，安慰说："陛下，此去开封已无战事，陛下正式登基，也看看开封牡丹。"

公元947年6月，刘知远终于在开封正式登基，改国号汉，史称后汉。次年建元乾祐。领土包括今河南、山东、山西、河北南部、湖北北部、陕西北部、安徽北部。与南唐、吴越、楚、南汉、后蜀、南平等政权并立。

刘知远果真是个短命皇帝，登基不久，头发就花白了，牙齿也一个个地掉，一年便像一棵大树被放倒，死了。儿子刘承祐继位，是为隐帝，年十八岁，袭乾祐年号。

第三节 年少气盛刘承祐

一

刘承祐年轻继位，朝中权力操在杨邠、史宏肇、苏逢吉和郭威四个托孤大臣手中，刘承祐心中不爽，他的舅舅李业成了他身边贴心的参谋。

隐帝即位的第一件事就是颁布父皇高祖的遗书，那是一道处死重臣杜重威的诏书。刘承祐清楚地记得诏书是这样写的："杜重威仍然包藏祸心，不改叛逆的旧习，像恶枭一样的言论未变，像毒蛇一样的本性难以驯服。往日朕身体稍有不适，停止视朝几天，杜重威父子就暗地散布恶毒的言论，怨恨诽谤朝廷，煽动蛊惑一些小人。现在已有明显的罪行彰显，已经全部洞悉他们谋乱的日期，他既然辜负本朝深厚的恩德，就必须处以极刑。杜重威父子一并处斩……"。刘承祐记得，父皇病危时召见了同中书门下平章事（宰相）苏逢吉，苏逢吉是在父皇的病榻前写下这道诏书的，父皇驾崩时，苏逢吉秘不发丧，迅雷不及掩耳地逮捕了杜重威。然后又发兵抓了杜重威的儿子杜弘璋、杜弘琏、杜弘桀等，不问不审，一个时辰不到就将他们父子一起诛杀，将他们的尸首抛到街上。杜重威平日官声不好，老百姓恨之入骨，他们脚踢棍打石头砸，不到半个时辰已经成为肉饼、肉酱，被狗抢吃了。刘承祐不知父皇为何如此痛恨杜重威，要说杜重威坏，可朝中这些重臣哪个不坏，那禁军头领史宏肇，同平章事苏逢吉比杜重威更坏，"父皇的江山就坏在这些人手上。"刘承祐正闷闷地想着，内监来报："舅爷等你放纸鸢。"

刘承祐一听，立时来了精神，"草长莺飞春日喧，忙趁东风放纸鸢。"他从椅子上跃起，换上便服，随内监匆匆而出。舅父李业正在宫外等着，一应纸鸢绢做纸糊，有鹰隼、巧燕、蜻蜓、蝴蝶等不同样式，刘承祐和李业跨马来到繁（音婆）台。

繁台，一座长约三十丈自然形成的高台，草色青青杨柳烟，天籁洞箫杂管弦。相传春秋师旷曾在台上吹箫，箫声高远。后有繁姓人家来此居住，故名繁台。千年箫声吸引着刘承祐，这是朝政之后隐帝解闷的好去处。此刻，台高风急，趁着东风，刘承祐抖起丝线，那鹰隼纸鸢挟着东风鸣叫着，不顾一切，跋扈地向空中飞腾，渐去渐远，很快就上了云霄。

刘承祐脸上露出了笑容，他将丝线递给身边的内监，和李业坐在草地上，"舅父，甥儿有一事请教。"李业转过脸盯着这位外甥皇上，不知他要问啥事。李业是李太后的小弟弟，因为年纪小，早年深得李太后的疼爱。刘知远在位期间，李业是武德使。隐帝即位，李业依仗太后的威望，变的愈来愈无所顾忌。

"你说说，我父皇为什么对杜重威那么恨，临终前还要下诏处死他们父子？"李业一听，捋了捋下巴不算长的胡须说："天作孽，尤可恕；人作孽，不可恕。这杜重威就是个反复无常的小人。"

李业让内监斟上酒，杯酒下肚，接着说："杜重威是前朝出帝的重臣，成德军节度使，兼任侍卫亲军马步军副指挥使，又加封同平章事，权倾朝野，手里握着后晋的十万大军，又是出帝的姑丈，可他不护着出帝，却投降了契丹，担任邺都留守。杜重威所到之处搜刮民财，百姓恨不得吃他的肉，寝他的皮。到你父皇收复沦陷之地，招降他的时候，他反反复复。你父皇最担心就是这个，高祖在世时还能架得住他，一旦你继位，他必定乱国政，才下决心处死他。"

"这么说父亲处死杜重威，是为我着想。"刘承祐说。

"父亲岂有不为儿子着想的！"

"按说，杜重威有罪，罪在当诛；可那王太妃母子，老百姓都说无罪，我父皇为什么也杀了他们，难道这也是为了我？"刘承祐又不解了。

"我的外甥爷，你父皇确实也是为你着想啊！这种事情你现在还年轻，不理解，以后你就明白了。"

刘承祐确实不完全明白，有罪要杀，无罪也要杀，可父皇为什么偏偏不杀苏逢吉、史宏肇？近日来刘承祐接连接到奏报，郓州捕贼使张令柔将平阴县十七个村的村民斩尽杀绝，尸横遍野；卫州有十多个村民正在追赶强盗，卫州刺史叶仁鲁怀疑他们也是盗贼，抓捕他们，挑断他们的脚筋，村民身受重创，在绝望中哀号而死。如此惨绝人寰的事，地方官上报都说是效仿苏逢吉的做法。刘承祐深知，苏逢吉为相极其嗜杀，父皇才会将诛杀杜重威的任务交给他。有一次，苏逢吉不分青红皂白，将狱中的囚犯全部杀死，前来报功说："狱净矣，没囚犯矣，天下从此太平无事！"朝臣心知肚明怎么回事，可苏逢吉还要告示天下，"凡有盗贼居住地方，本家及邻保皆族诛。"朝野私下议论，这盗贼历朝没有灭族的，还要连累到邻保也灭族，天下还有王法吗？[1]

一个苏逢吉已经让刘承祐够闹心的，可这史宏肇也是杀戮无度的魔王。高祖在世时，史宏肇颇有战功，如今握着禁军的大权。部下稍有差池，不分青红皂白，一概杀头腰斩。多少冤杀的家属忍气吞声，不敢上诉，更不敢告状。上梁不正下梁歪，部下将领也跟着学样，军营中天天有人被杀，长此以往，朝野共愤，国将不国。[2]

刘承祐愈想愈气，恨得咬牙切齿。

见刘承祐满脸肃然，浑身霜打似的，李业关切地问："陛下有何心事？"刘承祐好半天终于憋出一句话："朕要杀了苏逢吉、史宏肇。"

李业一听，大惊失色说："陛下，万万不可，万万不可！"

刘承祐见舅舅就如一个害怕对手而不敢登台的懦弱对手，

---

[1] （清）赵翼《二十二史札记》卷 22,"《五代史·逢吉传》："一日尽杀狱中之囚犯，回报说："狱静矣"。逢吉为相，以天下多盗，自草诏"凡盗所居，本家及邻保皆族诛。"或谓"盗无族诛法，况邻保乎？"乃但去族字。由是郓州捕贼使者张令柔杀平阴县十七村人皆尽。卫州刺史叶仁鲁帅兵捕盗，有村民十数方逐盗入山，仁鲁并疑其为盗，断其脚筋，宛转号呼而死。"清乾隆六十年三月（1795 年）。

[2] （清）赵翼《二十二史札记》卷 22,"《五代滥刑》："弘肇为将，麾下稍忤意，即挝杀之。然不问罪之轻重，理之是非，但云有犯，即处极刑。枉滥之家，莫敢上诉。军吏因之为奸，嫁祸胁人，不可胜数。"清乾隆六十年三月（1795 年）。

磨蹭在拳坛下边等候意外的发生,内心有点看不起他,紧着追问:"为何不可?苏逢吉、史宏肇积怨甚深,天下人都以为朕纵容他们,以为我大汉杀戮无度,长此下去,朕这江山还能坐多久?"刘承祐越说越气,斩钉截铁大喊一声,"李业!"

"臣在。"

"朕命你即刻逮捕苏逢吉、史宏肇!"

李业犹豫了片刻,跪倒在地说:"臣不敢接旨。"

"舅舅,连你也不支持我?"

李业翻身爬起,又坐到刘承祐身边,"我的外甥爷,这汉家天下,就你母后和舅舅我最支持你,最最关心你。"

"可你为什么不执行朕的旨意?"

"我的小祖宗,当皇上可不比当老百姓,老百姓浑浑噩噩无所谓,可当皇上,陛下的灵魂得跟上。你想想,这苏逢吉、史宏肇都是顾命大臣,一文一武,大权在握。你舅舅我是什么官?芝麻绿豆大的官,搞不好,不是舅舅杀他们,而是他们杀舅舅,那时候,他们连陛下的江山也颠覆了,这才叫得不偿失。江山风雨,风雨江山,我的小祖宗,有些事,快就是慢,慢就是快!"

刘承祐见他说得有理,有点佩服舅舅了,又问:"该怎么慢,怎么快?舅舅你总得给朕想想办法。"

"陛下,这事说难就难, 不难也不难。陛下先把舅舅的职务一步步提上去,等到和他俩差不多个级别,也就把他们的权力分出来。还有,你得把你几个舅舅都提拔到朝中来,这样朝中就有个照应,咱们人多,到时候要拔掉这两颗牙,还不是易如反掌。"刘承祐一听,更佩服了,想不到连日来绞尽脑汁,无法解决的事,舅舅一下就解决了,"舅舅,你就是个智囊,囊中掏出来一套又一套。"

"陛下，也不全是。"李业谦虚起来，"舅舅昨天得一高僧指点，他给了我一偈（音继）语。"说着从怀里掏出一帕丝绢，小心翼翼地在刘承祐面前展示开来。刘承祐一看，上面写着两句话——人在地上走，地动人不动。

"陛下，能说说这话是什么意思吗？"

刘承祐只觉得这话属于"形而上学"，不容易懂，只好再次请教。

"陛下，古人都说，太阳住在东海边的汤谷，月亮就在西边的蒙谷，从汤谷到蒙谷五十万七千三百零九里，你骑马去看太阳和月亮，至少得花好几年才能走完这五十多万里。可你要是不动，就坐这里，五个时辰你太阳月亮都看了。你要不信，今晚咱们就这繁台，一个时辰后你看到月亮，看完月亮，咱再坐四个时辰就能看日出。陛下，你说说，地动人不动，还是人动地也动更好些？"

犹如醍醐灌顶，这一下刘承祐佩服得五体投地，"舅舅真是个才子，以你的才干，治大国如烹小鲜。朕以前小看你啦。"

"既如此，陛下何不早点把舅舅提拔上来，那时候，舅动你不动，就能安享太平，省却许多烦恼。"

夕阳西斜，鸦雀声中，舅甥尽兴而归。

二

该给李业一个什么官职，连日来，李业就在刘承祐宫中计议。最后，李业选定宣徽使一职。此职掌领宫中诸司，三班内侍，以及郊祀、朝会、宴享供帐等仪式，一切内外供奉、各式器物也要检查落实。这个职务职衔不低，经常随侍在皇上身边，实是要害部门。刘承祐也觉得舅父来担任这职务最合适，欣然提笔写了个御札，准备报送吏部尚书、同平章事杨邠（音宾）落实督办。

提起杨邠，李业就有点惴惴不安。这老头不仅担任吏部尚书、同平章事，还兼着枢密使与中书侍郎，朝中文武要职都有他的份。令人棘手的是杨邠为政清廉到不近人情。一生从不收受贿赂，但凡无法推辞不得不受的财货，统统上交皇上，搞得那些送礼者难堪至极，无地自容。一想到这些，李业就有点底气不足。不过，李业毕竟是李业，他脑袋一转就有了主意，"皇上，我看连耿夫人的事也一起让杨老头督办吧。"

耿夫人是刘承祐最宠爱的妃子，有天香国色之姿。平日里，刘承祐面对耿妃是百看不厌，与她恩恩爱爱，如胶似漆。耿夫人得宠，唯一希望就是皇上能封她为皇后，刘承祐也已一口答应。可这皇家封后的事，不是皇帝一人能说了算，那得朝中重臣评议。这事已经议过一次，没有通过，耿夫人一急，竟然忧心成疾，病恹恹躺在凤榻上。

"皇上，我看耿夫人封后之事应再次让他们廷议，兴许可以给夫人冲冲喜，有望凤体早日康复。"此时李业提起耿夫人，在他看来，如果单独提出他宣徽使一事，未免招人耳目，将耿夫人封后的事一并送报，皇上会更重视和催问，兴许希望大些。

刘承祐一听李业提到"冲喜"，深觉有理。这耿夫人，御医已经问诊多次，药石无效，那是心病，得用心药，看来冲喜也许是最好的办法了，刘承祐于是提笔又写了一道手札，隔天就令人将两道御札送与杨邠。

自御札送出以来，斗转星移，不觉过了一个多月，竟然泥牛入海无消息，每日上朝，低头不见抬头见，杨邠竟也不奏报，刘承祐不由生出很多怨恨，"杨邠这老头，全不把朕放在眼里。"

刘承祐终于按捺不住，隔天上朝，就向杨邠提出，"杨爱卿，朕给过你两份手札，让你部议，你办了没有？"杨邠见皇上问责，出班奏曰："启禀陛下，有关李业升任宣徽使一事，经部议认为，近年来武德使李业并无功勋于朝廷，候待建功立业，再升迁不迟。耿夫人封后之事，因眼下仍是高祖国丧期间，陛下与耿夫人须为父皇守孝三年，此时不宜提起封后之事。"杨邠奏毕，昂然归班。刘承祐见两件事情都被否定，心是一沉之后又一沉，"杨爱卿，耿夫人现病卧凤榻，你是知道的，朕心就是想救人一命，朕担心的是她死后再追封皇后，已没有意义。"

"陛下，母仪天下有很多条件，耿夫人出身卑微，部议已经通不过，廷议就更难了。"见杨邠斩钉截铁的口吻，刘承祐心中的怒火熊熊地燃烧起来，李业更是恨得咬牙切齿。

"杨爱卿，朕的母后也不是高门望族，不也从皇后做到太后？"

"陛下不能拿自己与你父皇相比，你父皇是马上开基皇帝。"杨邠一副不容分说的样子，"陛下，如果没有其他事的话，臣有一本上奏，臣要弹劾的是三司使王章。"刘承祐的心绪还未从耿夫人的事平静下来，就听杨邠慷慨激昂地念着奏本，他的心恨死了杨邠，哪有心情听他唠叨。

这三司使是盐铁、度支、户部制置使，是国家最高财政长官。杨邠弹劾的是王章乱征"省耗"。

刘承祐的心正如一团乱麻，猛听得杨邠高声大喊："请皇上定夺，请皇上定夺！"刘承祐不觉一怔，猛醒过来，好半天才弄清楚，原来王章无限度地提高了"省耗"的数额，引发了百姓的怨言。

　　"省耗"实为赋外之征，后唐年间本已停征，王章主事期间不仅恢复了"省耗"，且愈来愈苛严。按旧例，秋夏苗租，民赋一斛，另加二升，叫作'雀鼠耗'。如今是民赋一斛，另加二斗，叫作"省耗"。由二升增至二斗，那是十倍数额，民间苦不堪言。

　　王章见杨邠弹劾振振有词，也出班奏曰："皇上，杨邠是不当家不知柴米油盐贵。我朝立国不久，百废待兴，用度自然大，不从民间出，我王章能生钱吗？"

　　按理说，"省耗"提高十倍，很容易激起民变，刘承祐应冷静做出评判，可此时他对杨邠一肚子怨气，一听王章的话，即时立起身来说："'省耗'一事。如果民间怨言不是太大，就由王爱卿去处理。"

　　杨邠不听犹可，一听不由火从头上冒，他大声嚷叫起来："陛下嗫声，陛下嗫声！有老夫在，这事终要有个说法。"这杨邠本也是为朝廷着想，可他把话说到这地步——陛下嗫声，合朝文武一时不觉失色，觉得这老头把话说过头了。有翰林茶酒使郭允明出班说话："杨邠，你虽身为顾命大臣，可说话总得讲点君臣名分，怎可如此出言不逊？"李业也出班指责杨邠不该让皇上"嗫声"，一时间合朝议论纷纷。

　　"吵，吵，吵，有什么好吵？"此时又见史宏肇出班奏事，一锅粥的朝廷好不容易平静下来，只听史宏肇说："皇上，前天廷议抗辽一事，臣建议郭威以枢密使领邺都（今河北大名东北）留守，坐镇邺都。"

　　话音刚落，就见文相苏逢吉如丧考妣地出班说："陛下，万万不可，万万不可啊！如今武将权位太重，要节度使就不能带枢密使，要枢密使就不要领节度使，枢密使掌天下军务，轻易不授外镇。郭威在外拥有重兵，威望震主，若再带枢密使，终为朝廷大患，终为朝廷大患啊！"这苏逢吉历来怨恨宿将手握重兵，又操纵朝政，他恨不得让枢密使杨邠、史宏肇领兵外镇，将权力归还他这文相。

众人正面面相觑，就见史宏肇出言相讥："苏相妒贤嫉能，郭枢密才干不世出，天下无双，带枢密守大镇，可以镇服诸道。安朝廷，定祸乱，只需长枪大剑，毛锥子（毛笔）有什么用啊！"说着哈哈大笑起来。史宏肇一句话又激怒了一班文臣。

三司使王章高声嚷叫起来："没有毛锥子，这才赋从哪里来？"一时间文臣纷纷附和。史宏肇恼羞成怒，走过去，当胸一手抓住王章的官袍，拽了过来，走过去又一手提起苏逢吉，一使劲，将他们两个举了起来，一朝大臣齐声惊叫起来。

一波未平，又起一波，刘承祐想不到这些顾命大臣各行其是，互相攻伐，这怎么能办好差。一时气不打一处来，"成何体统，成何体统！"说着起身拂袖退庭而去。

刘承祐刚走过曲径，就见内监匆匆来报："皇上，不好啦，不好啦！娘娘危在旦夕。"刚刚心情略为平静的刘承祐一下子又变成十五个吊桶，七上八下。他急急地随着内监来到耿夫人宫中。几日不见，耿夫人早已花容失色，但见她衣裳不整枕头歪，人事不省眉眼不开，一缕香魂渺渺绕向灵台。刘承祐登时心绪纷乱魂魄欲飞，焦急地连声呼唤起来："爱妃醒醒，爱妃醒醒！"好半天，耿夫人的灵魂终于回转来，可眼皮怎么也抬不起，只见她轻启朱唇喃喃自语："皇上，这封后的事，有结果了吗？"刘承祐一听，不觉悲从中来，呜呜地哭起来，一边哭一边安慰说："爱妃你别急，爱妃别着急。"

耿夫人就因出身卑微，才计较这皇后之位，一听刘承祐的口气，就明白此事没希望，一时转不过气，又昏了过去。"快传御医，快传御医！"

内监刚走，就见一内侍卫来报，"皇上，河中节度使李守贞、凤翔王景崇、永兴赵思绾兵变。"

"三镇叛乱？"

"是，皇上。"

"传朕口谕，传朕口谕，令郭威带兵平乱！"

"皇上，这口谕传给谁？"

"传给苏逢吉，让他照朕口谕写一份诏书，速速送给郭威。"

"皇上，恕小的多言，这发兵的事，应该由枢密院杨邠来办。""朕恨死了他，恨死了他，就让苏逢吉去办。"

内侍卫不敢多言，悻悻而去。刘承祐刚想立起身来，一时天旋地转，不由跌坐下来，昏了过去。

第四节 刘承祐孤注一掷

一

刘承祐醒来之时已经是三天之后，他依然在发烧，浑身被汗水湿透，一副丧魂落魄的样子，"朕刚才做了个梦，梦见爱妃说，'等皇上手中有了权力，要追封贱妾为皇后啊。'说着一转身径自走了，朕追呀追，追了半天，追出了满身汗，终于追上她，朕双手搂住她，爱妃凄婉地说：'皇上，贱妾要走了。''爱妃要到哪去？''从哪里来到哪里去。'朕一听不妙，定神一看，爱妃已经不见。她走了，走了。"

刘承祐还未说完，就听几个侍女嘤嘤地哭起来，"哭什么，朕不过做了个梦。"见众侍女欲言又止，刘承祐不觉紧张起来，"发生了什么事，什么事？"一个侍女走向前来，"皇上，娘娘昨天去世了。"刘承祐一听不觉恸哭起来，"这么说她是来和我告别的。"良久，他止住了哭，问："娘娘有留下什么话吗？""就是皇上刚才说的话。"

窗外，秋雨梧桐，雨声淅沥。刘承祐失神地望着满阶落叶，又失声哭起来，"爱妃，你生前，朕已经答应封你为后，现在你走了，朕要按皇后的规格安葬你。"

"皇上，舅爷来了。"

"请他进来。"李业刚落座，刘承祐就说，"舅舅来得正好，你传朕的口谕给杨邠，朕要以皇后的规格安葬耿妃。再去告诉王章，要他按皇后的规格拨款！"

李业有点为难，"臣尽力而为就是。"李业起身要走，刘承祐又叮咛说："回来就到耿妃宫中见朕。"

两个时辰以后，李业匆匆赶到耿妃宫中，太后也在那里，李业说："启禀皇上，杨邠一口拒绝，说生前不是皇后，岂能以皇后的规格安葬；那王章也说，按皇后的规格拨款，得廷议以后。"李业正说着，就见刘承祐胸脯起伏，脸色由白到红，由红到青，由青变紫，"太后，太后，皇上怎么啦？""那是气的。"正说着，就见一内监匆匆进来，在太后耳边说着，太后还没听完，整个人就倒了下去。"太后，你怎么啦？姐，发生了什么事？"李业紧张地大声呼叫起来。

太后好不容易缓过气来，"史宏肇那畜生把你俩侄儿杀了。"李业一听，头上金星直溅，"怎么回事？" 刘承祐问。

"我推荐你三哥四哥的儿子去禁军宿卫，想给他们一个机会为国效力，史宏肇不准，可能你俩侄儿多说了几句，史宏肇竟然拔剑把他俩杀了，这王八蛋。"

刘承祐好不容易挣扎起来，侍女赶紧把一碗参茶递过去，刘承祐接过碗，猛力一摔，斩钉截铁地说："这简直就是造反，朕要杀了史宏肇、杨邠、王章！"李太后不觉一惊，"祐儿，你这话说说可以，可千万不可轻举妄动。你现在大权还没在握，经验也不老道，京城、宫中都是那史宏肇的禁军，你动得他们吗？"

"母后，这事你就别管，我要杀了这三个畜生，这江山就不是咱刘家的。"

"祐儿，你若有这念头，你也得去和宰相商议。"

"姐，先帝尝言，'朝廷大事不可和书生商量，懦怯误人。'"李业在旁边帮腔说。太后再次劝阻，犹如火上浇油，刘承祐铁青着脸说："国家之事，非闺门所能知。"说完，拂衣趺趺撞撞而出，还没迈出门槛，就"砰"的一声跌倒在地，人事不省。

不知过了多久，刘承祐终于又醒转过来，御医犹如卸下千斤重担，喘了一口大气，"皇上，你要静养，静养，不能受刺激。小人告退。"说着喃喃退身而出。

窗外，梧桐发出时而和悦时而惊悚的声音。檐前，一对燕子就像夫妻一样在交谈，叽叽喳喳，呢呢喃喃，那是雄雌不同的嗓音。又是临近南下的季节，它们一定是在商量着搬家的事情。燕子形影不离亲密无间的样子羡煞了刘承祐，将他带到了四年前邂逅耿夫人那一幕。

阳春二月，刘承祐和舅舅出来游玩，春花灿烂时节，万紫千红，山丹丹、杜鹃花万山红遍，人仿佛向着一片红色的海洋走去，刘承祐高兴得欢呼起来。他们就这样一方水土一方水土地走过去，不知不觉来到了米脂的地界。

"甥儿，人说道，'米脂婆姨天下靓'，三国的吕布、貂蝉就是这米脂人，你要是运气好的话，在这里也会遇到一个貂蝉。"几句话激荡起刘承祐的青春血液，"舅舅，我要是遇到貂蝉，你可要帮我带回晋阳。""那一定。"

说话间就见前面有个女子款款而来，刘承祐双眼直勾勾地瞪着她，为了避免走马观花，擦身而过，刘承祐干脆翻身下马，立在路边等候着。女子似乎意识到前面俩男人在盯着她，似看非看地瞥了一眼，刘承祐心中不由一震，看看近了，那女子又似看非看地瞥了一眼，接着就低下了头，这一瞥一低头，刘承祐先是回肠荡气，继而是魂飞魄散，"舅舅，貂蝉。""你心中的貂蝉？要舅舅帮忙是吗？"见刘承祐满眼流溢的都是渴望和央求，李业赶紧迈步追上姑娘，凭着他能说会道的口才，以问路、找客栈为由，死死地缠住了她，舅甥在米脂待了五天，最终将姑娘带回了晋阳。

这就是刘承祐的初恋，刻骨铭心，可如今人去物非，留下的是无边的凄凉和遗憾，"朕还要这皇上干什么？连心爱女人的一个要求都无法满足。"一想到这里，刘承祐心中的怒火就冒出来，"侍儿，笔墨侍候！"刘承祐在众侍儿中挑选了一个会写字的，"朕说你写！"

正热闹着，就报说"舅爷来问安"，李业一进来，就有侍女在他耳边说："皇上受了刺激，神志不清，正胡言乱语呢。"李业过去一看，只见纸上写着三行字：

我刘家江山要是蜡烛的话，烛光只照爱妃不照史、杨、王，

我刘家江山要是梧桐的话，树荫只遮爱妃不遮史、王、杨，

我刘家江山要是玫瑰的话，芬芳只送爱妃不送肇、邠、章！

李业一看就明白皇上要干什么，他摇摇手对众侍女说："皇上是在怀念耿娘娘，你们先下去吧，别打扰了皇上。"

李业是个聪明人，他知道史、杨、王三人眼下是皇上不共戴天的仇人，也是他李业最大的政敌，只要他们三人在，他李业就很难坐上宣徽使这位置。他下决心要替皇上除掉这三人，一半为皇上一半为自己。要除去这三人岂是一件容易的事情，他们握着国家最高军事权力和财政权力，动起手来有一半成功就有一半失败。他佩服外甥这样一个二十岁的青年，敢于面对这么复杂的斗争，既然有一半成功为什么不豁出去呢？这总比以后江山被这班武将颠覆了好。这江山虽说是姓刘的，也有一半功劳是他姐姐李太后的，成功了他李业就不是一个宣慰使能打发的，舅爷当宰相不也是名正言顺的事情吗！一想到这些，李业就蠢蠢欲动，把那危险全抛在后头。

他开门见山地对刘承祐说，"陛下，这事就让臣来为你解决吧。"

"能行吗？"刘承祐压根就没想到做个皇帝这么难，几天前，他一心要除掉的是滥杀无辜的苏逢吉，现在却不得不把他当作依靠，先来对付这几个手握重兵的武将，他怨恨父皇为何给他安排这么跋扈的顾命大臣，更恨在捍卫刘家江山的事情上母后没有尽力支持他，青春叛逆时期的他，越是被反对就越想干，他也把危险的因素抛在脑后。

"陛下，这事宜早不宜迟，趁着郭威带兵去打李守贞，咱们就把这三人先干掉吧。"李业已经私下和枢密院承旨聂文进、飞龙使后赞、翰林茶酒使郭允明密谋，决定暗杀这三人。李业把做法全盘计划告诉了刘承祐，刘承祐一拍大腿说："行，舅舅，就这么干！"

刘承祐的大病一下痊愈，"侍儿，摆宴，朕要和舅爷一醉方休。"众侍女喜出望外，刚才还胡言乱语的皇上，怎么一下神志就清醒了。

四

秋风秋雨愁煞人，落叶满阶，一片清凄。乾祐三年朝廷的奏报多是晦气的，七月是河东河西大旱，九月是黄河决堤。到了十一月，奇怪的事情更是一波连着一波。昨天午后，京城一阵旋风如龙翻滚，口咬树木，连根拔起，城门坠毁，房屋不见了一大片。更奇怪的是到了晚上，宫中内监亲眼见到房顶上有妖怪揭瓦砸石，撼动宫门，一时闹得宫中人心惶惶，一派江山末日的样子。

刘承祐深感不安，"老天在警示什么？"会不会与谋划暗杀刘邠三人有关，他的心中发怵，隔天就在寝宫中召见司天监赵延义（音议），请教他如何禳除妖孽。赵延义口若悬河，侃侃地谈论一番，然后启奏，"臣的职责专管天象日时，考察它们的变化，用来辨别顺逆吉凶而已，禳除妖孽的事，不是臣内行的。那烈风，据臣所知，叫龙卷风，这宫中妖怪，可能是山中的动物山魈（音宵），因天气骤然变化，跑到京城，闯进皇宫来捣乱吧。"说完，退身而去。[1]

刚刚送走赵延义，就见太后前来，太后此来就是为着宫中

---

[1] 《新五代史》卷30《汉臣传第18李业传》："时天下旱、蝗，黄河决溢，京师大风拔木，坏城门，宫中数见怪物投瓦石、撼门扉。隐帝召司天赵延义问禳除之法，延义对曰："臣职天象日时，察其变动，以考顺逆吉凶而已，禳除之事，非臣所知也。然臣所闻，殆山魈也。"皇太后乃召尼诵佛书以禳之，一尼如厕，既还，悲泣不知人者数日，及醒讯之，莫知其然。"

妖怪一事。母子一阵商量，最后决定迎请尼姑前来诵佛书消除灾殃。这事就交给翰林茶酒使郭允明主理。郭允明选择了一个吉日，迎来了一大批尼姑，这些尼姑是从河东河西以及京城各大名寺中挑选出来的，既有良好的禅学根基，又都生得面貌端庄姣好。

落日黄昏，宫中旷埏袈裟层层叠叠，夕阳映照在这些尼姑的脸上，闪烁在微风吹拂的袈裟上，此时此地，这里俨然已经不是大汉宫，而是释迦牟尼说法的精舍，随着一阵钟鼓，清音梵唱由微弱到庄严，最后就如雷声滚过，又渐渐归于微弱。第一天的法会结束了，全场鸦雀无声，就像释迦牟尼刚刚来过，又刚刚离开。大地接受了佛法的洗礼，在场的人接受了如来的垂怜。

当庄严肃穆的氛围仍笼罩着法场，就见一尼姑从厕中跌跌撞撞惊恐万分冲出，仆倒在地，人事不省。太后与刘承祐赶来一看，那尼姑脸色惨白，鼻息微微，御医诊后说极度惊吓所致。刚刚庄严美好的气氛全搅了局。三天后尼姑好不容易醒来，百般讯问，脑中竟一片空白，什么也不知道。人们纷纷传言，这尼姑遭到了凌辱，是人为还是山魈戏弄？众说纷纭，莫衷一是。

禳灾禳出了祸，事有不吉，刘承祐的心又波动起来，本想把事情办得像诗，精致简约，可事情却成了歌，时而不靠谱，时而不着调。种种迹象到底要警示什么？他将李业召来询问，"计划还照常吗？"

"照常，一点小事说明不了什么！枢密院承旨聂文进挑选的武士已于昨天潜入宫中，不宜久留，日久恐生意外。"刘承祐又询问了一些细节，见李业坚定不移，于是计划照准。

聂文进将那批武士分成三组，分别对付史宏肇、杨邠、王章三人，王章最容易对付，由李业负责；史宏肇武艺高强，最易出意外，由聂文进负责；杨邠就交给郭允明和后赞。

三日后早朝，史宏肇刚来到宫中，迎面就见到聂文进："皇上口谕，诏检校太师史宏肇到东厢房相见。"

"皇上有什么急事，为何不能在朝堂上见？"

"太师去了就知。"

史宏肇也不介意，随着聂文进而来，过了广政殿，拐向东庑，刚进曲径回廊，就见前面几个人影闪烁，堵住了路，史宏肇一惊，回头一看，后面的路也堵住了，这时候，草丛中又跃出十几个人，将回廊两边也围了，聂文进早已跳出圈外。史宏肇被围困在回廊内了。

史宏肇知道有事要发生，他身体一蹲，一个"旋风二郎腿"将迎面而来的一个武士扫倒在地，一拳砸在他的鼻梁上，顺手夺过他的刀，盘旋而起，左右开弓，两只脚又打倒了两个武士，双脚落地之时，迅雷不及掩耳地结果了他们的性命。这时候，众武士一拥而上，将他团团围困在核心，史宏肇毫不惊慌，半炷香工夫又接连撂倒了四五个武士。

聂文进见那情形不对，再这样僵持下去事情就糟了，他突然大喝一声，"住手，统统住手！也不看看这是什么人，这是检校太师、中书令。你们内侍卫怎么杀起你们的大帅？混账，给我住手！谁再动手我就杀了谁！"说着夺过一把刀，杀入重围，接连格开几个武士的刀，一步跃到史宏肇跟前，"太师，不要惊慌，随我来。"说时迟，那时快，史宏肇还没缓过神来，聂文进一刀已经捅进他的胸间，咬着牙一旋，史宏肇终于仰身倒在地上。众武士上前，用刀斩下他的人头，又剥下他的官服，将那人头裹起。[1]

聂文进提着人头包裹来到崇元殿，地上已经摆着杨邠和王章血淋淋的人头。一朝大臣不知道发生了什么事情，个个面如土色，浑身哆嗦。聂文进当庭颁布圣旨："杨邠、史宏肇、王章等同谋叛逆，欲危朕宗社，已经斩杀。与卿等同庆。"众人哪里庆贺得起来，见没有自己的事，才稍稍安下心来。

京城蒙蒙昏雾就如微雨，大街小巷刀光剑影，到处都搜捕杨邠、史宏肇、王章的党羽。一时间血光冲天、哭声惊叫声四起，家家闭户，人心惶惶，唯有棺材铺板吩咐伙计加班加点，京城木材为之价贵。

这次搜捕党羽，在朝为官者有史宏肇的弟弟史弘朗、杨邠的儿子杨廷侃、王章的侄儿王旻，还有如京使甄彦奇、内常侍辛从审、右卫将军廷伟、右赞善大夫廷倚、子婿户部员外郎张贻肃、枢密院副承宣郭颙、控鹤都虞侯高进、侍卫都承局荆南金、三司都勾官柴训等。随后又分兵去收捕杨邠、史宏肇、王章等人的家属及奴仆，全部斩尽杀绝。日将午，杨邠等十余具尸体，暴尸南北市。[2]

---

[1] 《旧五代史·隐帝纪》："诛枢密使杨邠、侍卫都指挥使史宏肇、三司使王章，夷其族。是日平旦，甲士数十人由广政殿出，至东庑下，害邠等于阁内，死于乱刃之下。"

[2] 《旧五代史·隐帝纪》：又诛宏肇弟小底军都虞侯宏朗、如京使甄彦奇、内常侍辛从审、杨邠子比部员外郎廷侃、右卫将 军廷伟、右赞善大夫廷倚、王章侄右领卫将军旻、子婿户部员外郎张贻肃、枢密院 副承宣郭颙、控鹤都虞侯高进、侍卫都承局荆南金、三司都勾官柴训等。分兵收捕 邠等家属及部曲傔从，尽戮之。

事毕之后，刘承祐在万岁殿召见有功之臣，宣布"三逆"的罪恶，又安抚军界，要他们把守好京城。此时的刘承祐好不得意，他做梦也没想到昨天权力还操在"三逆"手中，今天就能当庭宣布他们的罪恶。被胜利冲昏了头脑的刘承祐杀得性起，他想攻下最后的一个堡垒，于是密令澶州节度使李洪义诛侍卫步军都指挥使王殷，令邺都屯驻护圣左厢都指挥使郭崇、奉国左厢都指挥使曹英杀枢密使郭威及宣徽使王峻。这圣旨一下，就把刘知远留下的一份基业折腾完了，代汉而起就是郭威。

第五章

后周郭威

　　五代中，后周（951—960 年）历时十年，经历三个皇帝，也称郭周，是五代最后一个朝代，也是五代中比较突出的一个朝代。太祖郭威（904 － 954 年），邢州尧山（今天河北省隆尧）人，汉族，生于尧山，本姓常，自小丧父，跟随母亲，改姓郭，小名雀儿。三岁移居太原。少小投军，后汉隐帝年间，官至枢密副使，邺都留守。是后汉功勋卓著的重臣，因隐帝刘承祐在杀顾命大臣时，冤杀其家属，又下诏诛杀他，被迫起兵反汉，建立后周。

　　郭威在位期间能省刑罚，减赋税，以身作则，倡导简朴生活，要求薄葬而得到好评。死后因无子嗣，由妻侄柴荣继位。柴荣是一位年轻有为的皇帝，即位之时即面临北汉如山压来，在困境中无所畏惧，御驾亲征，使风雨飘摇的后周稳定下来，继灭佛取铜以铸钱之后，又以北巡名义行北伐，收复幽燕十六州中的两个州，就在他力图奋发图强取得更大胜利之时，因积劳成疾英年早逝，传位给儿子柴宗训。

第一节 郭威代汉

一

邺都军营张灯结彩，喜气洋洋，军中宰牛杀羊，大碗喝酒，大块吃肉。庆祝平叛胜利归来。

年初三月，河中李守贞、永兴赵思绾、凤翔王景崇三镇相继反汉，一时间后汉政权危如累卵，枢密副使、邺都留守郭威奉旨带兵平叛，邺都军浴血奋战，历时九个月，李守贞、王景崇兵败自焚，赵思绾投降，此役郭威居功至伟，有再造后汉之功。将士浴血归来，郭威欣然宣布全军将士休假三天。

露天的烧烤滋滋作响，空气中满是胡辣和孜然的气息。南来北往的乐班都来劳军，沙陀人的杂技班最有特色，一个汉子肩顶着一丈多长的杆子，杆子上搭着一个假山，山洞里坐着一胡姬，手抱琵琶，乐声悠悠飞泻而下，一个女郎在杆顶悠然起舞，杆子摇摇欲坠，引起一浪高于一浪的惊叫声。许多人已经喝醉，他们三五成群，牵着撑开的旗旛，站在杆子下边，一旦女郎从杆上掉下来，他们就能将她兜住。

一场杂技演变成英雄救美，人们齐声呐喊，就等候那女郎掉下来，可女郎无论如何摇摆，依然稳如泰山。这时候，一个老兵油子将吃剩的肉骨头向那撑杆的汉子掷去，只听"汪汪"几声狗叫，两条恶狗一下直窜过去，汉子正全神贯注地扛着杆子，两条狗一下钻到他的胯下，不由大吃一惊，这一惊，杆子扛不住了。两个女郎从杆上直摔下来，众将士齐声高喊："兜住，兜住！"

惊心动魄的一刻，只见俩女郎在空中接连两个鹞子翻身，稳稳地落在圈外。舞女一落地就触到烧烤的铁架，顺手一扯，扯下一只烧鸡，一掰两半，将一半地给那琵琶女。众人眼睁睁地看着俩女郎摔下来，突然不见了，正莫名其妙，待他们缓过神来，见俩女伶大嚼着鸡肉，顿时欢声雷动，许多人掏出刚领的赏钱，慷慨地向女郎扔去。

就在晚会气氛的高潮声中，一骑飞冲而来，停在邺都牙署门前，来人是澶州副使陈光穗，卫兵引着陈光穗匆匆进去，陈光穗也不多话，悄悄地将一封密诏给了郭威，什么话也没说就走了。

邺都牙署内高朋满座，宣徽使王峻、护圣左厢都指挥使郭崇、奉国左厢都指挥使曹英，以及诸军将校，众人正喝得高兴，见那澶州副使陈光穗送来诏书，不知何事，心全都提到嗓子眼。

原来那隐帝刘承祐诛杀了杨邠、史宏肇、王章之后，一不做，二不休，又派遣供奉官孟业送去密诏，密令澶州节度使李洪义诛杀侍卫步军都指挥使王殷，令郭崇、曹英诛杀枢密使郭威及宣徽使王峻。[1] 李洪义生性谨慎，心想，"诛杀侍卫步军都指挥使王殷，擒龙伏虎！谈何容易？"他思前想后觉得成功的可能性很小，不敢轻举妄动，又担心王殷已经知道此事，干脆领着使者孟业来见王殷。王殷一见密诏，一惊非同小可，立刻将孟业囚禁起来，又与李洪义商量，派澶州副使陈光穗带着密诏，快马加鞭星夜送到邺都。

郭威一见诏书，气得青筋暴涨，怪眼圆睁，一脚就将一把交椅踢出门外，随之掀翻桌子，嗷嗷大叫起来："兔死狗烹啊！"

---

[1] 《旧五代史·隐帝纪》："是日，帝遣腹心赍密诏往澶州、邺都，令澶州节度使李洪义诛侍卫步军都指挥使王殷，令邺都屯驻护圣左厢都指挥使郭崇、奉国左厢都指挥使曹英害枢密使郭威及宣徽使王峻。"

众人见过诏书也都面面相觑，不知如何说好。这诏是给郭崇、曹英的，二人都在场，郭威干脆将诏书递给他们，先声夺人地吼起来："我郭威和杨邠、史宏肇关系友好不假，可说我和他们互相勾结，阴谋颠覆宗社，这从何说起？人在做，天在看，我郭威对刘氏江山忠心耿耿，落得这浑身伤疤，如今身体差不多垮了就要杀我，天理何在啊？他杨邠、史宏肇也是冤枉的，没有他们，哪来今日的刘氏江山？当年高祖在位的时候，他们都是功高盖世的人物，怎么就被灭了族？"说着说着竟号啕大哭起来。

王峻见状，过来安慰说："大帅，男儿有泪不轻弹！"郭威擦去眼泪，"也罢，也罢，皇上既然要我死，你们就斩下我的人头，送到汴梁，这样你们就不会受我所累。"

郭崇一听，过来说："大帅，你别着急，也别伤心！我看这事未必是圣意，可能是李业那帮小人假传圣旨。如果这帮人掌握国家大权，国家能得安宁吗？你的事应该申辩，不可自暴自弃，不然就会落下千载之下的恶名。我等愿意随你入朝，当面洗雪。"[1] 众人见说，齐声叫好，"如果是小人谗言，咱们

---

[1] 《旧五代史·隐帝纪》："丁丑，澶州节度使李洪义受得密诏，知事不克，乃引使人见王殷。殷与洪义遣 本州副使陈光穗赍所受密诏，驰至邺都。《宋史》：少帝遣供奉官孟业赍密诏，令 洪义杀王殷。洪义素怯懦，虑殷觉，迁延不敢发，遽引业见殷。殷乃锢业，送密诏 于周祖。郭威得之，即召王峻、郭崇、曹英及诸军将校，至牙署视诏，兼告杨、史 诸公冤枉之状，且曰：'汝等当奉行诏旨，断予首以报天子，自取功名。'郭崇等 与诸将校前曰：'此事必非圣意，即是李业等窃发，假如此辈便握权柄，国得安乎！ 事可陈论，何须自弃，致千载之下被此恶名。崇等愿从公入朝，面自洗雪。'于是 将校等请威入朝，以除君侧之恶，共安天下。《东都事略》：汉隐帝遣使害太祖， 魏仁浦曰：'公有大功

就清君侧，共安天下。"

枢密院吏魏仁浦也献策说："大帅有大功于朝廷，手里握着强兵，留守重镇，岂可坐以待毙。说到清君侧，各位将士回去可以对士兵说，朝廷有小人谗言，皇上怀疑我们要作乱，准备派军队来剿杀我们，只要把士兵激怒，士气就上来了。"大家都认为这是个好办法。果然，半醉的将士一听这消息，就被激昏了。

隔天，郭威率领邺都之兵南下，浩浩荡荡向汴京而来。不久，邺兵过澶州，很快又来到滑州，滑州节度使宋延渥登城一看，邺兵犹如天兵天将滚滚而来，气势恢宏，灰尘弥漫了天上的阳光，金黄中闪烁着紫气，"紫气北来。"宋延渥心想，这年头谁的兵力强大谁就可以做皇帝，霸气就在邺都郭威，这队伍的气势可不仅仅是清君侧，是揭竿易帜啊！也罢，也罢，鸡蛋不可碰石头，归顺吧。于是开门迎接了邺兵。

这一天，汴梁城中，刘承祐也发出紧急诏书，令前开封尹侯益、前郿州节度使张彦超、代理侍卫马军都指挥使阎晋卿、郑州防御使吴虔裕等，率领禁军开赴澶州截击提拿郭威。

很快，探马来报，"邺兵已到黄河。"探马还带来了郭威的一封信。信是王峻执笔的，语气强硬。信中提出：罢兵不难，其一将李业一干小人绑赴军前；其二将杀害郭威、柴荣家属的凶手人头提来；其三为顾命大臣平冤昭雪。刘承祐看罢，将信递给了李业，李业一见，不觉瘫坐下来，浑身哆嗦，一旁的聂文进、郭允明也惧形于色，害怕起来。

刘承祐见他们那样子，不觉长叹一声："看来杀郭威、柴荣合家确实是朕心血来潮，太草率了。想那郭威刚刚平定三镇，

于朝廷，握强兵，临重镇，以谗见疑，岂可坐而待毙！'教以易其语，云诛将士，以激怒众心。太祖纳其言。"

南征北讨，倒落得满门抄斩，是朕对不起郭威啊！"

李业见皇上软下来，更加惊慌起来，他想不到宣徽使的位置还没坐上，很快就要赔上一条小命，他艰难地扶着椅子站立起来，浑身筛糠似地说："陛下，郭威率兵而来，造反已经公开化了，陛下不能姑息养奸啊！不然江山就要改姓了啊！"

"你有什么好办法吗？舅舅？"

李业眼睛一转，计上心头，他建议，"眼下应该倾府库钱财来保住刘氏江山，为了提高士气，可以给侍卫军每人二十缗，下军十缗，对于北来的邺都兵也可以照给，用来瓦解他们的军心。"

宰相苏禹珪一听，连连摇头，"这数目太大了。""我的相爷，你也不想想，江山要是变色，我们的人头就要落地，现在你还心疼那点钱？真是要钱不要命！"刘承祐、聂文进和郭允明也觉得李业此计可行。苏禹珪无法，只好照办。[1]

不久，探马有报，郭威已过黄河，到达河南封丘。束手无策的刘承祐急得团团转，就在此时，忽报慕容彦超将军到。刘承祐就如绝境中见到了救星一样。

二

慕容彦超是高祖刘知远同母异父兄弟，姓阎，麻脸而皮肤黝黑，个头高大，武艺高强，人称阎昆仑，时为泰宁节度使。论辈分，是刘承祐的叔父。当他接到刘承祐的诏书，得知郭威

---

[1] 《旧五代史·隐帝纪》："李业等请帝倾府库以给诸军，宰相苏禹珪以为未可。业拜禹珪于帝前，曰：'相公且为官家，莫惜府库。'遂下 令侍卫军人给二十缗，下军各给十缗，其北来将士亦准此。仍遣北来将士在营子弟 各赏家问，向北谕之。"

兵变，不敢怠慢，日夜兼程从泰宁赶来。此时的刘承祐犹如热锅上的蚂蚁，立刻将军旅之事都交给了他。

中书令侯益见刘承祐坐立不安，惶惶然如丧家之犬，告慰他说："陛下，王者无敌于天下，王师不可轻出，郭威手下将领的家属都在京城，他们就是造反也得考虑一下家属的下场。我们不如闭关不出，先挫挫他们的锐气，再派遣他们的母亲妻子去招降他们，这样就可不战而定。"慕容彦超一听，觉得侯益年纪大了，不敢做生死一搏，才出此下策。他昂然对刘承祐说："陛下不必惊慌，臣一定将贼首郭威活抓来！"说着决定兵发七里坡。

隔天，慕容彦超见到聂文进，问起郭威此来，有多少兵力，将领是谁？聂文进说，除了邺都兵之外，还有滑州节度使宋延渥的人马，此外，还有部分三镇之兵。慕容彦超惊得目瞪口呆，"贼势严重，不可轻敌！"立刻又派遣刘重进、王知则等迅速出兵，京城中几乎可战的兵都出动了，跟上前军。

队伍络绎不绝开到七里坡，遂又马不停蹄挖掘壕堑，埋鹿角。[1]一时间烟尘滚滚，战云密布。隔日，慕容彦超吩咐继续挖，日近中午，将士们精疲力竭，饥渴难忍，怨声骤起，就在这时，不知谁大喊一声："皇上来啦！"众人抬眼望去，果然远处旌旗飘飘，车骑严整，皇上带着汴梁城的商贾前来劳军，宰相苏

---

[1] 《旧五代史·隐帝纪》："《宋史·侯益传》云：周太祖起兵，隐帝议出师御之。益献计曰：'王者无敌于天下，兵不宜轻出，况大名戍卒，家属尽在京城，不如闭关以挫其锐，遣其母妻 发降以招之，可不战而定。'慕容彦超以为益衰老，作懦夫计，沮之。彦超谓帝曰：'陛下勿忧，臣当生致其魁首。'彦超退，见聂文进，询北来兵数及将校名氏，文进告。彦超惧，曰：'大是剧贼，不宜轻耳！'又遣袁鹬、刘重进、王知则等出师，以继前军。"

禹珪也亲自押送粮草前来。阵地上立时响起了一片欢呼声，士气俨然上来了。慕容彦超也来了劲，豪情万丈地说："官家（皇上）要是宫中无事，明日再来，看臣怎么破贼，活抓那郭威。"

隔天，刘承祐再次驾幸七里坡，汉军就陈列在刘子陂，与邺军相望。但见邺军营垒一座连着一座，四周铁戟森森，霜矛闪闪，刀剑亮晃晃如林，战马踢跳咆哮，生龙活虎，征云冉冉压顶。汴梁城中李太后见刘承祐劳军久久不归，立刻派人传口谕给聂文进："贼军在近，千万不能大意，不能让皇上有点滴闪失！"聂文进自从慕容彦超到来，变得底气十足，他拍着胸脯雄赳赳地说："请转告太后放心，有臣在，一定不会失策，纵然有一百个郭威，臣也一定将他们生擒来！"[1]那口气真是豪气接着地气。

隔天，北风呼啸，雨雪霏霏，刘子陂战场上，金鼓齐鸣，一场恶战终于揭开了帷幕。汉军中保大军节度使张彦超首先出阵，郭威令何福进、王彦超、李筠等领兵合围过来，双方鏖战，但听那刀枪器械"哐当哐当"响，惨叫声、怒吼声汇成一片，犹如黄河怒涛。约有半个时辰，汉军渐渐不支，落红点点，雪地上洒满了鲜血。此时，邺军后军齐声高喊："降者免死，降者免死！"随着喊声，邺阵中让开了一条道。不久就有汉军鱼贯跑入道中，很快就发生阵前倒戈，张彦超部、吴虔裕部归顺

---

[1]　《旧五代史·隐帝纪》："慕容彦超以大军驻于七里郊，掘堑以自卫，都下率坊市出酒食以饷军。癸未，车驾劳军，即日还宫。翌日，慕容彦超扬言曰：'官家宫中无事，明日再出，观臣破贼。'甲申，车驾复出，幸七里店军营。王师阵于刘子陂，与邺军相望。太后以帝至晚在外，遣中使谓聂文进曰：'贼军在近，大须用意！'文进曰：'有臣在，必不失策，纵有一百个郭威，亦当生擒之耳！'"

了郭威。

慕容彦超见此情形，大怒，横刀跃马挥军冲杀过去，郭威手中令旗一挥，邺军全军出动，将慕容彦超围在核心。那慕容彦超犹如一段黑炭头，怪眼圆睁，挥刀接连撂倒了五六个邺兵。左冲右突，奋勇冲击，力敌王彦超、李筠二将，愈战愈勇。奈何邺军人多，慕容彦超力气渐渐不支，慌乱中身披十余创，浑身是血，他抬头一看，见汉军已经溃不成军，知道大势已去，长叹一声，跃马撕开一道缺口，向着泰宁治所兖州而去，身后只有十数骑。慕容彦超躲到兖州城里，不敢再出来。[1]

刘承祐、聂文进做梦也没有想到，战幕刚刚揭开，汉军一天之间，全军崩溃。此时的刘承祐死的心都有了。聂文进拼尽全力，护卫着皇上、几位宰相和从官数十人仓皇逃窜。傍晚时分，他们来到一个地方，一问才知道这里是"七里店"。聂文进清点人员，发现少了中书令侯益和节度使焦继勋。"找，找，一定要把他们找回来！"聂文进说。一旁的郭允明不屑地说："找，找，还找什么？兵败如山倒，他们早就跑到郭威那边去啦。"[2]

当晚，一班人马就歇息在七里店郊外，刘承祐一夜无眠，望着若隐若现的星斗，一直垂泪到天明。一旁的聂文进不断地安慰说："皇上，你别伤心，明天回到京城，咱们再收拢兵力，只要人马回拢，京城铜墙铁壁，固若金汤，有刘铢镇守，郭威想要攻下汴京，谈何容易。"刘承祐心如乱麻，他想不到一支

---

[1]　先击北军，郭威命何福进、王彦超、李筠等《旧五代史·隐帝纪》："彦超轻脱大合骑以乘之。彦超退却，死者百余人，于是诸军夺气，稍稍奔于北军。吴虔裕、张彦超等相继而去，慕容彦超以部下十数骑奔兖州。"

[2]　《旧五代史·隐帝纪》："是夜，帝与宰臣从官宿于野次，侯益、焦继勋潜奔邺军。"

偌大的军队瞬息间作鸟兽散,信心百倍、斩钉截铁地叔叔慕容彦超竟如此不经打,更想不到那些平日里慷慨激昂的大臣,在国难当头的时刻一个个潜逃到郭威那边。

好不容易挨到天明,一班人马急匆匆向着汴京而来。晌午时分终于到达,刘承祐策马来到元化门,高喊开门。京城府尹刘铢就在城楼上,这刘铢生性残暴,小人一个,他一见刘承祐一行只有几十个人,高声发问:"陛下,你的兵马到哪啦?"一听兵败,立刻下令禁闭城门,向城下发箭。刘承祐见那箭如飞蝗而来,勒转马头,大哭着向苏禹珪、聂文进这边逃窜而来。此时,郏军追兵的喊声隐隐传来,君臣一行只好仓惶惶如丧家犬向西北亡命而去。

暮色苍茫,追兵的喊声越来越大。一干人又饥又乏,仓促避入了赵村。惊弓之鸟的郭允明心想,这次兵祸,李业、聂文进和他是罪魁祸首,难逃一死。反正是死,也要死得壮烈。他拔出刀来,对着身边的刘承祐狠狠就是一刀,立时血流如注,刘承祐以为被追兵所刺。挣扎良久,终于倒下来,瞳孔中映出来竟是郭允明,他心中不甘,艰难地抬起手,"你,你,郭……""陛下,我是郭允明,那郭威姓郭,我也姓郭,我可不想投到他那去!陛下,咱们殉国吧!"说着用手合上刘承祐的眼睛,狠狠地又是一刀。接着就在刘承祐身边自刎身亡。聂文进、苏禹珪见此情形,也先后拔剑自杀。

隐帝刘承祐死时年仅 20 岁。[1]

---

[1] 《旧五代史·隐帝纪》:"乙酉旦,帝策马至元化门,刘铢在门上,问帝左右:'兵马何在?'乃射左右。 帝回,与苏逢吉、郭允明诣西北村舍,郭允明知事不济,乃割刃于帝而崩,时年二十。苏逢吉、郭允明皆自杀。"

三

当日，郭威率军从迎春门进入汴京，邺军立时开始了打砸抢，汴京鸡飞狗跳，烽烟四起，人在喊，血在流，火在烧，前滑州节度使白再筠被乱兵杀死，吏部侍郎张允坠屋殉国。[1] 烧杀掳掠一直折腾到第二天申时才停下来。

郭威进城的第一件事就是恭请李太后临朝听政。一夜之间，太后两鬓灰了，青丝白了，她凤冠霞帔，穿戴整齐，随时准备到地下去见太祖高皇帝。郭威一声吩咐，一班人硬是把她抬到万岁殿，按在龙椅上，行过君臣之礼，郭威开口说："启禀太后，臣郭威此次进京实属无奈，臣是来请罪的。今后国家一应大事，谨请太后主持。"

此时的太后哪里有心思去主持军国大事，她最悲伤的是儿子刘承祐之死。郭威流着眼泪说："太后，郭威军旅颠沛，无法保全陛下的性命，事到如今，臣一定按规格厚葬。"于是廷议以何规格安葬刘承祐。王峻是个读书人，见多识广，说："可依魏高贵乡公的故事，以公礼葬之。"[2]

魏高贵乡公是三国时期曹魏的第四代皇帝，叫曹髦，儿时封郯（音谈）县高贵乡公。少年继位，大权把握在司马师和司马昭手里。曹髦心里不服，想夺回权柄，不顾郭太后与大臣的

---

[1] 《旧五代史·隐帝纪》："是日，周太祖自迎春门入，诸军大掠，烟火四发，翌日至晡方定。前滑州节度使白再筠为乱兵所害，吏部侍郎张允坠屋而死。"

[2] 《旧五代史·隐帝纪》："周太祖既入京城，命有司迁帝梓宫于太平宫。或曰：'可依魏高贵乡公故事，以公礼葬之。' 周祖曰：'予颠沛之中，不能护卫至尊，以至于此，若又贬降，人谓我何！'于是诏择日举哀，命前宗正卿刘皞主丧。"

反对，亲率宫人300多名讨伐司马氏，事败被杀。司马氏欲以"民礼葬之"，后因舆论纷纷，最终以"王礼"安葬。此时王峻提议"以公礼葬之"，也就是在周代"公、侯、伯、子、男"五等爵位中，以最高爵位"公"的规格来安葬刘承祐，这是安定太后的心；为何不以"天子礼"来安葬，这正是王峻的聪明之处，刘承祐毕竟是死在郭威这次兵变中，如果以"天子礼"安葬，这就意味着郭威有弑君之罪，降格以"公礼"安葬，这表明：刘承祐也像历史上的曹髦一样，不听太后的话，"自陷大祸"。

李太后听了王峻的提议，杏眼圆睁，不客气地问："王爱卿既然提起魏高贵乡公的故事，你难道不知道，司马昭之心，路人皆知吗？请问本朝的司马昭是谁？"

郭威一听，登时脸上冒汗，面色尴尬地跪倒在地，高喊起来："太后，臣郭威不是司马昭。臣从没想到要接替太祖皇帝的江山。请太后即时在宗室中选择合适子弟，继承太祖的基业。"

太后累了，"此事候后再议。"

当日下朝，柴荣来见，报说已经查明，杀害郭威、王峻、柴荣家属的凶手就是开封（汴京）府尹刘铢。郭威下令将他收监。郭威一夜无眠，辗转反侧。想起旬日之间，两个生龙活虎的儿子、三个活泼如脱兔的女儿，合家十多口人全被刘铢惨杀。如今身边没有了子嗣亲属，唯一一个亲人就是这妻侄柴荣。郭威恨不得一刀把刘铢宰了。

隔天，鸡刚打鸣，郭威翻身爬起，拉上柴荣一起前到监狱来会刘铢。一路上，柴荣见郭威的脸色就如锅底一样，胸膛起伏，劝慰说："姑父，你终归要是要登基做皇帝的人，俗话说，新官上任三把火。昨天你请太后临朝，这把火就烧得好；今天咱会见刘铢，虽然我恨不得将他碎尸万段，可他犯的是公罪，咱不能给世人留下把柄，说咱心胸狭窄。"郭威一听，不觉抬头望了望柴荣，心想"这侄儿成熟了。"

"姑父，你想那刘铢，生死攸关之际，连皇上都敢挡在城门外，咱和这种人计较什么，太后早就恨不得把他千刀万剐。"郭威不觉又看了柴荣一眼，"这侄儿比我心细。"

说话间已来到监牢，天还没有放亮，牢房里弥漫着一股臭味，那刘铢早没了昔日的威风，像个小老头一样蜷缩在墙角。郭威过去，一手就将他拽起来，顺手一巴掌就将他打倒在地。气发过之后，郭威终于坐下来，"刘铢，你真是天诛地灭的人，我郭威和你同事汉室多年，难道你就没有一点故人的感情。你杀我全家虽然奉的是皇命，可你也别那么残酷，你于心何忍？于心何忍？你难道就没有妻子女儿，你不顾念他们吗？"说着，顺手又给了他两巴掌，打得刘铢口中鲜血直流，牙齿都松了。刘铢捂着嘴连喊"死罪"、"死罪"，末了，他狠狠地吐出一口鲜血，扬起头来说："我刘铢是为汉家诛灭叛逆之族，没想那么多。"

从牢房归去，郭威立刻把刘铢的事请示太后，太后连想也不想，直接回答："他杀你全家，你也杀他全家，一报还一报不就完了。"郭威得了口谕，心想，你刘铢断了我的子嗣，我也灭了你的子孙。于是令人将刘铢和他的儿子杀了，留下了他的妻子。不久又赐给她一座庄宅，[1] 郭威就是要让世人看看，他不像刘铢做得那么绝，他是个胸怀宽广的人。

---

[1] 《旧五代史·隐帝纪》卷一百七《汉书九·列传四》："周太祖遣人让铢曰：'昔日与公常同事汉室，宁无故人之情，家属屠灭，公虽奉君命，加之酷毒，一何忍哉！公家亦有妻子，还顾念否？'铢但称死罪。遂启太后，并一子诛之，而释其妻。周太祖践阼，诏赐铢妻陕州庄宅各一区。"

不久，由宗正卿刘皞主丧，择日举哀，礼葬了隐帝刘承祐。丧礼完毕，郭威即提议，可由刘承祐的弟弟刘承勋继承大统。刘承勋原为检校太尉，同平章事，后进位检校太师、兼侍中，还曾做过开封府尹。像这样一个握有禁军大权而又有行政经验的人来继承大统，是再合适不过的。合朝多数赞成，禁军中的将领更是欢呼雀跃。太后见有这么多人拥立刘承勋，心想这刘氏江山还是有人拥戴的，内心就如潺潺流水一样舒服。

突然间，龙椅上的她，面对众大臣竟号哭起来："承勋这孩子也不知咋的，年纪轻轻竟得了不治之症。"

"有这等事，太后？臣可得去看看他。"郭威着急地说。

第二天，太后就令人用卧榻将刘承勋抬到朝廷上来。郭威一看方明白什么叫作油尽灯枯，只见那刘承勋眼眶深陷，眼圈发黑，偶尔睁开的眼睛也是白多黑少。众人都明白刘承勋恐怕是挨不过这冬天了，只好另择人选。[1] 郭威又想到了武宁节度使（治所在今江苏徐州）刘赟（音晕）。

刘赟是刘知远弟弟刘崇（河东节度使）的儿子，辈分上是刘知远的亲侄儿，刘赟自小聪颖过人，深得伯父刘知远的喜欢，将他过继为养子。如今，刘知远一脉，大儿子刘承训早夭，二儿子刘承祐死于这次兵祸，三儿子刘承勋行将就木，只有这刘赟是最合法的继承人。于是由李太后写了一封书信，王峻亲自前往徐州请刘赟来坐龙廷。

刘赟接到书信，也没多虑，带上三千甲兵，兴冲冲地随王

---

[1] 《旧五代史·隐帝纪》："枢密使郭威以萧墙变起，宗祐无奉，率群臣候太后，请定所立，且言：'封 尹承勋，高祖皇帝之爱子也，请立为嗣。'太后告以承勋赢病日久，不能自举。周 太祖与诸将请视承勋起居，及视之，方信，遂议立高祖从子、徐州节度使赟为嗣。"

峻向汴京而来。刚刚踏进河南地界，就有前哨来报，"六军已经拥戴郭威，说这龙椅非郭大帅莫属！"刘赟一听大惊失色，心想事情来得突然，幸好还没入京，留得性命，急欲回转徐州。王峻告慰说："刘大人莫要惊慌，你是武宁节度使，你父亲是河东节度使，父子合并，兵力雄厚，难道还怕郭威？你手上又有太后御札，是合法继承人，你这时候不进京辩个清楚，还等什么时候，迟了那龙庭就被郭威坐定了。"王峻连劝带哄，惊魂未定的刘赟这时候才发现，他的号令已经失去作用，他身边那些甲兵全被王峻收买了。

刘赟就这样被夹持到了汴京，哪还有机会见到太后、郭威和众大臣。隔年早春，桃花枝头刚刚染红，王峻送来了郭威的诏书，封刘赟为湘阴公。刘赟接诏好不奇怪，他开口问："王大人，斗胆问一句，这湘阴（今湖南岳阳）是南朝的还是北朝的地盘？你让我到哪里上任？"王峻一时语塞，无言以对。刘赟将那诏书狠狠扔在地上，"这不明摆着我人在地上，郭威却要我到月宫去上任吗！"

这王峻就是有急智，他正式地对刘赟说："你也不看看郭帅是何等人物，雄才大略，很快就江山一统，不久就送你上任去。"刘赟未能挨到上任就死去，人们说那是郭威派人害死的。

刘赟的父亲刘崇接到刘赟的死讯，立时在太原宣布登基，国号北汉，继承乾祐年号。此后，北方就有两个皇帝，一是后周的郭威，一是北汉的刘崇。

四

乾祐三年（950 年）十二月底，李太后接获军情，契丹南侵，太后思前想后，唯有派郭威出征最合适。郭威接旨，亲率三军浩浩荡荡地从汴梁出发，大军来到澶州，连天风雪将前路封住了，三军哗变不愿前进，有那前军小校赵匡胤强行将一领黄袍披到郭威身上，几千将士登时高喊："刘氏已死，郭氏当兴！""刘氏已死，郭氏当兴！"那声音如闷雷在天地间滚过。在癫狂的欢呼声中，三军拥戴着郭威又转回了汴京。

此时李太后方知道，哪有什么契丹南侵，那不过是邺军搞的鬼，他们在演戏，演一出逼宫的大戏。李太后也算是见多识广的人物，自从刘承祐死后，她已将生活，将江山社稷看淡看化，造化弄人，几年前，这郭威为了刘知远登基，车前马后，何其忠诚。才几年工夫就轮到他了。啊！明白了，天下纷纷，原来石敬瑭是为刘知远打江山，刘知远又为郭威打江山，不知郭威又为谁打江山？谁是君，谁是臣，谁是主，谁是仆？这要紧吗？到最后你我都是空空然。罢了，罢了！拿得起就要放得下，她意冷心灰，眉锁春山，眼凝秋水，提笔写下了诏书，将江山禅让给了郭威。

那诏书是官样文章，"高祖皇帝戡乱除凶，变家为国，救生灵于涂炭，创王业于艰难。"她历数着刘氏的丰功伟绩，垂范天下，又将这朝代的更替归罪于那几个肖小，"胁君于大内，出战于近郊，及至力穷，遂行弑逆，冤愤之极，今古未闻。"[1]

这是为了向后人交代的历史格式，可这格式未必就是历史。

寝宫越来越冷，侍女进来添了盆火。太后的心绪茫然，她挑开帘栊，望着窗外。雪越下越大，乾坤一片白茫茫，不知天在下雪，还是地上的雪飘到天上。天地混沌一片，再也分不出天和地，上和下了，又岂能有尊和卑呢？

---

[1]　见《旧五代史·隐帝纪》。

太后已经一天不思饮食，也不觉得饿。月亮升起来了，照在雪地上，幽光森森，望着这深幽的天地，太后的心阵阵怵然，造化何其雄大，人又何其渺小。你越想反对什么，就越会被反对的东西所制。罢，罢，罢，顺其自然吧。

剪不断，理还乱。当年那刘知远就是在这样的风雪天饿昏被抬回了李家庄的，可他一醒来就生龙活虎，天高云阔，任由翱翔，没几年就能叱咤风云。像他这样钢筋铁骨的龙虎人物又有什么用，大限来的时候，还不是默默地也去了。刘知远啊刘知远，你要去就去，为何那么快就把孩子统统都带去？

那刘承训一生下来就是太子，富贵之极，无时不圆满，无事不完美，他是那样文采风流，可他生命的轨道完全被限制在皇家的清规戒律中，他的情性被迫削足适履地去适应朝廷的权力与权力之争。他腻了，受不了了，他已经获得了尘世间最高端的富和贵，走向快乐的巅峰。他就这样少年早夭，随他父亲去了。

刘承勋也是少年得志，十多岁就是检校太师、右卫大将军，同平章事兼侍中，文武全才，位极人臣，有用吗？他二哥刘承祐是这王朝的最高主宰尚且被顾命大臣所困，为了不被架空，刘承祐灭了他们的家族，刘承勋就是在忧虑中落病的，病需要静养，静得下来吗？郭威领着人马打了回来，你灭了人家的族，人家不灭你才怪？刘承勋就是在这权力圈中被一步步吓死的。

还有那刘赟，说是要来继承大统，可怎么就这样黄鹤渺渺不见踪影，难道也追随他的兄弟去了？想到这些，太后不由生出许多怨恨。刘知远啊刘知远，你怎么就安排这么些个顾命大臣，那些人不都与你有过命之交吗！为什么最信任的人最不可相信，这年头怎么就成了这样？太后极力想理出个头绪，她想啊想，苦苦地冥思。突然间，她觉得弄明白了。

刘知远啊刘知远，说你"翦乱除凶，变家为国"，那是替你遮掩，替你粉饰，你呀你，胸怀不坦荡，窥视观望，你当年怎么对待出帝，人家今天就怎么对待你的儿子隐帝，一报还一报，这就是因因果果。权力啊权力，有那么股邪劲，让人身不由己。可这也不是知远你一个人之过，大唐后的梁、唐、晋，哪个不是这样！人无千日好，花无百日红，去往原来皆定数，穷通到底是前因。禅机堪破，太后有点发聋振聩的感觉，她想把这写进诏书中，告诫一下后来人。她刚刚提起笔又狠狠地扔下，"还写什么，国亡了，家没了，昨日的天堂就是今日的地狱，那是要去做奴婢的，谁还听你一个奴婢的话。"她从枕头底下拿出一条早已准备好的白绫，往那梁上一抛，打了个结，头一套，脚一蹬，口中喃喃自语："知远，臣妾随你来了。"

随着声声惊叫，郭威不顾一切地冲了进去。这郭威算得上是个忠厚人，连日来他最担心的就是太后，怕她出了意外，他在冰天雪地里已经守卫了几个时辰。他一进去立刻跃上凳上，将太后抱了下来。众人将太后放在凤榻上，太后脸色惨白，仙容端庄依旧。

郭威捧起桌上的诏书，举过头顶，跪倒在地说："太后，太后，这江山社稷我郭威不要，国家之事还是太后你来主持。我郭威没有家室，没有子女，这基业要传给谁呢？"

"郭威，你没有家室，我难道就有吗？我白发人送走了一个个黑发人，我这心就好受吗？"

郭威泪流满面，磕头如捣蒜，"太后，当年郭威追随你到李庄，你变家为国，郭威至今历历在目。今后郭威一定把你当母亲奉养。"郭威是个说到做到的人，终其一生，一直以母子的礼节来对待太后。

公元 951 年正月，郭威正式登基称帝，改国号周，史称后周，改元广顺。登基肇始，他先是为史宏肇、杨邠平反，追封杨邠为"弘农王"，又追封病故的刘承勋为陈王。

第二节 简朴的皇帝

登基这一天，合朝官员恭恭敬敬翘首以待，帘起处，只见郭威身着龙袍，迈着将军赳赳的步伐走上殿来，后面跟着四个内监，满头大汗，费力地抬着一个箱子。众人不知箱中藏着何物，正在好奇，郭威令内监开箱，将物件陈放在殿上，原来是宫中所藏豪华用具与古玩宝器。只见郭威从龙椅后面抽出尚方宝剑说："今后凡为帝王者不得用这类奢侈品！朕不用，你们也不用！"说着一剑劈下，将一副高档茶具劈得粉碎。

宰相王峻见此情形，慌忙出班奏曰："启禀陛下，这些物件可以分为两类，那些字画玉器铜器，历朝所积，国之瑰宝，陛下不想把玩，可封存国库，传之久远；那些奢侈用品，陛下崇尚节俭，仁爱百姓，可为百官表率，当廷销毁。此事臣愿代劳。"说着，从皇上手中接过宝剑，噼里啪啦一阵声响，登时化为齑粉。郭威又当庭下诏："自即日起禁止各地进奉美食珍宝！"

众官默默地看着，都知道当今皇上出身贫寒，虽然身登大宝，依然心存百姓。于是纷纷表示，一定要以皇上为楷模，廉政爱民，造福百姓。王峻借此机会当廷宣布，"周朝初立。百废待兴。首先要革除的就是历朝积压的苛捐、弊政。"话音刚落，就有柴荣出班奏曰："首先当革的就是牛租。"

说起这牛租，那是后梁朱温年间的租。那时候，朱温征伐淮南，掳掠缴获了上万头耕牛，租给百姓使用，向百姓收牛租，几十年过去，历经了后梁、后唐、后晋、后汉到后周，牛早死了，可牛租还在收。这后梁时代的牛与后唐、后晋、后汉有什么关系？哪有借前朝的牛收本朝的租，难道这牛租还要世世代代收下去？这真是不要脸的租！老百姓怨声载道。郭威一听，当场拍板："废了这不要脸的租。"

牛租一废，旬日之间，朝廷又下旨，除正税之外，废除一切苛捐捐税。自晚唐以来，中原人民终于又迎来了一个好皇帝，历经战乱的人民从这个赤脚皇帝身上看到了一丝新的希望。

二

半生征战、戎马倥偬的郭威前胸后背遍体鳞伤，阴雨时节隐隐作痛。执政不久的他感到全身不适，都是毛病。他觉得皇宫的生活还不如军营来得畅快。这一日，郭威约了王峻，君臣二人便装出来散心，顺便也看看民情。

天一会儿飘着细雨，一会儿放晴，村野间桃红柳绿，杨柳飘烟。山花得意迎人舞，好鸟忘机对客言。见几处烟笼浅水茅亭雅，看几处门掩柴扉鸟雀喧。前面就是一家茶楼，楼前摆着一张桌子，桌子后面坐着一位先生，旁边的白布帘子写着四个字——相面、风水。君臣二人来了兴趣，就在那桌子前面的条凳坐了下来。那先生立起身来，瘦长的身材，飘飘身似长空鹤，含春开口："二位是相面的还是择风水？"

"挑一处百年之后的风水地吧。"郭威似乎有一种预感，是该到提前准备墓地的时候了。只见那相面的连连摆手，"先生，相面可以，择风水就难了。"王峻有点惊讶，"老先生，风水、相面，何者擅长？"

老先生看了看王峻，说："老朽我读书未成习风鉴，粗知气色看流年。风水、相面皆可而又未精。"说着眼望郭威，"这位先生形貌堂堂，威风凛凛，绝非凡夫俗子。老朽我实在难以选出一块龙虎宝地来匹配这位先生的台驾。"郭威不觉朗朗地笑了起来，"老先生，岂不闻青山处处埋忠骨，何必苛求龙虎穴。"

说话间，只听锣响，一声连着一声，声声紧，听得人胆战心惊。不久，就见一队差役押解着几十个人过去，男女老少皆有。个个背上插着一块木牌，上面是个朱红大字——斩。郭威转过脸来，只见那相面先生悲痛万分，泪流满面。

"老先生，这里发生了什么事？"郭威关切地问。

原来这些人都是从幽州来到河南的，他们随身带有酒，那酒就装在牛皮袋子里。来到中原福地，他们心里高兴，不免庆祝一番，大家坐下来喝了顿酒，就被官府抓到，说是触犯了酒法、牛皮法。二罪并罚，全判了斩。

"这些人都是我的乡亲，其中有几个还是我的亲人。"说到这里，老先生已经痛不欲生。

郭威抬头望了望王峻，"这是哪朝哪代的法？"

王峻想了想说："这已经是相沿成俗的习惯法了，也太不近人情。说是民间若有私藏、私卖酒、酒曲，一律处斩，不管一斤、一两、一滴；那牛皮也是这样，不管一张、一寸皆处死刑。"

郭威不听犹可，一听双睛圆睁，眼睑尽裂，一掌击在桌上，可怜那桌子怎竟得起将军一击，立时四散，哗啦啦散落在地。郭威立起身来，对那相面先生说："老先生，咱们做个交易，我保你的亲人不死，你给我择一处风水，如何？"

那老先生一听，跪倒在地，"若能如此，老朽我拼尽余生，也要为先生择一处上上宝地。”

"好，一言为定！"郭威说着，俯首在王峻耳边说了几句，王峻点头称是，欣然而去。郭威叫了一壶茶，与那老先生闲聊起来，要他安心等着。不到一个时辰，就见王峻领着那班死刑犯安然回来。众人一起跪倒在郭威面前，老先生恍若梦中，磕头称谢。

"老先生，我那风水宝地就靠你啦。"郭威说。

"好，好的。"老先生连连点头答应，话音刚落，突然又改了口说："先生，那宝地已经有了。以先生这样的仁德，走到哪里，哪里就是宝地，最好的风水是人品。这实在是青山之幸，江山之幸啊。"众人一直目送郭威、王峻离去。

回到朝里，郭威立刻下旨刑部，对一切苛法严格审查，该宽的宽，该废的废。接下来是改革营田务，所谓营田务，是唐末以后在中原地区设置的由户部直接管理的农业生产机构，在这种机构劳作的农民，因为盘剥太重，纷纷逃亡，土地无人耕种。郭威亲自批示，将原来百姓使用的田地、房屋、牛及农具都赐给他们永久使用。有人建议将这些东西卖给农民，就能得到数十万缗钱来充实国库，郭威说："让百姓得利，就像国家得利一样，朕要这些钱干什么？"接着，对于数十万来归的幽州饥民，朝廷也将无主田土授给充永业，无主荒地听任农民耕垦为永业，放免其差税三年。使人口编户迅速增加。两年之间，中原一派欣欣向荣，山山水水都在赞扬这百年一遇的好皇帝。

第三节 柴荣御驾征北汉

一

广顺四年（954年），郭威病逝。临终前，他召见了朝中肱骨大臣。吩咐说："我死后，陵墓务求俭素，不得强役附近百姓，不须用石柱，只以砖砌就行了。用瓦棺纸衣，不得破费人工，也不要破费钱财，更不要伤人性命。墓前不要立石人石兽，只立一石碑，上面刻写'大周天子临晏驾，与嗣帝约：缘平生好俭素，只令着瓦棺纸衣葬'。你要切记此教。"

郭威亲生的儿子在乾祐三年的兵变中被隐帝刘承祐杀光了，柴荣是郭威妻子柴夫人的侄子，成了郭威的接班人，[1] 他在灵堂继了位，是为后周太宗，改年号显德，后周以瓦棺纸衣安葬了他们的太祖。朝野怀念这位老皇，郭威在位三年多，他的登基似乎就是来革除五代以来的弊政，他文化不高，但他每一次挥一挥衣袖，就留下满台云彩。中原出现了新气象，百姓感到生活有了奔头。

葬礼刚刚完毕，柴荣就接到十万火急的军情，"北汉来犯！"这对于刚刚登基的柴荣无异于泰山压顶之灾。

后周的领土继承的是后汉的版图，实际就是中原数省，如今这数省分成两个王国，一个是后周，一个是刘崇的北汉，刘崇是刘知远的弟弟，刘氏江山因为在郭威手里易了姓，从此北

---

[1] 《旧五代史·周世宗本纪》："世宗睿武孝文皇帝，本姓柴氏，邢州龙冈人也。柴氏女适太祖，是为圣穆皇后。后兄守礼子荣，幼从姑长太祖家，以谨厚见爱，太祖遂以为子。太祖后稍贵，荣亦壮，而器貌英奇，善骑射，略通书史黄老，性沉重寡言。"

汉和后周成了不共戴天的死敌。其时的政治格局是：南方还有李璟的南唐、刘晟的南汉、孟昶的后蜀、钱俶的吴越、高保融的荆南三州之地，清源军（今福建泉州一带）的陈洪进、湖南的周行逢和王逵。北方有强大的契丹以及时时准备报仇复国的北汉，刘崇得知郭威已死，趁着国殇前来报仇了，要颠覆后周政权，灭周复汉。

柴荣继位之时，后周与北汉实力相当，一旦开战，玉碎瓦消，可以一拼，但北汉占据的是太原一带，太原地区番汉杂居，历来民风彪悍，将士英勇善战。历代，以太原为基地的军阀，在与中央王朝的夺取中几乎都以胜利告终。这一次，刘崇为了对付后周，又与契丹结下了叔侄之盟，契丹是叔，北汉为侄，刘崇借助了契丹的实力来对付后周，双方实力对比就变得悬殊了。同样危险的是，仗一旦打起来，南方诸国乘机北进，后周就会陷在包围圈中死定了。

面对北汉来犯，这仗打不打？"不打也得打！"北汉与契丹的联军已经气势汹汹而来。契丹武定节度使杨衮带领万余骑兵，协同刘崇所部三万多人如风卷残云一样直逼潞州（今山西长治）。后周首战败北，士卒折损千余人。昭宁节度使李筠败退潞州，凭城固守。消息传到京城，合朝震撼，人心惶惶，有些人腿肚子已经转筋了，在思考着后路，思考着柴荣之后应该拥立谁？

周朝生死攸关的时刻，柴荣决意率军亲征。"皇上刚刚登基，朝政未稳，民心未定，这时候亲征大不妥啊，另派大将出征就行。"宰相冯道领着一班大臣极力讽谏。

万岁殿外，风雨如磐，鸡蛋大的冰雹打得"哐当哐当"响，满阶落叶，树枝也打了下来。这场秋雨来得怪，竟如夏天的暴风雨一样猛烈，整个大殿在闪闪的雷鸣中摇晃，大臣们都有一种山河末日的不祥之兆。

"皇上，四年前刘崇率军犯我大周，吃了败仗，怕得要死，臣看他这次不敢亲征了，何况他也老了。陛下又何必御驾亲征，冒这么大的风险。"

"刘崇是老了，可他趁我国丧，又欺我年轻没有经验，想一举吞并我国。朕不能不亲自出征。这次出征虽然危险，再危险也没有唐太宗《渭水之盟》那样险。"

"皇上能否成为唐太宗？请掂量掂量！"冯道话中有刺。

"朕不是有意比唐太宗，眼下朕的处境就像当年唐太宗初登大宝的时候一样，那时候唐太宗都亲自出马，如今朕怎敢不亲自出征？再说以我朝并立之强，破汉犹如以山亚卵，何须畏惧？"

"陛下作得成山否？"冯道又冷冰冰地说。

这下柴荣不高兴了。按说，冯道和众大臣的劝阻也是常理，可这时候的柴荣想得更为深远，他不仅要面对来势凶猛的北汉契丹联军，还要对付身边这班文武大臣，别看他们振振有词，一半是山间竹笋，嘴尖壳硬腹中空；一半是墙头芦苇，头重脚轻根底浅。自后梁到后周，几十年间政权犹如走马灯，从武将到文官、从将军到士兵已经成了墙头草，战争不利，马上就会出现遍插白旗的倒戈现象，稍有闪失，他们就会拥立刘崇，去当三朝元老、四朝元老，这老滑头宰相冯道已经是五朝元老了，他还可成为六朝元老，他会创历史上贰臣之最。柴荣内心有几分鄙夷，几分悲壮，但没有伤心，他明白登基的第一场大仗，他必须以自己的性命来安定朝政，人是靠自己的思想与行动成为圣贤与巨人的，不管你是不是皇上。决定亲征之后，他的心里产生一种从未有过的充盈愉悦、自由和满足的感觉，他明白这既是在救大周，也是在救自己。

柴荣一言九鼎，三天后亲率六军出发了。走马登基，一时间气势恢宏，鼓响钟鸣，旌旗招展，大军日夜兼程，一路风光。悲凉的事业悲凉的岁月，成就着得意的人物得意的风光。

云淡风轻，斜阳树影。大军走到怀州地面，就有那亲军都指挥使赵晁匆匆赶来，拦路讽谏说："皇上，贼势严重，不可掉以轻心，如果圣驾非要亲征的话，当持重缓进，不可操之过急。"柴荣一听大怒，开弓没有回头箭，这次出征，周军在兵力上没有优势，此仗只能是"狭路相逢勇者胜。"稍有胆怯，就将全线崩溃。这时候赵晁前来拦驾，岂不是乱我军心！此时的柴荣内心激荡着凌云的志气，他要借此仗奠下大周的基础，任何有碍此仗的言行必须果断肃清。

"来人，将赵晁绑起来！"随行侍卫哪敢怠慢，立刻将赵晁绑起来。"斩！"柴荣斩钉截铁地说，他要借赵晁的人头来消除将士们怯战的心理。话音刚落，就有李重赞、李重进、樊爱能、何徽诸多将领跪在地上，苦苦哀求饶了赵晁，在他们看来，赵晁以亲军都指挥使的身份，几句劝谏，罪何至于斩。柴荣怒气仍未消除，年轻的皇帝登基显然并不仅仅为了安享太平，他的内心有着类似老皇郭威的理念，使他一次次拒绝为他性命安全着想的讽谏。

"皇上，大战在即，临阵斩将，不吉啊！"柴荣抬头一看，那是赵匡胤领着一班士兵跪地请求。

柴荣将马鞭狠狠扔下，"五十马鞭！"赵匡胤捡起鞭子，吩咐士卒褪下赵晁的战甲，一鞭下去就是一道血痕，五十鞭下来，赵晁已经成了血人。

后军突然间被堵住，无法前进，大家纷纷问，"前面出了什么事？"听说要斩将，斩的是赵晁。"这么大的官也斩？犯啥啦？""据说是动摇军心。"

好半天，队伍终于又前进了，只见赵晁满身是血被枷在囚车中示众。末了，侍卫将赵晁的囚车推到怀州，囚禁起来。经过这次震慑，六军再也无人敢说丧气话。

二

朔风紧，百草凋零，连日来，风势不定，时北时南，似乎预示着这场战争的神秘莫测。高平之战，北汉军屯驻山西高平南，后周军屯泽州（山西晋城）东北。隔天，北汉皇帝刘崇率中军在巴公原列阵，骁将张元徽列阵在东，辽将杨衮列阵在西，军容严整壮大。后周这边，河阳节度使刘词率领的后军还没有赶到，一时间敌众我寡，军心浮动，众将都劝皇上等后军到达再开战。此时的柴荣处惊不惊，"打仗嘛，就那三通鼓，一鼓作气，方能以一当十，以十当百。"他命李重赞、李重进率左军在西，樊爱能、何徽率右军在东，向训、史彦超率精骑在中央，他自己骑马上阵督战，张永德率亲军护卫。

刘崇在马上见后周人马不多，阵容也不煊赫，心中大喜，一张脸笑得就如一朵绽开的菊花，他对手下的将领说："以我汉军完全可以击败周军，哪用得着契丹兵马。今天我们要一举击溃柴荣，让契丹人看看我汉军的厉害。"北汉的将领见说，随声附和，也都笑了起来。那辽将杨衮跨马在阵前观察了后周军的阵势和军容，对刘崇说："周军人数虽然不多，可那阵势和军容不可小觑，千万小心，不可冒进！"此时的刘崇早已红了眼："机不可失，时不再来，将军就不要多说了，看我刘崇如何破敌。"杨衮见刘崇无半点愁肠，一副得意扬扬的样子，心里直嘀咕，"我正想看看你怎么破敌。"

此时东北风很大，北汉枢密副使王延嗣派司天监李义向刘崇进言，迅速出击。刘崇见后周阵中，右军弱势，令旗一挥，下令张元徽率领骑兵冲击周阵右军。刹那间，张元徽的骑马借着风势，漫卷而来，周军樊爱能、何徽部逆风作战，极其不利，没有多久就被冲得七零八落，溃不成军，樊爱能、何徽左冲右突，抵挡不住，率先引骑逃去。一路上掳掠抢劫辎重，运输的民夫四散奔逃，损失严重。不久，就遇河阳节度使刘词率领后军赶来，樊爱能、何徽极力渲染说："契丹军不计其数，官军打败，残部已经投降。"刘词不听，驱兵奋勇前进。

高平战场岌岌可危，北汉军借助风势，愈战愈勇，张元徽的骑马犹如牧羊人一样，驱赶着周右军的步兵来到汉军阵前，上千步军缴械投降了。柴荣见状大惊，局面若不扭转，后周将全军崩溃。他亲自率领左右亲兵冒着矢石出阵督战。

也是天助后周！突然间风向转了，刮起了南风，这一回轮到汉军逆风作战了。苍天有意困英雄，借得风云鱼化龙。这时候赵匡胤灵机一动，他要中军张永德率两千人马从左翼出击，自己也率两千人马从右翼出击，一左一右护卫着柴荣向前冲去。

刘崇在马上见到柴荣御驾亲征，又出阵督战，大喜过望，他令传令兵驰入阵中，晓谕张元徽一定要活抓柴荣。也是张元徽贪功心切，一接谕，立时抖擞精神，挥刀向着柴荣飞奔而来，看看近了，千钧一发之际，赵匡胤一箭不偏不倚射在张元徽的马脖子上，张元徽登时被甩出一丈多远，柴荣恍惚间见一团东西狠狠地向他抛来，心中不由一惊。张元徽摔倒在地，迅速翻转身想跃起，柴荣的马已经从他身上踏过，只听"吧啦"声响，张元徽胸骨肋骨断折，后周甲兵乘势而过，可怜北汉一代名将竟被踩成肉饼。

阵中折了张元徽，那是北汉第一骁将，北汉军失了主将，一时军心低落。后周军借助风势，越战越勇，内殿直马仁禹跃马直冲，左右开弓，连毙数十敌军，一时士气达到了顶点，殿前右番行首马全义也率几百骑兵向前猛攻，此时，又逢刘词率领的后军赶到，顿时声威大振，北汉军抵挡不住，刘崇拼命挥舞战旗，接连斩了几个后退的士兵，北汉军依然如潮水般溃退下来。杨衮看到后周军如此骁勇，又恨刘崇不听他的劝告，率领契丹骑兵不告而别，悄然撤回代州。

落日黄昏，凄风阵阵，战场上辎重狼藉，到处都是尸体。此时刘崇还有兵马万余人，他隔着山涧布阵扎营，企图抵抗到底。夜半，万像萧索鬼唱歌，睡梦中的刘崇觉得有风自北来，自西来，自东来。刘崇翻身爬起，凭着他的经验，他们被三面包围了，这一惊真是鹿绕云山吓破了胆，他慌忙唤醒了左右侍卫，在他们的护卫下，爬下山岗，狼狈向太原逃去。北汉军在梦中惊醒，慌不择路，死伤无数，后周军奋勇追杀，一直追到高平，北汉军彻底崩溃。高平之战，后周先败后胜，险胜！

刘崇一路仓惶逃跑，狼狈不堪到达晋阳时，气衰力竭，头都抬不起来。经此一役，刘崇的宏图壮志化为乌有，此后再无实力进攻后周。

班师归去之日，论功行赏，此役中赵匡胤崭露头角，功劳最大，提升为殿前散员都虞侯，领严州刺史。如何处理樊爱能、何徽？柴荣踌躇不决。张永德劝他严肃军纪，及其所部七十余名作战不力的将校斩首，以整肃军纪。"由是骄将堕兵，无不知惧"。不久，柴荣又将整顿禁军的任务交给了赵匡胤，兵贵精不贵多，淘汰了老弱伤残，招募天下的壮士，考较武艺，选取优异，成立特精军队，称为殿前诸班。整顿后的禁军，战斗力倍增。前路茫茫的周王朝，经过此役，一改面貌，年轻的柴荣也在朝野间奠下了吐凤英姿。

第四节 铸钱灭佛征幽燕

一

不久，后周有了一支战斗力很强的中央禁军，雄才大略的周世宗柴荣决意建立一统的国家，结束晚唐以来纷争的局面。

枢密使王朴适时献上了著名的《平边策》。大意是：第一，用兵首先要改善政治，"民心既归，天意必从"。第二，用兵之道，先易后难，宜先取黄河以南，长江以北南唐国诸州，既得江北，再取江南。得江南，岭南巴蜀自然畏威来降。南方既定，燕地（石晋所割诸州）必望风内附，如辽兵据守顽抗，可出师攻取，并不困难，因为燕地民众多是汉族人。只有北汉刘崇一朝，与周为世仇，决不肯归降，但高平败后，不敢再为边患，可留待最后，俟机一举消灭它。

王朴的计划是想用南方雄厚的财富，养北方强大的兵力，然后攻取幽燕，最后取得河东，完成统一大业。他的献策深得朝中将领的赞同与支持，在北伐与南征的问题上，朝中武将历来向往南征而反对北伐。个中原因是，南方军事力量薄弱，财富丰足；北伐所要面对的则是彪悍善战的草原民族，伤员多而战利品微薄。

说到底，人都是爱财而怕死的，草原人垂涎中原的财富，中原将士也窥视南方人的财富，人同此心，心同此理。因此，他们一次次反对柴荣北伐的方略。

柴荣览毕王朴的《平边策》，也觉得切实可行，不过，作为皇上，柴荣自有他高瞻远瞩之处，他觉得此策保守了些。这一日下朝，太宗亲临枢密院来和王朴切磋。

君臣对面而坐，太宗开口说："王爱卿此策甚好。爱卿的主旨是先易后难，依朕的看法，如果先难后易，是否可行？"

王朴凝视着壁上的地图，半晌开口说："皇上的意思是先取幽燕十六州？再取南方。"

太宗点头称是，"眼下契丹国势衰落，国君昏庸，趁这时候收复十六州容易，要是等到统一了南方，再来回收十六州，一旦契丹国势稳定，想收就难了。是不是这道理，王爱卿？"

王朴立起身来，手按在壁上的地图，说："陛下，你这一招是冒险，天大的冒险啊！陛下想想，就凭中原这巴掌大的土地对付得了契丹？契丹，大国啊，它的国事再不济，也还是大国！陛下就是统一了南方，集南北财力物力人力，想对付契丹也还不能掉以轻心，何况目前只有这屁股大一点国土。"太宗一眼向壁上望去，后周与契丹的版图确实对比鲜明，契丹就像一只硕大的天鹅，后周不过一只鹅掌，鹅掌蹬得动那鹅身吗？王朴的看法是有道理的。

王朴内心明白，太宗自显德元年与北汉"高平之战"之后，在朝野的赞歌中已经有点忘乎所以了。高平之战是险胜。险胜是瞎猫碰上死老鼠，偶然得之，岂有每次都会碰上险胜的机会？高平一役，太宗孤注一掷，拿着自己的生命做赌注，采取的是非正常手段，囚赵晃，杀樊爱能、何徽，这种极端的手段如若再次发生，仗还没打，将士们就会起来造反。望着眼前的皇上，王朴知道这太宗是个很想有一番作为的人，可像他这样的急性子，就怕天年不永啊。这是王朴最担心的，可他不敢直通通地将这些向皇上提出来，而在考虑着如何来说服太宗。

"陛下，那十六州的事是石敬瑭惹出来，想一想，他的儿子出帝石重贵也是一个敢于与契丹人对着干的人物，那时候，他的领土比我们大，可战争一起，他调不动刘知远的人马，江山最后落在刘知远手里。陛下，仗要真的打起来，陛下能保证调得动那些节度使，难道就没有人也窥视陛下的江山吗？"

柴荣一听，深觉有理，"爱卿，依你的看法，朕什么时候能把国家治理好？"王朴想了想，伸出三个指头，柴荣一看，"三年？"

"三十年，陛下！"见太宗有点愕然，王朴补充说："三十年弹指一挥间，十年开拓天下，十年休养百姓，十年致太平。陛下，这十年开拓天下，陛下要能把南方统一起来，青史就会给陛下留下光彩的一笔。"

太宗捋了捋了捋鼻下胡须，"爱卿，说下去。""陛下，不可贪多图快，国力不强大先别碰那契丹，那十六州，契丹人和石敬瑭是有条件交换的，人家手里握有契书，咱们要收回来，得有充足的理由，陛下还得三思，搞得不好，就会把麻烦留给子孙。依老臣之见，咱还是先易后难吧，打仗就是打银子，当务之急先铸钱币吧。"

一句话提醒了太宗，是该到铸钱的时候了。自晚唐以来，连年征战，梁、唐、晋、汉四代都来不及铸钱。货币紊乱不便，任务落到周的头上。可说起铸钱，那得有铜，铜得到南唐、荆南和北汉境内去取，那得等到领土统一，哪年哪月才能统一？连日来。太宗一直在思考这个问题，"爱卿，这宫中到处都有铜，门环、门扣、门锁，咱能不能把民间的铜统统收回来，朕不信我朝就铸不出钱来？"王朴一看太宗自信而举重若轻样子，不由感慨，"唯大英雄能本色，是真名士自精神"，他深知这太宗是个急性人，醉里挑灯看剑，醒时坐月看书，说干就干。由着他吧，就看他的运气。

春日迟迟，红杏露滴，黄鹂卧在花荫。太宗领着几个内监便装出宫，他要亲自到民间走一遭，看看民间到底藏有多少铜。一路走去，前面就是"雷音寺"，晨风将钟声款款送来，钟声厚重悠远，太宗心头一振，"铜钟！"一时高兴，三脚并做两步走，很快就来到了山门，只见那朱漆的大门，金色的钉子，手一摸，"这钉子不就是铜做的吗！"抬头往门里一看，但见那善男信女烧香还愿，热闹辉煌。

汉白玉栏杆，左右两边是钟楼和鼓楼，他信步上前，用手拍着那钟壁，好厚，足有八百斤，抬头一看，"唐开元八年铸"，"好钟，好钟，这可以铸多少铜钱啊！"又走到那大鼓前面，那硕大的鼓钉也都是铜做的，不觉感慨起来，"晨钟暮鼓，暮鼓晨钟都离不开铜啊！"正端详着，殿角铃声，声声入耳，"铜铃？"他高兴地笑了，"寺庙到处都有铜。"旋又大步踏进大雄宝殿，刚一进殿，案上并排列着三个罗筐大的香炉，香烟缭绕，雾气腾腾，"铜炉！"一抬头，见那释迦牟尼大佛金灿灿，佛高足有四丈，光那铜做的莲花底座，就有几千斤，"四处找铜铜不见，铜就藏在庙里面！"

它山之石，可以攻玉。太宗变得年轻起来，脚步也雀跃了。他开始抱怨起那些个饱食终日、尸位素餐的臣僚，这些人就是不愿到民间走一走，查一查，再大的困难只要愿走、愿查，刹那间云开日出。从"雷音寺"出来，太宗粗略地估了估，铜钉、铜环、铜钟、铜铃、铜座、铜炉、铜琵琶、铜舍利塔，至少也有一万五千斤铜。

二

三天后的早朝，太宗做了一次他登基以来最激动人心的训政，"诸位爱卿，我朝当前最大的敌人是谁？"众人洗耳恭听，不知皇上的葫芦里要卖什么药？"我朝最大的敌人不是北面的契丹，不是南方的列侯，而是中原随处可见的寺庙！想一想，我朝当务之急是要铸钱币，可寺庙却和朕争铜。朕这几天到民间走一走，一个寺庙就有铜成千累万。我朝千万座寺庙，足够朕铸钱之需。"

话音刚落，只听下面一片欢呼，"皇上圣明！皇上圣明！"

"诸位爱卿，我朝土地有限，赋税不足，朕要统一南北，打仗要粮、要钱，可寺庙却在和朕争土地、争劳力！僧、尼躲在寺庙里，不交租，不纳税，长此以往，赋税不支，朕何以完成一统大业？"

"皇上圣明！皇上圣明！"又是一片叫好声。

"诸位爱卿，圣人有训，'不孝有三，无后为大'，这僧和尼无国无家，无父无母，无子无孙，长此以往，国家后继无人，军队由谁来充任？有鉴于此，今天，朕决意带领你们来打一场灭佛的战争！"

众臣僚觉得皇上今天的见解颇有新意，自魏晋以来，这北方信佛的人越来越多，这些个臣僚即使不是吃长素，初一十五也都要礼佛的，一听要灭佛，不由大吃一惊，刚才还是一片欢呼声，一下子变得鸦雀无声。

"诸位爱卿，为了打好这一仗，朕特拟了一份诏书。"说着就有那内监高声宣读："自显德二年（955 年）五月六日起，悉令毁天下铜佛像以铸钱，民间凡铜器、佛像，五十日内，悉令输官，给其值；过期隐匿不输，或匿铜五斤以上者，其罪死。"这一下朝廷炸开了锅，立时有那王峻、王朴、冯道一起跪在地下，高声大喊："陛下，这佛不可灭啊！"

"众卿家请起，有话好说，佛，为何就灭不得？"

"理论上，陛下的话句句是真理，可治国不是光凭理论啊。"首先是王峻站了出来。

"陛下，这佛虽是外夷传到中土，可在中土落足也有八百年啦，北朝四百五十年，多少寺庙风雨中。这寺庙已经是生活的一部分，也是咱华夏文化的一部分，要都砸了这寺庙，那可是砸成个山河破碎啊。陛下三思，历史上北魏太武帝、北周武帝、唐武宗，三武灭佛是个什么结果？'三武之厄'已是历史的教训啊！灭了建，建了灭，折腾来，折腾去，花的都是咱中原人的钱财啊！老百姓能不怨声载道吗！灭佛铸钱，这无异于杀鸡取卵，得不偿失，望陛下三思啊！"那冯道如丧考妣。

"陛下确实是要三思！如今这寺庙都有护法武僧，咱们要毁了他们的庙，他们还不起来反抗，双方要冲突起来，拼个你死我活，怎么完成这统一大业？铸钱虽是当务之急，陛下不妨推迟两三年，待我们取了江北诸州，那时候就有铜了。"王朴也讽谏起来。

众臣僚见朝中三位职高望重的大员都反对灭佛，也都纷纷跪倒在地高喊起来："皇上三思，皇上三思啊！"

太宗压根就没想到他的主意会遭到全体大臣的反对，他的心就如打翻了五味瓶一样，在做出灭佛决定之前，他反反复复做了权衡，这个政令一旦得以实施，王朝立时有了寺田、寺财，增加了劳力，多了赋税，那些个武僧也可以到军队中来，为国效劳。更重要的是解决了当务铸钱之需。可这些臣工为何就不能理解和支持朕的苦心？他不得不苦口婆心想再次说服他们，"朕听说佛以善道化人，朕若舍身可以济世济民，在所不惜，难道佛反而做不到吗？"

可这时候合朝大臣更担心的是佛的报应，他们都知道灭佛的三位武帝没有好下场，更可悲的是曾支持灭佛的北魏名臣崔浩死于腰斩，有史为鉴，没有人听得进太宗的话，没有人敢支持太宗。他们只是一个劲要求皇上三思。太宗更来气了，心想，我一个中原之君还不如一个外夷的佛头？大臣们越求，越坚定了他捍卫华夏文化之心。

太宗以坚不可摧的意志打响了"向佛要铜"的运动，一时间举国上下如火如荼。可是，局面并不像太宗所想象那样，登高一呼，万方响应，雪片一样飞来的奏报给了太宗当头一棒："有僧众打坐示威"；"有高僧联合作法"；"有僧人山门自焚"。太宗想不到他此举不仅得罪了众大臣，也得罪了举国上下的僧人，招来了百姓的怨言，给自己平添了山一样的压力，面对那连篇累牍的奏报，太宗只感到阵阵胸闷，太医诊断之后，开了药方子，要他静养，千万不可动气。

御医刚走，就有内侍来报，京城南郊法云寺发生了"天谴"警示。太宗一听，不觉大惊失色，刹那间只觉血往头顶涌，心跳加剧，他不敢怠慢，与内侍急急赶到事发现场。早有那开封府尹等候在那，引领着太宗来到大雄宝殿。太宗抬头一看，只见宝殿屋顶上砸了大窟窿，地上砸出了个坑，府尹早令人将天上砸下的石头搬到殿外的银杏树下，太宗过去一看，石头不大，沉得要命，乌黑铮亮，铁打的凿子不能损其分毫。

天石确实与凡间的石头不一样，太宗绕着银杏树踱了几圈，果断地下了一道御旨：一、重修法云寺；二、将天石在殿中供奉起来；三、不向法云寺要铜。忙了一天，太宗赶回宫中，又乏又累，刚吃了几口饭，就觉得心口沉重，只好躺下歇息，这一觉醒来已经是三天后的事。

隔天上朝，各地纷纷请求像法云寺那样"法外开恩"。那镇州（今河北石家庄正定县）大悲寺说的尤为神奇，寺中有一尊大观音菩萨极为灵验，有求必应。那罗锅、瞎子只要修教传灯开觉悟，立时腰直睁眼见光明，如今去砸观音像的人都断腕折手不得好死，无人敢再动菩萨。太宗一看，火噌噌噌地就冒上来，他用右手揉了揉左胸口，这大悲寺要是也像法云寺那样法外开恩，"向寺庙要铜"这事就别想干了，"朕明天就赶去，谁还敢无事生非，造谣惑众？"众大臣见太宗明显消瘦，脸色苍白，知道龙体欠安，纷纷劝说他此事不必亲力亲为。"不行，朕得去现身说法，看看朕这手腕是不是也会折断？"

两天后，太宗风尘仆仆赶到了镇州，也不穿龙袍，也不系玉带，扮作个寻常百姓来到了大悲寺，只见山门贴着一张悬赏告示：谁能砸了寺中观音，赏银一百两。告示下面两个大箩筐，装着一百吊铜钱。太宗踏进山门，人烟拥挤，早把寺庙填满了，个个拈香跪地礼拜，就是没有人敢动手。

"举国皆狂，这圣旨如何执行？"太宗二话不说，抡起墙根的板斧，奋力劈下，也许是用力过猛，只感胸口一阵疼痛，人群中爆发出阵阵惊呼，"不能砸啊！不能砸！""镇州要遭报应啦！"太宗扶着斧柄歇息了一会，缓了缓神，转过身开口说："各位父老，佛是讲舍己利人的，只要是有利于人间的事情，就是割下了他的头颅，挖掉他的眼睛，让他粉身碎骨，佛也是心甘情愿的。佛要惩罚的话，就惩罚朕吧！诸位看看，朕这不是好好的，腕没断手没折。"

"朕？啊，皇上！"这时候人们才知道眼前这英气勃勃的人是当今皇上，人们纷纷跪倒在地。"诸位请起！朕这一百贯赏钱就赏给大家吧，怕佛报应的赶快离开；不怕报应的，每人可以来领二十铜钱。"这时候，内侍把那两箩筐铜钱挑了进来，众人虽然有些迟豫，想到那二十个铜板可以买不少东西，不再多言，安静地列队领钱。

太宗以他的果断敢干平息了大悲寺风波，带动了灭佛运动，后周境内佛教寺庙，除了有皇帝敕额的得以保留外一律拆毁，每县只留寺庙一所。全国共拆毁寺院三万多座，还俗僧尼近一百万，寺田、寺财收归国有。这次运动有得也有失，但有一点，面对着灭佛的重大压力，太宗的身体实际已经被压垮了。

第五节 变革与北讨

一

后周国祚不长，郭威在位三年出头，柴荣在位五年五个月，合起来不足九年。但政绩卓著，事功可观。

高祖在位期间，倡导俭朴治国，禁止奢华与上贡奢侈品；废除杂捐怪法。取消"营田务"，把官有土地交给佃户耕种，把朝廷管辖的营务佃户的户籍划归州县管辖，房屋、田地、农具、耕牛归佃户所有，大大提高了他们生产的积极性。显德五年（958年）又实行均定田赋的措施，按照实际的田亩数字收税。使富有者不能逃避赋税，贫穷者不致流离失所。这是五代以来最应该做的一件事，但没有一朝去做，一直到后周才得以实现。

后周又严惩贪官污吏，莱州刺史叶仁鲁是郭威的老部下，因贪赃一千缗钱，一万五千匹绢，被处死刑。郭威派人告诉叶仁鲁说："你触犯国法，我没有办法救你，只能抚恤你的母亲。"太宗柴荣年间，左羽林大将军孟汉卿主管收税，在正额之外多收耗余，也被处死。由于惩治贪墨毫不留情，后周吏治相对清廉。

太宗年间，柴荣允许年老士兵退伍还乡，既节约了军饷开支，农村又增加了劳力，一举两得。战争造成了逃亡，太宗设法照顾逃户的利益。在逃三年内回来的，可以收回一半田地；五年内回来的可以收回三分之一田地；五年以上只能收回坟地。对于被契丹掳掠而离开土地的农户则放宽年限，五年内可以收回三分之二；十年内可以收回一半；十五年还可以收回三分之一。

太宗年间又兴修水利，治理河患。自后梁以来，黄河决堤的次数越来越多。柴荣即位以后，即派员到澶州、郓州、齐州征发民工六万人，堵塞决口。显德六年（959年），黄河在原武（今河南原阳）决口，柴荣又派员前往修堤，征集民工两万，把决口堵住，柴荣是五代时期唯一认真治理黄河的皇帝。

太宗年间还大力修治航道。显德四年（957年），柴荣下令疏浚汴水，北向流入五丈河。两年后又再次疏通。河宽五丈，从大梁折向东北，注如梁山，下接济水，成为山东各地的航运水道。黄河与淮河之间的水道交通线，自南北分裂以来，完全淤塞成为一片沼泽。自显德二年（955年）起，太宗便命武宁节度使武行德加以疏通。显德五年（958年），又疏通汴口，沟通黄河、淮河间的所有航线，自后周尤其是北宋，每年从南方运来大量粮食，保证了"南粮北调"，这就是柴荣年间的成绩。

太宗年间还大力加强京师开封的城市建设。开封城郭本来不大，街道狭小。自五代做了后梁、后唐、后晋、后汉和后周的都城，官衙商旅越来越多，如雨后春笋，开封城也因此显得格局狭小。显德二年（955年），太宗决定扩建都城，这座新城周长四十八里二百三十三步。农闲时修建，农忙时停工。朝廷先划定官衙、仓库和街道的范围，其余让百姓自由建造屋子。原来的旧街拉直加宽，最宽约三十米阔。工程历时三年，完工以后，面貌完全改观。

开封城与长安城是两个不同历史时期的产物。隋唐时期的长安城，官署和坊市各有固定位置，商业区仅限于东西两市，住宅和商店的门面都在坊区里面，没有向大街开的。开封城的建设吸取了南方扬州的经验，住宅和商店可以临街对开，显得更富现代化气息。太宗又允许人们沿汴渠两岸种植榆柳，兴建楼阁，各地的商船到来既有了停泊之处，也有了仓库和客栈，后周末年商业有了很大的发展。可以说，太宗柴荣是五代一位最有建树的英主。

二

太宗年间，经历了柴荣的励精图治，又铸了钱，劳力、财力明显好转，国力日益富足。柴荣开始考虑南北一统的问题。显德二年（955年）柴荣先是兵发后蜀，历时四个月，得秦、凤、成、阶（均在今甘肃境内）四州，至此，中原传统管辖的地区已经统一。随后，柴荣又开始进攻南唐，历时两年五个月，期间，柴荣三次亲征，夺得江淮十四州，共六十县，南唐尽失江北淮南之地。

转眼间，后周的军事越来越强大，领土也由一只鹅掌变成了翅膀，可以腾飞了。踌躇满志的太宗决意挟胜利之师，一鼓作气收复幽燕十六州。意想不到的是太宗把想法提出来，全军竟然没有人支持。

何处秋风至，萧萧送雁群。显德六年（959 年），太宗再也耐不住了，后周要是敢于一搏，还有希望，要是连一搏都不敢，那就什么希望都没有。他决心以"北巡"之名行"北征"之实，遂下旨：陆路由韩通指挥，水陆由赵匡胤指挥，水陆两路齐头并进。韩、赵两将，趁敌不备，突发奇兵，轻而易举地拿下了莫州和瀛州，还夺取了契丹人的原辖地宁州。捷报频传，全军将士都佩服太宗用兵如神。

继莫州和瀛州之后，太宗下一个目标是河北幽州。众将领一致认为，幽州乃胡兵重镇，契丹主力有一半常驻这里。他们在大意失莫州和瀛州之后，已经如临大敌，进入了紧张的备战，此时冒进深入一定会吃亏。

韩通见太宗脸有愠色，不得不提出自己的看法："陛下，我们这次出来的任务是北巡，不是北伐，我们在北巡中有这意外的收获，已经为国家建立了不世之功，如果贸然改为北伐，一旦幽州久攻不下，粮草不继，敌人反扑，莫州和瀛州可能得而复失啊！"

赵匡胤也说："陛下，韩将军言之有理，众将士其实也担心鞍马劳顿，陛下龙体是否吃得消，稍有闪失，那就是国家的不幸啊！"

众将领的意见最终没能说服太宗，太宗执意要北征，对于这位年轻的皇帝来说，牺牲永远比安逸高贵。隔天，三军在瓦桥关誓师，时近盛夏，原野一片苍笼，繁华依然似锦。高台上，太宗憧憬着荡平幽州所能带来的轰动效应，想着想着，不知怎的油然就生出一种风萧萧兮易水寒的感觉。正在悲壮，突然间一阵响声惊醒了他，那是当地父老前来劳军。太宗接过一位老者递过来的一碗酒，慷慨饮下，"老伙计，这地方叫什么名字？"

"皇上，恕老朽不便多言。"老人脸有难色，欲言又止。

"但说何妨！"太宗有些奇怪，大有刨根问底的样子。

"陛下，不瞒你说，此地祖祖辈辈一直叫作病龙台。"

太宗一听脸色骤变，手中的碗"啪"的一声掉在地上，太宗变得六神无主。好半天他艰难地拔出腰间的剑，大喊一声"出发！"，队伍立时向前驰去。

傍晚，队伍来到安阳河，安阳，源出房山，东流经涿县，与拒马河交汇，流入琉璃河，河水滔滔将关山隔断，太宗只好令人架桥，明天再走。不知咋的，太宗一听那拒马、琉璃（流离）这些名词，就觉得不吉利，内心不悦，时已暮色，干脆带人回到瓦桥关歇息。

妙性灵心的太宗是有主见又执着的人，凡事较真，放不下，一个晚上辗转反侧，脑海中乱乱哄哄就是病龙台、琉璃（流离）这些不吉利的玩意，按理，像他这样一个敢于灭佛的人，不应该有这些忌讳，可情况不一样，佛是外邦来的，病龙台却地地道道是中华的，太宗就是中华一条龙。这些年，在百废待兴的压力下，太宗的心肌已经严重劳损，这一下连惊带吓，硬是自己把自己吓出病来，他觉得胸膛阵阵发闷，额头有阵阵热气往上蹿。他以为睡一觉就能缓过神来，可第二天他确实起不来了。一搁就是六天，病情只重不轻，几天工夫，皇上那万种风流已经褪去，病恹恹成了风里一残灯。

皇上病重的消息随着夏日的风很快就传到前线，将士们都提心吊胆，所谓人算不如天算，将士们无法说服皇上，只好由老天来说服他。众将领最担心的是这样待下去，一旦契丹人发现来袭，后果不堪设想。六天后终于传来了班师的御旨，于是后军改为前军，从安阳河悄然撤退，走了几天，队伍在澶州驻扎下来。

一想到皇上平日的千般恩，万般好，军营上下人人祈祷，个个许愿，都盼望着皇上的龙体早日康复。可连日来，皇上什么人也不接见，谁也无法知道他的病情，最奇怪是皇上连魏仁浦、范质、王浦这几个中枢人物也不接见，这使太宗的病情变得更神秘莫测，三军坐困愁城，终于有人发现，驸马都尉张永德从太宗的居所中出来。张永德是高祖郭威的女婿，亲戚关系自然有条件接近皇上。众人一窝蜂拥上去，询问皇上的病情。这一问，张永德的眼泪唰地就流了出来，待他缓过一口气来，只见他摇了摇头说：“皇上已经神志不清了，我进去的时候，他要召见王朴，我说王朴已经去世半年了。皇上难道不记得？皇上什么话也没说，良久，眼角垂下了两滴眼泪，喃喃自语，‘三寸气在千般好，一旦无常万事空。’皇上想念王朴啊。”

平章事魏仁浦见情况严重，叮咛张永德说：“驸马爷明天要是见了皇上，千万转告皇上，‘澶州离京城不远，皇上应该早日赶回京城，稳住大局。一旦龙驭宾天，又没有留下御旨，江山社稷怎么办？’你一定要请示皇上，早日拿主意啊。”

隔天，张永德照魏仁浦的话说了，太宗两眼直勾勾地瞪着张永德，好半天才迸出一句话，“这是你做臣子该问的吗？”

张永德一听，吓得扑通一声跪倒在地，“陛下，那是文武大臣关心陛下的安康和社稷的存亡，托臣来请示的。”说着竟像个小孩一样哭起来。

"永德，朕看你这点检就别当啦！朕回去后给你另外安排个其他职务。"说着眼睛直勾勾地盯着案上的一部书，书的旁边是一根木条。张永德以为自己刚才说错了话，被皇上革职了，万般无奈地说："臣谢恩。"说完刚要退出去，只听皇上说，"请，快请王朴。"

"陛下，王朴去世了大半年。陛下又忘了。"

太宗想找王朴，他有事情要问，"不是说我有三十年的皇帝命吗，怎么这么快就要去了？就连大臣们都来问后事啦？"

病龙台给了太宗一个打击，更大的打击是"都点检"一事。太宗病中无聊，从囊中找出一部书来批阅，书中夹着一木条，上面写着"点检做天子"，这引起太宗的警惕，朕还没死就想顶替朕。太宗终于回到了汴京，"点检做天子"已经传得沸沸扬扬，他的病也越来越沉重。

太宗驾崩前做了一次人事调动，让赵匡胤接替张永德，做了都点检。他传位给七岁的儿子柴宗训。

第六章

宋太祖赵匡胤

宋朝从公元 960 年到公元 1279 年，分北宋（960—1127 年）和南宋（1127—1279 年）两个历史阶段，共历十八帝，享国 319 年。开国皇帝赵匡胤是靠"陈桥兵变"登上帝位的。如果说，李嗣原、石敬瑭、刘知远、郭威等都因功高盖主被见疑，迫于无奈而兵变的话，赵匡胤是深得信任而篡位的，赵由一个流浪乞儿登上帝位，十一年间无论是郭威还是柴荣均对他恩重如山，赵匡胤做得漂亮，十个沙陀人都比不上他的智力。

赵匡胤是个英明的政治家，他登基之后，其所建立的殿前司都指挥使、侍卫马军都指挥使和侍卫步军都指挥使三衙门与枢密院的分权，近于滴水不漏，此后，军权牢牢地控制在中央王朝手中，缔造了一支"近世无敌"的军队。都说宋太祖"杯酒释兵权"积贫积弱，不确，后世之败，在于北宋内部的政治问题。又说赵"重文轻武"，赵在削弱相权方面也做得毫不含糊。

赵匡胤建立的"封桩库银"是解决民族矛盾的好办法，领土的问题可以通过商业的方式来解决，宋真宗切实执行了赵的措施，带来了一百二十年的和平，宋徽宗没有按太祖的既定方针办，导致了民族战争。

第一节 陈桥兵变

一

公元 927 年 3 月 21 日，洛阳夹马营上空，七彩霓虹，霞光道道，后唐明宗李嗣源拈香祈祷，香烟随风飘去，将士们闻到一股异香，纷纷走出营帐，想看看香从何处来？"从赵指挥帐里出来。"有人说。

赵指挥使叫赵弘殷，后唐禁军飞捷指挥使，河北涿县人氏，妻子杜氏今天临产，他匆匆从外面赶回来，翻身下马就闻到浓郁的香气，"好香！"他深深地吸了一口，似乎有一种好兆头，心情开朗起来。

"哇！哇！"婴儿的啼叫就如雄鸡打鸣，立时引来好些士兵。产婆从帐篷里颠了出来，高声大喊："老爷，老爷，是个男孩！"士兵们立刻欢呼起来："赵指挥时来运转，生了个好香的孩子。"自此，"香孩儿"成了新生儿的乳名，这孩子就是北宋开国皇帝赵匡胤。

赵弘殷官运一直不佳，十多年前，他在后唐太祖李存勖手下已经是指挥使了，深得李存勖的惜重。后来，李嗣源政变推翻了李存勖，成了后唐的第二代皇帝。因为赵弘殷是李存勖的爱将，一直被李嗣源视为李存勖的旧部，不敢也不愿重用他，赵弘殷的职务一直没有任何升迁，期间，赵弘殷又连续生了几个孩子，日子过得越来越拮据。

赵匡胤开始读书了，他对历史有一种偏好，史书中那些宫廷政变事件他耳熟能详，如数家珍。他最痛恨就是这些政变人物，"它日手握龙泉剑，定将奸贼全杀尽！"赵弘殷因为被李嗣源压着，听了解气。"好孩子，以后可别做奸贼。"

一转眼，赵匡胤能写诗了——

太阳初出光赫赫，千山万水如火发
一轮顷刻上天衢，逐退群星和残月。

父亲一看，这小子气魄大，可这诗打油味很浓，未来未必是个好文人，心里正为孩子着急，转念一想，"这战乱年代，文人再好也是点缀而已。"于是开始教他学弓马。赵匡胤天生就是学武的好材料，所谓虎门无犬子，几年工夫下来，赵匡胤已是武艺超群，远近闻名。

赵匡胤十四岁那年，有一次和父亲从练武场归来，只见一匹脱缰的马疯狂地向人群中冲去，千钧一发之际，赵匡胤一个箭步上去，抓住缰绳，翻身上马，那马精得很，几次见甩不掉赵匡胤，飞也似的向城门冲去，吊桥上有一根横木，那马想把赵匡胤撞倒在横木上，只见它低着头向横木下面冲过去。赵弘殷一看急了，赵匡胤不被撞死，也会摔到护城河里跌个半死。下马已经来不及了，一眨眼，赵匡胤不见了，赵弘殷跨马来到护城河，寻找赵匡胤的踪迹，不见半点人影。正急得团团转，这时候赵匡胤跨着马悠悠然过来，原来就在马冲过横木的那一刻，赵匡胤翻身贴在马肚子，躲过了一劫。

赵弘殷见儿子如此矫健，知道儿子的工夫已经超过自己，得另外给他请个师傅。可赵家的生活并不宽裕，这事就搁了下来。二十一岁那年，赵匡胤决定出来谋生，找个安身立命之所，他开始了壮游天下的历程，一路上行侠仗义，结交了不少朋友。

这一天赵匡胤风尘仆仆来到凤翔，想投奔父亲的老战友，凤翔节度使王彦超。赵匡胤向管家道明来意，想谋个差事。一连几天王彦超没有露面，也不承认这位晚辈，粗茶淡饭近于残羹冷炙。几天以后，管家拿来五贯钱，说是王老爷给的，也不多话，就把他打发走。赵匡胤扛着那五贯钱，内心百感交集，一路过去，见一堆人围着看唱莲花落。赵匡胤也挤了进去，但听得——

贫穷分途自古然，全凭心地各休缘。
安贫本是哲人事，当富何须算计全。

赵匡胤越听越觉得好像在唱他眼下的处境。不知不觉眼眶湿润了。

穷穷穷、九族见面全不理，亲友见面也不交谈，
穷的我恹恹冻饿无人管，无常怨鬼不叫把身安，
穷的我刀山剑树难躲闪，望乡台上又有谁来痛泪涟。

赵匡胤放下一贯铜钱离开了人群，他的内心第一次感到穷的可怕，正茫然不知所措，一抬头，前面是家赌馆，"碰碰运气吧！"半个时辰过去，他被人从赌馆中硬推出来，身无分文。赵匡胤开始了乞讨式的游历生涯，他的足迹走过大江南北的许多山水，眼界开阔了，内心深沉了。这一天他来到了襄阳。

前面是一座山丘，古柏森森，半山腰藏着一座古寺。赵匡胤信步走去，踏入殿中，但见那琉璃佛灯忽明忽暗，钹铙钟鼓云板敲得人时忧时喜。一殿和尚敲着木鱼诵着《大悲咒》。当天夜里，赵匡胤借宿在寺中，他拜访了德高望重的住持。交谈之际，那住持见赵匡胤天庭饱满，豹头圆眼，气宇昂扬，暗暗称奇，于是指点他说："当今天下南安北乱，施主若想有所作为，当向北寻求。"说着提笔给他写下八个字，"遇郭而安，历周始显。"

二

公元 948 年，赵匡胤来到河北邺都，投到郭威帐下成了一名普通士兵。两年多后，郭威黄袍加身，建立了后周，赵匡胤因功升为东西班行首（禁军下级军官），后来又升为滑州（今属河南）副指挥使。这期间赵匡胤有幸认识了柴荣，柴荣是郭威的义子，其时是皇太子，晋王兼开封知府尹，两人互相赏识，英雄惜英雄，不久他们又认识了郑恩，三人结为金兰，以年纪排列是柴、赵、郑。很快，柴荣就将赵匡胤调到身边，任开封府马直军使。

"高平之战" 赵匡胤崭露头角，使刚刚登基的柴荣坐稳了龙庭，凯旋之日，赵匡胤立刻被任命为殿前都虞侯，从此，赵匡胤开始进入禁军高层。战后的柴荣深感军队整顿是当务之急，既要裁汰老残病弱，又要肃清贪生怕死之徒，还要输进英勇善战的新鲜血液，他把这个重大的任务交给了赵匡胤。

赵匡胤整军来到河南商丘，这一日从校场归来，想起几年前襄阳古寺住持所给的箴言——遇郭而安，历周始显。看来已经应验，可这"历周始显"，到底显到什么程度？赵匡胤内心正自茫然无数，抬望眼，眼前一座"灵官庙"，"行啊，又是官又是灵的，去求条签看看吧。"

中元已过，不寒不热时节，灵官庙门首无风三尺土，暴灰扬尘，被车马塞满了。赵匡胤进得庙来，方知道今日是庙主广姑子生日，宴请附近达官贵人、商业巨手。赵匡胤也不多想，踏进殿中，往那蒲团一跪，合掌祈祷，早有个尼姑捧个签筒过来，嗲声嗲气地说："官人是求财还是求官？"那音调就如绿杨影里莺声，红杏枝头燕语，赵匡胤抬起头来，脸有愠色："官人也是你叫的吗？叫客官，叫施主，明白吗？"

"好好好，客官，小尼子并无得罪处，怎就这样狠心？"

"去去去！别扰了大爷的心情。"赵匡胤恶狠狠地说，那尼姑知趣地退到一边。赵匡胤手摇签筒，心想，"如今我已经是殿前都虞侯，就求个殿前司都指挥使吧。"正想着，"啪"一声，一支签掉了出来，那尼姑过来捡起签，"小尼子替客官解签吧。"好一会儿，尼姑开口说："客官，这签虽是一支不应验的签，可又是一支上等好签。"

"此话怎讲？"赵匡胤不解地问。

"客官若求千贯家财，实在太少了，你可以大胆求万贯家财。今天小尼子可是傍上了多金大叔。"那尼姑又是赔笑又是撒娇。赵匡胤心中一喜，又摇起签筒，心中默念，"灵官老爷，我赵匡胤今天就求个节度使吧。"

又是一支签掉出来，尼姑捡起一看，"还是那支签。"说着身子就偎依着赵匡胤，"客官莫不是财神爷来到灵官庙？"赵匡胤虽然不喜欢这尼姑的浪荡，见她虽然光头袈裟，委实如花似玉，又是如此好彩头，于是手臂一环，将她揽了过来，那尼姑借势顺势躺到了赵匡胤身上，双手搂住了赵匡胤的腰，求神如神在，可不敢亵渎神明。赵匡胤闭上双眼，"大逆不道，大逆不道啊！那就求个天子吧！"

签又掉出来了，赵匡胤用手掰开尼姑，捡起签子递给了她，那尼姑看了又看，"应验了，应验了！客官刚才求的是什么？""求百万家财。"那尼姑举起一双玉臂勾住了赵匡胤的脖子，"客官好运，好运啊！"说着死活不让赵匡胤走，硬拉着赵匡胤往厢房走去，满心欢喜的赵匡胤这时也不顾那么多了，随着尼姑进了厢房，"这世道怎就成了这样，佛地翻成歌舞地，空门幻化做娼门。"

离开灵官庙，赵匡胤已经明白了自己的未来，他开始利用整军来为未来做准备，他既完满地完成太宗交给的任务，又将自己的一批亲信，罗彦瑰、郭延斌、田重进、潘美、米信、王彦升等安排到殿前司各基层单位当将领。旋又马不停蹄，醉心起结社的事来。

汴京城外雪纷纷，汴京城内夜沉沉。石守信府中，杯盘狼藉，乌烟瘴气，后周军中一帮精英，王审琦、韩重斌、李继勋、刘庆义、刘守忠、刘廷让、王政忠、杨光义集中在石守信府中，酒足饭饱之后，石守信领着众人来到二进中厅。厅上列着香案，香烟缭绕，案上是一只酒瓮，旁边是一方绢帛，上面置着一把匕首。

进得厅来，赵匡胤果断地拿起匕首，又提起绢帛，在瓮中蘸了蘸酒，将匕首擦了擦，撸起袖子，往左臂一划，血沁了出来，滴落在酒瓮中，众人依样画葫芦，最后石守信用匕首将血酒搅匀。众人拈起香，赵匡胤居中，石守信在左，王审琦在右，依照资历年纪排列开来，一起跪倒在地，"凡我十人，龙蛇混杂，异日富贵无相忘，"

"凡我十人，龙蛇混杂，异日富贵无相忘，"众人依照赵匡胤的誓言，高声念起来。

"如果违背这誓言，神会降灾惩罚我们！"

"如果违背这誓言，神会降灾惩罚我们！"

朗朗的声音越出中厅，飞向中天，中天蒙蒙一弯钩月，最是迷人。

"这场合要是有当今天子，那就完满了。"李继勋说。

"天子要是登基前会来的，可如今是君臣有别啊！"刘守忠说。

"诸位弟兄，咱们今天歃血盟誓，首先就是效忠当今皇上。"赵匡胤总结说。众人皆随声应和。风云际会，这就是"义社十兄弟"，这批死党后来成为赵匡胤篡周夺权的中坚与急先锋，又是宋朝立国之后第一批被裁汰出去的高级将领。

公元 959 年，赵匡胤奉诏兵发后蜀，夺取了秦、凤、成、阶四个州。公元 956 年至 958 年三年间，周世宗三攻南唐，赵匡胤功勋卓著，在涡口之战中，诱敌深入，大破南唐军，又在六合之战中，以少胜多，夺取淮河以南、长江以北十四州，迫使南唐向后周称臣纳贡。在发兵契丹中，又立下汗马之功。赵匡胤因屡建奇功，被提升为殿前司都指挥使、忠武军节度使。掌控着后周禁军中最精锐的殿前司诸军。

禁军是后周政权的中流砥柱，由侍卫亲军和殿前司两部分组成。经过赵匡胤有意识的整顿，无论从权力到战斗力都向殿前司倾斜，几年之间，殿前司成了一支"甲兵之盛，近世无比"的强大军队。

殿前司的最高长官是殿前都点检和殿前副都点检，殿前都点检一职由太祖郭威的女婿张永德担任，殿前副都点检一职空缺，赵匡胤这个殿前司都指挥使本为第三把手，实际成了殿前司的第二统帅，由于赵匡胤的拜把兄弟渗透在殿前司的各个部门，赵匡胤指挥起殿前司，比张永德更得心应手，如鱼得水。

节度使是唐宋期间地方官的最高官衔，位秩崇高，权力大，总揽一区的军、民、财、政，所辖区内各州刺史均为其节制，并兼任驻在州的刺史。军事民政，命官、征税，都得到独立，父死子继，权力在五代达到巅峰，篡位夺权都出在节度使上。

这时候的赵匡胤既是殿前司都指挥使，又是忠武军节度使。集中央军权与社会地位于一身，是为后周权力机构中举足轻重的人物。赵府门前旗帜飘扬，二面旌节门旗、一面龙虎旗、一面旌节帜、二面麾枪帜、二面豹尾帜，在风中猎猎作响。赵府中厅供着三颗印：忠武军节度使印、殿前司都指挥使印、忠武州刺史印。每天早晨，管家赵彪所做的第一件事就是用白绸小心翼翼地拭擦这三颗印。颗颗金印恩重怨深，近段时间，望着那金光闪闪的大印，赵匡胤心中时时会升腾起一种欲望："离天子就是一步之遥了！"赵匡胤扳指一算，自离开商丘灵官寺已经十个年头了，"十一年后称孤寡，只剩一年了，下一步应该做什么？"正想着，管家赵彪来报："赵普来访。"

三

赵普祖籍幽州蓟县（今北京附近），后移居洛阳，被周太宗柴荣赏识，在后周任职，先任滁州军事判官，与赵匡胤共事，被赵匡胤收入幕府，成了赵匡胤的书记官，第一谋士。

赵普是史上最奇特的人物，也是文人的另类，任职于后周却帮助赵匡胤谋夺后周江山，北宋初年，赵普为宰相，与赵匡胤的弟弟赵光义不和。开宝九年（976年）十月，赵光义夜入皇宫，"斧声烛影"，宋太祖暴卒。赵光义继位的合法性受到朝野的质疑，六年后，赵普编造了一个"金匮之盟"，声称杜太后临终前，命宋太祖传位于其弟宋太宗，由赵普起草誓书，藏之金匮，解决了宋太宗继位的合法性问题。以赵普的人品，与明代方孝孺相比，简直天差地别。也许这就是历史的因果，赵匡胤的报应，此是后话。

言归正传，赵普是赵匡胤最信任的谋士，两年前，赵匡胤征南唐，攻下滁州，抓获了一百多个盗贼，准备全部处死，赵普劝赵匡胤推迟斩首日期，以免错杀无辜。随后，赵普逐个推问，果然查出许多无辜者，于是将无辜者全部释放，滁州百姓因此称赞赵匡胤仁德贤明，一时间赵匡胤威望大增。此后，赵匡胤便对赵普另眼相看。赵普对赵匡胤的所作所为也心知肚明，只是不便过早捅破而已。

赵普今日来访，就是来向赵匡胤献策的，言谈中，赵普不经意地说："将军身边猛将如云，他日若有凌云之志，文官也是不可忽略的。"一句话提醒了赵匡胤，没有一个智囊团，仅凭一班武将，那是事半功倍。

"将军欲成大事，眼前还有李、张两块绊脚石。"

李就是李重进，太祖郭威的外甥，是侍卫司都指挥使；张就是张永德，殿前司都点检，这两个人在禁军中的职位比赵匡胤高，成了赵匡胤天子梦的最大障碍，若不将这两块绊脚石挪开，赵匡胤的大事将寸步难行。"先生有何指教？"赵匡胤关切地问。

"此事将徐图之。"赵普胸有成竹地说。

不久，周太宗柴荣准备带领禁军，以北巡的名义行北征。

临行前，赵普将一支神秘的木条交给赵匡胤，说："将军找个适当的机会，将这木条放进太宗的书囊中。"这就是那支写有"点检做天子"的木条。太宗北征归来之日即撤除张永德殿前司都点检之职，又将此职授给了赵匡胤，这样，赵匡胤在搬掉一块绊脚石的同时，成了禁军殿前司的第一统帅，他开始将手伸到侍卫亲军司中来。周太宗去世半年，赵匡胤通过符太后之手，将侍卫亲军司都指挥使李重进调往扬州任淮南节度使，扬州远离京师，实际就架空了李重进在侍卫亲军司的权力。

搬掉了李重进、张永德两块绊脚石之后，赵匡胤又将姻亲高怀德、亲信张令铎安排到侍卫亲军司中来，分别担任马军与步军都指挥使。至此，禁军二司的中高级将领便由赵匡胤及其拜把兄弟与亲信所把持，赵匡胤夺取皇位的时机成熟了。他加紧与赵普、石守信密谋策划，最后一致同意，效仿周太祖郭威夺取后汉江山的方法。

显德六年（960 年）正月初一，汴京城里，瑞雪飘飘，到处都是鞭炮声，朝野上下都在庆贺新年。边关突然频频传来加急情报，后汉主刘钧联合辽军犯境，边疆吃紧，请求增援。军情十万火急，此时的小皇帝柴宗训是个七岁的小孩，符太后也年仅二十三岁，没有政治经验，拿不定主意。宰相范质未及分辨真假，建议赵匡胤统领禁军北上御敌，以殿前司副都点检慕容延钊为先锋。

束手无策的符太后只能照准。初二，慕容延钊率领前军出发了。这一天，太后召见了赵匡胤，令他率领各路人马北征。就在这时，赵普派出的一班人开始四处活动，说的是北军犯境，当今皇上年幼无知，出兵之日，只有拥立都点检作天子，才能平定敌人。谣言随着新年的走亲访友，传遍了千家万户，一时间人心惶惶，既怕北兵杀来，又怕兵变杀人，新年的喜气弥漫着杀气，只有后周后宫闭塞，全无知觉。

赵匡胤奉旨从宫中回来，一路上突然变得六神无主，眼看登上龙椅就这几天的事，赵匡胤也算读过点书的人，知道这是大逆不道之事，一旦败露可是灭族的事。他的心突然忐忑起来，好不容易回到了家，踏进府门，妹妹正在包饺子，赵匡胤心事重重地说："外面都在议论这次出征，真不知如何是好？"妹妹不听犹可，这一听，脸色变得铁青，大声吼起来："大丈夫临事自己拿主意，跑回来和娘们说什么？"说着抢起擀面杖就向赵匡胤身上砸了下来，一顿训斥和痛打，倒把赵匡胤的信心打了出来。

这时候，管家赵彪来报："石守信带人来了。"按计划，这次行动，石守信和王审琦留在京师做内应，把守各门。石守信这时候带人来，先把赵府的金银细软搬走，当天下午，又把赵匡胤一家老小全部接走，安排在一家叫定力院的寺庙保护起来。

赵匡胤眼看一切安排妥帖，万无一失，初三，率领人马浩浩荡荡出发了。队伍行进了一天，来到一个地方叫陈桥驿，这里离京城约 40 里，赵匡胤下令就在这里安营歇息。

时近黄昏，前部散指挥使苗光义站在营门口观看云气，突然间大喊起来："二日重光，二日重光！"这一喊立刻招来了一大批将士围观，赵匡胤的亲信将领楚昭辅问："苗将军，你又在观看天文，老天爷有什么垂像？"

苗光义神秘兮兮地说："太阳底下又有个太阳。"众人看不清楚，楚昭辅揉了揉眼睛，众士兵也跟这揉眼睛，楚昭辅眯着眼，手搭凉棚望过去，众人也跟着搭棚眯眼望着，不久就有人喊："看到了，果然两个太阳，一个乌黑，一个金亮。"一人呼，万人和，将士们都看到两个太阳。

"那个金亮得出来了，那个乌黑的落下了。"众人齐声欢呼起来。楚昭辅异常激动地问："苗将军，这天象主何凶吉？"

苗光义斩钉截铁地说："主的是改朝换代。当年商汤灭夏桀就这天象。如今这两个太阳，一个是咱们年幼的皇上，一个是咱们的都点检。众士兵全都瞪大了眼睛，舌头伸不回去。楚昭辅认真严肃地问："苗将军，征兆已现，什么时候应验？"苗光义毫不含糊地说："天象已现，应验就在旦夕之间！"

当天夜里，营帐灯火辉煌，三军将士都在传说都点检做天子的事。侍卫亲军马军都指挥使高怀德见火候已到，站出来鼓动说："皇上年幼无知，大敌当前，我们当兵的出生入死，为国效力，又有谁知道，不如上顺天意，下顺人情，拥立点检为天子，然后再北征，诸位意下如何？""指挥使说得对，我们拥立都点检！"每个营帐都有赵匡胤的亲信和把兄弟在演说鼓动，全军拥戈待旦，坐等拥立新皇。大约丑时，将士们开始向赵匡胤的大营聚拢过来，他们全副武装，静静地环坐在营门口，里三层外三层地将大营包围起来。

远处传来几声鸡鸣，赵普抬头一看，东方泛白，他向身边的赵匡义递了个眼色，赵匡义立刻领着一班人闯进大营。赵匡胤昨晚喝了点酒，这时候还在酣然大睡，将士们不由分说，将赵匡胤从被窝里拉出来，赵匡胤睡眼蒙胧，"什么事，什么事，这、这、这么紧张？敌人来了、来了吗？"赵匡胤睁开眼睛，一副茫然不觉的样子。

"三军无主，愿立点检为天子，请哥哥起来接受朝贺。"赵匡义大声说。赵匡胤一听，睁大双眼，一拳就砸在赵匡义的右肩上，吼叫起来："你个穷酸措大，没见过世面吗，这话也、也、也能随便说吗？有你这样当弟弟的吗？将士们贪图富贵，陷、陷我于不仁不义，我、我能答应吗？"说这又挥拳狠狠地砸来，赵匡义咬着牙让他打，众人一齐上前，好不容易才架住了赵点检。

"哥，不是这样的。三军归心，你要不答应，将士们就会散伙，回家务农，那时候你就不好向太后、皇上交代了。"赵匡义义正词严地说。

"那、那、那也不行！"赵匡胤说着说着，不知怎的就醉倒在众人手里，赵匡义乘这机会，强行将赵匡胤推出帐外，众将士见赵点检醉醺醺的样子，不知如何是好，早有那赵普递过一碗凉水，赵匡义接过，含一口奋力喷在哥哥的脸上，赵匡胤打了个寒战，还是睁不开眼，两口、三口，赵匡胤终于睁开了眼睛。这时候，高怀德一个箭步跃上前来，将一袭黄袍披到赵匡胤身上，遂又与赵匡义一左一右，强行按住赵匡胤的肩膀，不让那黄袍跌落下来。

赵普带头高呼："三军无主，愿奉点检为天子！""三军无主，愿奉点检为天子！"将士们握戈环列，齐声高呼"万岁"，赵匡胤还想拒绝，赵普说："天命所归，人心所向，点检不要再推辞了。"赵匡胤无奈，只好顺从了将士们的要求。

天已大白，一轮红日冉冉升起。将士们簇拥着赵匡胤向汴梁城而来。早有那楚昭辅和客省使潘美奉命快马加鞭先赶回京城，潘美授意宰相范质、王溥等人；楚昭辅则去定力院给赵匡胤的家人报讯——拥立成功！赵母杜氏一听，眉开眼笑地说："我儿生平奇异，人皆言当极贵。"

这时候，赵匡胤率领大军，由明德门返回汴京，石守信、王审琦早已得知消息，大开城门，赵匡胤率大军列队整齐进入，迅速控制了局面，时为正月初四。

第二节 杯酒释兵 只椅削相

一

　　赵匡胤陈桥兵变，兵不血刃，顺利地进入汴梁城。入城前夕，赵匡胤与将士们约法三章：其一，太后、皇上，当北面事之；其二，京师大臣都是昔日同僚，不得侵凌；其三，朝廷府库、百姓家内，不得侵扰。众将士依约而行，果然秋毫无犯。老百姓只见军队源源不断进城，不知江山已经易主。

　　正是百官早朝时候，猛然间传来兵变的消息，一时间如五雷轰顶，满朝文武大惊失色，不知所措。符太后立起身来，声嘶力竭地怒斥："范质，你这畜生，你保举的是什么禽兽？赵匡胤平日里和太宗称兄道弟，如今国家还在大殡期间，这禽兽就迫不及待，领着我大周兵马，夺我大周江山！我大周江山就丢在你们这些顾命大臣手里！"话未说完，已经泣不成声。

　　范质这一惊非同小可，拉着宰相王溥的手，战战兢兢跪倒在地，语不成声，"太后，太后，臣有罪，臣有罪啊！"二人久久不敢抬头，身子发抖犹如筛糠。也不知过了多久，王溥只觉手心一阵剧痛，侧脸一看，满手是血，原来范质死死地抓着他的手，指甲深深地掐进他的手心，如果不是借着王溥的手，范质早就像一条死狗一样瘫倒在地。

　　"走吧，快走吧！"王溥惊魂甫定，奋力将范质拉起来。范质抬头一看，殿中空无一人，百官已作鸟兽散，没了人影，他赶快迈开脚步和王溥一起跑回家中，躲了起来。

　　这时候，赵匡胤已经率军进入城中，前部都校王彦升奉命率领铁骑保卫城中秩序，王彦升哪敢怠慢，巡逻间，只见韩通仓皇奔跑，王彦升挥鞭追了上来。这韩通是侍卫亲军副都指挥使，原是禁军第二统帅，也是后周难得的几个忠实臣子，是为赵匡胤政变的宿敌。他得知兵变，急从宫中冲出，准备召集禁军抵抗，范质认为大势已去，远水救不了近火。韩通无奈，仓皇皇如丧家之犬往家中跑，刚到家门，就被王彦升赶上，王彦升奋力一刀挥去，这位禁军二帅立时倒下，身子还在抽搐，人头已咕噜噜滚下台阶，眼睛久久合不上来。王彦升知道韩通是赵匡胤的政敌，带兵冲入韩府，一阵乱刀，灭了韩通一家老少。

赵匡胤进城后，很快便和范质、王溥商定，由他们召集百官，让后周恭帝柴宗训禅让皇位，赵匡胤受禅，越快越好。

商讨完毕，赵匡胤和赵普、范质、潘美一同进宫。走到"承天门"边，见一宫女抱着一个小孩，神色慌张，步履匆匆，赵匡胤喝住宫女，问："这是谁的孩子？"

宫女不敢隐瞒，低着头说："是世宗皇帝的儿子。"赵匡胤转头问随行三人如何处置这孩子，赵普做了个杀头的手势，范质说："事关社稷，该杀就得杀！"只有潘美不吱声。

赵匡胤长叹一声，凄凄地说："即人之位，又杀人之子，朕不忍啊！"

潘美说："臣与陛下都辅助过世宗，若我劝陛下杀这孩子，那是有负世宗的恩德；若我劝陛下不杀，陛下一定会对我起疑心。"赵匡胤见说，对潘美说："把孩子抱回去，做你的侄子吧。"潘美欣然答应，二话没说抱着孩子走了。

赵匡胤终其一生没有再提起这件事，倒是给赵氏子孙立了两条规矩：一是不得杀言事的士大夫；二是柴氏子孙有罪不得加刑，纵有谋逆，止于狱内赐尽，不得市曹行戮，亦不得连坐支属。

城南郊筑起了高高的受禅台，清风习习，波澜不惊，一切礼乐准备已全，这时候才发现禅让书还没写，百官心乱如麻，谁都不愿接受这任务，仓促之间谁也写不好，只见翰林学士陶熔从容从袖里掏出一份诏书，献给了恭帝，那是一份既美又有气势、非常得体却让人不忍卒读的诏书。那意思是：

我恭帝是个小孩，人心并不归我，归德军节度使、殿前都点检、兼检校太尉赵匡胤有"天纵之资，神武之略"，辅助高祖，又事太宗，功德无量，人心已经归附他了。我只能顺应天命人心，效仿尧禅让给舜，卸下我身上的重担，做他的宾客，将帝位禅让给点检赵匡胤。

"应天顺人，法尧禅舜，如释重负，予作其宾。于戏钦哉，畏天之命！"恭帝念到这里，只觉天旋地转，摇摇欲坠，早有两个卫兵过来挟住了他。赵匡胤早已换上龙袍，戴上冲天冠，拜受诏书，正欲登上皇位，突然间一阵西北风刮来，天空飘起了雪花，越飘越大，雪花中，赵匡胤摔倒在龙椅上，大声哭喊起来："大哥，柴大哥，我对不起你啊！我这完全是被将士们逼的啊！"

五天之后，赵匡胤改国号宋，改元"建隆"。魏晋以降，尤其五代以来就是这样在禅让中行篡夺的，许多禅让篡夺都有利害关系的掣肘，有的完全被迫，郭威、柴荣是在合家被斩尽杀绝，悲愤中被迫兵反的。赵匡胤不同，他由一个乞儿，投到郭威麾下，才成为一名士兵；遇到柴荣才从士兵成为将军。他与柴荣有金兰之拜，既为兄弟，柴荣觉得他是最可信任的人，才让他掌控禁军。有道是：最危险才是最安全；反过来，最安全就是最危险的。

赵匡胤就是这样一个历史人物，郭威篡汉，良心并未泯灭，终生以母亲之礼侍候李太后。赵匡胤约法三章，要北面事太后与皇上，言犹在耳，就将太后与恭帝迁往大巴山房州，七年之后，十多岁的恭帝神秘暴亡，人间蒸发。

赵匡胤将中国传统的"道德政治"完全变成"实用政治"，他挟军心民意，说什么被身边将士们推到不仁不义的地步，那都是骗人的话。北征路上，军营中怎么能够拿出龙袍？禅让台上，临时怎么就有了完美的禅让诏书，他的一切都是经过精心准备的，他机关算尽了十一年，夺了义兄的江山，还把"义社十兄弟"带向了不仁不义之境。他这样做全不顾传统的礼义。

二

赵匡胤做了皇帝以后，很快就平定了"二李"，一个是淮南节度使李重进，一个是陕西节度使李筠，龙庭坐稳了，赵匡胤的心却一直稳不下来。坊间在传说，"有仁有义刘关张，无仁无义柴赵郑。"尽管赵家一再忽悠："本朝以揖让得天下"，郑州知府李淑在凭吊后周帝陵时还是捅破了纱窗纸，"不知门外倒戈回"，赵匡胤怒而罢了李淑的官。

宋太祖赵匡胤窃国如此老道，世上就没有人比他更老道的吗？当年唐太宗杀了大哥四弟，夺得帝位之后疑心生暗鬼，落得秦琼、尉迟恭来给他把守门户。宋太祖不怕鬼，他怕的是人，尤其是他那"义社十兄弟"，如今他们一个个位高权重，他们能助我赵匡胤窃国，难道就不会如法炮制，窃朕的国吗？赵匡胤为此日夜揪心。

建隆二年闰三月的一天，散朝之后，赵匡胤将殿前都点检慕容延钊留下来，客气地对他说："慕容兄，朕想和你商量。"慕容延钊比赵匡胤大十六岁，后周北宋二朝，功勋卓著，赵匡胤历来以兄称呼，当了皇上依然不改口。

"陛下有什么吩咐，下旨就是，何必客气。"

"朕想安排兄担任山南东道节度使，殿前都点检一职，兄就别当了。"慕容延钊一听不觉愕然，近来自己没有过错，平定李筠与李重进中又立了新功，怎么不升反降，他不解地望着赵匡胤，"陛下，这都点检一职改由谁当？"李重进试探地问。

"朕想取消这个职务。"慕容延钊依然不解，不知自己有何失责之处。

"慕容兄，朕当这都点检好些年，如今虽然是皇帝，可朝中大臣一叫起都点检，朕的心就会砰然一跳，以为他们在叫朕。况且民间又都在传说，点检当天子，点检当天子！你还是避避嫌好。"慕容延钊终于明白，皇上恋着这个职务，不想把禁军最高统帅这个职务给任何人，皇上担心的是军权旁落，于是说了声"皇上英明"，诺诺而退。

下雪了，长空飞雪白漫漫，万里乾坤玉一团。今年的春天特别怪，已是阳春三月，依然下雪，春雪比冬雪更寒冷。寝宫中炭火正红，宋太祖的心燥热得很，受不了那腾腾热气，于是雪夜来访赵普。

君臣坐定，赵匡胤开门见山地问："自唐以来，天下战火不息，想要天下太平，卿有何良策教朕？"赵普不假思索地答道："连年征战皆因藩镇权力太大，君弱臣强之故，陛下若想扭转这局面，当削减节镇权力，尽收精兵于中央。"赵匡胤一听，深觉有理。

转眼已是四月，一年一度的牡丹又盛开了，人道是"唯有牡丹真国色，花开时节动京城。"赵匡胤以赏国花为名，在御花园中摆酒宴请"义社十兄弟"和昔日的一班亲信。借着酒兴，赵匡胤介绍说："这园中牡丹计有九大色系、十个花型，又分早开品种、中开品种和晚开品种。"众人听着听着，觉得挺有学问的，不知戎马倥偬的皇上什么时候学会了赏花。赵匡胤引着这班弟兄在园中兜了一圈，回到座位，立刻转入了正题："诸位同袍，这园中可谓万紫千红，百般美好。我赵香孩如果不是你们拥戴，哪有机会在这御花园中与你们一起赏花？来，来，赵香孩敬你们一杯！"说着端起酒杯，一饮而尽，以示先干为敬。

众人方端起杯，就见宋太祖满脸乌云，长长地叹了一声，语气沉重地说："你们当中有谁知道当天子的滋味吗？朕看似一国之主，一呼百应，可自即位以来，没有睡过一个安稳觉啊，想想还不如当节度使自由快活。"说着，眼炯炯地盯着石守信。

众人一听，有点丈二和尚摸不着头脑，石守信见皇上死死盯着他，慌忙离座跪倒在地问："陛下，到底有什么事？"

"这还不明摆着，"赵匡胤环视了在座的人，又死盯着石守信，"朕这个位置，谁人不想坐！"宋太祖的语调不高，却如天崩地坼一样，众人一听，都慌了手脚，一个个跟着石守信跪在太祖面前，说："如今天命已定，谁还敢有二心，陛下怎么说这样的话？"

赵匡胤眯着眼看了看众人，又死盯着石守信，把个石守信盯得浑身发毛。众将领扪心自问，都觉得自己没想到要坐龙椅，见皇上盯着石守信，也都把眼神移到石守信身上，看来问题出在石哥身上。

禁军中，平日里慕容延钊是大帅，石守信是二帅，地位在众弟兄中略高一些，也神气一点，可今日竟成了众矢之的。石守信转过头来，见众人都盯着他，一个个眼里充满着疑问、燃烧着愤怒，俨然就是他石守信想抢班夺权。石守信内心更慌了，刚一转脸又撞上皇上犀利的眼神，这个疆场上的铁汉子竟吓得"呜呜"地哭了起来，"皇上，皇上，石守信绝无二心，绝无二心啊！"说着膝行来到赵匡胤跟前，双手搭在太祖膝上，"皇上，石守信没有二心啊！"说完伏在太祖膝上，又哭了起来。

"不见得吧！"赵匡胤不冷不热地又冒出一句，就像一把锤子砸在石守信身上，石守信整个人一下瘫倒在地，众人这下更认准了石守信，没有人敢过来扶他。赵匡胤抬眼看去，地上湿了一片，石守信尿都吓了出来，于是双手捧起石守信的脸，见那眼睛就像死鱼一样。赵匡胤右手拇指掐着石守信的人中，左手端过酒杯，一口酒喷在石守信的脸上，石守信好不容易缓过气来。

赵匡胤对着那张脸吼了起来："守信，朕说你有异心了吗？没有呀！朕从没说过你有异心呀。可你虽然没有异心，你能保证你的手下、你的弟兄没有异心吗？他们中难道就没有贪图富贵的？有一天他们也给你来个黄袍加身，你不想做，可你拗得过他们吗？"石守信一听。出了口长气，就像在战场的死人堆里爬了来一样，他已经没了力气，干脆赖在地下的尿堆里。

这时候，禁军中的第三统帅高怀德慌忙领着众人跪倒在地，"陛下，恕臣等愚昧，没有想到这一层啊！请陛下给臣等指明一条路。"众人哀哀地喊起来，磕头如捣蒜。

赵匡胤起身扶起昔日这批发小，众人重新归座。赵匡胤又扯到牡丹上，"朕问问你们，这牡丹花，从初开到盛放再到败落，有多久？"这班刚从疆场上下来的将帅还来不及享受人生，面面相觑，没有人答得出来。良久，一个声音悠悠传来，"20天吧。"众人一看，那是石守信，他还躺在地上不愿起来。赵匡胤一手把他拽了起来，"守信啊，你一条汉子就这么不经吓？""这大逆不道的事情可以随便拿来吓人的吗？就算我这命不要，家中老小可不能冤死！"

赵匡胤吩咐侍卫给石守信换洗衣服后，接着又聊起牡丹来，"诸位，牡丹开花就那么短短二十天，你们下趟来，这满园春色就没啦，可惜啊！可惜啊！"众人都顺着皇上的口气慨叹起来。赵匡胤语气一转："人生说到底就如这牡丹花一样，转瞬即逝。说到底，人这一世，无非就是多积些金钱，吃喝玩乐，给子孙多购置些产业。如今你们功成名就，又逢盛世，为何不放弃兵权，安安稳稳做个地方官，为子孙立业，为自己购置些歌儿舞女，天天饮酒作乐，以终天年。我再与你们结成儿女亲家，君臣无疑，花好月圆，这样不是很好吗！"众人听罢，连连称是，磕头拜谢而退。

石守信回到家，马不停蹄就写辞职书，如今，宋太祖就是让他当禁军的最高统帅，他也不会干了。兵权是如此烫手，竟可以让他这样一条汉子尿了裤子。第二天，这班将帅不约而同，个个上表称病，请求辞去兵权。赵匡胤大喜，令中书舍人拟好一道道任免诏书，宣布罢免石守信侍卫亲军都指挥使、高怀德殿前司副都点检、王审琦殿前司都指挥使、张令铎侍卫都虞侯等禁军统领职务。

下朝路上，他们虽然都有点失落，一回到家里，又高兴起来，原来家里都被赏钱塞满了，那宋太祖的赏赐可是豪赏，绢三千匹，钱二百万，黄金一千两。那上面还有任命诏书，离京去做节度使。这些人一辈子哪曾见过这么多钱，而那节度使可是级别很高的官。都听说，狡兔死，走狗烹；飞禽尽，良弓藏。历朝历代都是要杀功臣的，宋太祖不仅没杀人，还这么给予高官厚禄，一个个又都眉开眼笑歌颂起太祖来。

宋太祖从容间，杯酒解除了一班老帅的兵权，这班兄弟个个功勋卓著，经历了人生的绚烂，遍尝荣华，也遍尝了风波，故能感知平凡的可爱，甘于淡泊。但宋太祖心中那块石头依然没有落地。他心想，这老帅的兵权是解除了，可那空出来的位置，新人也还会盯着，这实在是治标不治本，几天之后，他干脆明确宣布废除禁军两个最高统帅的职务：侍卫亲军都指挥使和殿前司都点检。

侍卫亲军都指挥使原来下辖侍卫马军和步军，去掉这个职务后，只保留侍卫马军都指挥使和侍卫步军都指挥使，经过这番变革，宋代禁军将领职务再高，也只是某个方面军的统领而不具备统帅三军的权力。此后，殿前司都指挥使、侍卫马军都指挥使和侍卫步军都指挥使构成了三衙门，这三衙门只有领兵权而无发兵权，枢密院则有发兵权而无领兵权。军队的财权则有国家最高财政机关"三司"负责。三权鼎立这样一套机构基本消除了军人作乱的可能性。

消除了禁军统领权力过重的弊病之后，宋太祖仍不罢休，他的下一步做法就是"尽收天下精兵以充京师"，宋代的兵制分为禁军、厢军和乡兵，分别类似于现代的野战军、武警和民兵，宋太祖下令各地挑选强兵锐卒输送禁军三衙门，待遇优厚；地方厢军和乡兵则素质差，待遇低，只充作衙役、杂役之用，根本无法和中央禁军相抗衡。宋太祖又采取"强干弱枝"的方法，在京师附近驻扎的都是强兵，分布各地的禁军无力与京师匹敌。又采取对禁军将领不断调防的办法，做到"兵不识将，将不专兵；兵无常帅，帅无常师"，使将帅与士兵之间不可能建立过分亲密的私家军关系，经过宋太祖这一系列措施，宋代不再出现藩镇作乱的现象。

三

消除了军队的权力，接下来宋太祖又调整了宰相的权限。按照汉、唐的习惯，宰相上朝奏事议政，可以在皇帝侧旁设一把椅子坐着，这是对宰相职位和年纪的尊重。宋太祖继位第二天，宰相范质和王溥奏事，宋太祖几次用手掌托着耳朵助听，最后摊开双手无可奈何说："朕这些年兵马劳顿，耳朵有点背，爱卿把奏书递上来吧！"俩人立起身来，走到太祖御座跟前，递上奏书。这时候，后面两个内监依照太祖事前的吩咐，立即把座椅搬走，范质、王溥递完奏书退了回来，发现没了座椅，抬头见内监搬着椅子正往里面走，范质大怒，一个内监竟敢宰相头上动土，他拿起手中的朝板就向那内监掷过去，不偏不倚正打在内监头上，内监挨了这一板，痛得喊了起来，范质怒气未息，转过身来立刻就向皇上告起状来，"启奏皇上……"

"是椅子的事吗？"太祖问了半天，好不容易明白，"就那椅子。"范质脸上依然怒气冲冲。太祖不觉呵呵地笑起来，"范爱卿，人都说宰相肚里可撑船，你一个宰相为了一张椅子，和个内监计较什么？说出去多不好听。来，来，你劳苦功高，想坐，到朕这来，朕到下面给你站着。"说着，立起身来要把范质请上龙椅。范质这下僵住了，气发不出来也不敢发了。范质终于意会了，现在的赵匡胤已经不是都点检，而是皇上啦！内监敢搬掉宰相的椅子，是皇上的旨意。他不敢再问了，毕恭毕敬地站着，此后，宰相站着奏事成了定制，宰相的地位下降了，朝廷上只能有一个人可以坐，那就是皇帝。

赵普也是宰相，很有才干，在拥立上有很大功劳，但为人过于自信和固执，奏事常常是一奏、二奏、三奏，一直奏到皇上同意为止。宋太祖担心他太专断，想用薛居正、吕馀庆为相，来分割他的权力，赵普觉得他们不够资格和自己平起平坐，很不高兴，就把他俩称作"参知政事"，不久，宋太祖就将"参知政事"定制为副宰相，用来防止宰相一人专断。

宰相历来是"无所不管"、"无所不统"，兵、刑、礼仪、财政、人事、百工，什么事都管，宋太祖觉得宰相管得太宽、权太重了，他想进一步分割宰相的权力，那时候，国家除了正常的财库之外，还设立了一个"封桩库"，将平荆南、湖南、西蜀得来的财富都存在此库中，又将每年的结余也放进去，专款专用。准备用来解决契丹辽国的问题。三司管理着这些财政，任务重大，宋太祖于是提高了三司使的地位，将其称作计相，地位近于宰相，这样就将财权从宰相手中分割开来，宰相不再是"无所不统"了。

赵普是提倡削除兵权的，可是这削除相权他就不高兴了，他想看看这赵匡胤到底何许人也。有一天，他递给了赵匡胤一份表，这份表开列的都是赵匡胤未得志时遇到的小人，赵匡胤受尽了他们的冷眼冷遇。赵匡胤细细地把那表看了一遍，内心无限感慨，其中就有当年父亲的老战友、凤翔节度使王彦超，当年赵匡胤去投奔他，他一直不愿来见他，用五贯铜钱就将他打发走。赵普想看看赵匡胤是如何来处理他们的。

东风吹送，落红满阶，院中新绿，掩映着纱窗，莺鸣呖呖，正在树底下忙碌着。赵普下朝归来，就有管家报告说："刚刚吴越使者来过，送来书信一封，海鲜十瓶。"赵普无暇搭理，坐在太师椅上闭目养神，思考着如何来处理这王彦超的事，那王彦超自知得罪了皇上，几天前战战兢兢地给赵普递来了投帖，就是要赵普保保他。赵普想，这事要处理得既替皇上出气，又不把事情做绝，如今正在释兵权，那就借势顺势吧。

丫鬟端来了新茶铁观音，赵普刚刚接过，就见管家匆匆忙忙进来报说："皇上驾到！"说话间，皇上已经径自进来，也不寒暄就坐了下来，从袖里掏出那份表说："赵相，你给朕这个干什么？"赵普不解地望着皇上。

"朕卑微的时候，这些人确实得罪过朕。那时候朕不过是个流浪汉，尘世间，要是人人能够认得赵某人未来是天子的话，那人人每天都到流浪汉堆中找皇帝。赵相，我看这些人就不必去计较他们啦。"说着说着就把表撕了，"只是这王彦超得认真处理，不能掉以轻心。"

赵普已经从太祖的话中悟到，对这些人从轻发落。心想有了，"陛下明天不是要在御园中宴射接待臣子吗？我看可以这样，在角落中另设一席招待王彦超，上菜的时候，什么也不给他上，就给他上五吊铜钱，提醒一下他，做人不能狗眼看人低。这五吊钱也算还清了他当年的施舍。奚落奚落他，让他心中反省反省也好。"

"赵相这招太妙了。"太祖不由拍案叫绝"用的是不是先秦五羊皮大夫百里奚的典故？"赵普一听，心中不由一怔，这么偏的典皇上也知道，"陛下，最近读了不少啊？"

"治国是要读书啊！不瞒赵相，朕最近有空就到史馆批览下，看看那得国失国的经验和教训。"说着说着又说到王彦超的事来。"赵相这办法固然好，可目前我朝初立，正在用人之际，朕想就不要奚落他啦，王彦超武艺超群，有一才可用，咱们就安定他的心，官保原职，再给他个中书令官衔，怎么样？"

赵普一听就不高兴了，这中书令虽说的个虚衔，可那是二品官衔。说起来也和他那宰相的级别差不多。"陛下要这么处理，以后人人对陛下不尊都没事啦？"

"赵相，朕看这事就别争了，人非圣贤，孰能无过？"太祖一激动，胳膊肘打翻了案上的瓶子，忙用手去扶，好沉的瓶子，"赵相，这瓶里装的是何物？""海鲜。""海鲜佳味，朕就好这口，打开尝尝。"太祖一时兴起，一打开，里面金灿灿全是瓜子金。赵普一看，脸一下变得煞白，跪倒在地，磕头请罪："陛下，这事臣实在不知道。案上的书信还没打开，要是知道里面是金子，一定上奏皇上，把它退回去。"

太祖笑着扶起赵普说："不妨，不妨，只要不做妨碍国家的事情，你就接受了它。吴越人也知道，现在国家的事情都是由你们书生来处理，才会送你的。"赵普的心稍稍安定下来，不再争论王彦超的事了。

隔天，太祖宴请群臣，他借了个机会问王彦超，"当日朕去投靠你，你为什么不肯收留？"王彦超一听，吓得慌忙退席，跪倒在地叩头谢罪说："臣当时不过是个小小的御使，就如一勺之水，怎么容得下一条神龙，如果当年收留了陛下，陛下怎能有今天这丰功伟业？"

太祖哈哈一笑了之，也不多问。当天尽欢而散，太祖宣布隔天庭辩契丹的事。

四

北宋立国不久，南北一统，剩下来的问题就是幽燕十六州和北汉这两个问题了。太祖是既想解决历史的遗留问题，又不想给子孙留下后遗症。他让合朝文武来一次廷辩，就是要把问题搞清楚。

"朕想知道，以我朝的军队和契丹打一场，胜算如何？"

"我朝禁军天下无敌，这些年多次南征，百战百胜，太祖若挟胜利之师北征，国家一统，指日可待。"王溥出班一说，不少人立刻应和，整个朝廷情绪激昂起来。

"王爱卿，打这么一仗财政上的开支要多少？"

"十五万大军，十万马匹，十五万民夫押送粮草，大约八百万贯。"王溥说。

"朕担心的是花八百万收回了十六州，百年之后咱们这代人都不在了，契丹人是不是又把它抢回去，朕的子孙后代是不是每次都要花八百万来抢夺这十六州？仗一开打就不是十六州的问题，要么我们灭了契丹人，要么契丹人灭了我们。朕在想，有没有一种万全之策、一劳永逸的办法？"太祖这一问把合朝文武问住了，太祖又说，"事情明摆在那，前些年后周回收了漠州、瀛州，这些年契丹人犯边，口口声声说要夺回被中原人抢去的两个州，这到底是中原人抢了他们，还是他们抢了中原人的？赵相，你博古通今，给大家讲讲。"

赵普清了清嗓子开讲起十六州的历史来，他侃侃而谈，大意是，十六州，中原人曾经拥有，草原人也曾拥有。后来石敬瑭为了与后唐争天下，请求契丹人帮忙，事情成功后，把十六州割让给契丹人，作为他们出兵的报酬。

"当年契丹出了多少兵马？"太祖问。

"骑兵五万，战马十万匹。"赵普回答说。

"王爱卿，算一下，契丹人那次出兵大概要多少费用？"

太祖又问。王溥掐指一算说："大概需要二百万贯，不过这二百万要抵现在的四百万。"

"好啦，数目都有了，今年以来，朕一直在想，这十六州既然是石敬瑭割让出去，我们去把它收回，人家肯定不答应。我朝是花八百万来与契丹打仗，还是一次性花四百万把这十六州赎买回来？这两个方案诸位爱卿可以讨论，哪种更合适？"

两个数字摆在那，花八百万万，即使打了胜仗，可结下了仇，子子孙孙可能还要世世代代打下去，花一半钱，四百万可以求一个长治久安，朝中众多大臣赞同这一意见。赵普开言说："少花钱办大事，不打仗又能求的和平，这是上策，这样英明的决策只有皇上才能想得到。那契丹人什么时候见过这么多钱，塞满他两个屋子，他们肯定高兴死啦。"

"朕不是说仗就不打，朕的意思是我们先用四百万来赎买这十六州，契丹人要是不答应，那时候咱们再打。这就叫先礼后兵，凡斩得一个契丹兵的人头，赏丝绢二十匹，契丹就是十万雄兵，朕用二百万匹就够。"

合朝气氛更热烈了。久战思安，大家都觉得太祖这方略实在是好。

"朕已经设立了一个封桩库，把平南方所得的财物放在里面，总计也有个二百万了。从现在起，咱们每年再存进十万，存上二十年，那时候，朕到了知天命的年纪，咱们再来解决这问题。"

可惜宋太祖的愿望一直没有实现。那个封桩库一直没有存够四百万，太祖一生除了名和器不给人之外，对于身边的大臣，历来出手大方，厚赐豪赏，动辄几百万钱，几千匹绢，封桩库常常是入不敷出。太祖自三十三岁即位，以为自己至少有二十年的天命，可惜天不作美，他五十岁就驾崩，他那二十年每年存进十万的理想也未实现。他在生之年，来不及以和平手法解决与契丹的问题，矛盾只好留给了子孙。太祖告诫子孙宋辽不可随意开战，靖康年间，宋徽宗因为不按太祖的既定方针办，导致了北宋之亡。

第七章

宋辽之战

《宋史》中宋太宗是以"兄终弟及"继承太祖之位的。历史传说"烛影斧声"则留下了太宗夺位的不光彩故事。

太宗继位之后，在幽燕十六州的问题上，不想执行太祖以商业赎买形式来解决领土的问题。他在位期间，两次征辽，荡尽国库积蓄，几十万精壮尽丧，高粱河挨了两箭，没有收回尺寸土地，相反，宋朝守将纷纷弃城向后退守。北宋自此由战略进攻转为战略防御，宋太宗不得不采取"来则备御，去则勿追"的措施。

随之而来的宋真宗吸取父皇的教训，澶渊之战，见好就收，与辽王朝订立《澶渊之盟》，以财帛赎买关南故地，宋辽成为兄弟之邦，保有边境一百二十年的和平。《澶渊之盟》是理性之盟，也是古代民族关系的新篇章。

第一节 宋太宗伐辽

一

太祖的早逝在史上留下了一个悬案：烛影斧声，这个故事来自山林老僧文莹的《湘心野录》：

漫天风雪搅动一天杀气，风声如笛吹朦了一痕凄月，乾清宫前，半开艳蕊、几点梅花透漏了春天是在寒冬中冲杀出来的。

朱门内，昔日那万种风流的玉龙如今已经是病恹恹躺在榻上。大限到来之前，太祖召见了弟弟赵匡义，这是人生最后的晚餐，兄弟二人对饮，烛光映照着纱窗。内监远远望去，纱窗内兄弟二人千种姿态，万种凄情，一直饮到三更时分。雪越积越厚，酒越饮越浓，夜半，二人打开朱门，太祖用柱斧戳着雪，盯着赵匡义说："好做，好做！"不久就回去睡觉，没到五更，太祖不声不响，龙驭宾天了。

大约四更，皇后派内侍王继隆去召太祖的儿子赵德芳，没有多久，皇后就听到王继隆的声音，召来的人不是赵德芳而是赵匡义，皇后知道事情有变，大惊失色地对赵匡义说："我孩子的性命就交给官家（皇上）了。"赵匡义安慰说："不要发愁，共保富贵。"

赵匡义继位后，未到隔年便改元"太平兴国"，这么急于改元在宋代是绝无仅有的。为避太祖之讳，赵匡义改名赵光义。太平兴国四年，太宗平定北汉王朝如摧枯拉朽，结束了晚唐五代以来中原割据的局面。这次胜利极大地鼓舞了太宗的信心，为了做出与兄长同等的成就，太宗不想遵循兄长的赎买方略，同年五月，宋太宗马不下鞍，衣不卸甲，决定以胜利之师进剿幽州，消灭辽国。五月底成立了北伐总指挥部——幽州行营，六月七日诏发河北、山东诸州粮草准时发赴保州。赵光义留大将郭进、田钦祚留守山西，自己亲率主力大军从太原向幽州进发。

浩浩荡荡的大军前不见头，后不见尾，大军中，宋太宗头戴一顶双龙升天黄金盔，身穿一件双龙升天绣龙袍，头上盖着一柄七檐绣龙黄罗伞，跨着一匹腾云赤龙驹，前有曹彬十五员大将，后有宋延渥十五员将领，威风凛凛，向着幽州而来。

六月十九日，宋军的前锋进入辽国境内，度过易水占领了金台。辽东易州刺史刘禹投降；二十一日宋军抵达幽州，幽州约今天的北京、天津与朝阳市一带，包括河北省东北部和辽宁省的一些地域。首府在今北京，契丹人称为南京。宋军在幽州境内打败了契丹北院大王耶律奚达、统军史肖讨古；涿州刺史、范阳守军万余人举城投降，一时间宋军声势大振，敌人闻风丧胆。二十三日，宋军抵达幽州（今北京）城南，在宝光寺设立了指挥部，陈兵幽州城下。

其时，镇守幽州的是辽国的大丞相、南京留守韩得让和大将军耶律斜轸。两人一见宋军兵临城下，铁桶一般，一时间黑云压城城欲摧，哪敢怠慢，耶律斜轸立刻披挂上马，带领一万多骑兵，直奔昌平德胜口而来，想和韩得让形成掎角之势，牵制宋军的兵马，减轻城中的压力。

耶律斜轸金睛兔眸，赤发飘扬，手提钢刀，跨一匹青鬃马。辽军所过之处，搅起了满天烟尘。宋军见烟尘中裹着一队辽军骑兵，仗着人多，立刻合围过来。宋延渥、崔彦进、刘遇、孟元喆四骑拦住了耶律斜轸的马头，将耶律斜轸围在核心，耶律斜轸挽辔收缰，金睛斜视，举刀奋力冲杀，奈何四骑围一，车轮般转，耶律斜轸本事再大，也似那笼中之鸟，网内之鱼，困在无常之地，任凭足下腾空，肋生双翅，想要逃生也是难上加难了。

幽州城下，杀声震天，落红点点，地下是人头在滚动，惨叫声，马嘶声、喊杀声混成一片，仿佛要把天震破似的。耶律斜轸已近精疲力竭，只见他手脚张狂，前仰后合，一次次差点坠下青鬃马。这时候，宋延渥斜刺里挥枪直逼过来，大喊一声："我看你今朝往何处躲？"一枪就把耶律斜轸手中的刀挑掉，四人见耶律斜轸手中没了武器，全都挥动手中武器奋力向耶律斜轸斩杀过来，想不到竟扑了个空，四位将领的马刹不住蹄，全撞上了，把宋延渥、崔彦进、刘遇、孟元喆全撞下马来。四人翻身爬起，不见了耶律斜轸。原来千钧一发之际，耶律斜轸施展草原马术，一个翻身搂着马脖子，躲在马脖底下躲过了一劫。

死里逃生的耶律斜轸顺手从地上捡起一把刀，翻身上马，带领手下杀开一条血路，向着清河方向逃窜而去，耶律斜轸清点人马，折了一千多。这边宋军早已把一座幽州城团团围困起来。城中人心惶惶，韩德让急忙派信使飞报辽廷。

二

辽景宗耶律贤接到战报，一惊非同小可。立刻把战报给了妻子萧绰（音抄）皇后。这景宗是个病人，四岁那年，一场军队哗变，父母亲都被杀死，他被一位御厨藏在柴草堆中，才得幸免。因为惊吓过度，得了重症，形同废人。后来因为萧绰的父亲萧思温带头拥立，是为辽景宗。景宗因为不能正常治理国政，幸有萧绰（音抄）皇后的辅助，国事才得安稳。

萧绰生长在一个显贵的家庭，萧氏家族是辽国仅次于皇族耶律氏的大家族，历朝皇帝都要娶萧氏的女儿为皇后。十五六岁豆蔻年华之时，萧绰已经出落得如花似玉，貌压群芳。辽京贵胄前来求婚者络绎不绝，不久，她的父亲就将她许配给西南招讨使韩匡嗣的儿子韩德让，也就是眼下这幽州留守。

婚期眼看一天天逼近，国中的一场政变改变了她的命运。不得人心的辽穆宗被杀，萧思温鼎力拥立世宗的儿子耶律贤即辽景帝，因为拥立之功，萧绰也奉诏入宫，几个月后便被册封为皇后。进宫之后的萧后，一方面面对病床上的丈夫，另一方面目睹的是国家衰败危难的局面，她不得不起来分担景宗的担子。萧后天资睿智聪慧，家庭的熏陶，为她参政奠下了良好的基础，巾帼不让须眉，几年工夫，她就稳定了辽国。深深地得到景宗的信任。

草原的春天千呼万唤始出来，南国已经是盛夏，辽京的春天才在万物间露脸，尽管春姗姗来迟，毕竟来了，来了就好！天下何处不物华，宫闱外花开似锦，燕子用尾巴剪裁着春色，韶光满眼，阳和充塞了天涯。

天气转暖，景宗的身体就会舒适一些，今天，景宗的心情特别好，他在宫外安排了辽式烧烤，想和萧后一起赏春。想不到一封军报搅乱了他的心情：幽州告急！他顿时感到手脚发冷，六神无主，绝望地看着萧后，说："传谕放弃幽州，退守古北口吧！"萧后没有开口，她神色严峻，久久凝思。景宗焦急地等待着她的主意，好半天她终于启口："幽州不能失！幽州一失，幽云各州也保不住。"

"如何是好？"景宗搓手跺脚团团转。

"传谕耶律休哥前来晋见！"萧后翻身上马回宫去了，趁着耶律休哥到来之前，她瞪着幽州地形图陷入了深思，耶律休哥来后，两人迅速制订了救援幽州的策略，随后，由耶律休哥、耶律沙、耶律弘古统领五院之兵，越燕山，南下增援幽州。

救兵如救火，前锋耶律弘古率领骑兵日夜兼程，赶到幽州城下，时值午夜，但见城头旌旗猎猎，鼓楼画角哀哀，幽州八门全被宋军围住，无法进入，在探马的引领下，他们来到一僻静处，工兵迅速在城脚下挖出一条地道，将士们"穴地进城"，增强了城中守备。

七月六日，宋太宗亲自指挥宋军攻城，这时耶律休哥的主力已经赶到清河与耶律斜轸汇合，耶律沙所部也赶到城外，与宋军在高梁河畔展开了激战。耶律沙且战且走，宋太宗亲率大军追击，一时间喊杀声震天动地。

时近黄昏，红日落入了莽莽丛山，天色变得渺渺茫茫。宋军追到了清河一带，突然间，左有耶律休哥，右有耶律斜轸分头杀出，左右夹击，宋军大乱。此时，幽州城内金鼓齐鸣，耶律弘古也率部杀出城来。几万辽国骑兵，左手高举火把，右手挥舞战刀，形成了势不可挡的洪流，宋军弄不出清楚辽军到底有多少人马，军心大乱，四散逃窜，宋太宗指挥失灵。

"活抓赵光义，活抓赵光义！"只见千万把火把向着他飞奔而来。赵光义这一惊非同小可，心想，都是这身龙袍惹的祸，赶紧把剑搁在马上，想把龙袍脱下来，惊慌之间哪里脱的下来，只好用剑割。突然间，赵光义看见一支追魂夺命的箭向他飞射而来，他大叫一声向右一闪，躲过了胸膛，躲不过左臂，一阵剧痛差点就摔下马来。宋太宗意乱心迷，眼花头昏，紧抱鞍桥，不住地晃，差点就坠下马来。这时，屁股又是一阵钻心疼，又挨了一箭。刹那间，宋太宗顶梁骨上失去了三魂，前胸后背丢掉了七魄，唇似靛叶，面如槐花，"想不到朕竟在这清河沟翻了船。"他一腔愤恨，万种牢骚，把银牙咬碎，战兢兢遥望汴京，

283

仓惶惶等死。这时候幸得众将过来保驾，宋太宗在众将护卫下，逃到涿州，因为伤重，无法骑马，只好改装了一部驴车，一路小心翼翼地回汴京。

<h1 style="text-align:center">三</h1>

宋军失利的消息传到朝廷，合朝震惊，残部班师归来，未见太宗，寇准追问，只知太宗身负重伤，生命堪忧。一朝文武如热锅上的蚂蚁，团团乱转，皆失了主意，不知如何是好。好几天过去，仍不见太宗归来。众臣急了。"国不可一日无君"，合朝于是议立储君，以防万一。

第一个人选是赵德昭，赵德昭是太祖赵匡胤的儿子，太祖在位期间，本已经立为太子。赵匡义即位后，赵德昭赋闲在家，在郁郁中早把世事参透，如今见要立他为储君，婉言谢绝，"皇上多子多福，自可在子孙中选一太子，我赵德昭已是过景的人，怎可再当储君？"

众臣见赵德昭无意龙位，遂决定在太宗的孩子中选择。宋太宗的长子叫赵元佐，前几年本已立为太子，不知何故精神失常，在宫内纵火伤人，最后被废。太宗的次子叫赵元僖，早些年已经去世，三子赵恒，原名赵德昌，又曾名赵元休、赵元侃，是个读书人，过于文弱，强敌当前，恐难胜任，于是众人又考虑立太宗的弟弟赵廷美。

宋太宗的驴车终于风尘仆仆归来，在夜色中到达都城汴京，一进城就见张灯结彩，太宗以为百姓欢迎龙驾归来，只见当街挂着一横幅，上书"少年天子"，他迷惘了，失神的眼睛蒙上一层白翳，紧张地注视着一切异态。回到宫中，太宗将内监召来询问，弄清了事态，心想，看来这赵德昭、赵廷美还是有人望的。

太宗就让内监给赵德昭送去一道赐死的诏书。那赵廷美不在汴京，他带着人去勘踏风水，为太宗找陵墓宝地。太宗即以此为由，说皇兄出征在外，你巴不得皇兄早死，有心篡位，令他不必回朝，直接迁徙到房州去居住。不久，赵廷美就死在流放之地。

太宗上朝，又提出街头横幅"少年天子"，末了，很不高兴地责问寇准，说："民意急于归属太子，欲置朕以何地？"太子一听，吓得匍匐在地不敢抬头。那寇准见情形不对，慌忙跪地说："皇上，这是社稷之福啊！王朝后继有人啊！"众人见状，纷纷跪地高呼："这是社稷之福啊！"太子方得保住了性命，但此后，太宗一直防备内部有人政变，形成了"守内虚外"的势态。

第二节 宋太宗二次伐辽

一

公元 982 年 9 月，三十五岁的辽景宗在焦山行宫驾崩，十二岁的长子隆绪在灵柩前即位，是为辽圣宗，萧后被尊为皇太后。因为圣宗年幼，萧太后临朝称制，摄理国政。

孤儿寡母执政很不容易，她将依靠的对象投注在耶律斜轸和韩德让身上。耶律斜轸是萧太后的侄婿，又是南院大王，手握兵权，举足轻重，成了她的左膀。韩德让是她早年订婚的对象，他一箭射死一只黑熊在国中成为美谈，他的威猛也如雷贯耳，此时的他是南院枢密使，成了萧太后的右臂。

景宗死后，年轻的萧太后将她的感情生活投到韩德让身上，有一次她私下对韩德让说："我曾许嫁与你，现在愿谐旧好。幼主当国，也算是你儿子吧。"韩德让听后非常感动，一段未了情如火如荼地燃烧起来。终韩德让一生，官运亨通，先后被封北府宰相、兼领北府枢密使，大丞相，总揽辽国军政大权。韩德让是汉人，大丞相这样的职位授给一个汉人，这在辽代绝无仅有，后来又被封为晋王，配置了皇帝才能享有的仪仗待遇，左右护卫百人。

深爱着韩德让的萧太后不准任何人冲撞韩德让，有一次，辽将胡里室将韩德让撞下了马，跌了一跤，萧太后大怒，一刀就将胡里室砍了。韩德让也是个急性子，有一次，贵族耶律虎古在朝堂上触犯了他，韩德让不由分说，从卫士手里拿过武器，当场就将耶律虎古砸死。萧太后和韩德让的所作所为引起了部分契丹贵族的不满，有人带领部落投奔到宋朝这边来。

消息传到宋廷，宋太宗喜出望外，认为机会到了，公元986年，宋太宗再次策划了征辽。这次北征声势浩大，共分三路：第一路由大将曹彬率领东路军从雄州（河北雄县）出发，进攻幽州；第二路以田重进为帅，率领中路军出飞狐口（今河北涞源），攻取河北西北部和陕西东北部；第三路以潘美为帅，杨业为先锋的西路军出雁门，攻取山西大同。

西路军先锋杨业一路告捷，辽军寰州使赵彦辛投降、朔州守将赵希赞献城！西路军和中路军会师于恒山下，声威赫赫，势不可挡。

草原第一声春雷隆隆滚过，惊醒了辽京合朝文武。连日来他们对来势凶猛的宋军议论纷纷，争吵不息，仿佛天将崩地欲陷，末日就要到来一样。合朝文武都在等待着萧太后拿主意，萧太后感到执政以来前所未有的压力，心如悬旆风中飘摇，她一连三天不临朝。第四天，她一露面，合朝就欢呼起来。萧太后也不多话，立时就发布命令：耶律休哥领兵抵挡曹彬的东路军；耶律斜轸抵挡潘美、杨业的西路军；她与圣宗御驾亲征。萧太后的命令仿佛高亢的战鼓。浮动的人心立时变得高昂起来。

点将台上旌旗飘飘，点将台下战马嘶鸣，辽邦健儿掖箭擎弓，千军万马欲逞英豪。青牛白马，祭天、祭旗已毕，随着萧太后一声令下，号角吹响，五千铁骑的先锋队出发了，马蹄撩起了滚滚黄沙，先锋过后，一百多人的远探侦察兵如鹞子飙出，向着远方飞驰而去，阵云上空两只苍鹰翱翔，直上云霄九。战鼓如雷，十二面军旗过后是二万人的护驾军，队伍中，两顶直柄华盖伞遮护着萧太后与圣宗，曲柄伞前后是文武臣僚相随。征程迢迢，旌旗相望，一路征尘揭开了宋辽生死对决的序幕。队伍行至离涿州十里远之处，探马来报，"前面有宋军一支的骑兵，约二万人马挡住去路。"

"领头是谁？"萧太后问。

"东路军大将曹彬。"

"扎营！"萧太后下令。

辽军与宋军在涿州对峙，相互挡住了对方的去路却不交手。夜半，涿州郊外月晕清凄，辽军的几股轻骑出动了。宋军营中听到了远方号角呜呜长鸣，战马嘶叫，不久，马蹄声碎，由远及近，越来越清晰，昏暗的月光下，影影绰绰人马攒动。宋军哨兵慌忙报告曹彬，曹彬下令宋军紧急出动，披挂上阵，踏出营门，哪有辽军踪影，一夜三次，搞得宋军精疲力竭。几乎是同时，耶律休哥的一支轻骑已经悄悄来到宋营的背后，截断了宋军的粮道和军需，形成了前后夹击的势态。

黎明时分，随着宋军粮草起火，辽军与宋军在涿州西南的歧沟关展开了大战，旷野沙堆枯草地，两军战马盘旋犹如流星，辽军龙腾虎跃很快占了上风。宋军奋力拼杀，怨气悲风凝聚在铁甲，愁云惨雾穿透了征衣，宋军骑兵总归不敌草原铁骑。沙场上黄尘四起，白昼昏昏，惨叫声中宋军纷纷倒地。

宋军的阵线崩溃了，战士丢盔弃甲拼命向易水东面的沙河鼠窜。辽军乘胜追击抢占渡口，双方在水中又展开了激烈的肉搏战。白沙河水被宋军的尸体堵塞断流，曹彬见情况不妙，下令撤退，自己带着卫兵杀开一条血路，逃出重围而去。

二

进展顺利的中、西路军，因为曹彬的惨败，中路军也支持不住了，很快就溃败下来。宋太宗见三路大军败了两路，急令西路军撤退，但为时已晚，萧太后帅部西出娘子关，与耶律斜轸合兵一处，山西境内辽军声势空前浩大，恶狠狠向西路军扑来。

西路军主帅是北宋开国元勋潘美，潘美在后周时期已经功勋卓著，在拥立赵匡胤中又立下汗马之功，北宋初年，在平南汉、灭南唐中更是举功至伟。不久，在灭北汉与雁门之战中又立奇功，潘美因功封韩国公，是北宋初年不可多得的优秀将领之一。这次北征伐辽，其他二路大军损兵折将，潘美却率部接连攻下寰、朔、云、应四州，是这次北伐最辉煌的战绩。

就在这时，潘美突然接到朝廷命令，"贼势严重，全军撤退！"潘美接到命令立时就朦了，辽军十多万虎狼之师扑来，皇上却要西路军在撤退时护送寰、朔、云、应四州百姓撤回内地。宋太宗也是经历过战火的洗礼的人，这样的结果只能像三国刘备新野撤退，带着百姓，在长坂坡被曹军追上而全军覆没。宋太宗是出于仁义之心，还是想借辽军灭我潘美西路军。

潘美万没想到，宋太宗部署的伐辽计划如此惨败，所向披靡的曹彬东路十万大军全军覆没，举国震惊，他这个皇帝如何向百姓交代？潘美要是能够带回部分百姓，至少可以挽回一点面子，至于这样做的后果如何，他相信潘美这样优秀的统帅与杨业这样的"无敌将军"会有办法。

军情如火，监军王侁就在身边，时间不允许潘美多想，军人的职责就是服从命令。潘美立刻和杨业商量撤退方案。此时辽军已经夺回了寰州，西路军的任务也就是掩护朔、云、应三州百姓。杨业认为，现在敌人士气很旺盛，应尽量避免与他们正面交锋。我们可以从大石路出发，兵发应州，先派人秘密告诉云州、朔州的守将，大军离开代州的那天，云州的部队先行掩护百姓撤出，南下应州；我们的部队就驻扎在应州，敌人如果回兵应州，这时候，朔州守军掩护百姓出城，直接进入石碣谷。派一千弓箭手埋伏在谷口，再命骑兵在中路支援，这样三州的百姓就能够安全撤除。[1]

杨业这个方案也就是在阻击中掩护百姓撤退，是绝境中较为稳妥的办法，切实可行，却遭到监军王侁的激烈反对。王侁认为这个方案太保守，有损国威，"带领好几万精兵却如此畏

---

[1] 《宋史·杨业传》："未几，诏迁四州之民于内地，令美等以所部之兵护之。时契丹国母萧氏与其大臣耶律汉宁、南北皮室及五押惕隐领众十余万，复陷寰州。业谓美等曰：'今辽兵益盛，不可与战。朝廷止令取数州之民，但领兵出大石路，先遣人密告云、朔州守将，俟大军离代州日，令云州之众先出。我师次应州，契丹必来拒，即令朔州民出城，直入石碣谷。遣强弩千人列于谷口，以骑士援于中路，则三州之众保万全矣。'侁沮其议曰：'领数万精兵而畏懦如此。

惧怯懦。只需直奔雁门北川，大张旗鼓地前进。"在王侁看来，天朝之师自能吓退敌军。他的看法得到另一监军刘文裕的支持。

"不行，这样一定会失败。"杨业竭力想说服他们。

王侁说："将军一直号称'无敌'，现在看到敌人却犹豫不前，难道有别的心思吗？"

杨业原是北汉大将，宋太宗灭北汉时归降了北宋，他最忌讳就是别人说他是降将别有二心，王侁的话恰好戳到他的心病，为了明志，他慷慨激昂自请为先锋。

男儿有泪不轻弹，出发前夕，五十九岁的杨业流着眼泪对潘美说："这次行动一定对我们大不利。我本是太原的降将，按理应当处死。皇上没有杀我，恩宠我，让我做了将帅，交给我兵权。不是我放过敌人不去攻击，只是想等时机，准备立点军功来报效国家。现在大家责怪我躲避敌人，我应当率先死命杀敌。"说着，指着地图上的陈家谷口说："各路军马应该在这里摆开步兵、弓箭，支援左右翼的兵力，等我转战到这里，你们就用步兵夹击敌人，救援我们，否则，我们都会被敌人所杀。"潘美觉得有理，于是和王侁率领部下在谷口布阵。[1]

三

但趋雁门北川中，鼓行而往。'文裕亦赞成之。业曰：'不可，此必败之势也。'侁曰：'君侯素号无敌，今见敌逗挠不战，得非有他志乎？'业曰：'业非避死，盖时有未利，徒令杀伤士卒而功不立。今君责业以不死，当为诸公先。'"

[1] 《宋史·杨业传》："将行，泣谓美曰：'此行必不利。业，太原降将，分当死。上不杀，宠以连帅，授之兵柄。非纵敌不击，盖伺其便，将立尺寸功以报国恩。今诸君责业以避敌，业当先死于敌。'因指陈家谷口曰：'诸君于

杨业出发不久就撞见辽军主将——山西诸路兵马都统——耶律斜轸。杨业挥动手中金刀向耶律斜轸扑来，耶律斜轸挥刀架住，一来一往对打起来。两军见势，也互相掩杀过来，一时间万马奔驰，千军鼎沸，一地兵火，到处烟尘。杨业越杀越勇，耶律斜轸且战且走，杨业挥军直追，不知不觉追至一片密林，辽军副将——山西兵马副部署——萧挞凛伏兵齐出，截断了杨业的后路，耶律斜轸回师又杀过来，将杨业夹在中间。杨业手中金刀挥得犹如轮转，老将军力敌双将，全无惧色。本来已经预料出师不利，想不到不利来得这么快，他内心一腔悲愤，"也罢，也罢！这一腔热血，半自明志半酬君。"此时的他已将生死置之度外。

慷慨激昂事可伤，从来国难苦忠良。"唉咋！"杨业大喊一声，他身上已然中了二刀，鲜血染红了征袍，只见他牙关咬紧，挥刀纵辔，一腔忠勇，气贯长虹，好不容易杀出了重围，领着残兵败卒向陈家谷方向飞奔而来。来到狼牙村（朔县南州里），又被辽军追兵困住，苦战过午，箭尽刀缺，再次突出重围，到达陈家谷时，已是黄昏。[1] 陈家谷口竟无一兵一卒，杨业喊："潘美误我，潘美误——我——呀！"一口鲜血喷涌而出。

原来那监军王侁派人登上瞭望台眺望，见杨业追赶耶律斜轸，以为辽军兵败撤走，一心争功，立即率兵离开谷口。潘美想阻拦却控制不住。王侁一路赶来，从败军口中得知杨业被困

此张步兵强弩，为左右翼以援，俟业转战至此，即以步兵夹击救之，不然，无遗类矣。'"

[1] 《辽史·耶律斜轸传》："太后亲师师救燕，以斜轸为山西路兵马都统。……斜轸闻继业出兵，令萧挞凛伏于路。明旦，继业兵至，斜轸拥众为战势。继业麾帜而前，斜轸佯退。伏兵发，斜轸进攻，继业败走，至狼牙村，众军皆溃。"

在林子里，方知杨业兵败，于是率军退去，也不回谷口。潘美在谷口等了好长时间，不见杨业、王侁到来，担心孤军难以抵敌，于是率部沿着交河向西南行军二十里。[1]

孤城难守，孤军难撑。此时，辽军几路人马又追杀过来，喊杀声如雷滚滚而来。杨业胯下白龙驹抿耳攒蹄，转过身来，老将军横刀谷口，心想此时不可灰心弱了志气，他咬碎了皓牙，瞪裂了星眸，打起那咆哮猛烈的老精神，"送死的来——吧！"说着，弯弓挽箭，接连射倒了辽军两员偏将，身边那百十来个士兵也射出了最后的一批箭，立时将辽军的气焰压下去。

"果然是无敌将军，名不虚传啊。""虎死不倒架！"辽军阵中议论纷纷，战马踟蹰不前。杨业哈哈大笑起来，对身边的士兵说："你们都有老母亲人，不必随我送死，逃生去吧！"没有人吭声，大家都在用眼神交流着，谷口一片静穆，死寂，死寂，死寂！

突然间，惊沙卷起，枯木悲号，"誓死追随老将军，誓死追随老将军！"东风吹起了一天云，气壮山河的喊声又将摸不着头绪的辽军镇住了。白龙驹转过脖颈呆呆地看着主人，老英雄瞪着两眼久久说不出话来。他抬起袖口擦了擦迷蒙的眼睛。朦胧间只见山势险峻，树木苍凉森森，于是说："撤，撤进谷里！"说着横刀跃马拦住谷口，[2]一直等到所有的士兵进了谷中，老英雄还像一尊雕塑一样纹丝不动。

"爹，你赶撤进来。"那是儿子杨延玉的声音。老英雄于是勒转马头向谷中悠悠而来。辽军就这样目瞪口呆地行着注目礼，

---

[1] 《宋史·杨业传》："侁使人登托逻台望之，以为契丹败走，欲争其功，即领兵离谷口。美不能制，乃缘交河西南行二十里。俄闻业败，即麾兵却走。"

[2] 《宋史·杨业传》："业力战，自午至暮，果至谷口。望见无人，即拊膺大恸，

一直等到杨业的身形隐在树林中，才慢慢地一步步跟进。

杨业这时候已经身受几十处创伤，身像刀割，腿像刀剁，血黏住了战袍，越发觉得战甲沉重无比。"儿啊，这山何名？""两狼山。"杨业一听，浑身一震，怔呵呵半天说不出话，"爹，你怎么啦？""儿啊，羊（杨）入狼口，明年今天就是爹的祭日，可惜啊，你可能会随爹爹一起走，两狼吃两羊啊！"

说话间，杨业见杨延玉从马上仆下地来，儿子中了辽军的箭。杨业还未开口，只觉后背被狠狠狠地噬了一口，老英雄也中箭了。老英雄强行用手撑着，挪到延玉跟前，杨延玉的瞳孔已经散了光，老英雄用手合上延玉的眼睛，老泪纵横，"儿啊，大丈夫不做孝子，就做忠臣！"这时候几把马刀已经架在杨业的脖子上。一个辽兵指着延玉的尸体，激动地说："这箭是我射的。"

杨业抬起头来，那是一张带着稚气的娃娃脸，英俊帅气。战争就是这样残酷，不是我家儿子死，就是你家孩子亡！老英雄拼尽最后一点力气，运起杨家功，一手拽住了娃娃兵的小腿，那辽兵还来不及喊出声来，已经滚下山崖。

杨业被擒，狼牙谷中所有宋兵无一生还，全部殉国。

牙帐中，杨业被推出来，萧太后看着老英雄的箭伤发问："这箭是谁射的？"萧挞凛领着一员年轻的偏将说："报告太后，这箭是耶律奚达射的，有功之臣。"萧太后一听，大喊一声："来人，给耶律奚达五十军棍！"众人面面相觑，"我已经传谕，对杨将军不得放暗箭伤害，务必生擒，为我辽国所用。你违背军令，有功不得赏。"

再率帐下士力战，身被数十创，士卒殆尽，业犹手刃数十百人。马重伤不能进，遂为契丹所擒，其子延玉亦没焉。业因太息曰：'上遇我厚，期讨贼捍边以报，而反为奸臣所迫，致王师败绩，何面目求活耶？'乃不食，三日死。"

293

帐外传来耶律奚达的惨叫声，帐内，御医迅速地剪去杨业肚子上的箭镞，从后背拔出箭杆，又给杨业包扎了。整个过程，杨业闭着眼睛不吭一声，末了，萧太后问："宋方为何挑起边衅？"精疲力竭杨业已经没有精力来理清这个问题，他口中喃喃："但求一死，但求一死！"

杨业绝食三日，死了。他的死结束了雍熙年间的北伐，他是死在宋太宗的不明智上。雍熙年间的北伐，二十万精壮尽丧，没有收回尺寸土地，相反，不少宋朝守将纷纷弃城向后退守。北宋自此由战略进攻转为战略防御，宋太宗不得不采取"来则备御，去则勿追"的措施。太宗之败，败在不遵照太祖的方略，至于说潘美通番卖国，纯属子虚乌有，那不过小说家为掩饰宋朝之败而编造出来的。

第三节　澶渊之盟

一

宋太祖、宋太宗之后是宋真宗赵元侃，宋真宗登基后改名赵恒。他喜好文学，也是个诗人，他有些诗句一直在后代传诵并引起争议与批判，不过他的诗也体现了宋代是个鼓励向学与文治的社会。

安居不用架高堂，
书中自有黄金屋；
出门无车毋须恨，
书中车马多如簇；

娶妻无媒毋须恨，

书中自有颜如玉；

男儿欲遂平生志，

勤向窗前读六经。

宋真宗在位年间，耕地面积比宋太宗增加了一倍，大约五亿亩。又引入暹罗良种水稻，农作物产量倍增，纺织、染色、造纸、制瓷等手工业、商业蓬勃发展，景德年间，专门制作瓷器（原名白崖场）的昌南镇改名为景德镇，贸易盛况空前，固有"咸平之治"的美誉。然而，宋真宗在历史上最闻名的还是"澶渊之盟"这一事件。

公元 1004 年，辽萧太后与辽圣宗耶律隆以收复被后周世宗夺去的关南故地为名，亲率二十万大军深入宋境，攻城略地，来势凶猛，汴京城中军情一日三报。

"启禀皇上，辽军攻威虏、安顺二军。"

"启禀皇上，辽帅萧挞凛攻破遂城，生俘宋将王先知。"

"启禀皇上，辽军攻宝州，会兵望都。"

军情一惊一乍，递送战报的驿马跑死了一匹又一匹。整个宋廷惊慌失措，宋真宗六神无主，辽军攻势无完无了，他希望战火能消停一些，可军情越来越紧，由一天三报变成一天五报。

"辽军兵分三路，深入祁州、深州。"

"辽军攻瀛洲。"

"辽军抵沧州、冀州、贝州、天雄军。"

"辽军攻定州，俘虏云州观察使王继忠。"

"辽军攻下德清军，直驱澶州。"

辽军攻势犹如疾风暴雨，避实击虚，专打宋军薄弱之处。

宋军北方都部署王超依唐河为阵，不敢出战，辽军气焰更高了，铜墙铁壁的唐河防线被突破了。十一月，辽军攻破德清军，十一月二十二日，抵达澶州。

澶州北城外，斜阳衰草狼烟，几百座营帐环城排列，篝火边，辽军开始了暴食牛饮。大营内，萧太后坐在厚厚的羊皮毡上，和众将领商量着攻城的事。澶州分南城和北城，北城在黄河北岸，南城在黄河南岸，两城间有浮桥相通，攻陷澶州，渡过黄河，便可直抵汴京。

汴京城内一片惊慌，百姓都在议论着打仗的事，战云已经笼罩着京城。有的在抢购食物，以备打仗物资紧缺；有的在收拾细软，准备辽军一过黄河，立刻逃难。有的在修驴车马车以备逃跑，有的在卖房抵铺，一片繁忙紧张，人群就如无头苍蝇一样。

例行的早朝，朝廷中有一种大厦将倾的惊慌，朝臣分成三派：主战、主和、迁都，以迁都派最火。

"启奏陛下，以目前形势看，迁都金陵最合适。"出班的是参知政事王钦若，"金陵有'六朝古都'之称。军事上有第一道天堑淮河、第二道天堑长江可守，虎踞龙盘，固若金汤。财政上，'天下财富出于东南，金陵为其会。'汴京虽好，北面一马平川，无险可守。迁都不仅是为避这次战火，也是为了子孙百年大计啊！"

话音刚落，就有枢密院事陈尧叟出班奏说："陛下，盛世因兵火迁都，成都最为合适。蜀道难，难以上青天，这是自然天险；成都沃野千里，'水旱从人，不知饥馑，时无荒年，'有"天府之国"之称。衣食无忧，粮饷充足，迁都成都更保险一些。"

宋真宗听完，点了点头，在他看来，目前形势，打，恐怕打不过；和，泱泱中华求和夷狄，说出去不好听；不战不和，迁都确是一条路，于是说："迫于战火，为时下计，迁都也是可行之路，众爱卿不妨议议，哪里更合适？"虽然也有支持陈尧叟的，但更多的是支持王钦若，成都虽好，毕竟适合地方政权；中央王朝所在地，还是金陵更合适。议论正浓，因事迟到的寇准闯了进来，脸色涨红，大声喊叫起来："迁都，迁都，谁为陛下策划迁都，其罪当斩！其罪当斩啊！"寇准这一喊，把大家吓愣了。

"寇爱卿，还是听听众人的意见吧，都是同僚比肩，不要开口闭口就斩，兼听则明嘛。"宋真宗说。

王钦若一听，紧接着说："辽军迫在眉睫，形势已经危如累卵，陛下还是尽早准备銮辂，先走为上。寇老一心想战，就把战事交给他吧。"陈尧叟也附和说："对，对！寇老一贯正确，就把战事交他处理。"

宋真宗一见寇准气得浑身乱颤，心想，"澶州在打，朝堂也打了起来。"于是立起身来说："诸位爱卿少安勿燥，朕想问问大家，以朕的能力和父皇太宗相比，哪个更强些？"众臣见问，面面相觑，没有人敢答，最后都把眼光落在寇准脸上，希望这位一贯正确的老宰相能代表大家给出一个正确的答案。

寇准被大家看得浑身不舒服，同样不敢贸然开口。真宗只好自答；"以朕看来，朕的能力不及父皇十分之一，回想雍熙年间，我父皇三路大军，二十万精壮，大有踏平辽国之势，到头来二十万大军尽丧。遥想太平兴国年间，父皇挟胜利之师，灭辽国犹如折枝，可后来高粱河挨了两箭，无功而回。父皇英年早逝，就是这箭伤所致。"众大臣见真宗脸色灰暗，语调悲催，全都不敢吭声，朝廷上一时鸦雀无声，只有真宗的声音在墙壁间撞击，铿锵有力。

宋真宗用手指着寇准说："寇爱卿，朕问你，我父皇当年为何一败再败，是我父皇不英明，还是当时兵不强，马不壮？"王钦若一听也不依不饶地问："寇老，先皇太宗英明不英明？说呀！"

"说呀！"

"说也，寇老，给我们指一条明路！"

"陛下，自古'得中原者得正统'，我们一旦迁都离开中原，就会失去正统地位，圣贤说：'夷狄入于中国则中国之，中国入于夷狄则夷狄之'。我们一旦迁都江南，我们就成了夷狄，泱泱大国沦为夷狄，怎能号令天下，怎能让天下万国来朝？这倡迁都者，都属可斩之臣！"寇准一激动，满脸涨红。

"寇老此说虽然有理，可那圣贤的'华夷之教'，毕竟是一千多年前的事，朕更关注的是眼下我大宋王朝的情况。"宋真宗清了清嗓子，"当年我父皇继承了我太祖爷爷全部家业，有着天下最强大的禁军，有着原班能征善战的老帅和将领，为什么败了？败到国家积贫积弱，原因就是朕的父皇不听我太祖爷爷的教诲。太祖爷爷戎马一生，百战百胜，从没失手，为什么提出不可轻易和辽国交兵，为什么说用'封桩库'银来解决问题？太祖爷爷三十三岁登基，五十岁驾崩，难道我太祖爷爷三十多岁以后就糊涂啦，痴呆啦？"

朝堂上依然寂静无声，在大臣的印象中，宋真宗是第一次如此理直气壮地说话，也是第一次如此不客气地批驳寇准。"诸位爱卿，我父皇当年两次北伐，输掉了三十万精壮。一个国家要三十万壮丁，没有二十年行吗？两次兵败输光了国库所有的银子，把我爷爷'封桩库'里的银子也荡光了。这么些年，朕容易吗？诸位爱卿容易吗？如今国家稍稍恢复了元气，这都是大家共同努力的结果！寇爱卿，你别老是喊打喊杀博取历史清名，朕这里稍有闪失，输掉的就是整个江山。朕这些日子一直在思考太祖爷爷'封桩库'的方略，朕倾向迁都就是有个时间缓冲，让朕来思考理清爷爷的方略。"

二

澶州城北雨雪纷纷，万千火把犹如游龙，云梯、战车，厮杀声，箭如飞蝗，战车、巨木撞击着城门，震耳欲聋。年过半百的萧太后足踏皮靴，紧身小服，挥舞着手中马刀，指挥着辽军三面围攻北城，至少有七八面盾牌护卫着这位满头华发的太后。

澶州城头陈列着一块块巨石，那是拆庙宇、拆学宫、拆民居得来的，除了士兵，城中所有的精壮都参加了保卫战。城下到处是血，城头到处也是血，一个战士被连发的箭钉死在城楼的木柱上，死状极其恐怖，也极悲壮。守将李继隆在城垣的每个要害点都安置了强弩扼守，这强弩就是弓箭时代的狙击枪，威力大，命中率高。足令敌人丧魂落魄。已经是当夜的第七次攻城，澶州城依然纹丝不动。

北城正门的墙头上陈列着两只面目狰狞而又威武的石狮，那是从护国寺搬来的，每只近千斤，砸下去人就成了肉饼，那是准备在关键时刻用来砸烂撞击城门的战车。辽兵似乎早已经把生死置之度外，族里族亲几万兵，一批人倒下去，另一批又上去了，前仆后继，生命的历程似乎合情合理结束在攻城的进程中，没有价钱可讲，只见冲上去，不见退下来的。

破晓的第一声雄鸡打鸣了，不久，鸡鸣声此起彼伏。萧太后急了，推开盾牌就要冲出去，两个侍卫死死地按住她，一支强弩从盾牌的空隙处穿过来，撕裂了她身上的披风，太后恨得咬牙切齿。这时候，先锋官统军使萧挞凛过来，萧太后对这位活抓杨业的辽军第一勇将发布了命令，"天一亮，带人观察地形，寻找攻城的薄弱地段。"萧挞凛领命而去。

黎明的曦光铺撒在城外雪地上，尸体狼藉，血和着雪，格外耀眼。萧挞凛领着三个侦察兵骑马绕城而行，澶州的防守几乎是滴水不漏，很难找到薄弱环节，萧挞凛不得不贴近一些距离细心观察。

"大帅，小心点，这在宋军强弩的射程内。"随从提醒说。

"别怕，我能避得开。"

澶州守将李继隆从城堞后爬起来，一夜的折腾，已经精疲力竭，他睁开布满血丝的双眼，突然间发现城外几骑马，阳光照在他们的战甲上，分外显眼。李继隆警戒起来，看得出他们是来侦察地形的，"强弩手，所有的箭集中在那位大将上！"执掌床子弩的头目张瓌（音鬼）领令，立即召集弓箭手搭箭。

这时候，萧挞凛一行四人正由西朝东走，马身右腹朝着城的方向，萧挞凛感觉到有一批箭正向他们射来，大喊一声："左翻身。"刹那间四人一个翻身，藏在马腹的左面，箭从马头、马身上面呼啸而过。张瓌那床子弩，长如梭镖一样的巨型箭一下穿透马身，从右面直透左面，钉进了萧挞凛的小腹。那马扛不住这一箭，身体向外一倒，整个重量压在萧挞凛的身上，又把箭镞深深地压进了萧挞凛肚子里。三个侦察兵翻身下马，好不容易将萧挞凛的青鬃马推起来，箭镞将萧挞凛的肠子都钩了出来。萧挞凛只觉天旋地转，昏昏沉沉，捂着肚子艰难地爬起来，说时迟，那时快，这时候，又一支箭不偏不倚钉在他的额头上，萧挞凛立时感到两耳蝉鸣一样轰响起来，一阵晕眩，平身栽倒在冰花雪地上。三个侦察兵急忙抬起萧挞凛，亡命地逃跑。

三人将萧挞凛抬进萧太后的大帐，随军医生赶到的时候，萧挞凛已经断了气。萧太后、韩德让登时大哭起来，前军将士也都哭起来。萧挞凛是太后的族弟，又是前军的统帅，太后军中的得力助手，他的死，影响了前军的军心，也影响了太后南下的决心。

消息传到汴京，寇准高兴得手舞足蹈，立刻将这消息传遍了整个朝廷，又底气十足地对宋真宗说："陛下神武非凡，若大驾亲征，敌人必定不战自溃；如若不然，还可以纵奇兵挫败辽兵，坚守城池使敌人劳师费财；我逸敌劳，可稳操胜券。为何要抛弃宗庙，流亡到偏远的楚、蜀之地呢？"老宰相毕士安立时附议，也力劝真宗亲征。

这些日子，宋真宗一直在考虑着太祖那"封桩库"的问题，还没最后理出个头绪，这会听了寇准的话，也觉得不无道理。作为宋朝的第三位皇帝，宋真宗有更优越的条件去接受教育，本质上他就是个读书人，他更崇尚的是道家的无为而治。比起他的父皇，他不像太宗那样豪横，他有主见有理性，但绝非软弱之辈。这会儿他也觉得，该是到了他这个皇帝出面的时候了，于是说："寇爱卿，朕也想到前方看看。"寇准一听，一下满脸红光，忘乎所以起来。

"朕这就回后宫准备一下，过午就出发！"宋真宗说着站起身来，准备退朝。寇准怕有意外，立马拦住，说："恳请陛下立即起驾，以安人心。"说着拉起宋真宗的袖子就走。"你这岂不是劫持吗！"宋真宗有点愠怒。"寇老，请你遵守一下君臣之礼！"王钦若制止说。

"去去去，这没你的事，你这个贪生怕死的迁都派。"寇准恶狠狠地瞪了王钦若一眼。突然间他想起了一件事，"启奏陛下，目前河北大名府，辽军攻势凌厉，形势吃紧，需要一名大员去统辖，臣举荐王钦若出任此职！"宋真宗准了他的奏。寇准这一举荐，就将一个迁都派挤出了朝廷。

"既食君禄，当整边疆。"想不到王钦若竟毫不犹豫地接受了这任务。这王钦若也是壮怀磊落的人，他提出迁都金陵，并非就是贪生怕死，确实也是为国着想，真宗时期要是能迁都金陵，靖康时期就不会因为汴京一破，北宋就亡了。可那时候，任何理性的观念在"华夷之辨"的伟大思想烛照下，都会被视为"逃跑主义"而在史书上落个不好名声。

三

再说宋真宗被寇准连哄带蒙带到澶州，到了南城，茶没喝一口，人没歇片刻，情况一点都不了解，又被寇准催着过浮桥来到北城。天下荒荒，胡兵又起战端，这宋真宗也是个肩挑日月、整顿乾坤的人，他对寇准的做法并不计较。来到北城，登上城楼，将士们一看龙旗御杖，前呼后拥，知道是皇上来了，军心大振，一时间"万岁"之声振时十里。没有多久，聚集到澶州的宋军越来越多。

月上雕栏，花荫满地。宋真宗在驿馆中睡不着觉，半夜爬起来走走。但见苍松夹道，翠梧高耸，游廊如画，碧云亭就在水边。心想这澶州还有如此去处，白天紧张倒疏忽了。如今不妨一看，于是漫步来到庭前，拾级而上，但见亭柱上一对联，左边是"匣中剑气冲霄汉"，右边是"座上文光射斗寒"。"好联，好字！"

宋真宗正赞叹，一阵乐声悠悠传来，煞是好听，"花前调玉笛，月下弄瑶琴。好一派太平景象。哪像是战争岁月。"正想着，城外一阵喊杀声、厮杀声传来，宋真宗高喊一声："侍卫，牵马！"

宋真宗跨马来到城边，只见城中精壮正在搬运檑木、滚石和兵器。宋真宗蹑手蹑脚来到城楼，慌忙中谁也没注意到他就是皇上。城外鏖战急，月色中刀光剑影，人仰马翻，死伤遍地，弥漫着一股腥风血味。透过城楼的烛光，宋真宗往门楼里一看，只见寇准和守将李继隆正在饮酒下棋，一派悠闲的样子，"好你个寇老头，将士军前半死生，你却在饮酒作乐。"正要推门进去，转念一想，"你寇老头不当一回事，我还怕啥？"这一想心也安定下来，心平气和地回到驿馆。

一觉醒来是个好天，日朗风疏天气爽，清清的露水湿润了地上的灰尘。宋真宗神清气爽，心情很好。这时候，随班的官员前来，送来了辽圣宗和萧太后议和的信，宋真宗一看，正合夙愿，立时令人回信表示：宋朝并不喜欢穷兵黩武，愿双方息战安民。又派殿直曹利用为使者议和。

辽国也派使者韩杞前来面见宋真宗，辽方希望宋朝不要扩大事端，历次征战，辽方仅仅为了讨还被后周世宗拿去的关南故地，无意于宋朝的领土，只要宋朝将莫州、瀛洲割还辽国，立即罢兵。宋真宗一看，不觉皱起了眉头，这莫州、瀛洲回归中原已经好多年了，如今又从我手里割出去，这如何向百姓交代，后人也会唾骂的。可这辽使也再三表示，燕云十六州是他们的先祖用生命和军费从石敬瑭那里换来的，你们前朝割让出来的土地，怎么能想要就要回去，并以此为借口，一次次想灭亡我辽朝。长此以往兵戈是不会平息的。宋真宗好些作难，拿不定主意。只好召集百官讨论。

寇准这下又来了劲，慷慨激昂地说："那辽朝蛮夷小邦，这一次一定要打他个屁滚尿流，让他献出十六州，纳贡称臣。只有这样，方可保百年平安；不然，数十年后，敌人仍会生事。"

寇准话音刚落，陈尧叟就出来说："寇老，你有没有搞错，你会不会看图，这辽朝是小邦吗？辽朝的国土等于我们两个宋朝。那么容易被你打个屁滚尿流，那么容易被你勒令纳贡称臣？你别耸人听闻，博取历史名声好不好？这样是会误国误民的。"

这时候宋真宗收到大名府王钦若的来信，信里恳请皇上早日结束战事，为子孙计，考虑迁都金陵的事。宋真宗刚看完信，就见寇准青筋暴跳，一副要和陈尧叟拼命的样子，赶紧说："寇爱卿，你冷静点，你说数十年后敌人仍会生事。朕想，数十年后，我朝自有御敌的人物，眼下朕不忍生灵涂炭，姑且议和吧。朕想，就用我太祖爷爷的办法，用封桩银来赎买吧。"

曹利用出使辽营前夕，来问宋真宗，到底可以给辽朝多少？宋真宗不假思索地说："如果需要的话，百万也可以。"从宋真宗那里出来，曹利用就被寇准召到帐下，寇准对他说："所许银子如果超过三十万，回来是要砍头的。"这次议和，宋最后以每年给辽十万银子，二十万匹绢达成和议，这就是著名的《澶渊之盟》。

《澶渊之盟》是和平之盟，宋真宗是宋代第一个认真贯彻太祖赎买政策的君主。赎买将两个民族的损失降到最低，宋方保住了关南莫州、瀛洲的土地和国民，这两个州的国民经济总产值远远超过白银十万两，绢二十万匹，这对宋方是合算的。更重要的是，《澶渊之盟》中，两个长期敌对的民族和国家结成了兄弟之邦，宋为兄，辽为弟，这种新型的国家关系符合当时历史发展的方向，兄弟之邦保有了边境一百二十年的和平，这是宋代最美好祥和的历史阶段。《澶渊之盟》之后数十年后，辽邦并没有生事，倒是宋方《海上之盟》，联金灭辽，给自己带来了无穷的灾难。

第八章

宋金联盟

宋徽宗时期，随着女真的崛起，在完颜阿骨打的率领之下，女真人为争取民族解放与民族独立，奋起反对其宗主国契丹辽，取得节节胜利，面对变化了的外部形势，宋徽宗与女真人订立了《海上之盟》，试图回收前朝割出的幽燕十六州。

虽然宋徽宗想有所作为，但《海上之盟》的签订，意味着宋撕毁了《澶渊之盟》，是一个策略上失误的盟约。

《海上之盟》包含了宋方不切实际的构想，异想天开地想用原来赎买关南两个州的岁币来换取燕云十四州加平州一带。由于输出与收回过于悬殊，故只能含糊其辞，由此而埋下分裂的伏线。条约生效之后，由于宋王朝未能严格执行盟约的要求，自觉不自觉地得罪了盟友，双方合作几经反复。

不过，总体而言，《海上之盟》实施之后，对于宋方来说还是很合算的。宋方收回了燕京故地六个州，外加燕京。这对于宋徽宗来说，无疑是一项伟大的功绩。

第一节 女真的崛起 [1]

一

传说，女真人的历史上有一位叫名函普的老人。

白雪皑皑，风声如笛，辽东的天黑得特别快。傍晚时分，完颜部一只猎狗拖回了一个黑乎乎的东西。猎狗放下那口中物，"汪汪"地吠了起来。族中人以为什么猎物，呼地一下围了过来。"一个死老头。"看老头的穿戴不是本地人。完颜人可怜他客死他乡，挖了个浅坑，草草地将他埋了。完事之后，那猎狗死也不肯走，一直蹲在那里，眼泪汪汪地号叫着。

不久，猎狗又引来了两只狗，它们用前爪拼命地刨，很快就将老头刨出来，它们将他拖到猪圈边，垫上牧草，让老头睡在上面，老头已经冻僵了。三只狗偎依在他身边，像个火炉一样让那僵硬的躯体缓缓复苏。东方露出鱼肚白的时候，老头终于醒了过来。猎狗高兴得眼睛闪闪发亮，一下窜了出去，不久，就叼来一块猪肉。老头知道这三只狗是自己的救命恩人，他摸索着在绑腿中找出一把小刀，将猪肉分成四份，各得一份。

当完颜人起来的时候，发现这老头死而复生，还在吃肉。一下子传开去，人人觉得这老头不是凡人，全村落的人都来朝

---

[1] 女真（Jusin）在不同时代因为汉译音不同而在史料中留下了不同的称谓，尧舜至西汉叫作肃慎，东汉叫作挹娄（音一楼），南北朝称为勿吉，隋唐之际叫作靺鞨（音莫和）。隋唐时期，粟末靺鞨曾建立了经济文化相当发展的渤海国，在这个多部族的国家，女真人是其中一个成员。女真通常又被认为属于通古斯人的南支。历史上契丹人在征服女真之后，将他们分割成五部：生女真、熟女真、非生非熟女真、东海女真、黄头女真。

见他。他们终于弄明白，老头叫函普，六十多岁了，从高丽来，虽说是高丽人，祖上也是粟末靺鞨人。

眼下高丽正在打仗，老头的家人全死了，老头记得祖上说过，老家就在北面，他于是一路风雪，千里奔波，死也要死回祖宗的土地。

说起来投缘，那时候的女真人没有书契，没有约束，出了问题也不知道如何处理。人就像动物一样，为了争食，互相厮杀吞噬。完颜部曾杀死过隔邻部的人，从此两个部族就经常殴斗仇杀，关系越来越恶化，没办法和解。族中人整天提心吊胆，不知什么时候出去就再不能回来。

他们见函普不同凡人，酋长于是对函普说："如果你能替我们解除这个怨恨，使两族不再互相残杀，我们部中有个才女，年纪六十岁还没嫁，就嫁给你吧。"函普慷慨地说："行！"于是来到怨家的部落说："因为杀了一个人就不断械斗，相互间死伤越来越多，不如只诛杀那个首乱的人，再让他们用物质来赔偿你们，这样就可以不再争斗而得到利益，怎么样？"怨家同意了。函普于是给他们立了一条"约法"——杀人者，赔被杀者家一口人，马二十，牛十，黄金六两。两相消除仇恨，不得再私斗。众人都说好："谨遵约法。"这个约法叫作"解仇法"。

有了约定俗成的"解仇法"，女真人逐渐懂得规矩，避免了许多仇杀，逐渐走出了野蛮。后来函普就娶了族中那个六十岁的才女，不久生了二男一女，这样的年纪还能生孩子，难道不是天意吗！[1]

---

[1] 见《金史·本纪一》。

二

函普之后过了十代，迎来了女真人辉煌的岁月。女真的辉煌是建立了金王朝，金王朝的缔造者叫完颜阿骨打。

辽王朝道宗年间，也即公元 1068 年 8 月 1 日，这一天，东方不断出现五色云气，云气不断聚拢，形状就如那二千斛的谷仓一样。司天监孔致和见天现吉相，祥云袅袅，私下对人说："眼下有一个非同寻常的人出生，将来会建立非同寻常的事业，老天以它的形象告示人们，这不是人力所能做到的。"[1] 就在这一天，阿骨打出生了，他是劾里钵的次子。

劾里钵的长子叫乌雅束，次子就是阿骨打。阿骨打的爷爷叫乌骨乃，他们的家族累世是女真完颜部酋长。早期的女真族有几十个氏族，星罗棋布地分布在不同的方位，不相统属，完颜氏在女真诸部中地位并不突出。到了完颜阿骨打的爷爷乌古乃任完颜部酋长时，完颜氏逐渐发展成为一个强大的部落。不久，乌古乃又征服和联合了十几个部落组成了部落联盟，乌古乃成为部落联盟长，被辽王朝授予节度使称号。乌古乃利用辽朝授予的官职，加紧统一女真各部的活动。乌古乃死后，他的儿子劾里钵继任联盟长。这一时期，联盟已扩大到三十个部落了，这为阿骨打建立金国奠下坚实的基础。

天庆三年（1113 年）十月，完颜阿骨打的哥哥乌雅束早逝，阿骨打继任成为联盟长，阿骨打曾为巩固女真部联盟多次作战得胜，被辽朝授予"惕隐"的官职，这一官职主要是处理贵族政教事务，这使阿骨打成为完颜部中掌握军事与政治权力的重要人物。由于阿骨打的努力，女真各部落的联盟已经相当巩固。

---

[1] 见《金史·太祖本纪》。

天庆四年（1114 年）六月，辽天祚帝派使臣授予阿骨打节度使的称号，想要笼络住女真人。

这一时期的辽王朝距阿保机立国约二百年，契丹人完全习惯于太平社会过安乐的日子。他们丢弃了传统的尚武精神，热衷于游猎，这是辽阔草原最富刺激性的娱乐活动，为此，每年女真人必须向辽天祚帝上贡打猎专用的鹰隼——"海东青"。"海东青"最终成为女真人与辽王朝反目的导火索。

天越来越冷，大地冻得瑟缩发抖，无边无际的草原上，马队的身上披着一层薄霜。马驮着人参、貂皮、北珠、蜜蜡、麻布等，这是每年定期上交给辽朝的贡品。辽朝天祚帝即位以来，赋贡越来越重，几乎成了租税，除了上交之外，女真人所剩已寥寥无几了，他们内心的怨气越积越厚。

刚刚拉走贡品，成群的官吏和奸商就来了。他们穿着丝棉袍，外面套着貂皮褙子，和女真人那粗糙的猪皮衣服形成了天壤的差别。官吏和奸商闯到女真人的家里，放下一点粮食与几个铜钱，不由分说就将那貂皮、北珠拿走，女真人敢怒不敢言，仇恨的种子在女真人的心中开始发芽。

北风凄厉，呼呼地叫着。土院中，阿骨打正在训练一只"海东青"。这鹰在鹰架上已经有四天没有睡觉了，筋疲力尽磨蚀了它的野性，这叫"熬鹰"。过了熬鹰一关之后，阿骨打用薄薄的瘦肉片裹着麻线团喂鹰，鹰吞食之后，消化了肉片，消化不了麻线团，只好把麻线团吐出，麻线团出来时，把鹰肠胃中的肥膘也拉出来，这叫"勒腰"，几次"勒腰"之后，鹰的身围瘦了，肌肉却强劲起来，能"轻装上阵"，飞上九霄。

阿骨打正聚精会神地训着鹰，就见族人来报："辽朝银牌官来催讨海东青。"阿骨打一听，火噌噌地冒上来。"神雕那么容易抓捕吗？让他们等，抓到再说！"

海东青是女真人的神鸟，有"万鹰之神"之称[1]，民间说："九死一生，难得一东青。"据说，一名罪犯若得到一只海东青，将其上缴朝廷，可免罪释放；一个普通人家上交一只海东青，可以封官受赏，更何况海东青是他阿骨打生命之鹰。小时候，阿骨打听母亲说，阿骨打即将临盆时，辽军又来杀人。完颜阿骨打的父亲劾里钵保护着妻子边战边退，他们退至乌拉山下，劾里钵已经身负重伤，妻子在草丛上生下了一个胖小子。正在此时，辽兵冲了上来，危急间，一只玉爪玉嘴的海东青从天上降下来，围着刚刚出生的男婴飞来飞去，不停地叫着："阿骨——打！阿骨——打！"

海东青的叫声惊动了乌拉山的山神阿古，山神以为是让他打辽兵，大吼起来。吼声过后，大大小小的山头都听到了阿古的呼唤，纷纷打开山门，让山水冲下来。迅猛的山洪把辽兵冲得七零八落，死伤无数。劾里钵为了感谢海东青和山神阿古的救命之恩，将生下来的孩子取名为阿骨打，海东青也成了阿骨打生命之神。

海东青产于辽东，[2]个头不大，最重可达六公斤。身高一米左右，两翅展开两米多长。它天性凶猛，喙爪像铁钩一样硬，可捕杀天鹅、野鸭、兔、狍及狐狸。是世上飞得最高最快的鸟，相传十万只鹰才出一只海东青。就为了上贡海东青，女真人苦不堪言。不少人家家破人亡，妻离子散。阿骨打每年只能将这任务分派到族人中。

每年的十到十二月，女真人就前往松花江两岸，黑河抚远

---

[1] 《柳边记略》记载："海东青者，鹰品之最贵重者也。"

[2] 《本草纲目·禽部》记载："雕出辽东，最俊者谓之海东青。"

一带捕抓海东青，他们先在山坡向阳处，用三块石头搭个"П"形支架，内放一块山石，模拟鹰神居住的神山。然后插草为香，用酒祭奠后，便张开罗网，在网上拴一只鸽子或鸡为诱饵，捕鹰人躲进用树枝树叶搭起来的"窝棚"里，静候鹰的到来。有时，捕鹰人要蹲上几十天，称作"蹲鹰"。鹰从高空盘旋而下，前来扑饵，落网被擒。

神雕不是每年都会来扑饵，有时候几十天过去，"蹲鹰人"望眼欲穿，空等白蹲。朝廷催贡的银牌官倒不急，每次催贡，银牌官都会将男人赶出去"蹲鹰"，将他们的妻子女儿留下作为人质。人质必须侍候银牌官吃好喝好，几十天下来， 这些人家早就被折腾得鸡飞狗跳，山穷水尽。最可恨的是侍寝，霸占人家妻子女儿。受尽凌辱的女真人心中的仇恨就如那地壳下面的岩浆一样，一旦爆发，将天崩地坼。

阿骨打正窝火，就见属下来报："赤术家婆娘和两个女儿上吊啦。"阿骨打一听， 拔出腰刀一挥，大声吼叫起来："来人！"话音刚落，就见手下进来，大声说："皇上有旨，令你参加头鹅宴！"

所谓头鹅宴，实际是去协助皇上猎天鹅。阿骨打是个血性汉子，自从被封节度使，不得不学会隐忍。他在等候，等候一个可以擂响战鼓的时刻。这会儿听说头鹅宴，只好收起腰刀，带上那只海东青悻悻出发了。

四

阿骨打赶到春州围猎地点，但见天祚帝立在高处，威风凛凛，就像指挥着一场激战一样。成群的随臣引着犬，膀上架着鹰，有的用帽子盖着鹰的头和身子，一帮士兵敲着木鼓高声呐喊，吆喝，他们是围猎中"赶仗人"，山林中的飞禽走兽受到惊吓，四处逃窜，这时候，王公随臣挪开帽子，那鹰呼的一声窜了出去，疾速如电闪雷鸣，强劲如千钧击石，山林中立时响起一阵"扑棱棱"的声响，野鸡振起翅膀，疯狂地回击扑打，做垂死的挣扎。两只被追得走投无路的野兔，躲在草丛中，反身扳着树枝弹向海东青，这叫"兔子蹬鹰"。

就在鹰兔激烈的鏖战中，阿骨打肩膀上那只海东青像是听到什么异动似的，呼的一声窜出，天祚帝膀上的神雕也随之凌空而起。两只神雕都是玉喙玉爪，羽毛赤金，无疑是鹰中极品。众人见状，知道有情况，纷纷抬头张望，只见两只海东青旋风扶摇羊角而上，很快就变成两个黑点，隐没在云层中。

好一会儿，就见一个"人"字形雁阵凌空过来，那雁群时而平飞，时而侧身振翼，显得格外祥和。这时候就见两个黑点从云层中疾速俯冲而下，就像两支投射出来的飞镖。阿骨打那只海东青稳稳地踏在头雁的背上，两只钢铁般的爪子死死地钳着头雁的翅膀。

大雁也称天鹅，是禽中贵族。它雍容华贵，贤淑沉静，民间常用它来比喻美女，殊不知它的翅膀有千钧之力，一只湖中的天鹅伸开翅膀，可以把一只凶恶的鳄鱼打懵；一只陆上的天鹅可以打断狼、狐狸的腿。翅膀就是它们的武器。如今头雁的翅膀被海东青钳住，毫无办法，只能任其摆布。那只海东青就像草原上的勇士驾驭着骏马，在疾驰中稳稳地降落下来。

雁群跟着头雁飞，几十只雁子跟随着大雁扑簌簌地落了地。"赶仗人"早就张开了网，一网罩尽。天祚帝高兴得手舞足蹈，"赏，赏，有赏！"连滚带爬地冲过来，一见逮住头雁是阿骨打那只海东青，脸上掠过一丝不快。

山林中燃起了熊熊篝火，头鹅宴地开始了。这是一种规格很高、很隆重的盛典。辽朝每年的"头鱼宴"、"头雁宴"是各部首领前来觐见的季节，他们会带来各色各样的奇珍异宝和特产晋献给天祚帝，天祚帝借此考察各部的忠诚度，也展示帝国的天威。

木质托盘摆着头雁，今年这只头雁是近年来最大的一只，足有三十多斤，这预示这契丹人今年会是一个吉庆的好年头。天祚帝手捧托盘，用力举过头顶，将它敬献给祖先。接着，吏部尚书将两根最美丽的鹅毛插在天祚帝的皇冠上。天祚帝又将其他鹅毛分赐给随臣。天祚帝一时高兴，令两只海东青也来参加宴会，赐给它们一些野味。

借着几分酒意，众人纷纷夸说天祚帝的海东青真乃天赐神鸟，一举捕获天鹅数十。天祚帝再糊涂，也听得出这是阿谀逢迎之词，他纠正说："今年这头雁是女真部阿骨打的雕鹰抓住的。阿骨打的海东青非同凡响，比朕的更胜一筹！"天祚帝一口喝光杯中的酒，不甘心地说："这样吧，阿骨打，朕赏你二百金，这海东青就算你献给朕！"

"不献。"阿骨打倔强地一口拒绝。众人不由大吃一惊，换作任何人都会将这作为巴结皇上的好时机，这阿骨打怎么这么笨，一时间个个目瞪口呆地看着天祚帝和阿骨打。

"献还是不献？"天祚帝又问了一句。

"不献。"阿骨打又是强硬拒绝。

"有何道理不献？"天祚帝拉不下面子，开始发怒了。

"海东青是我阿骨打生命之鸟，救过我阿骨打的命。"

"好啊！诸位爱卿听听，海东青是阿骨打生命之鸟，救过阿骨打的命。朕倒要看看它能否救得了他阿骨打？"天祚帝龙颜大怒，"来人，给我拉下去打！"随着他的一声大喊，拥上两个侍卫，将阿骨打按倒在地，挥起棍子就打。

"阿骨——打，阿骨——打！"天祚帝大吃一惊，不知谁在喊叫阿骨打。仔细一看，原来是阿骨打的海东青，天祚帝嘿嘿冷笑起来："看你这畜生是怎么救主？"

这时候就见海东青振翼飞起，遂又降落下来，一翅膀恶狠狠打在侍卫脸上，侍卫脸上立时出现几道印痕，倒在地上，海东青紧接着一翅膀又将另一个侍卫打倒，嘴巴一啄，将侍卫的眼睛啄了出来，连血带珠一口吞下。侍卫一声号叫，登时满地打滚。

阿骨打慌忙爬起，海东青将他引到林边，用嘴巴拉开缰绳，阿骨打翻身跃马而去，海东青稳稳地立在马的后胯上。天祚帝一见，立时拔出箭来，一箭就向阿骨打射去，海东青一翅膀就将箭扫落在地。

天祚帝眼睁睁地看着阿骨打逃之夭夭，怒气未消地对枢密使萧奉先说："阿骨打桀骜不驯，意气雄豪，未来必是我大辽的后患，干脆把他杀掉算了。"

萧奉先说："阿骨打就是一个粗人，不知礼义。为了一只鹰将他杀了，恐怕会伤害各部落的向化之心。皇上不必担心，女真不过是个蕞尔小国，成不了什么气候，还是不杀为好。"天祚帝听了萧奉先的一番话，才打消要杀阿骨打的念头。

五

阿骨打一口气跑回驻地，他知道祸闯大了，立刻将各部首领召集来，要他们带领族人，严加守备。又令女真人建城堡、修器械，准备和辽朝打仗。

辽天祚帝接到报告，"女真人有异动，想造反。"天庆四年（1114年）六月，天祚帝命东北统军司节度使萧挞不野领契丹、渤海兵八百人进驻宁江州（今吉林扶余北伯都纳古城）防备。天祚帝并没把女真人放在眼里，以为一千几百人马就能把女真造反事件平息。

阿骨打接到消息，先发制人，以完颜银术可、完颜娄室等为将帅，召集移懒路完颜迪古乃兵及斡忽、急赛两路女真甲马进军宁江州。九月，完颜阿骨一路打到寥晦城（今黑龙江双城西南前对面古城）与诸路兵会合，共有两千五百人，他们在涞流水（今拉林河）下游渡过了河，在石碑崴子屯（今吉林省扶余东）得胜陀之地举旗誓师。

衰草荒烟，云寒露冷，这支两千五百人的队伍气昂昂地面对着阿骨打，阿骨打率领他们祭告过天地，将手中的梃在地上顿了三顿，大声说："你们当同心尽力，有功者奴婢可以作平民，平民可以做官。原先有官职的，可以按功劳大小进升。如果违反誓言，身死梃下，家属也不能赦免。"誓师毕，马不停蹄地向宁江州进军。

东北统军司使萧挞不野急忙将军情上报天祚帝，辽天祚帝正在庆州游猎，接到报告，派遣海州刺史高仙寿统渤海子弟军前去救援。女真兵行到扎只水（今名夹津沟），铲平堑沟，进入辽境，立即遭遇渤海军。完颜阿骨打见辽兵来势汹汹，吩咐部下佯退，诱其追击。

女真兵边退边战，辽骁将耶律谢十挥刀跨马拼命追杀而来，只见他红须乱乍，赤发飘扬，倒竖雄眉，口中生烟，咕嘟嘟乱喊，一路砍了几个女真兵，朝着完颜银术可直追而来。完颜阿骨打让过他的马，从走兽壶中拔出一支箭，又从飞鱼袋中取出弓，把弓掰满，只听"唰"的一声响，那箭崩断甲叶，直透肩胛，耶律谢十一头栽下马来，恰好完颜娄室马到，一刀就将他劈了。渤海兵见主将阵亡，登时慌了手脚，仓皇溃逃，自相蹂践，十死七八。

完颜阿骨打乘胜直逼宁江州，填堑攻城。宁江州城内，宁江州兵、渤海兵加上四院统军司总共只有八百人马，宁江州兵出东门迎战，几乎被杀光。十月，完颜阿骨打攻克城池，俘获防御使大药师奴，又击退萧挞不野，俘获大量马匹和财物，胜利回师。

宁江州之胜，大大鼓舞了女真人灭辽的信心。女真由两千五百人增至三千七百人。

不久，阿骨打又派人招降辽朝统治下的铁骊部渤海人和辽籍女真人（编入辽籍的曷苏馆女真），壮大了力量，扩大了声势，接连又打了几个胜仗。

天庆五年正月初一（1115 年 1 月 28 日），完颜阿骨打在会宁（今黑龙江省哈尔滨市阿城区南白城）称帝，建立大金，年号收国，改汉名完颜旻（音民），当年九月，攻占黄龙府（今吉林省农安县）。

完颜阿骨打以两千五百人起兵，一年间建立了国家，不断招募不同民族的知识分子，对汉文化尤其倾慕，又联合辽王朝中不满辽统治者的族群，共同起来反对民族压迫，逐渐稳固了国家，此时的他已经如一只海东青，冲刺翱翔在草原的天空。

辽天祚帝得知黄龙府失守，阿古打已经立了国，一时如鲠在喉，如芒在背，于是倾全国兵力，亲自率领七十万大军，鲸吞席卷下辽东。气势汹汹前来征讨阿骨打，务必将阿骨打消灭在混同江（松花江）畔，会宁城中。这时候阿骨打的兵力只有两万人，两军人数比例是一比三十五。

听说阿骨打亲率大军前来，女真人开始惊慌了。"七十万啊，怎么打啊？我们就是把刀刃砍卷了，也杀不完啊！""不如趁辽兵未到，先跑，迟了就跑不了。"众人相信这一次金国必亡无疑，纷纷聚集到阿骨打的居所，想要看看他的是啥主意。

就在众人惊慌失措之际，只见阿骨打满脸是血进来，对大家说："现在我们只有两条路可走。一就是把辽兵打回老家去！二，你们是跟着我造反的，我阿骨打无德无能无福分，带累你们玉碎珠沉。你们只要把我绑定，送给天祚帝，解散了大金朝，就会平安无事的。怎么样？"

众人见问，面面相觑，纷纷说："皇上是一国至尊，率天下建立金朝，怎能把您送给天祚帝呢？"

"那好！现在只有一条路了，打！"阿骨打刚开口，就见的弟弟吴乞买提着一桶雪进来。

"煮雪！"随着阿骨打一声吩咐，熊熊的炉火燃烧起来，阿骨打向锅里丢进五根老山参。炉火映照这阿骨打的凛凛须眉，铮铮铁骨。他那高鼻鹰眼，竟如混同江畔一只海东青，随机待发，悲风万里。望着阿骨打脸上的血痕，只有吴乞买心里明白，阿骨打是以自残来唤起众将领"哀兵必胜"的斗志。

"我和你们说，别看天祚帝来势汹汹，有七十万兵。人虽多，天祚帝带不了，那些兵都是来自不同部族，很多和天祚帝离心离德，这样的军队再多也只能是累赘。天祚帝这个人成天吃喝玩乐，腰宽体胖，就像一只吃饱了的猫，不会抓老鼠的。"

众人越听越觉得有道理，不知不觉听得入了迷。阿骨打又说："虽然我们只有两万人马，我们就把这两万人集中起来，每次就打他一路人马。一路一路消灭他们，消灭不了，把他打残也行。只要我们坚持下来，胜利一定是我们的！"

众人的脸开始露出宽慰的笑容。就在这时，押进来几个辽兵。一审问，知道他们是押运粮草的。再审又得知天祚帝带着部分人马回军西撤了。回军的原因是平州知府张珏拒绝执行将令，背叛了。天祚帝怕后路被堵，带兵先去对付张珏。阿骨打一听大喜，立刻命弟弟吴乞买火速赶往平州，封张珏为临海军节度使，平州知州。只要张珏守住平州，平州将改为大金的南京，到时候张觉就是南京留守。

吴乞买刚走，众将领群情踊跃，纷纷要求乘辽军西归，追击他们。阿骨打微微一笑说："刚才你们还说逃跑，现在知道敌人撤军就想追击，想借此表现勇敢吗？"阿骨打见大家都羞愧地低下头，又说："真想追击敌人，那就轻装前往，什么都不要带，打胜了什么都有！"

第二天，一声令下，女真两万骑兵黑压压向前飞奔，大地擂响了万千面战鼓，他们终于在护步答冈（今黑龙江五常市西）追上了辽兵，抓了几十个俘虏，一问是渤海靺鞨人。阿骨打说："靺鞨人，不杀！"又对那些俘虏，"回去告诉你们的长官，如果想回家园，那就跟着女真人打契丹。想和女真为敌，统统都得死！"

渤海人亡国已经五十七年了，他们和女真都是靺鞨人，如今女真起来造反，他们很快就阵前倒戈。女真的队伍越打越多，由两万人变成了五万人。声势浩大起来。

秋为山林染上黄色，但绿未褪尽。傍晚的山峦闪烁着紫色的光，天空带着翠绿色，很美。如果不是眼前这如潮奔涌的骑兵，谁也想不到这里很快就将发生一场惊天动地的战斗。

夜色在马蹄声中降临。女真人全军点燃火把，齐声高呼："活抓天祚帝！""活抓天祚帝！"阿骨打一马当先，冲进辽兵阵中，横冲直撞。

天祚帝听说渤海兵反水，一时心胆俱裂，又听那喊叫声铺天盖地而来，吓得手脚皆软。他恨恨地说："我恨没有把阿骨打杀死在头鹅宴上！"枢密使萧奉先慌忙让侍卫给天祚帝换上士兵的服装，一行几十人闪进路边的小径，侥幸逃得了一命。

护步答冈一役，天祚帝七十万大军很快瓦解了，女真军缴获马车、军械、物资、宝物、牲畜数不胜数。

"阿骨打用兵真如神！""女真不过万，过万不可敌"的神话很快就传开了。

天祚帝犹如患了一场重病，一夜之间感觉自己老了，早已没有了头鹅宴上的气色与自信，此后，天祚帝躲在上京临潢府，不敢再轻言征剿女真人。辽金在攻守上发生了逆转。

天辅三年（1119 年），天祚帝送来了一封册封信，册封完颜阿骨打为东怀国皇帝。完颜阿骨打拆开一看，内心立时被郁闷堵住，此信满纸春风，暗藏的是杀机。什么东怀国，根本就不承认我大金国。论年纪我阿骨打比你大，也不称一声兄长，这么不尊重。还来册封我，明明就是压我一筹，不对等嘛。他将那信一撕两半，隔年就和宋朝签订了共同灭辽的《海上之盟》。

第二节 海上之盟

一

当金军屡败辽军的消息传到汴京时，首先激起了宋徽宗的"民族责任感"。这一时期的北宋，年号叫作"政和"、"重和"、"宣和"，国家在百年无战事的和平环境中，经济也算过得去，醉生梦死的徽宗皇帝要是愿意一门心思玩玩花石纲，练练瘦金体，有余力再炼炼金丹，做个道君皇帝，国家是不会亡的。麻烦就在这道君皇帝突然间来了民族责任感。

早在政和元年（1111年），宋徽宗曾派童贯出使辽朝，借机探听辽王朝内部的虚实。

童贯一路来到卢沟桥（今天的永定河），歇在一家客栈中。这客栈是个干净的去处，童贯推开窗牖，抬眼望去，古道迢迢环绿水，遥空隐隐列青山；卢沟桥畔，十里迷漫柳含烟，绿杨亭畔燕呢喃。瞬间又来了两只大喜鹊，落在客栈旁边的树上，"喳喳"地欢唱着，似乎是迎接童贯的到来。童贯一时高兴，临窗赏景，多喝了两杯，傍晚时分早早脱衣歇息。睡到半夜忽被侍卫推醒，说有一位辽国的读书人有万分重要的事前来求见。童贯困倦不想起来，猛然间想起那对喜鹊，于是挣扎着爬起来想看看有什么好事来临。

童贯迷迷糊糊刚立起身来，就见一位男子头戴方巾前仰后合地走了进来，那男子东歪西倒，满口酒臭，原来是喝高了。童贯刚醒，睡意未消，歪歪咧咧地指着一张椅子让座。

"岂敢，岂敢，门生哪敢和大人同坐。"

"既是自称门生，那就不必太谦。"报过家门，童贯方知这读书人叫马植，也称马政，燕京人。

"大人，深夜打扰，盖因事情委实重大。门生的性命值蒿草，社稷的仇恨重如山。"马植舌绽莲花地侃起大山，他说起大辽气数已尽，女真正在兴起。马植旁征博引，罗列事实，说到激动处，竟坐不住，忽然间跳上椅子，挥舞双手做起演讲。童贯佩服他的口才，却厌恶他的张狂。

突然间空中一声惊雷，狂风大作，犹如地裂山崩。一下将窗台上的一盆兰花、一盆海棠掀到楼下。雷声将马植震落在椅子上，可他依然口若悬河，侃侃而谈："你看，你看，这大辽就如这兰花和海棠，再美再好看，说倒，顷刻间就倒了。"一夜侃谈，马植给童贯的第一感觉就是一个趋势赶潮的士人而已。当夜别过之后就是四年，双方没有联系。

重和元年（1115年）正月，完颜阿骨打建立了金国，马植立刻秘密投书宋朝雄州知州，表达了弃暗投明的意思，他在信中说："近来辽天祚帝排斥忠良，引用群小，女真侵凌，盗贼蜂起，百姓涂炭，宗社倾危。我虽愚昧无知，但预见辽国必亡。"密信很快送到京城，徽宗读后与童贯谈起此事，童贯立时想起当年那个燕国的那个士人，确认有马植其人。徽宗指令将马植秘密引渡，接入宋境，亲自召见。

马植在御前侃侃奏道："辽国必亡无疑。本朝可派遣使者过海结好女真，和他们相约，共图大辽。万一女真得志，他们先发制人，利益可大了；本朝如果后发制人，许多事情就被动了。"书生意气的马植点燃了宋徽宗作为艺术家的那容易激动的情绪。徽宗对马植的见解如醍醐灌顶，赞不绝口，立时任命他为秘书丞，赐国姓赵，童贯又替他改名良嗣。

该不该与金人签订盟约，一开始就遭到朝中有识之士的激烈反对。太宰郑居中针锋相对，一针见血地指出："《澶渊之盟》到现在已经一百多年，兵不识刃，农不加役，即使汉朝唐朝的和亲政策，也远远比不上我朝的安边之策。如今四方无事，皇上却要贸然撕毁盟约，恐怕会招致天怒人怨的。更何况用兵之道，胜败很难预料。胜了，国库也差不多打光了，人民必定贫困；如果败了，贻害就不知道有多少？从前，以太宗皇帝的神勇，收复燕云，两战两败，今日怎么可以轻开战端？还是按照真宗皇帝的既定方针办吧！"

宋徽宗听了郑居中的意见，觉得有理，很是犹豫。奈何这一时期宋徽宗的一班中枢人物与近臣——蔡京、童贯、王黼、朱勔、高俅——都是一些晦暗无能的政治低能儿，却以书法获得了宋徽宗的高度信任，宋徽宗爱才，却不知道书法艺术与政治艺术完全是两码事。

宰相王黼（音甫）见宋徽宗态度暧昧，于是诱导说："'兼弱攻昧'，历来如此，也就是说应该兼并弱小的，进攻愚昧的。如今辽朝君主昏聩糊涂，为什么不趁机灭掉它？"这王黼人生得风流倜傥，善于逢迎，是个大贪官，卖官鬻爵，京师谣言："三百贯，曰通判；五百索，直秘阁。"就是用来讽刺他的。

枢密院执政邓洵武对于王黼这个"兼弱攻昧"的方略大为反感，认为是胡扯，他上奏反驳说："什么'兼弱攻昧'，那是两千多年前东周时期不同诸侯国之间的兼并和统一，如今我朝面对的辽、金，是两个不同的民族与国家。怎么可以将两千年前的事拿来作为今天的准则？我朝目前兵势不振，民力凋敝，我不明白，到底是与强大的金国接壤，还是和弱势的辽国为邻更安全些？"

那时候的高丽国王也特地捎了话来："辽是兄弟之国，保存它可以安定边境；金是虎狼之国，不可结交啊！"辽国也得知宋朝的异动，特来函提醒，宋辽兄弟之邦，不可忘记"唇亡齿寒"的教训。四川广安有一平头百姓安尧臣，也上书力劝不可对辽用兵。

午时寂寞，树静蝉鸣。宋徽宗手里把着一本书，正在推敲着"华夷之辨"的要义。阳光直射下来，后脑勺被照得热烘烘的。宋徽宗心想，太祖用封桩库银来解决燕云十六州的问题，虽然和平却丢我华夏志气；真宗与辽人兄弟相称，此后还有什么华尊夷卑？天下事要是都平等了，岂不人人都可当皇帝了，世间的秩序不都乱了吗？太祖、真宗的做法也未必对。

宋徽宗回想起自己的一生，武略虽然比不上祖先，可文韬却不遑多让，我赵佶这一生已经过了半世，难道就写几个瘦金体，画几张画，炼几颗金丹，玩几块石头？这怎么向百姓交代，怎么对得起历史？皇上嘛，还是应该更有作为些，要有作为就要敢于打破祖先的框框，对！只有打破太祖、真宗的条条，才能做出祖先没法做出的成就！想到这里，宋徽宗心里有几分激动，几分悲壮。

宋徽宗压根就不知道女真是一个什么样的民族，这是一个刚从山林中走出，不久前才有了简单约定法的民族，这样一个民族，想要在人世间立足，唯一能做到的就是以自身的军事力量向天下人表明，他们足够威猛强大，你不能随意欺负他、歧视他，你要是看不起他，他就会和你拼到底。这样一个民族，他会崇拜你，学习你，效仿你，但他不会事事听从你的安排。

太宰郑居中、枢密院执政邓洵武，以及高丽国王的劝谏，就是要宋徽宗对于这样一个不甚了解的民族最好是避开他，别给自己找麻烦，应该说，这些意见还是可资参考的。可这时候的宋徽宗一心想做出祖先无法做出的成绩，一心想要利用金王朝来灭亡辽朝。这样他就安下罗网网宋朝，设下金钩钓赵氏。

重和元年二月，宋徽宗决定派武义大夫、登州防御使赵良嗣一行八十人，出使金国。围绕这国书如何写，合朝又吵翻了天。众大臣多认为，金人虽然立了国，但一个周边小邦，不能以国书对等交换，至多只能给完颜阿骨打一个"节度使"的身份。

赵良嗣一听，慌忙出班奏曰："不可，不可！千万不可！金决非蕞尔小邦，她的国土远远大于我大宋王朝。如今金人风头正劲，收复十六州，那是我方有求于金，万万不能端架子开罪他们，还是应该以皇帝称呼之。"

赵良嗣话音刚落，立刻招来一片责骂声，王黼直指赵良嗣的鼻尖说："赵大夫，你是不是没有读过书？那金邦国土再大，也不过一时的暴发户，我中原煌煌大国，历来只对周边下诏书，这宗藩关系就是君臣关系，何时需要称他们为皇帝？"

赵良嗣见说，又将辽天祚帝册封完颜阿骨打为东怀国皇帝，阿骨打觉得语气不恭，立刻撕毁册封书，想以此说明此事不可掉以轻心。蔡京立马又指着他说："他辽朝哪有资格册封金人，要是谁都能册封的话，还要我大宋天朝干吗？"

宋徽宗见吵得不亦乐乎，摆摆手说："诸位爱卿，那就由朕给阿骨打写封信，把朕的想法告知他罢了。"赵良嗣心想，一个八十人的使团，没有国书，只带一纸便笺，岂不是让金人下不了台，金人下不了台，我赵良嗣能有好果子吃吗！他跪着死死不肯接受使命。宋徽宗见赵良嗣脸如死灰，头上沁出豆大汗珠，知道他见识少，只好让太尉童贯陪同他一起去。

这一时期的出使，受地理环境的限制，到金国必须经过辽境，故只好改由渤海进入高丽，再登陆辽东，由于走的是海路，故期间签订的盟约称为《海上之盟》。

童贯一行来到金国，递过信件求见。完颜阿骨打看过，脸立时黑下来，正想发作，就见身边众臣暴跳如雷，那粘罕最受不得这气，他拔出刀来，"我去把他们杀了！"阿骨打慌忙喝住了他，阿骨打历来敬仰宋王朝的文明，他强压抑怒火，大吼一声："把他们带进来！"。

童贯、赵良嗣进来，就听金朝文武哄堂大笑，笑得前仰后合，原来这童贯是个太监，不男不女，人称媪相，宦官任来使，实在有点不伦不类。那金朝君臣正有气无处出，于是借此讪笑一番，童贯正莫名其妙，就见阿骨打指着他问："来者何人？"

"吾乃大宋朝太尉。"童贯阴声阴气地说。

阿骨打笑了起来，"看来你大宋朝的人才也不过如此！怎么不派个公的来？"这一说，合朝笑弯了腰，那粘罕大喊一声："快来看呀！"就有一帮士兵围了过来。童贯的脸一时红得像鸡冠一样，他从金兵手中夺过一把军棍，往膝盖一磕，登时磕成两截，他大步走到帐门口，左手一挥，将半截棍子抛出，一咬牙右手又将半截棍子狠狠摔出去，流星般打在先抛出的半截棍子上，至少也有十来丈远。那金兵见这媪相身材魁梧，力大无穷，有一身好武艺，方静了下来。

《海上之盟》一波三折，终于在宣和二年（1117年）达成协议，宋答应在灭辽之后将输给辽的岁币转输给金，金将燕京一带旧地归宋；金攻辽上京（今内蒙古巴林左旗南渡罗城）与中京（今内蒙古宁城西大明城），宋攻燕京（今北京）与西京（今太原）地区。

《海上之盟》虽然意在神圣的国土，却是一个策略上失误的盟约。宋不顾宋辽一百二十年的邦交，趁着辽国国势艰难之际，撕毁了《澶渊之盟》，与兄弟民族翻了脸。

二

盟约签订之后，徽宗开始在河北一带集结军队，准备要实现百年大梦。各地军队陆续到达，宋徽宗亲自前来阅兵，但见赫赫炎炎似聚山，浩浩荡荡旌旗舞。将士们个个血心热胆英雄汉，凛凛神威凝浩气。

军号声中，各路统帅顶盔贯甲，罩袍束带，策马奔上前来，一时间斑马豹跑一团风，黄骠马走如闪电。一字排开在点将台前。宋徽宗亲自将战旗、兵符授予童贯，童贯在马上大喊一声："皇上，臣等誓死夺回十六州！"

"誓死夺回十六州！"

"誓死夺回十六州！"

"誓死夺回十六州！"三军吼叫天崩地陷。

震天地响连天炮，仪仗肃肃，刀枪罗列。宋徽宗内心无比激动，他的眼睛湿润了。黄沙白雪百年恨，青天红日一片忠。回收国土，上合天心下趁人情。他相信这样的军队定能夺回十六州。他手中的宝剑一指，队伍出发了，前不见头，后不见尾。

就在这时候，高俅策马扬鞭急急风而来，送来了紧急军情——江南方腊造反，势如燎原。宋徽宗接报，一时如丧考妣，急得就如热锅上的蚂蚁，不知如何是好。一旁蔡京安慰说："圣上不必着急，为今之计，只好先安内，再图收复。现成的兵马，只需改道而已。"宋徽宗无计可施，只好下令旗牌馆策马通知童贯，"改道浙江，先平贼寇。"

斗转星移，这一搁一年过去了，金方见宋方毫无动静，派使者前来责问，"你们宋朝为何言而无信，不履行盟约？"金使者理直气壮，脸上凛凛寒光。宋徽宗一时无言以对，众大臣也自觉理亏，个个就如乌鸡，你瞪我我瞪你，面面相觑全不敢言。那使者三日两头前来催问，这宋徽宗本是龙凤之姿，天日之表，面对使者的责问，不得不控背躬身连声道歉。

宋徽宗讨厌金使者的催问，不久，干脆在驿馆添了一队禁军，先将使者软禁起来，既不接见，也不让他回国，这就把事情一步步闹大了。这时候宋徽宗才发现，他无端给自己找了两个敌人。无法履行《海上之盟》按时发兵，败盟得罪了金方；辽方得知宋方撕毁盟约，一定会乘机前来报复。倘若是辽、金同时兴师前来问罪，那时候波澜一起如何支持？此时的宋徽宗才深深地后悔没有听从太宰他们的话。

见宋朝不按时发兵，使者一去泥牛入海无消息，金方合朝震怒，此时方知宋朝的信义也是徒有虚名。完颜阿骨打本来极其崇尚汉文化，也觉得此后不可全信，得看行动。

这一日金朝廷议，粘罕拿出《海上之盟》出班说："皇上，宋方这'燕京一带故地'指的到底是什么？太含糊了，这蓟、景、檀、顺、涿、易六个州，可以算作燕京一带故地，这燕云十四个州也可以叫燕京一带故地，咱女真人文化粗鄙，宋人高深，别到时候辛辛苦苦打下来，全成了宋人的了。"

粘罕智勇双全，《金史》载："内能谋国，外能谋敌，决策制胜，有古名将之风。"他思维敏捷，看问题深刻，一下就给抓到了漏洞。见完颜阿骨打默默无语，粘罕于是自请出使宋朝，落实这个问题，同时把金使者找回来。完颜阿骨打立时照准。

粘罕来到宋廷，合朝文武一看，不觉大吃一惊，都说这边鄙土蕃形同魔鬼，举止如同禽兽，原来世间竟有如此雄杰俊美的大阿哥，那白山黑水的秀气全都聚在他身上，他有那绝奇的聪明，也有那十分的威武。粘罕说明来意，宋徽宗只好让赵良嗣出来对应。

"完颜使者，这'燕京一带故地'包括燕云十四州，本来嘛，燕云十六个州，可这莫州、瀛洲在后周时期已经收回来，剩下十四个州。此外，我宋朝还想收回平州、营州和滦州，合起来也就是十七个州。"赵良嗣说。

"是啊，就十七个州而已。"蔡京有意把问题说得轻松点。

"十七个州，为什么不明写，赵大夫？"粘罕问。

"完颜使者，盟约嘛，都是言简意赅，都写上去，这得多少篇幅？"赵良嗣辩解说。

"什么言简意赅，这明明就是想忽悠我们。你们也不想想，你们花十万银子，二十万匹绢，从辽国那里拿回的是两个州，你们用同样的价钱，却想从我们这里拿十七个州，这岂不异想天开！把我们当傻瓜！"粘罕火了。

"赵爱卿，朕没听懂，这'忽悠'是什么意思？"宋徽宗问赵良嗣。赵良嗣回答说："陛下，这'忽悠'是辽东土话，意思是欺骗。"

宋徽宗一听，立刻回驳说："完颜使者，话可不能这么说，我们虽然用的是同样的岁币，可我们不是也得派兵去打，怎能说是忽悠你们？"

"你们派兵了吗？盟约上写什么时候出兵，就得按时出兵。你们不出兵，是想让我们与辽同归于尽，你们坐收渔利是吗？联盟嘛，本来就是共同承担风险，今天我们得把话说明白，说不明白，到时候发生争吵，你们就会埋汰我们，说我们蛮夷之人，不懂礼义，你们真的懂吗？"

“赵爱卿，这‘埋汰’有是啥意思？”

“是说我们泼他们污水，说他们坏话。”

粘罕一席话把宋徽宗驳得哑口无言，本来宋徽宗就有悔盟之意，借这机会毁了盟约也是个办法，可这时候宋徽宗一个上国之君，成了忽悠、埋汰人的形象，他放不下这脸面，只能硬着头皮表明礼仪之邦是讲信用的。“完颜使者，回去和你们国主说说，眼下我大宋有内乱，内乱一平，立刻出兵。”宋徽宗说。

“不是国主，是大金皇帝，你们是不是也想压我们一筹。算啦，还是不合作好，以免到时候发生矛盾。”

谈判不欢而散，粘罕领回了金国使者，这盟约是否还能合作下去？双方均不得要领。

三

宣和三年年底，已是滴水成冰的季节。金方决定不再等候宋军了，没有盟军的合作。他们照样出征，他们做好最坏的思想准备，同仇敌忾，殊死一搏。这一路势如破竹，所向披靡，摧枯拉朽地硬是将一个辽王朝撕得粉碎。隔年正月，一鼓作气拿下了大辽中京大定府（内蒙古自治区宁城大明城），辽天祚帝犹如鹿绕云山吓破了胆，一路狂逃，先是跑到西京大同府，觉得不保险，又一路狂奔来到了漠南夹山（在今内蒙古土默特旗）。

黄鹤渺渺无消息，辽国众大臣与天祚帝失去了联系，宰相张琳、李处温等只好在燕京（今北京）拥立宗室耶律淳，是为天锡帝，降天祚皇帝为湘阴王。

宋徽宗见辽国灭亡在即，这才由骑墙观望开始了行动，他任命童贯、蔡攸为正副统帅，率十五万大军伐辽。宋徽宗指示，这次出兵不叫出征，叫作"巡边"，对辽军民发布劝降诏谕，对大辽新帝耶律淳也开出投降的优惠条件。企图以大兵压境来逼降辽国军民。还再三交代童贯：如果燕京辽军不投降，不得强攻，只可全师而还。接着，宋徽宗又派人潜入草原夹山，给辽天祚帝送去一封密信：若天祚帝愿意来归，将以"皇兄"礼遇之，赠"女乐三千"。

宋徽宗人不坏，算得上一个良善仁义的君子。可他压根就没有想到，他的做法，触犯了《海上之盟》的条约："双方不得在招降纳叛中达到领土的目的。"宋徽宗的做法，令人不知道他到底是要"联金灭辽"还是要"联辽灭金"？人有时候一着错就会步步错。可宋徽宗根本就不知他到底错在哪里，一个做惯了宗主的皇帝，压根就不会把盟友放在同等的地位，他可以推迟出兵，可以扣押对方使者，可以违约招降纳叛，他压根就没有意识到，盟约一经签订，诚信比良善重要得多。那时候，宋徽宗不懂，宋合朝文武也不懂。

五月，宋军雄赳赳来到了雄州，童贯对三军发布命令，进入辽境之后"如敢杀一人一骑，并从军法。"军令一出，宋营立时炸了锅，将士们如坠云雾山中，不知这仗到底是真打还是假打？大帅种师道不得不出来质疑，说："宋辽世为兄弟，亲如邻里，如今邻里国势走衰，女真乘势而起，犹如盗贼，我们不去帮助邻里驱除贼寇，却帮盗贼抢劫邻里，是何道理？"

那童贯不觉一怔，他想不到种师道竟会说出这样的话，眯眼直视着他说："种帅，天下事理本无穷，大的自有皇上管着，咱就说这幽燕百姓，本是汉种，明珠暗投，水深火热，阴霾太久。我大宋的军队一出，一路播撒阳光雨露，辽军必临阵倒戈，前来献城和投降！放心吧，种师道！"

遗憾的是，宋军进入辽境之后，辽国军民包括华北汉人竟无人买账，没人投降，没人献城，也没有人倒戈，彻底辜负了王师的"仁义之心"。童贯自讨无趣，只好指令种师道兵分两路，夹击辽军。意想不到的是，东路军与辽军一遭遇，即刻溃败，先败于兰沟甸，后败于白沟。

三天后，童贯又接到报告，西路军败于范村。童贯一听，登时暴跳如雷，把种师道骂了个狗头喷血，"你，什么将门之子，什么大宋名将？简直就是狗熊。"童贯无比懊丧，他怎么也想不通，这宋军打方腊时生龙活虎，怎么一见辽军就不堪一击？这辽军打不过金兵，怎么一见宋军，又如此了得？

种师道心生怨气，"出动十五万大军，到底是来宣抚还是来打仗？不败才怪！"他灰溜溜地把宋军全线撤回雄州，心想按照宋徽宗的指示，全师而还。宋军气喘呼呼刚跑到雄州城下，辽军已经尾随而至，十五万人想缩回城中已经来不及了，只好回过头来在城下与辽军展开生死搏斗。

一时间黄沙扑面黑茫茫，一种凄凉古战场，吼叫声和着惨叫声，令人毛骨悚然。也是天道不助宋，天空中忽然就起了一阵沙尘暴，搞得宋军睁不开眼，不久又下起了冰雹，花生米大的冰雹"噼里啪啦"摔在脸上挺疼的，宋军惊慌失措，就如手指被王八咬住，想甩都甩不掉。辽军则习以为常，犹如三伏天来了阵东南风挺凉快的，他们越战越勇，宋军撑不住了，丢盔弃甲，四面溃逃，战场上死尸狼藉。童贯只好带着残兵败将仓皇班师，第一次出征就这样铩羽而归。

也是辽朝气数已尽，此时，六十岁的天锡帝耶律淳竟一病不起，驾鹤西去。耶律淳的妻子萧后执掌朝政，立天祚帝之子为帝，萧后又很专横，朝臣议论纷纷，多有不服，内部人心混乱。徽宗得知消息，认为天赐良机，立命童贯掌兵十万，以刘延庆为帅，攻取燕京。

时有辽涿州留守郭药师因对辽朝的前景失望，率常胜军八千余人前来归降，献上涿、易两州。宋不费一刀一枪，得二州，一时间形势大好；郭药师原是辽朝悍将，所部皆为辽东兵，矫健强悍，宋军得这常胜军，立时声威大振。童贯笑得脸面成了一朵花，当夜全军欢宴狂饮，童贯握着一个大号酒杯，俨俨然有一种平步青云的感觉——

大功垂手我独成，最是人生得意时！

郭药师见宋军疏于戒备，提醒主帅刘延庆，严加戒备，刘延庆正在饮宴兴头上，也不在意。一个时辰后就听那羯鼓连着金鼓振，箫声角声紧相连，辽将萧干带兵来袭。宋军慌忙掀翻酒宴提刀迎战，奈何个个微醉，脚跟不稳，立时被辽军冲了个土崩瓦解。辽军知道宋军人多，见好就收。回营去了。刘延庆也命全军坚守营垒。

郭药师深通军务，了解辽军军情，立刻向刘延庆建议："辽军倾巢来战，燕京必然空虚。愿率五千精骑绕开辽军，突袭燕京，必能得手。"刘延庆觉得是个好计，只是这五千人马要拿下燕京城，恐怕不容易，于是答应郭药师的请求，派儿子刘世光领一支援军在后跟进。

萧萧落叶，滚滚风尘，郭药师和宋将高世宣、杨世可率领五千骑兵，趁夜渡过卢沟，一举攀进了迎春门，犹如天兵天将，从天而降。竟然闯入了燕京城。立时，通宵街面火光红，镞似流星，箭如雨落，旌旗猎猎，宋军奋起神威，大声咆哮，掀起了冲天杀气。辽军从睡梦中惊醒，翻身爬起，奋起反击，两军展开了激烈的巷战。一时间血溅墙壁，尸横天街。喊声凄厉，鬼哭狼嚎。

飒飒凉风，昏昏白日，时已天亮，郭药师见奇袭成功，立刻派人传谕萧后：投降可免死受优待！这萧后是个见多识广不怕死的巾帼，她一介女流，孤身义胆，一边拖延时间，一边派人快马流星飞报在外阻击宋军的大将萧干。萧干不敢怠慢，急速抽出精兵三千，回师支援燕京，辽军合兵一处，宋军渐渐弱势。

宋辽两军在巷战中杀得昏天黑地，日月无光。郭药师一心盼着刘延庆的儿子刘世光领兵前来救援，可这刘世光预计郭药师得手的可能性微乎其微，关键时刻居然爽约不来。宋军终于顶不住了，大将高世宣被团团包围在核心。只见他手中锋芒闪闪如秋水，刀刃斑斑带血红，砍得那辽军五脏淋漓，血肉横飞。此时的他早已浑身带伤，气喘呼呼，独力难支。但见他全无惧色，一腔豪气，百丈英风，轰然倒在了战场。

郭药师、杨世可仓皇中弃马冲上城头，缒城而逃，狼狈至极，赶回了大营。刘延庆见没有得手，于是命令全军驻扎在卢沟河南，仗着人多，与辽军对峙僵持。

萧干见宋军突进城来，又缩了回去，竟不放过，又分兵前来袭扰，截断了宋军的粮道。抓住了宋军押粮将王渊和两名士兵，蒙住他们双眼，拘押在帐中。夜阑，蛩声阵阵。王渊依稀听见几个辽国士兵在嘀咕："明日我军将以三倍宋军的精兵冲击宋营，左右翼策应，举火为号，全歼宋军。"王渊一听不觉大吃一惊，心想这下宋军危矣！正想着，就有两个士兵前来给他们送饭，他们给王渊三人松绑，让他们坐下吃饭。三人吃了一半，趁着敌人不备，悄悄溜走了。

王渊三人逃得性命，奔回大营，连夜求见大帅刘延庆，刘延庆获得这"绝密情报"，一时也慌了手脚，不知如何是好。此时，东方已经露出了鱼肚白，刘延庆踏出帐外，但见霜华满地，叶舞长空，满目苍凉。抬望眼，卢沟北岸，辽军营垒后面烟尘滚滚，不久就见火光冲天，鼓声如雷。果然是那三倍于我军的敌人就要掩杀过来，刘延庆急忙下令全军烧毁营寨，迅速撤军。

郭药师在睡梦中听到人声嘈杂，慌忙爬起，一听刘延庆的话，不觉跌起足来，"刘大帅，辽军有多少人马我最清楚，我宋军至少有四倍敌人的兵力，怕什么，他们来了就和他们干！别自己吓死自己！"刘延庆一听，头"轰"的炸响了，"这是辽军的疑兵计。"可军令已经发出，全军将士就如飞蝗四处飞蹿，十万大军像决堤的洪水，自相践踏，辎重粮草全无人管。

辽军一直将宋军撵到了白沟，这时候宋军总算集结起来，两军正式开打。宋军已经心胆俱裂，刚一接仗，立时大溃，只好继续逃窜，一溜烟地跑回了雄州。胡笳呜咽，羯鼓如雷，宋朝百年收复的大梦就在自己吓坏自己中落幕。

四

宋朝的"北巡"，将五十年来所积累的战备——粮草和军械——损失殆尽！宋徽宗只好再次将收复燕京故地的希望寄托在金方上，他派使者到金国商量交割事宜。金方几乎众口一词，宋方伐辽无功，一个州都不必给。还是太祖完颜阿骨打厚道些，他最终否决了众大臣的意见，"宋朝大国呀，一时的弱势未必永远弱势；我朝目前强势，未必永远强势。既然是邻居，还是要搞好关系，宋朝来要十七个州，胃口是大到不切实际，可这燕京故地六个州还是要给他们的。"金首先将燕京故地六州二十四县交割给了宋，宋也依约将输辽的岁币给金。

隔年年底，金太祖阿骨打以七千劲卒为前锋，亲率金军前来攻打燕京，金军分左右两翼直扑居庸关。大军未到，辽军已经吓得屁滚尿流，望风而降，辽枢密院诸执政大臣也奉表请降，只有萧后带领少数官员逃走，金军兵不血刃进入燕京城。了解到宋军一进一出燕京的情形，金太祖阿骨打不禁哈哈大笑起来。

历来对汉文化与宋朝文明有好感的女真人，这一次看清了宋王朝腐败无能的一面，当宋朝要求交割燕京时，金认为宋攻燕京无功，要求宋朝交一百万贯钱，称为"燕京伐租钱"。众人皆同意，唯有太祖完颜阿骨打皱着眉头说："宋金双方结盟通好，如今我朝拿下燕京，却要对方拿钱财来赎，义理上说不过去。我看不要也罢！"

金将左企弓献诗阻谏，"君王莫听捐燕议，一寸山河一寸金。"[1] 左企弓是辽朝归降金方的官员，在辽时已经官至广陵军节度使，同中书门下平章事，知枢密院事，燕国公，属于副宰相一级的高官，他的先祖本是幽燕汉人，但自六州割归宋以后，他觉得回归中原的燕人生活远不如在辽时，因此他不主张将燕京割还宋方，他的意见代表了其时很多燕人的看法。

"皇上，将燕京割还给宋方，我看还是不割为好。免得燕人意见纷纷。"左企弓再三说。

"这可不行！不割还燕京，如何示信于宋方？"太祖说。

"那可就得交这伐租钱，亲兄弟明算账。我女真人出生入死难道就是为宋人打江山？那些死难伤残的将士，每年都要给些

---

[1] 《金史·左企弓传》："'太祖既定燕，从初约，以与宋人。企弓献诗，略曰：'君王莫听捐燕议，一寸山河一寸金。'太祖不听。"

钱财，这钱从何而来？"

"再说了，这燕京地区的赋税每年至少可以收四百万贯，我朝只要一百万，大头还不是落在宋人手里，我方可亏大了！"

交割燕京时，依照约定，"南人归南，北人归北。"常胜军帅郭药师等八千余户辽东人理所当然归金方。"郭药师的常胜军骁勇善战！"宋方早已如雷贯耳，他们也想要这支军队。参谋宇文虚中献策说："可以用燕京百姓顶替常胜军，这样我方不仅能保住常胜军，金方带走燕京百姓后，他们留下的房产田地，可以用来供养常胜军，不用国家再出钱粮，可谓一举两得。"宋徽宗连声叫好，合朝也觉得妙极。

金方懒得和宋计较，他们将郭药师常胜军八千余户留给宋方，但金方也有条件，他们不愿带走燕京所有百姓，只愿带走燕京城中家产在一百五十贯以上的三万户人家，包括工匠。童贯、蔡攸带兵进城后，燕京城中留下的皆是贫穷百姓，繁华不再，俨然一座废都。[1]

不久，金方又打下山后的武（今陕西神池）、朔（今山西朔县）二州，割还给了宋方。交割完毕之后，金方要求宋方依约兑现二十万石军粮，宋方宣抚使范磲态度粗暴地拒绝："凭什么给你们二十万石军粮？""那可是和贵使赵良嗣说好的。""那你找赵良嗣要去。"由于宋方拒付二十万石军粮，双方的关系开始闹僵。

---

[1] 《三朝北盟》卷十五："金人要依元约，将松亭榆关外民户妇国数内，索取常胜军郭药师等八千余户，元系辽东人也。""点检文字李宗振画策，或谓参谋宇文虚中画策曰：若以燕人代之，则不惟常胜军得为我军，又复燕民田产自可供养，不须国家应办钱粮，此一举而两得之。申奏朝廷，遂从其议。""内则屋业，外则土田，悉给常胜军……"

金军在打下辽西京大同府之后，宋徽宗又派人前来谈判，完颜阿骨打考虑到与宋保持睦邻关系，答应了。"不行啊！皇兄，辽帝西逃还没逮住，西京若给了宋，追捕辽残部的金军驻在哪里？"阿骨打的弟弟吴乞买阻谏说。众将领也觉得有理。

就在这次班师路上，完颜阿骨打死了，西京大同府的交割也因此搁浅。完颜阿骨打临终前夕告诫部下不可伐宋，因为这关系到金国存亡的大问题。[1]

宋徽宗在先后回收八个州外加燕京之后，宣布大赦天下，又命王安中在延寿寺中作"复燕云碑"，以资纪念。一时间朝野欢腾，沉浸在胜利中。至此，《海上之盟》告一段落，宋方达成了一个"不失败之失败"的效果。所谓不失败也就是金方依约归还了"燕京一带故地"——蓟、景、檀、顺、涿、易六州，以及武、朔二州与燕京。所谓失败也就是宋方未能达到预想中收回十七个，应该承认的是，那时候金方能给的都给了，没有给的州，那是因为辽金双方还在争夺战之中。

纵观《海上之盟》的合作过程，宋徽宗始于壮怀激烈，想以武力回收国土，终于损兵折将，不得不采用太祖以金钱来赎买土地的措施。事情如果到此结束的话，宋徽宗还是可以上告祖先，下告百姓。尽管这个过程不像十五的月亮那样圆满，与前朝柴世宗以及本朝宋真宗时期相比，他们收复与赎买的仅仅是两个州，如今回收的是九个州，无论如何史籍都会为宋徽宗留下光彩的一笔。但宋徽宗一直沉浸在虚幻的胜利中，他不切实际的心态迟早是要惹出事来。

---

[1] 《靖康稗史笺证》之四："皇子谓，太祖止我伐宋，言犹在耳，皇帝仰体此意，故令我濒自便。"

结语

　　五代以前，汉农耕人建立的王朝在历史上占据主导地位；五代以后，草原游牧民族愈来愈频繁地登上历史舞台，由建立地方性政权到全国性政权。草原游牧民族在学习汉文化之时，有了类似于汉人的"天下观"。汉农耕人的天下观历来是"普天之下，莫非王土"，草原民族也有了"中外一统"、"义若一家"的天下观。两种类似的天下观必然在领土问题上发生纠纷，这是两座大山的互相碰撞，这是一朵云追赶另一朵云，也是两个灵魂的相互砥砺。没有这种碰撞砥砺，两个不同的民族最终无法聚合在一起，两种不同的生态也无法合构成一个更大的版图。

一

中国历史上，五代作为一个特定的时期，就像一根楔子穿插在唐宋之间。这是一个典型的有着双重意义的南北朝代对立时期。首先是，中华本土南北分裂，南方至少有七到九个并立的地区性政权，北方则先后经历五个朝代：后梁、后唐、后晋、后汉和后周。由于后晋将十六州割让给契丹，华北汉人生活在草原王朝中，这又形成农耕王朝与草原王朝两个南北并立的王朝。

其时的中原王朝，主体上是由沙陀人建立的。沙陀人本是西突厥的一支，唐初曾随唐军征铁勒有功而留在中原。沙陀人未发迹之前，连姓氏都没有。作为一个文化不高的民族，沙陀人建立的政权乏善可陈。然而，五代时期，正是沙陀人的军队与政权，成为横亘在农耕王朝与草原王朝之间的一道长城，使契丹人的马蹄无法踏进农耕人的田园。

南方政权，尤其是南唐与后蜀，就在这样一个不安定的时期迅猛地发展起经济与文化。在一个看来不应该有文化有经济的时期，南方的雕版印刷和曲子词，以及绘画史上的名作均产生在这个时期。在中原，沙陀统治者为维持庞大的军费，残酷盘剥百姓，但他们还是注意分寸的，使中原百姓有"粗安"可过的日子，没有出现三国时期"白骨露于野，千里无鸡鸣"的局面，这又是值得肯定的。

中国历史上，唐朝最为汉农耕人津津乐道，人们常用"世界帝国"来形容她，唐王朝早期强盛之时，版图覆盖到欧洲，唐最高统治者有"天可汗"的美称，遗憾的是，唐的版图超越了唐统治者实际的支配与控制能力。"安史之乱"一起,这个偌大的版图很快就在渔阳鼙鼓声中分崩离析,物归原主。中唐之后,在经历了藩镇之乱、宦官之乱与党争之乱,唐的历史竟衰弱到令人不忍卒读。就在唐王朝命悬一丝,诏告天下藩镇前来勤王之时。汉族藩镇或按兵不动,或趁火打劫,一次次洗劫了长安城。唯有沙陀人李克用忠心尚存,明确表示,誓死不叛唐朝,他舍生忘死力敌众藩镇,保住了皇帝,延长了唐王朝的国祚,令人刮目相看。李克用的儿子李存勖建立的政权依然称"唐"(史称后唐),这使后代史官有理由将五代与唐连接起来,称作"隋唐五代"。

唐的衰亡表明,传统的君主制社会的国家建制并不完善。其中的"藩镇之乱"的危害最为惨烈。藩镇之乱并不因唐的灭亡而终结,它集中投射在五代上,使五代政权就如走马灯,乱哄哄你唱罢我登台,国祚长则十来年,短的只有四年。天下纷纷,你争我夺。这一时期的军人有一句豪言:"天子宁有种乎?兵强马壮者为之尔。"只要有军权与实力,谁都可以做皇帝。无论将军还是士兵都喜欢拥立新君,每一次废立,他们都会获得丰厚的赏赐,职务上也会有自然的升迁,军人的这种嗜好是导致社会动乱的根源之一。藩镇(军阀头子)在夺人之位后又不知几时会被他人所夺,社会就这样陷入恶性循环中。

一部《五代史》,后晋替后唐,后汉替后晋,后周替后汉,北宋替后周,从另一角度也可以说,李克用为后晋石敬瑭打江山,后晋石敬瑭为后汉刘知远打江山,刘知远为后周郭威打江山,郭威又为赵匡胤打江山,赵匡胤则为赵匡义打江山。五代宋初的历史,实际就是在一系列血腥的"禅让"与篡夺中改朝换代的。传统儒家的"道德政治"完全被"实用政治"所取代。

　　当然，其间也有难隐之衷。那时候，将军如果能力过强会被藩镇见疑，藩镇功高盖主又会被皇帝猜忌，石敬瑭、刘知远就因被皇帝猜疑而起事。郭威本是后汉枢密使，掌握一国兵权，忠心耿耿，在受命平定三藩之时，合家老少竟被隐帝刘承祐杀害，隐帝还密诏护圣左厢都指挥使郭崇、奉国左厢都指挥使曹英赶赴邺州杀郭威。郭威是在蒙受奇冤而又走投无路的情况下铤而走险的。若问隐帝刘承祐为何如此残忍？盖因年轻的皇帝不甘心权力操在顾命大臣之手，害怕有一天皇权落到这些人之手，这是君主制时代皇权与军权不可调和的悲剧。

　　五代的拥立与篡夺仅仅是历史上的一个缩影而已，中国历史自汉代以后就是这样走过来的。

　　汉献帝禅让曹丕，魏代汉；曹魏末代皇帝曹奂禅让给了晋武帝司马炎，晋代魏；东晋恭帝司马德文禅位给南朝宋武帝刘裕，宋代晋；南朝宋顺帝刘准禅位给南朝齐高帝萧道成，齐代宋；南朝齐和帝萧宝融禅位给南朝梁武帝萧衍，梁代齐；南朝梁敬帝萧方智禅位给南朝陈武帝陈霸先，陈代梁；东魏孝静帝元善见禅位给北齐文宣帝高洋，北齐代东魏；西魏恭帝元廓禅位给北周孝闵帝宇文觉，北周代西魏；北周静帝宇文衍禅位给隋朝文帝杨坚，隋朝代北周。隋朝禅让唐李渊。

　　在五代系列政权中，最为后人诟病是石敬瑭的后晋，那时候，作为河东节度使的石敬瑭为了自保以及坐上皇帝的宝座，以燕云十六州为代价，请契丹兵团替其解太原之围，并将他扶上"儿皇帝"的宝座，由此而严重影响了中国历史的走向。

二

自石敬瑭割让燕云十六州给契丹人，此后几百年间，十六州汉人（华北汉人）先后在辽人、宋人、女真人、蒙古人的夹缝中生存，处境尴尬，结局也很悲催。

不过，早期的华北汉人与契丹人曾有过一个蜜月期。辽朝的前身叫契丹，契丹的一代英主叫耶律阿保机。阿保机立国之前，他的祖父与父亲已经不断从汉地引进汉文化。契丹作为少数民族，人口不多，文化不高，他们仰慕汉文化，视汉人为有特殊技能的人。耶律阿保机在立国过程中，契丹境内已经有为数不少的汉人，有的是战争中掠夺来的人口，有的则是为避战乱自愿迁入契丹境内的。随着十六州纳入契丹，汉人迅速成为辽王朝中第一大民族。

契丹自阿保机起，就致力于创建一种比传统中华汉制更富有弹性，更能容纳农耕与草原不同生态的制度框架，且取得成效。在正常的情况下，阿保机禁止杀戮部落成员与中原移民。那时候，中原的军阀政权，多是藩镇、节度使出身，在群雄发迹过程中，主要以"暴力"起家，为了取悦部下，他们常放纵将士抢掠，对百姓造成的灾难比契丹人大得多。

契丹是一个有文字的王朝，既有大契丹文，又有小契丹文。契丹人并没有在汉族移民与难民中强力推行契丹文和契丹语，相反汉语常常成为通用语言。他们尊重汉人的习俗与文化，"以汉制待汉人"，那时候，中原王朝一直没有开科取士，读书人没有出路，倒是辽王朝统治区内，为华北汉人设立了科举制度，"制服以三岁，有乡、府、省三试之设。"[1] 使汉人士子有更好的出路，据统计，辽代，华北汉人中有 72 人在辽朝担任过中央高官，包括南院枢密使、中书令、同中书门下平章事、参知

---

[1] 吴廷燮：《辽方镇年表》《二十五史补编》，北京，中华书局，1959 年。

政事等官职，更还有南北面枢密使、宰相，其中有 12 人封王，10 人封公。[1]

早期的契丹法律对待契丹人与华北汉人无法一视同仁，存在惩罚标准轻重不等的现象。随着十六州纳入辽境，汉人人口的大幅度增加，不可能以契丹旧法来治理汉人了，辽圣宗时期，"命惕隐苏、枢密使乙辛等更定条制。凡合于律令者，具载之；其不合者，别存之。"[2] 经过修改的律令，理论上说，华北汉人与契丹人处于平等的地位。

契丹时期，汉人的居留来去自由，尤其是读书人，通常能得到重用。举个例子，阿保机身边的汉族谋士韩延徽，曾一度逃回中原，因在中原没有出路，又思再投奔契丹。朋友们都担心他回去会被杀害，韩延徽坦然说："阿保机见了我高兴还来不及，怎么会杀我？"果然，韩延徽归来之日，阿保机不仅没杀他，在太祖、太宗、世宗三朝中，他先后担任政事令、南府宰相等职，成为契丹的开国元勋之一。又如，辽太宗耶律德光身边也有一个汉人叫张砺，用为翰林学士。张砺也曾私自逃走，被契丹人抓回。耶律德光问他为何逃跑，他说饮食起居不习惯，耶律德光立时责骂翻译高彦英，把他痛打一顿，又向张砺赔礼，说没有照顾好他。[3]

由于上述原因，那时候华北汉人与士子多乐意为辽朝所用，成为契丹的臣民。"燕蓟之地，陷虏且百年，而民无南顾之思者。戎狄之法大率简单，盐、麹（音区，意酒曲）俱贱，科役不烦

---

[1] （清）万斯同《辽大臣年表》《二十五史补编》，北京，中华书局，1959 年。

[2] （元）脱脱：《辽史》卷 62，《志第三十一·刑法志下》，北京，中华书局，1974 年。

[3] 见《辽史》卷 76《张砺传》。

故也。"[1] 由于辽国境内物价便宜，劳役不重，更因"辽自初年，农民充羡，振饥恤难"，生活丝毫不比中原差，华北汉人栩栩然不知自己是汉是辽。

民族是在互相接触中理解的，自《澶渊之盟》以来一百二十年和平的岁月，华北汉人，不管其民族归属是汉是辽，有一点可以肯定的是，他们客观上成为沟通农耕民族与草原民族的一座桥梁，辽王朝也因此成为草原历代王朝中文化最高也较祥和的一个朝代。

值得提起的是，"燕赵多悲风。"华北汉人本来是民族性极强的一个族群，尽管他们在辽朝境内有着不亚于中原的日子，作为被割让出去的一群，内心的屈辱使他们没有忘记自己的族性，每当王师北上，母国有所召唤之际，立刻就会唤醒他们内心深处的族性。后周太宗柴荣"北征"之时，莫州刺史刘楚信举城降，瀛州刺史高彦晖献关，"王师数万不亡一矢，而虏界城邑皆迎刃而下。"[2] 宋太宗赵匡义雍熙年间的北伐，寰、朔、云、应四州献关，当北伐兵败之时，四州民众多愿随潘美、杨业回归中原，[3] 每一次盼望王师而得知王师兵败之时，"无不泣下"，所有这些说明其时华北汉人没有忘记自己的民族性。

当这样的事件一而再，再而三发生之时，华北汉人的好日子也就到头了。在契丹人眼中，汉人是一群喂不熟的狼。他们

---

[1] （元）马端临：《文献通考》卷16《征榷考三·盐铁》，北京，中华书局，1986。

[2] （宋）王钦若等：《册府元龟》卷118《帝王都·亲征第三》，北京，中华书局，1960年。

[3] 见（元）脱脱：《宋史》卷272，《列传第三十一·杨业》，北京，中华书局，1977年。

担心战争一旦爆发，会被汉人倒戈杀害，此后他们对汉人不再视为同类，"凡军国大事，汉人不与。"[1] 即使让你做官，也是提防着的。那时候有个叫张琳的汉人，已经官至宰相，位极人臣，仍然无法参与"军国大计"，他也心知肚明，凡事推辞避让，"摄政则可，即真则不可。"不敢推心置腹。

华北汉人自然能感受到这样的歧视，当早期民族感强烈的几代人谢世之后，新生代不能不思考自己的民族归属。生于辽，长于辽的华北新生代，他们的生活已经"胡化"，不少契丹的风俗习尚已经成为他们生活的一部分，他们的心理发生了变化，认同了辽朝的正统性。

问题的复杂远不止这些，十六州既纳入辽境，旁边又有一个西夏，一会儿西夏人来了，一会儿宋人来了，一会儿女真人又来了，刚适应了辽人，又不得不去适应夏人、宋人或女真人，当汉人无能力去光复十六州，解救他们时，他们唯一能做就是不断去适应新的统治民族，这使他们很容易被视为毫无原则的"三姓家奴"。诚如宋使者马扩所说："契丹至，则顺契丹；夏国至，则顺夏国；金人至，则顺金人；王师至，则顺王师。"[2] 这正是华北汉人的尴尬！辽国境内，他们是寄人篱下的一个特殊的族群，在中原人眼中，他们则成了"番种"，"北人指曰汉儿，南人却骂作番儿"[3]。既被契丹人歧视，也被中原人排斥。此后，他们不再被称为"汉人"，而被改称"燕人"，用以指称这个非辽非汉的特殊群体，事实上，作为辽国汉（华）裔的

[1] （元）脱脱：《辽史》卷 102，《列传第三十二·张琳》，北京，中华书局，1974 年。

[2] （宋）徐梦莘《三朝北盟会编》卷 15，海天书店，1939 年。

[3] （宋）陆游：《老学庵笔记》卷 6，西安，三秦出版社，2003 年。

一个群体，他们已经在辽朝治下生活了整整两百年，我们已经不能视之为完全意义上的汉族。

窘境中，会有一些人思归故国。各人基于自身情况的不同而有不同的动机。其中值得提起的是赵良嗣。赵，望族出身，在辽朝曾官居光禄卿大夫，能说会道，"见契丹为女真侵暴，边害益深，盗贼蜂起，知契丹必亡，阴谋归汉"，[1]于是阴通宋朝，建议北宋联金攻辽。那时候，宋徽宗正忙于花石纲，听了他的建策，竟如醍醐灌顶，民族责任感油然而生，他一心想做出一件他祖先未能做到的大事，于是委派赵良嗣具体去办此事。赵不负宋徽宗所望，终于与金方签订了《海上之盟》。

三

"海上之盟"在宋史上是一件大事，它直接关系到宋朝的走向与国运。我们常说："弱国无外交。"但它的对立面是"大国也无外交"。

《海上之盟》并不复杂。依据盟约，宋金双方从不同方向挟攻辽，灭辽之后，宋将输给辽的岁币（30万两匹）转输给金，金将燕京一带旧地归宋；金攻辽上京与中京，宋攻南京（今北京）和西京（今太原）。（如果宋难以攻克，可以告知金）这是盟约的主体内容。双方完成同等的战斗任务，遵守共同的规定。此外，还具体规定：一、双方均不得单独与辽讲和，不得在招降纳叛中达到领土的目的；二、如出师失期，不能按原约进行，不交割土地。

盟约生效之后，宋方因为"方腊起义"，原本准备出征的

[1]　（宋）徐梦莘《三朝北盟会编》卷1，政宣上帙十九，海天书店，1939年。

将士只好改道浙江前往镇压方腊，无法按时出兵，金方派出使者前来质询，按照常理，宋王朝可以明确告知无法按时出兵的原因，请求谅解，或解除盟约。但宋王朝碍于面子，不仅没有告知原因，相反却将金方使者扣押软禁了八个月，这在外交上是不得体的。

这一期间，宋廷是一个失误连着一个失误。当初，宋徽宗派赵良嗣去签订盟约之时，只给了赵良嗣一封便信，"据燕京并所管州城，原是汉地，若许复归，将自来与契丹银绢转交，可往计议，虽无国信，谅不妄言。"在这封便笺中，宋徽宗"模糊"地表达了他对燕京故地的诉求。金太祖完颜阿骨打一看，不是"国书"而是便笺，用的是传统宗主国对藩属国"下诏书"的口气，他立时义正词严地让宋使者转告宋徽宗，"果欲结好，同共灭辽，请早示国书，若依旧用诏，定难从也。"[1]

平心而论，宋徽宗并不是故意要激怒金方，在传统的君主制社会，国家秩序是建立在儒学的等级观念上的。中原王朝历史悠久，自秦朝以降，一直坐在宗主国的位置上，周边都是藩属国。其时的朝议大夫、直秘阁赵有开认为，女真酋长，给他一个节度使就足够，"女真之酋，止节度使。"宋方于是以节度使的级别来对待金王朝。不难看出，那时候，宋方君臣还不懂得什么叫作国与国之间对等的外交关系，在传统的思维定式之下，他们只能"那样想"，"那样做"，并非有意贬损金方。

有意思的是，宋方虽然只能"那样想"，却把自己的想象当作真实，以为自己真的是金方的宗主了，在未告知金方的情况下，私自以宗主大国的身份授予金使者李善庆修五郎，小散多从义将郎等官职，越过金方权力范围而私授官职，这在外交

---

[1]　（宋）徐梦莘《三朝北盟会编》卷4，海天书店，1939年。

上又犯了一个错误。这个错误把完颜阿骨打激得暴跳如雷，他不仅严惩了私下接受封赐的李善庆等人，又将宋使驳回。

宋金结盟初期，宋方屡屡碰壁，原因就在于宋方放不下传统宗主大国的架子。期间，唯有赵良嗣因为斡旋在宋金之间，知道其间的利害关系，一再强调既然回收领土有求于金，应该"以国书，用国信礼"，平等对待金国，双方应该对等互称"皇帝"。但宋徽宗没有接受他的意见，宋徽宗压根就不知道女真是一个什么样的民族。一个刚从山林中走出的民族，他会崇拜你，学习你，效仿你，但他不会事事听从你的安排。

同样严重的是，宋徽宗便笺中所说的"燕京并所管州城"，到底指哪些州城并不明确。当年石敬瑭割献燕云十六州，分为两路：一是幽州路（也称燕京路），其所管辖计有蓟、景、檀、顺、涿、易六州，包括燕京共七州；二是其余九个州，即云州路（西京）。从地理环境讲，因为这些州城傍燕山、太行而立，幽州路也称山前七州，云州路则称山后九州。

宋徽宗想要的"燕京并所管州城"，既包括山前七州，也包括山后九州，此外，宋徽宗还想要平州路，含平州、营州、滦州三个州，合起来共十九个州，除去后周太宗柴荣收回的瀛、莫二州之外，还有十七个州。从战略眼光看，宋徽宗的想法是雄韬伟略。但宋徽宗毕竟有文化，知算筹，用输给辽两个州的岁币来换回十七个州，无论如何说不过去。故他不敢明写，也不敢采用国书，只好用便笺含糊其辞地表达大概意思，候待交割时再由赵良嗣阐明"燕京故地"的具体内涵。

金方也不傻，女真人担心辛辛苦苦打下来的州县，到时候全成了宋人的。于是派人前来落实，双方还通过书信不断交涉。金方认为，燕京所管辖的州城就是蓟、景、檀、顺、涿、易六州。

此时宋徽宗方深悔，当年的便笺"作茧自缚"，于是要赵良嗣尽量扩大燕京的辖区，将平州、营州、滦州也包括进去，金人当即驳回，这几个州既不是"燕京故地"，也不是石敬瑭割献的十六州。双方因此发生争执，不欢而散。

盟约是否有效，宋金是否还合作下去？双方很长一段时间均不得要领。此时的宋徽宗既担心辽得知宋金结盟前来报复；又后悔爽约开罪了金，无端为自己找来两个敌人，故一直持观望态度。宣和三年年底，金方决定不再等候宋军了，没有宋军的合作，他们照样可以灭亡辽朝。金军一路势如破竹，所向披靡，不久就拿下了辽中京大定府。宋徽宗眼看辽朝灭亡在即，这才由观望开始了行动，他任命童贯、蔡攸为正副统帅，率十五万大军伐辽。

遗憾的是宋两次出兵均铩羽而归，根本原因是宋王朝对十六州的燕人毫不了解。宋徽宗凭揣测认为燕人生活在"水深火热"之中，王师到达之日，燕人必箪食壶浆，夹道欢迎。遗憾的是，宋军进入辽境之后，辽国军民包括燕人竟没人投降，没人献城，也没有人倒戈，彻底辜负了王师的"仁义之心"。童贯只好下令大将种师道开战，结果一败再败。

宋朝"北巡"落败之后，只好将收复燕京故地的希望再次寄托在金方上，宋方派使者到金国商量割地事宜。依据盟约，"出兵失期不交割土地"，如果此时金方从中作梗，宋方可能一个州也回收不了。但金首先将燕京故地六州二十四县交割给了宋，宋也依约将输辽的岁币给金。后来金方又先后移交了了燕京以及武、朔二州，合共九个州。

宋金结盟是特定时期两座大山的碰撞，两个灵魂的砥砺。纵观这一过程，宋徽宗从以节度使对待金太祖，到在信件中打"马虎眼";由出兵失期,到软禁金方使者,表明宋方还不晓得盟约的神圣性。自宋朝立国以来,除了《澶渊之盟》之外,宋王朝几乎没有与周边签订过对等的盟约,因而一再出错是可以理解的。不过宋徽宗并不是冥顽不化的人,当他的做法被完颜阿骨打一再驳回之后,宋徽宗不再以宗主自居了,也不再将金当作藩属国了。此后,双方书信往来,宋徽宗尊称完颜阿骨打为"大金皇帝"[1]。完颜阿骨打显然领会到宋徽宗退让中释出的善意,当宋徽宗派人前来商量割地事宜,虽然宋方在攻辽中无功可言,完颜阿骨打尽释前嫌,他认为,"宋朝,大国也,一时的衰弱未必永远衰弱。"双方还算客气。

"海上之盟"是宋金双方的首次合作,相互间存在某些矛盾与磨合是可以理解的。一个民族,一个王朝,当他意识到领土神圣,他应该奋发图强凭自己的力量去收回来,事前依赖于盟友,事后怨恨于盟友,决非大国上国风范。金方虽然没有将十七个州割还给宋方,从事件的前后因果来看,在宋方军事上一败再败的情况下,金方毕竟还是协助宋方收回了九个州。

事实上,燕京故地交割之后,宋方朝野欢腾,宋徽宗宣布大赦天下,又命王安中在延寿寺中作"复燕云碑",以兹纪念。不过,碑文并没有真实再现回收的经过,对于金方的合作也只字不提,而是一味鼓吹宋方的军威,"鼓貔貅百万之威,势如破竹;收河山九郡之险,易若振枯。"可见,要让宋朝君臣在自省中走出大国上国的观念谈何容易!

历史是严酷的,时间留给北宋王朝已经不多了。

---

[1] (宋)徐梦莘《三朝北盟会编》卷13,政宣上帙十三:"传语大金皇帝,谢远遣使人到阙,两朝信好,累年不著,且不可听契丹语。"